大平长安

盐盐 著

完结篇

3 Placid
Chang'an

中国言实出版社

图书在版编目(CIP)数据

太平长安 . 3，完结篇 / 盐盐著 . -- 北京 : 中国言实出
版社，2022.7
ISBN 978-7-5171-4205-8

Ⅰ . ①太… Ⅱ . ①盐… Ⅲ . ①长篇小说 – 中国 – 当代
Ⅳ . ① I247.5

中国版本图书馆 CIP 数据核字（2022）第 107492 号

太平长安 . 3，完结篇

责任编辑：宫媛媛
责任校对：郭江妮

出版发行：中国言实出版社
　　　　　地　　址：北京市朝阳区北苑路 180 号加利大厦 5 号楼 105 室
　　　　　邮　　编：100101
　　　　　编辑部：北京市海淀区花园路 6 号院 B 座 6 层
　　　　　邮　　编：100088
　　　　　电　　话：010-64924853（总编室）　010-64924716（发行部）
　　　　　网　　址：www.zgyscbs.cn　E-mail：zgyscbs@263.net

经　　销：新华书店
印　　刷：三河市春园印刷有限公司
版　　次：2022 年 8 月第 1 版　　2022 年 8 月第 1 次印刷
规　　格：710 毫米 ×1000 毫米　1/16　21.5 印张
字　　数：328 千字

定　　价：59.80 元
书　　号：ISBN 978-7-5171-4205-8

一夜安好，太平长安

此去京城前路叵测，

李释犯的是谋大逆的重罪，

他毅然要去，

那便是生则同生，死则同死。

苏岚问：

"一定要去？"

苏岑轻声道：

"刀山我陪着，火海我也陪着。"

目 录

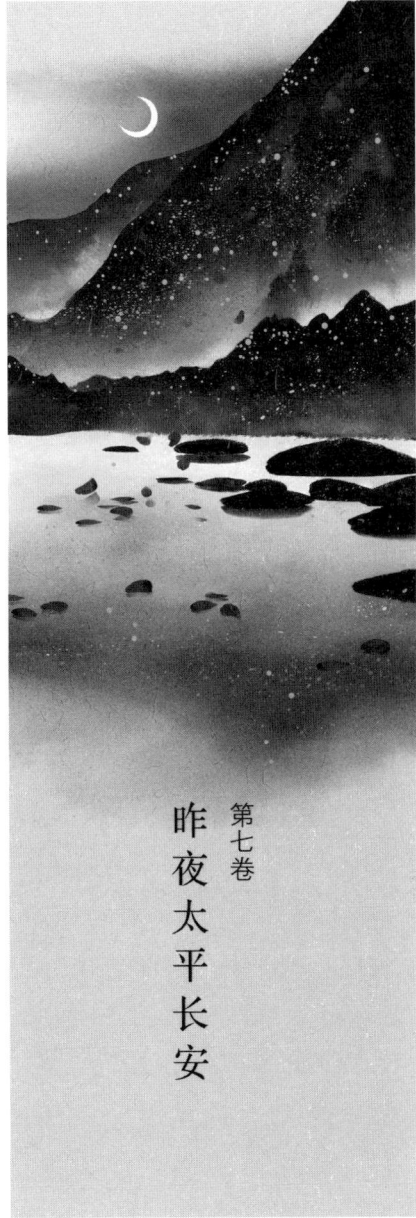

第七卷

昨夜太平长安

中秋

由陆家庄一举牵出了暗门的总坛，这一趟可谓是意外之喜。尽管陆逊和宋凡逃了，但暗门总算是没了再作妖的可能，也算是换得了片刻的安宁。

陆家庄的善后事宜交与梁方处理，李释带着苏岑赶回长安，抵京时正赶上中秋佳节，家家户户张灯结彩，满城桂花飘香，好不热闹。

回京后，苏岑先是跟着李释进了趟宫，这一行他是钦差，代天巡狩，回来自然得先向皇上转述徐州灾情及善后事宜，再转达徐州百姓对皇恩浩荡的感念之情。

而李释纯粹是想看看小天子过得怎么样。

两人进去时只见那小天子被埋在几摞奏章后头，咬着笔头，蹙着眉，冲一旁的太监抱怨："又是淮南来的请安帖，天天看他们这些废话，朕能吃好、睡好、身体好吗？"

太监余光瞥见进来的人，刚要行礼却被李释挥手打发了。小天子尚未察觉，接着自言自语道："你说皇叔看到这样的折子会怎么处理？是不是直接发还回去，再把人打一顿？"

李释无语，他什么时候这样做过？

苏岑轻笑一声，小天子听到声响抬起头来，苏岑急忙跪下问安。

"朕安，苏卿起来吧。"小天子急忙摆摆手，再一转头，目光灼灼地看着李释。

"皇叔……"小天子一撇嘴,两颗"金豆子"蓄势待发。

"行了。"李释轻轻一笑,"让他们都搬到兴庆宫去吧。"

小天子一头扑倒在桌案上,长长吁了口气,眼底下有两个明显的黑眼圈。

他竟然不知道当一个皇帝每天需要处理这么多政务,皇叔以前究竟是怎么处理完这些事情,还有闲情教训他的?

李释问:"为什么不交给柳珵他们去做?"

小天子抬起小脑袋正经道:"在其位,谋其政。朕既然要当这个皇帝,以后这些事情总是要自己做的,怎么能一直假手于人?"

苏岑拱手笑道:"陛下圣明。"

"好吧。"小天子快快地垂下头,"其实是柳相一直让朕立辅政大臣,可是朕当时觉得一时新鲜就没放权,后来再想放就不好再开口了。"

苏岑轻声笑了笑,只听李释道:"这些人是你的臣子,你每个月给他们发俸禄,不是让他们游手好闲的,更不是养虎为患,让他们有朝一日骑到你头上来。如何用人,如何恩威并施、上下一心,让他们心甘情愿地为你办事而不存二心,这些都是你要学的东西。你这样把所有事情都揽到自己身上,却让他们在家里把酒赏月,还让他们抓着把柄拿捏你,就是为君者的表率了?"

小天子撇撇嘴,顿时一腔委屈,自己劳心劳力这一个多月只是为了保住皇叔摄政王的位子,结果他回来一句表扬都没有,先是劈头盖脸一顿批评,虽说得不假,但也确实伤自尊,更何况还是当着苏岑的面。

苏岑看着小天子一副有苦无从诉说的样子,心里不由得好笑,李释对待旁人向来都是懒得搭理,这教训人的话只怕是都用在小天子身上了。他知道李释对小天子寄予厚望,然而这么小的孩子还不懂这些良苦用心,难免有些揠苗助长了,只能稍加安慰:"陛下第一次亲政,却能明察秋毫,不被人利用,已经做得很好了。王爷也是心疼陛下这么些天日理万机,并非真的生气了。"

小天子转头怯生生地看着李释,见他总算点了点头,心情才稍稍明朗起来。

苏岑禀明了徐州之行发生的事,小天子听得眼睛都不眨,听到徐州水灾竟然是人祸而非天灾，不由得感叹："天灾无情，人心险恶，暗门置数万百姓的性命于不顾，实在是罪大恶极。还有那个宋凡，竟然是暗门的人，宋毅竟然还把他藏在朕的眼皮子底下，其罪当诛。"小天子皱了皱眉，"可是宋家毕竟有丹书铁券，难不成就放任他们不管了？"

"丹书铁券不宥有谋逆之罪。"李释坐着道，"他勾结暗门，已经超出了丹书铁券的庇佑范围，谁也保不了他。"

苏岑心中稍安，如此总算能还陆家庄一个交代，也还陈老一个交代。

说起陈老，小天子不由得一脸戚然，他尚未出世时陈光禄便已逝于孤村，遂不曾见过苏岑口中这位"大周刑律第一人"，但从苏岑的话里不难听出，他对这位前辈非常敬仰，在听说了陈老事迹之后更是唏嘘不已，遂道等到开朝之后再对陈老追谥。

"斯人已逝，生者如斯。"李释看着苏岑道，"陈老最后能遇到你，也算走得安心。"

"我何德何能？"苏岑微微低头，想起之前陈老让他背诵的《大周律》，只觉得肩头沉重，一时压得他有些喘不上气来。

苏岑事已毕，已经可以走了。中秋之夜有祭月礼，李释还得留下来主持祭祀，苏岑看了一眼李释，见他轻轻点头后告退。

中秋佳节，阿福正在苏宅的厨房里打糍粑。

阿福是苏州人，自小生在苏家长在苏家，跟着苏家的厨子学着做过不少南方小吃。

蒸熟的糯米用石臼舂打，佐以新鲜的桂花汁，不仅将糯米的筋道捶打出来了，月桂的清香也都能散发出来，最后撒上花生、芝麻，拿红糖汁一浇，柔韧鲜滑，清香可口。

曲伶儿趴在窗框上目不转睛地盯着，生怕这案板上的糍粑长腿跑了，实在忍不住了就拿手指在那圆滚滚的"白胖子"身上戳一戳，再嗦嗦手指头，回味无穷。

阿福皱着眉头指责曲伶儿道："你别戳了，让二少爷知道的话又该嫌弃了。"

"那这样，咱们商量一下。"曲伶儿指着有手指印的几个糍粑，"这几个反正苏哥哥也不会吃了，你给我装起来，我带走好不好？"

阿福翻了个白眼，"你还能再不要脸一点吗？"他还是找了个食盒给曲伶儿把糍粑装好了。

他听说了曲伶儿在徐州代替二少爷下虎眺崖救人的事，口中虽然不说，但心里感激，别说是几个糍粑，就是曲伶儿要他赔一条命，他也是愿意的。

苏岑回来时正好碰上曲伶儿往外走，曲伶儿手里捧一束金菊冲他挥挥手，"苏哥哥回来了，晚上不用等我吃饭了。"

苏岑嗔道："刚回来就不消停。"途经厨房，看着案板上的糍粑，拿手戳一戳，嘬一口，心头一动，"这几个给我找个食盒装起来。"又挑上一坛应季的桂花酿，冲阿福挥挥手，"晚上不用等我吃饭了。"

阿福心想，你们是商量好的吗？

他二人都停在兴庆宫门口，面面相觑一番，又都把视线放到了对方的食盒上。

一样的款式，一样的东西，甚至连摆放的方式和数量都是一模一样。

曲伶儿悻悻道："苏哥哥，你来看王爷？"

苏岑不想和曲伶儿一般见识，挪开几步，佯装不认识，"你找你的，我找我的，就当咱俩没见过。"

曲伶儿也正有此意，抬腿便跑，"我看到东市新上了桂花酿，我去给祁哥哥买两坛！"独一无二的东西才叫心意。

苏岑无语。

苏岑进了兴庆宫，李释还没回来，他绕着龙池走了一圈，秋菊开得正好，佐酒也不失为一种雅兴，遂采上几束，来到湖心亭。菊香幽幽，酒韵袅袅，到时候对酒当歌，湖心赏月，再一起吃着红糖糍粑，岂不乐哉。

于是，苏宅的二人守着一样的红糖糍粑、桂花酿和菊花，等着两个从宫里回来的人。

守了一夜，两个人却一个也没回来。

第二日一早，苏岑才知道昨夜的祭月礼出了事故。

崔皓在祭礼期间把一个老翰林给打了。

消息还是从号称"京城琐事无所不知"的郑旸那里听来的。

郑旸供职翰林院，被打的那个刚好就是他的顶头上司——一个从永隆年间就一直待在翰林院的老翰林。

翰林学士掌管着诏拟内制、参与机要等重要事务，后来更是与礼部一起管理科考事宜，在天下文人眼里是相当受人尊敬的职务。

而登科的仕子之所以挤破了头想进翰林院，是因为这里是他们升官的捷径。

最正统的升迁方式是先考科举，再入翰林，接着拜官入相。但凡家里有条件的，都以能把自家孩子送进翰林院为傲。当朝的大多数尚书、侍郎乃至左相温修皆是翰林出身，而像柳珵、崔皓这样的寒门子弟便只能另辟蹊径。柳珵是正赶上时局动荡，得到楚太后一手提携才有今日的成就，其他人没有这种际遇，要想入相，只怕是难上加难。所以英国公费尽心力把郑旸弄进翰林院也不无道理，毕竟谁都想自己的儿子顺风顺水地一路高升，那些坎坷的弯路能不走就不要走了。

而咱们这位挨打的孙翰林，从永隆十二年就待在翰林院，要论资历，翰林院里没人比得过他。可一晃这么些年过去了，他依旧只是个翰林。

这么些年来，他目送一个个同僚从这翰林院里出去封侯入相，自己升迁的迹象却一点也没有，这就好比占着鸡窝不下蛋。追根究底，只因为一点，那就是这人太不会讲话了。

据郑旸说，上至皇亲国戚，下至翰林院里洒扫的奴仆，就没有没被他骂过的，所以刚有一点升迁的迹象就被自己骂没了。这人不待在御史台而是在翰林院，当真是屈才了。

而且因为每次升迁名单里都没有他，他那满腔抱负无从施展，还患上了嗜酒的毛病。别人喝一点酒可以作千古文章，他喝一点酒可以骂三天三夜。

而这次挨打，就因为他这张嘴。

他竟然在祭月礼上骂了柳珵。

祭日于坛，祭月于坎，每年祭月礼上定要击鼓奏乐，祭月迎寒，还得撰写青词，大声诵读之后焚烧祭天，以求人间诉求上达天听。当朝青词撰写得最好的，就数右相柳瑆了。

而孙翰林就是在柳瑆诵读青词时骂了两句，偏偏就被崔皓听见了，崔皓二话没说，一拳上去，孙翰林嘴里当即漏了风。

苏岑问："他到底骂什么了？"

"那谁知道？"郑旸撇撇嘴，"他也没在祭月礼上明目张胆地放声大骂，也就是自己低声骂两句，好巧不巧，他身边是崔皓，换作是柳瑆本人，估计都没这么大反应。"

苏岑凝眉思忖了片刻，又问："后来呢？事情是怎么处理的？"

郑旸摊了摊手，"小舅舅大手一挥，两个人都下了狱，好好的祭月礼被搅得一团糟。祭月不像年尾的祭礼，今天不行了可以再换一天，毕竟这月亮挂在天上，一个月就圆这么一回，折腾了大半夜就这么功亏一篑了，小舅舅能不生气吗？"

苏岑点点头，他空等了一夜，临近天明又跑了回来，还告诉兴庆宫的下人，说自己没来过。李释回来一夜未眠必定身心俱疲，他不想王爷为了他这点小事分神。但事情不弄清楚心里终究过不去，这才一大早就过来找郑旸，想从他这里了解清楚。

如今听到事情无伤大雅才心头稍安，又闲扯了几句，想起两个人都没吃饭，就把给李释准备的糍粑拿出来两个人分食了。

"崔皓有柳瑆给他撑腰应该是没什么大碍，可怜我们那位孙翰林，这京城只怕是待不下去了。"郑旸边吃着糍粑边与苏岑闲聊，不一会儿就偏了主题，"你家这糍粑做得真不错，改天让我家厨娘到你府上学学去。"

苏岑辞别了郑旸，才赶去大理寺点卯。张君得知苏岑竟在千里之外的陆家庄遇见了自己的老师，但老师却永远留在那里再也回不来了，一时间有伤情，有感慨，拉着苏岑说了一上午的话。

"我早该想到的，老师他肯定是要回去的。"张君揉着圆滚滚的肚子一脸哀伤，"想当年我们第一次进村时，只有我和老师两个人，我们本想借着查陆小六的死因来调查暗门，没想到他们竟然明目张胆到当着我们的面杀人。一条条人命，就那么在我们眼皮子底下没了。我当时被吓得不轻，老师估计也无计可施了，他最擅长的就是化律为剑惩奸除恶，可在一个完全脱离了律法控制的地方，他的毕生所学、所求，都无济于事。

"当时村子里的村长名叫陆逊，是他找来了村子里几个身强力壮的年轻人趁着天黑把我们送出村去，几乎是以他们自己为盾，用一双双血手把我们推了出去。"

张君重重叹了口气，"那是我这辈子都不愿再回去的地方，可对老师而言，那里是他的阴霾，他身为大周律法的化身，不允许大周疆土上有这么一块阳光照不到的地方，所以他必须去抹掉这片阴霾。"

苏岑黯然神伤，这世上谁都知道康庄大道好走，可总不乏一群人，在一片荒野之上开疆拓土，为天地立心，为百姓立命，以血肉之躯冲破桎梏与枷锁，让后来人走得顺遂。

"你跟他很像。"张君突然抬起头来盯着苏岑道，"我有没有说过你跟他很像？尤其是执着在案子里的时候，简直像是一个模子里刻出来的。"

苏岑刚要谦辞一番，只见张君目光灼灼地看着他，眼里泪水荡漾，"我能叫你一声老师吗？"

等到苏岑傍晚下衙的时候，崔皓和孙翰林的事情已经闹得满城皆知了。同时关于两人的判决结果也出来了。

孙翰林终于不用再在翰林院待着了，被一举贬谪出京，去地方当县令了。

而崔皓仅仅是被罚了两个月的俸禄。

果然如郑旸预料的那样，在这虎穴龙潭的京城当官，背景很重要。

孙翰林走的当日，城门外只有两个人前来相送。一个是郑旸，他可能是顾念那一点共事的情谊，也可能是相处时间短，没被骂得狠，这才有勇气过来。

而这另一个，孙翰林眯眼打量了半晌，长身玉立，面容清皎，这谪仙般的人物……自己好像并不认识啊？

而且这人似乎并不是来送行的，他就跟在郑旸身后，一句话也不说，若不是身形和气度实在出尘，他都要以为这是郑旸带的随从了。

眼看着要走了，孙翰林实在没憋住，盯着这青年人皱了皱眉，"这位是？"

郑旸刚要作答，却见苏岑冲孙翰林一拱手，"在下苏岑。"

孙翰林稍稍吃了一惊，"你就是那个新科状元，破了好几个大案子的那个？"

说起来当初他还骂过这人沽名钓誉、自命清高呢，没想到原来长这样。

苏岑谦逊一笑，"正是不才。"

孙翰林心里更加疑惑，苏岑如今是陛下和宁亲王眼前的红人，与他并无半点交集，就算知道了自己曾经骂过他，那也不至于过来落井下石吧？

苏岑像是知道孙翰林心里的疑惑一般，冲他一笑道："在下听说孙大人在祭月礼上不畏强权，怒斥柳相，对孙大人景仰得很，特来一览风貌。"

孙翰林心下了然，宁亲王和柳珵是死对头，他骂了柳珵，反过来就是帮了宁亲王，所以宁亲王才派个人过来对他稍加安抚，现在的贬谪不过是逢场作戏，日后说不定还能起复回京，自己反倒是因祸得福了。

孙翰林刚想谦让一番，只听苏岑接着道："孙大人骂柳相没有真才实学，文章弄虚作假，想必是知道一些内情吧？"

孙翰林面色一白，道："你……你怎么知道？"

他骂柳珵时只是小声嘀咕了几句，刚好就被身边的崔皓听见了。可看崔皓那么护着柳珵，定然不会把自己骂柳珵的话往外宣扬，那这个人又是怎么知道的？

苏岑眼神忽然一凛，接着问："永隆二十二年的会试，柳相策论的试卷上究竟写了什么？"

孙翰林身形一晃，向后微微踉跄了两步，回神之后立即拱手作别，"天色不早了，我该启程了，后会有期……不不不，还是无期了吧，别送了，告辞告辞……"

郑旸看着孙翰林落荒而逃，不由得回头疑惑地看着苏岑，"你怎么知道他骂了什么？"

苏岑摇头，他已经注意到了孙翰林方才那副惊慌失措的模样，有些东西呼之欲出。

当时调查贡院杀人案时他去礼部调过当年的档案，可是翻遍所有人的试题都没找到柳珵的。孙翰林正是当年那场科考的誊录官，负责将所有仕子的试题糊名重新誊录一遍，再送到礼部审阅，也就是说柳珵只要进了贡院，试题一定会经过他的手。

苏岑凝眉思索，柳珵究竟是做了什么，才让这位孙翰林得出"没有真才实学，弄虚作假"的结论？

那柳珵的状元，又是怎么得来的？

刑部大牢。

一个人从阴冷潮湿的牢房里走出来，站在明媚的阳光之下打了个哆嗦，再一看台阶之下站着的人，不由得眼前一亮，几步上前冲那人笑道："你怎么来了？"

柳珵不冷不热地哼了一声，"我不来捞你，让你烂在大牢里吗？"

柳珵迎头往回走，崔皓紧随其后，只听柳珵边走边数落："多大的人了，能不能别再那么意气用事，这里是长安，不是你那小破村子，把你那乡野气收一收。"

崔皓愤愤不平道："他那么说你，我怎么能忍？"

柳珵无奈一笑，"你怎么知道他说的不是真的？"

"你是先帝钦点的状元，谁还能质疑先帝不成？"崔皓义愤填膺，再一看柳珵都走远了，急忙追上去，"你别走那么快，等等我。"

柳珵嫌恶地一甩袖子，"离我远点，一身酸臭味。"

崔皓抬起袖子嗅了嗅，皱眉，"有吗？"转而一笑，"那你给我洗吗？"

"滚。"

第
二
章

莲 子

李释复朝之后干的第一件事，就是把自己的摄政权拿了回来。

柳珵之前一直主张小天子立辅政大臣，与小天子拉锯了一个月都没取得成果。在李释回来后他迅速变了说辞，大肆赞扬了一番小天子的精明能干，希望小天子能继续亲政，摄政王什么的，根本不需要。

奈何小天子之前在柳珵的逼迫下早就吃够了亲政的苦，这时候巴不得赶紧把权力交出去，根本没用李释动口，自己便以"朕尚年幼，不足以克承大统"为由，把玉玺亲自交到了李释手上。

对此，柳珵虽然不甘心，却也在意料之中，因而没那么大反应。

血缘上的关系刻在骨子里，本就不是他们这些外人离间得了的。

反应最大的，却是后宫的楚太后。

楚太后砸了一扇百鸟朝凤的屏风，又砸了一套琉璃盏，一会儿骂李释狼子野心，觊觎她儿子的江山，一会儿又骂柳珵他们办事不力，连一个李释都对付不了，最后没得骂了，哭诉先帝走得早，留下他们孤儿寡母被人欺负，又把这"豺狼虎豹"留在他们身边虎视眈眈。

柳珵在一旁不由得冷笑，心想明明是你儿子自己拱手把玉玺让给了别人，这会儿来怨天尤人又有什么用，有工夫在这儿砸东西，还不如去教育教育儿子。

楚太后注意到了柳珵嘲讽的表情，脸色顿时一变，"你在嘲讽哀家？"

柳珵立即拱手，"臣不敢。"

楚太后冷艳的脸笑了一下，"谅你也不敢。"

柳珵不由得打了个哆嗦，一股凉意渐渐升腾而起，只听冰冰的音调回荡在大殿的梁椽间，"你可是先帝留下来照顾我们母子的，如有二心，你对得起先帝对你的恩情吗？"

柳珵低头敛神，指尖却一点点僵硬了。

李释拿回摄政权之后干的第一件事，便是将之前那些为难过小天子的大臣挨个收拾了一遍。

不是边关奏急，需要立即定夺吗？那遣你为陇右道巡察使，先去漠北吃两年沙子再告诉我是不是边情紧急。

那些个拿陈谷子烂芝麻出来充数的，看来是记性不怎么好，既然如此，便早早打发回老家安享晚年算了。

还有那些无故上请安帖淆乱视听的，既然每日都这么闲，不妨就派御史下去查一查吏治，凡有一件冤假错案的，便按官员不作为、尸位素餐处置。

小天子坐在龙椅上看得无比畅快又目瞪口呆，原来还可以这么做，原来手握重权当真可以睥睨众人。

于是原本混乱的朝局在李释回归之后迅速恢复到了之前的状态，人人小心翼翼地各司其职，生怕被逮出来当了那只出头鸟。

几场秋雨下来，天气渐凉，苏岑下了衙来到兴庆宫时一场秋雨刚歇，下人们正忙着打扫满地的残花败叶，用竹枝编成的扫把清扫着青石板。有人见过苏岑，问了安，告诉他王爷正在书房里忙公务。

苏岑自忖不能扰了宁亲王的公务，打声招呼后先向着后寝而去。途经龙池，里面莲叶枯黄，苏岑随手扯了几个靠近岸边的莲蓬，到了寝宫又找来盘子，把莲子一一剥出来，又拿针把莲心挑了去——莲心泛苦，趋甜避苦是本性，更何况他从小就没怎么吃过苦，对这种萦绕在舌尖经久不散的苦味一直习惯不了。

李释处理完手头的事情回来时，就见苏岑悠然自得地倚坐在卧榻上，面前捧着本书，桌边还摆着一盘莲子，不时伸出手来拿起几个吃。

苏岑尚未察觉李释进来，直到他来到桌边，也想伸手拿一个莲子尝尝。

苏岑看到李释的手，立即抬起头来，目光渐缓，站起身对他轻轻一笑，"王爷忙完了？"

李释捏起一颗莲子放到嘴里，"看的什么，这么入迷？"

苏岑神态自若地把书收起来放在手边，"一些旧案，翻出来看看。"

这话说得不全是真的，旧案不假，却是刚刚才立的案——田平之的案子。

好在李释看上去并未上心，问："吃饭了吗？"

苏岑这才想起来自己是空着肚子来的，淋了一场雨，又吃了满肚子的生莲子，这会儿才觉出胃里发寒，不那么舒服。

李释吩咐下人送膳，看着苏岑先吃饱，自己再草草吃了几口便让撤了。

苏岑微微皱眉，"王爷怎么吃这么少？"

话还没问完便见祁林端了个玉盏进来，苏岑刚瞥见里头那浓郁的汤汁，便被李释端起来一饮而尽了。

"这是……药吗？"苏岑凝眉，上次他见李释喝药，是因为有人在兴庆宫的膳食里下毒，害得李释犯了旧疾。自从李释从徐州回来，拿回摄政权，大刀阔斧地整顿吏治，自然是动摇了不少人的利益，那这次会不会又是……

李释像是看出了他的心思，笑着在他背上拍了拍，"一点风寒，不妨事。"

"风寒？"苏岑显然不相信，刚想去嗅嗅那药里到底混了什么，却被李释不着痕迹地端起来交到祁林手上拿走了。

苏岑心里疑惑更甚，他其实不通药理，真要闻也闻不出什么来。结果这么一试却试出了问题，李释特地避着他，所以这药一定不是治风寒的药。

可李释这种无所谓的态度，显然是并不打算告诉他。

苏岑一字一顿地问："王爷到底怎么了？"

李释眯了眯眼，不答反问："那你呢？又在捣鼓什么案子？"

苏岑一愣，顿时赧然，他以为他藏得很好，却不知道李释早就洞穿了他那点小心思。

既然已被识破，苏岑便坦坦荡荡地迎上那目光，以求用真心换真心，"我是要查田平之的案子。"

李释眯着眼盯着他，一双眼睛亮得吓人。

"那田平之……"苏岑咬了咬唇，还是决定如实相告，"这是陈老生前留下的唯一一桩没破的案子，我想替他完成。"苏岑认真地看着李释，"我能查吗？"

李释抬手按了按眉心，"我说不让你查，你就不查了？"

苏岑想了想，认真点了点头，"嗯。"

两个人都沉默了，李释凝眉考虑，苏岑静静等着，房顶上传来窸窸窣窣的声响，又下雨了。

半晌后李释在苏岑肩头轻轻拍了拍，"查吧，天塌下来我给你兜着。"

封一鸣又回京了，说是回京述职，可现在这时节，他述的哪门子的职？

苏岑眼睁睁看着这人带着满箱子的礼物进了兴庆宫，又被李释无情地赶了出来。

封一鸣倒也不恼，一计不成又生一计，收拾收拾东西，转头投奔了苏岑。

苏岑看着封一鸣千里迢迢从扬州过来，一身尘土都没来得及掸去，一时心软点了点头，结果一失足成千古恨。

事实证明，对敌人的仁慈就是对自己的残酷。

于是，苏岑每天从大理寺回来都能看见封一鸣在他的院子里，坐着他的躺椅，喝着他的茶，指挥着他的下人，一副理所应当的样子。

封一鸣是北官南走，好面食，口味重，天天撺掇阿福做菜多放盐和辣椒。苏岑却是南方人，饮食清淡惯了，当天晚上嗓子便哑了，一连几天开不了口。

封一鸣好浓茶，苏家的茶叶一天下去好几两，苏岑有一次跟着喝了一杯，一晚上没睡着觉。

接连几日苏岑也习惯了封一鸣的存在，他就当家里没有封一鸣，两个人各过各的，偶尔还能和平地共处一室，一起在院子里看秋阴散尽，倒也挺和谐。

苏岑端着自己的碧螺春问："你天天这么往京城跑，就不怕有人弹劾你擅离职守？"

封一鸣呷了一口自己的铁观音，道："谁乐意弹就弹吧，刚好把我调回京城，我乐得清闲。"

苏岑轻轻笑了一声，"你就是算准了扬州离不了你。"

榷盐令刚刚废除不到一年，封一鸣担任江淮盐铁转运使，统筹整个淮南道的盐、铁兼漕运。淮南道是商贾聚集之地，盐利是重中之重，去年年底税收一上来更是彻底充盈了国库，封一鸣现在可以说是有恃无恐，再也不是当初那个需要冒死弹劾来保命的小官。

苏岑看着天边最后一抹残红，突然问："就那么不甘心？"

封一鸣笑了，"换作是你，你能甘心？"

苏岑凝眉，静静想了想，直到最后一点光消失在天边，才轻声道："不甘心。"

"我问过他，我们那么像，为什么是你？"封一鸣端着一盏凉透了的茶，轻轻一笑，"你猜他怎么说？"

苏岑抬头，他记得当初在扬州时无意中听到过封一鸣和李释的谈话，封一鸣一声声地诘问李释，为什么不让他回京。

但他当初并没有听到最后，既然不是说给他听的，那他就不想知道。

可如今话从封一鸣嘴里说出来，他又无端多了几分好奇。

封一鸣的笑容里带着几分悲切，"他说，不像。"

苏岑一愣，"哪里不像？"

"我也想知道哪里不像。"封一鸣自嘲般地摇了摇头，"所以我才过来看看我们哪里不像。"

苏岑轻轻一笑，举杯向前，"如今看出来了？"

封一鸣也往前递了递茶杯，两人的茶杯轻轻一撞，"乒"的一声，水波荡漾，封一鸣轻笑，"是挺不像的。"

田平之的案子得以立是苏岑费尽千辛万苦争取来的，按照张君的性子，这种案子他是不会碰的，当年就是因为这个案子害得他跟老师身处险境，他们所查的一切都被抹去了痕迹。如果只是涉及暗门也就算了，可貌似还有朝中人物牵涉其中，拔出萝卜带出泥，他不知道这下面到底还牵连着多少人。

而且如今案子已经尘封了这么些年，知情人早已不在了，就连唯一执着的田老伯也入土了，他觉得这个案子没有查下去的必要了。

苏岑却不以为然，一桩案子，一条人命，真相大白于天下，是对生者的告慰，对死者的尊重，不管过去了多少年，都不该落灰蒙尘。

张君被苏岑缠得不胜其烦，告假在家里躲了几天，结果竟被苏岑找上了门，以探病为由，大道理扯了一通，本来没病都给他说出病来了。

张君被缠得没办法，最后总算点了头，但要约法三章，要查可以，得秘密进行，而且案子到了哪一步他必须清楚，一旦到了不能控制的地步，苏岑必须听他的，说停就得停。

苏岑当天晚上便熬夜把所有线索整合了一遍，最后得出结论，案子不能凭空捏造，还得有个抓手，所以应该先把田平之的尸体找出来。

当年田平之被当成心猝致死，直接埋在了贡院后头，陈光禄为了查案把尸体挖出来，后经仵作证实他当时死于哮喘。案子查到最后不了了之，唯一知道真相的陈老已经驾鹤西去，仵作下落不明，那田平之的尸体又去了哪里？

大理寺有存储尸体专用的冰窖，但也只是作为临时储存之用，现在尸体肯定不会还放在冰窖里。

不过既然案子没结，按照陈老的习惯，定然不会草草处理尸体，肯定还放在某个地方留待后续追查。

当初陈老愤然离京，以赴死的决心前往陆家庄，会把尸体藏在哪里？

如果他是陈老，最后会把尸体藏在哪里？

苏岑心里渐渐明晰起来，既然案子没结，那便留待后人继续查，所以尸体还在贡院里！

想明白这一层，苏岑豁然开朗，第二日一早便去大理寺告了个假，又回家换了一身常服。听说要去挖尸体，在家里闲得发慌的封一鸣也上赶着凑热闹。苏岑心想，让他跟着也好，省得这人天天在家无所事事地膈应他，这才把他带上。

说起尸体，就不得不提一个人，两人去贡院之前先去了趟太傅府，把正在喝茶听曲的宁三通提了出来。

不承想在太傅府里还碰上了个熟人——沈于归。

自从被苏岑从刘康手里救下来，沈于归就被宁三通带回家里医治，之后被宁老爷子收为干孙女。这次赶得巧了，苏岑他们到的时候正碰上沈于归在后花园里画画。

沈于归当初一身男子打扮，看着清冷又羸弱，如今换上女装，腰身立显，这才看出几分女孩子曼妙的身段来。看起来她在太傅府里将养得不错，脸色不似之前那么苍白了，有了几分神采。

看见苏岑来了，沈于归面露惊喜，立即放下笔上前冲苏岑欠了欠身，轻轻一笑，像一朵白莲徐徐而绽，"恩公。"

苏岑无奈一笑，"都说了不用叫我恩公。"

沈于归看着苏岑认真道："你于我沈家有恩，这声恩公受之无愧。"

苏岑笑了笑，不想再在这上面纠结，转而看向桌上的画纸，"你又能画画了？"

"右手还是不行。"沈于归无奈地看了看自己的右手，一条结痂从腕子上横亘而过，这里的筋曾经断过，无论如何也不可能再像从前那么灵活。

"所以我现在练一下左手，还不是那么熟练，平日里乱画一气还行，就是登不上台面。"

封一鸣凑近看了看沈于归乱画一气的作品，不禁皱眉，"你这是乱画一气，那我们画的岂不都是狗扒的了？"

只见画纸上是一朵写意的秋菊，初绽在一场严霜之后，但姿态傲然，全然不受严霜所迫。用笔奔放，将其疏朗、冷峻、野逸之气展现得淋漓尽致，说是大成的名家之作只怕也不会有人质疑。

苏岑看清画上的内容却是另一种心境，轻轻一笑道："你用上了你沈家的画法。"

沈于归笑道："从前总模仿别人的东西，如今我也算能画一些自己想要的东西了。恩公当日说得不错，模仿得再像，那也是仿品，没有作画时的那份心境，就少了画里的灵魂。我如今画自己的东西，美也罢，丑也罢，终究是有一缕东西牵绕着，画出来的不再是死物了。"

苏岑点头，这画上的菊花透着一股生气勃勃，确实不是之前那些仿品能比的。

二人又跟沈于归说了一会儿，宁三通才姗姗而来，轻袍缓带，姿态翩翩，看见封一鸣不由得一笑，"看来扬州近来很太平啊，什么风把你吹来了？"

封一鸣回以一笑，"不比你清闲自在。"

这话倒是不假，宁三通不求功名，在大理寺挂个闲职，平日里有案子就在寺里待着，没案子就去茶楼酒肆闲逛。而且有这重身份在这，旁人也不敢怠慢，慢慢地倒成了苏岑的"御用"仵作了。

宁三通道："改天叫上郑旸给你接风洗尘。"说完看着苏岑，"又有新案子了？"

"谈不上新案子。"苏岑把之前的案情大致说了一遍，最后才道，"案子有些棘手，可能牵涉朝中权贵，而且张大人的意思是要偷偷查，你接不接？"

"你还当真是不肯消停。"宁三通不禁笑道，"我若不接，你还能找谁？"

苏岑拱手一笑，"那便有劳了。"

宁三通找来他那大木头箱子，收拾妥当之后三人才一起出发。去贡院的路上宁三通道："说来也巧，十几年前是陈大人和我师父调查的这个案子，如今换成了你和我，当年他们罢官的罢官，离职的离职，案子被雪藏了，不知道我们的运气怎么样。"

苏岑道："先人之志，会保佑我们的。"

他平日里不信鬼神，这里却无端就相信了陈老在天有灵，必然也希望他们能将案子告破，让死者安息。

三人来到贡院门口，林宗卿亲笔题的楹联犹在。贡院每逢三年便用作科举的考场，平日里都是大门紧闭。当日万千仕子齐聚于此，手握一支笔，胸怀万卷书，叹家国天下，书山河万顷，风光场景犹如昨日，如今却门前寥落，连当日的糖水铺子都不见了踪迹。苏岑一时竟生出一种恍惚之感，想当年，他从这里开始了仕途，如今再回到这里，像是一场轮回，他注定得回这个地方。

苏岑掏出从礼部借来的钥匙，开了锁，推开两扇朱漆大门，迈入贡院。他跟封一鸣都是从这里出来的，一股熟悉感扑面而来，不禁让人感慨万千。

宁三通没进来过，不由得嘀咕："这些房子怎么跟笼子似的？"

苏岑笑了笑，"就是笼子。"

一排排号舍林立，可不就是一个个樊笼，从这笼子里出来的，一飞冲天，翱翔万里，也有出不来的，一辈子被锁死在这里，穷尽一生找不到出路。

会试三年一次，贡院空置了一年之后杂草丛生，硕大的贡院里只有他们三个人，身旁是一排排笼子似的号舍，颇有些惊悚。

突然之间，一声巨响，宁三通的大木头箱子应声落地，正砸到他脚上。宁三通哀号一声，抱着脚直跳，满箱子的锤头、榔头散落了一地。

苏岑和封一鸣急忙回身去帮忙，封一鸣把宁三通扶到一旁坐下，苏岑则把工具都重新拾回箱子里，最后看着断开的绳带，慢慢凝神。

"应该就是年久失修了，我回去重新换一根就行。"宁三通休息好了凑过来，接过箱子在断裂处打了个结，先勉强用着。

苏岑问："你没事了？"

宁三通笑着摆摆手，"能有什么事，走吧。"

三人穿过号舍来到贡院，墙根旁横着种了几棵酸枣树，三个人不由得一愣。

"不好。"苏岑急忙上前，看到眼前的场景，神色渐渐凝重起来。

只见遍地坑坑洼洼，不远处一棵酸枣树下还被挖出了一个人形深坑，被翻出的土堆在一旁，土色尚新。

试卷

苏岑走到酸枣树下，俯视着那个坑，慢慢凝眉，"怎么会这样？"

宁三通也凑近打量了一下土坑的深浅长短，"坑长七尺有余，刚好能埋下一个人，田平之应该是被人先一步过来挖走了。"

封一鸣问："谁还知道田平之埋在这里？"

"礼部和翰林院的人？还是当初承办此案的大理寺的人？"宁三通掰着手指数着，"还会有谁？"

"还有一个。"苏岑突然道。

封一鸣和宁三通齐齐看过去，只见苏岑看着那个土坑，良久之后才轻声道："田平之和柳珵生前是挚友，姑且不说田平之的死跟柳珵有没有关系，自己的好友最后死在贡院里没能出去，柳珵不可能不知道。"

宁三通恍然大悟，"你是说尸体是柳相偷走的？"

封一鸣也跟着点头，"而且礼部是柳相的人，如果真的是柳相派人来挖尸体，他轻而易举就能拿到贡院大门的钥匙。"

苏岑却没有展眉，蹲下身去捻了捻堆起来的土，土质松软干燥，但前天夜里刚刚下过一场雨！

"可是，他怎么知道我们要查田平之的案子，还能抢先我们一步把尸体偷走？"苏岑扔掉手里的土，掸了掸手，静静地抬头看着封一鸣和宁三通，眼里是看不清的一片寒雾。

"苏兄……怎么了？"宁三通被他看得心里发毛，不自在地揉了揉鼻子，"有什么发现吗？"

苏岑慢慢收回视线，"没什么。"

封一鸣问："现在怎么办？"

苏岑冥想片刻，开口道："去礼部。"

礼部侍郎何仲卿是出了名的好脾气，对待谁都是谦谦有礼，印证了那句"言念君子，温其如玉"。可就是这么一个人，却屡次被苏岑逼得直蹦高。

何仲卿一口咬定，这半年来除了苏岑，不曾有人来借过贡院的钥匙。

"不曾出借过？"苏岑冲他拱了拱手，"那能否借贵部的出调档案看一下？"

何仲卿微微皱眉，"你不相信老夫？"

"我们自然相信何大人。"宁三通道，"只是礼部事务繁多，是人总有遗漏的地方，您让我们自己看一眼安了心，不是好过这么耗下去？"

何仲卿无奈地叹了口气，这些人都是来者不善，一个苏岑就算了，还有一个宁三通。不管怎么说，太傅府的面子还是得给的，于是何仲卿吩咐下人把礼部的出调档案拿来，何仲卿接过来交到苏岑手上。

几个人仔细翻看了近些天的条目，确实没有贡院钥匙出借的记录。贡院壁坚墙厚，墙高两丈有余，而且墙上还有棘垣，如果不用钥匙开门，那还能怎么把尸体带出去呢？

苏岑抬头问："除了礼部，还有谁有贡院的钥匙吗？"

何仲卿摇头道："虽说礼部和翰林院统筹科举事宜，但钥匙一直都是存放在礼部的，这里没有记录，那就是没人进去过。"

苏岑往前翻了几页，刚要把档案还回去，突然注意到什么，他向前翻了几页，前后对照一番，最后仔细辨认，良久才道："这里少了一页。"

何仲卿面色一白，"可能是之前写错了，撕了吧。"

"可是条目对不上，前一页还是今年正月的借调记录，下一页就成了三月的，那整个二月期间礼部就没有借调出去过东西？"

苏岑用一双冷冰冰的眸子盯着何仲卿，直把他看得心里发寒，何仲卿刚要辩解，封一鸣在一旁道："前年的也是，二月的少了一页。"

几个人又翻了几本，发现有几年二月的借调都有一页缺失，而且撕痕尚新，应该是近期才撕去的。

宁三通道："可是去年的是完整的。"

苏岑凝眉想了想，"去年二月正赶上三年一度的会试，礼部和翰林院在贡院里筹备科考，人员杂乱，不用钥匙也能轻而易举地混进去。"

封一鸣道："也就是说有个人在每年二月都要进贡院一趟，但是记录被人销毁了。"

苏岑回头看着何仲卿，"何大人不打算给我们个解释？"

何仲卿在秋高气爽的日子里硬是被逼出了一头汗来，拿袖子几经擦拭，才结结巴巴道："我不知道，这档案也不归我管，我是真的不清楚……"

"是柳相？"苏岑突然道。

何仲卿神色一滞，噤了声。

苏岑心里了然，能让何仲卿这么维护的，只能是他的上司，当朝右相——柳珵。

"可是这借调是二月份的。"宁三通不理解，"贡院里的土很明显是最近才被挖出来的，不可能是二月份挖的。"

"没说是之前挖的。"苏岑用指尖轻敲着书面，"我的意思是他怎么知道我们要来查他，能提前销毁记录，而且他既然能销掉之前的记录，那最近的就不能销毁吗？"

苏岑抬头，直勾勾地盯着何仲卿，"到底是谁让你干的？"

苏岑明明没说什么重话，何仲卿却无端觉得遍体生寒，那目光犹如带着力道，硬生生让他向后跟跄了一步，吞吞吐吐道："我不……"

"何大人想去大理寺谈？"

"是柳相！是……柳相……"何仲卿颓然垂下肩，"就在你们过来之前，来了个人，自称是柳相派来的，让我把关于柳相的记录全部抹掉。我也是身不由己啊，可是真的只有往年二月的记录，近几天柳相真的没进过贡院……"临了还不忘补充一句，"我说的都是真的，真的没骗你……"

苏岑静静听完，点了点头，"多谢了。"

何仲卿这才反应过来，自己是朝廷命官，苏岑没有真凭实据是不能对他怎么样的，而且这人还低了他半级，自己叱咤官场数十载，到头来竟被这么一个毛头小子摆布了。

一世英名毁于一旦，何仲卿实在没脸再待下去，刚走到门口，只听身后苏岑又喊了一声："何大人。"

何仲卿打了个寒战，愣愣地回过头来，只见那青年人面目如玉，冲他轻轻一笑，"我想再看一下永隆二十二年的科考试卷。"

在礼部昏暗的库房里，三个人每人守着一摞试卷开始翻看，毕竟已经过去十几年了，纸上的墨迹已经受潮，有些还发了霉，得仔细辨识才能看清到底写的是什么。

宁三通的速度明显不如苏岑和封一鸣，让他对着尸体看一天一夜他都不困，可对着这么几页纸看了没多久就开始打瞌睡，只能强打精神没话找话地问："你查这些试卷是觉得当年的科考有问题？柳珵偷了田平之的试卷，夺了他的状元？"

苏岑一边翻找，一边回答："柳珵偷田平之试卷的可能性不大。就你今天看的那些笼子，等人进去后都会从外面上锁，门外还有号军把守，除非交卷走人，不然根本无法从里面出来。想在考场里调换卷子，难度太大，几乎是不可能完成的。"

"那会不会是有人帮他？"宁三通又道，"买通了门外的号军或者值考的翰林？"

"可是当时柳珵只是个没钱、没背景的寒门子弟，他哪儿来的钱行贿？"苏岑看完了自己这摞，又从宁三通那里分了一半过来，"而且，那场考试负责誊录的翰林曾经说过，柳珵是'没有真才实学，弄虚作假'，也就是说柳珵当日作的文章肯定是不怎么样，一篇不怎么样的文章，需要柳珵费尽心思，甚至不惜杀人来窃取吗？"

宁三通咬着笔头皱了皱眉，"那我就想不明白了。"

封一鸣突然从发霉的试卷里抬起头来，"你们看这个。"

苏岑和宁三通凑过去，只见封一鸣单拎出来的那张是田平之的卷子，挥洒恣意的一手行楷，分析藩镇割据，探讨边将拥兵自重的问题，直切要害，鞭辟入里，时隔多年还能看出字里行间的少年意气。但这么一篇行云流水的文章，却在中间戛然而止，纸上有几滴血迹，多年下来，血迹发暗发黑，混在墨迹里，已然辨不真切了。

在那么一间不足丈宽的号舍里，他消失得无声无息。

封一鸣默默叹了口气，田平之如果能活到现在，这朝堂上会不会又是另一种格局？

苏岑垂下眼帘掩住眼底的情绪，轻声道："接着看吧。"

看到最后，宁三通早已抱着一摞书睡了过去。薄暮之际，苏岑和封一鸣齐齐放下手里的试卷，对视一眼，齐齐摇了摇头。

这里面没有柳珵的试卷。

柳珵身为永隆年间最后一届科考的状元，竟然找不到他当年夺魁的试卷。

突然之间，宁三通抬起头来，茫然四顾，"哪里烧起来了？"

封一鸣一愣，不禁笑了，"睡糊涂了吧你。"

宁三通吸了吸鼻子，"不是，真的有股烟味。"

话音刚落，书库角落里突然蹿出一道火舌，顷刻间吞没了一片书架。

苏岑面色一沉，"快走！"

跑了两步却见封一鸣还站在原地，正妄想从数千张试卷中找出田平之的试卷。

苏岑拉了他一把，"救不了了，快走！"

顷刻间，火舌席卷上来，将一切化为乌有。

三个人连滚带爬地冲出库房，再回头一看，浓烟滚滚，火势冲天，漫漫烟尘之下，所有的一切都不复存在了。

火光冲天，浓烟蔽日，库房外瞬间就聚集了大批的人。但由于里面多是书本纸张，遇火即燃，连救的余地都没有，众人也只能束手无策地站着，看着火焰渐渐吞没了一切。

何仲卿赶过来时，库房被烧得只剩个框架了，他在门外踱步，看看苏岑，欲言又止，只能无奈搓手，"这……这可如何是好啊……"

苏岑道："这件事我会向陛下禀明，一切罪责我来承担。"

何仲卿这才心里稍安，心想烧了也好，省得这小祖宗再天天上门要这要那，在柳相那里也能有个交代。他指挥着看热闹的人分散开来，象征性地再救一下火，免得落下话柄。

苏岑回过头去问封一鸣和宁三通："看清楚起火点是哪里了吗？"

宁三通回想了一下当时的情形，他是第一个发现着火了的人，最有发言权，道："好像是从里面烧起来的。"

苏岑凝视着唯一的出口，眉头慢慢皱了起来，"可是我们出来后，就没有人再从里面出来了。"

当时库房里只有他们三个人，他们所在的位置距离门口也最近，可是从他们发现着火，一直到他们从里面逃出来，并没有第四个人再从里面出来，如果火真的是从里面烧起来的，那放火的人呢？

他们三个自从分好了试卷就没再挪动过，那这火到底是怎么烧起来的？

封一鸣道："莫非是库房里天干物燥，这些书本自燃了？"

"可它早不自燃，晚不自燃，我们刚查到这里它就自燃了，未免也太巧了吧？"苏岑环视了一圈周围的人，"更巧的是，这个人为什么总能抢在我们前面一步？他是怎么知道我们的行踪的？"

宁三通跟着神色一紧，"你是说，有人跟踪我们？"

封一鸣在一旁笑了笑，不置可否。

从礼部衙门出来时天色已晚，眼看着茶楼酒肆都已经开始打烊，苏岑冲宁三通道："宵禁将至，害你奔波了一天，到最后连口饭都没吃上，等案子破了我再登门道谢，把这顿饭补上。"

"你不用跟我这么客套。"宁三通摆摆手，"那便等你的好消息，有什么事尽管来太傅府找我。"

苏岑目送宁三通走了才收了视线，一回头，正对上封一鸣意味不明的目光。

"你怀疑是宁三通泄露了我们的行踪？"

苏岑摇了摇头慢慢往回走，"我也说不好。"

"你注意到在贡院时他断掉的那根绳子了吗？"封一鸣道，"明显是用利器割断的，他可能就是利用那段时间让人把田平之的尸体运了出去。"

"可是他这么做的理由是什么？"苏岑淡淡道，"他无心仕途，跟柳珵没什么交集，有太傅府这个靠山，也不至于受人威胁。而且那么短的时间里，在不知道田平之所埋的具体位置的情况下，要想把人挖走也有难度。"

封一鸣想了片刻，也点了点头，"这么说来不是他？"

苏岑垂眸，"我希望不是。"

封一鸣接着问："现在所有线索都没了，接下来怎么办？"

"我也没想好，走一步算一步吧。"苏岑耸了耸肩，转头看着封一鸣，"你什么时候回扬州？"

封一鸣挑了挑眉，"怎么，就这么想让我走？"

"他们能自由出入贡院、礼部，敢放火烧礼部库房，我不想牵连了你们。"

"你还是担心自己吧。"封一鸣轻轻一笑，"你才是最关键的人，他们要杀也是先杀你。"

"所以才让你离我远点。"苏岑突然停下步子，对封一鸣道，"你先回去吧。"

封一鸣愣了愣，回过头来，"那你呢？"

苏岑偏了偏头，封一鸣跟着看过去，只见花萼相辉楼楼顶的琉璃瓦反射着夕阳余晖，绚烂异常。

封一鸣一甩袖子，头也不回地走了。

兴庆宫里华灯初上，苏岑到的时候晚膳已经备好了，下人们站在一旁等着伺候，坐在桌边的人却没动筷子。

苏岑来了便拿起一块荷花酥塞进嘴里，边吃边落座，又拿起筷子往自己碗里夹了几块排骨，埋下头去狼吞虎咽。

李释这才拿起筷子，边吃边道："来晚了。"

"我又闯祸了。"苏岑抬起头来可怜兮兮地看了李释一眼，"我们查到礼部，刚查出点东西就有人把礼部库房烧了。"

"人没事吧？"李释抬眼把苏岑从上到下扫了一遍，确认没事才漫不经心地道，"礼部建档杂乱，是该让他们好好疏理疏理了。"

苏岑无奈一笑，自己可能真是个瘟神，被何大人知道了，估计又要无奈了。

李释边吃边道："以后出门让祁林跟着你。"

"不，不用。"苏岑险些呛着，接过帕子猛咳了几声才止住。

苏岑只当是句玩笑话，埋下头去继续吃碗里的排骨。

李释放下筷子擦了擦手，"那就让曲伶儿跟着你。"

苏岑点点头，这才注意到李释手里已经空了，不由得凝眉，"怎么又吃这么少？"

他就没见李释动几下筷子，只动了面前的一盘翡翠苣丝，怎么能吃饱？

苏岑下手剥了一只凤尾虾放到李释碗里，试探着问："王爷再吃点？"

李释倒也没拒绝，重新拿起筷子吃了。

苏岑展颜一笑，又接连夹了几样送到李释碗里，李释全都吃了。

一顿饭吃完，天色已经完全暗下去，苏岑伺候李释吃完了药，又陪着他把一日的朝事都理完。苏岑一边研墨一边回想今日发生的事，封一鸣说得不错，能每次都提前他们一步，这个人应该就是身边人。他不是没想到这层，只是不愿往这上面多想，说他曲高和寡也好，薄情寡义也罢，一直以来他肯交心的人不多，就这么几个，他不想有朝一日还得针锋相对。

所以他傍晚的时候替宁三通开脱，实则也是说给自己听的，没拿到真凭实据之前，他便相信他们都是清白的。

李释手上没停，边批阅奏章边问："你那案子查得怎么样了？"

苏岑一愣，立即回神，心虚地看看砚台里的墨，墨色均匀，应该没影响李释看折子，不禁起疑，这人是怎么知道自己在走神的？

苏岑虽然疑惑，却还是理了理思路，把这一天发生的事简单给李释讲了讲。李释看似在认真处理政务，苏岑所说的话也能一个字不落地听进去，等苏岑说完便一针见血地道："封一鸣，还是宁三通？"

苏岑摇摇头，"我不知道。"

"明天让封一鸣回扬州去。"

"不必了，不必了。"苏岑急忙摆摆手，一想到封一鸣千里迢迢从扬州赶过来，却被他无情地赶回去，指不定得伤心成什么样，叹口气道："我自己处理。"

李释抬了抬头，"你能行？"

苏岑挺直了腰杆，"我怎么不行？"

李释轻笑出声，看着苏岑脸上严肃认真的样子点了点头，"那就你说了算。"

入秋以后夜凉了，苏岑半夜醒过来，披衣下榻。他来到李释的书房外，看到里面亮着灯，便轻轻推门而进。

走到近前才发现李释轻轻靠在他那张紫檀椅上，一手搭在额间，看似在闭目养神，实则眉头紧蹙。

直到苏岑走近，李释才微微回神，一双眼睛慢慢睁开，眼底映着星辰皓月，孤寂又深邃。

李释声音里带着三分低沉和七分醇厚，问："怎么不睡了？"

苏岑微微蹙眉，盯着那双眼睛问："王爷还是睡不着？"

李释摇了摇头，"没有。"

"那你怎么……"苏岑话说到一半又突然停住，李释刚刚舒展的眉头又蹙了起来，显然是不欲多说。

苏岑轻声询问："我能为王爷做点什么？"

李释靠着椅背轻轻闭上眼睛道："帮我按按头吧。"

苏岑将双手放在李释两侧的鬓角，不轻不重地按压着穴位，指尖冰凉，好似真把疼痛舒缓了。李释眉心舒展，双眸轻阖，好似真的睡着了。

宁亲王年近不惑，岁月积淀在他的骨子里、气度里，却没在表面留下痕迹。一张脸上是内敛下来的光华，轮廓锋利，眼眸深邃，只眉心位置留下几道深深的竖纹——是时常蹙眉所致。

哪里就有这么多烦心事？怎么能留下这样斧劈刀刻般的痕迹？

苏岑又按了一会儿，低头轻声道："我去把祁林叫进来吧。"

李释难得没有拒绝，点了点头。苏岑收了手，带上门轻轻退了出去。

不一会儿祁林进来，轻车熟路地拉上了窗纱和床幔，点上最重的安神香，看着李释真正睡着了才轻手轻脚地关门离开。

祁林从寝宫出来时才发现苏岑还没走，就坐在门前被秋露打湿的台阶上，一双眼睛失神地盯着沉沉的夜幕。那双眼睛的光不见了，睿智不见了，像个孩子似的，满是茫然和害怕。

祁林在苏岑身边站了好一会儿都不见他有起身的意思，好像要一直坐在这里，等着，守着，一直到李释从里面出来。

天寒雾重，祁林回去找了条毯子给他披上，见他还是无动于衷，只好道："你不用担心，是老毛病了，过一阵子就好了。"

苏岑抬头看了看祁林，点点头，又低头道："我不困，你不用管我，让我在这儿坐一会儿。"

祁林又站了片刻，索性陪着他一起坐下来。

苏岑突然抬起头来看了祁林一眼，眼神一瞬间亮起来，像黑暗中的一颗孤星，欲言又止。

他记得上次他从祁林那里逼问真相，害得祁林挨了一顿打，而且他还以曲伶儿威胁祁林，心里愧疚万分。这次他没有筹码了，不知道该如何开这个口。

祁林却兀自开了口："你听说过'受降城之战'吗？"

苏岑一愣，点了点头。受降城位于长城以北的漠北草原上，本是一座孤城，当初少年将军霍去病屡次深入大漠，大挫匈奴锐气，后来又遇连年天灾，匈奴终于支撑不下去了，遂来求和。汉武帝遣人在漠北草原上建了受降城，来接受匈奴投降。时过境迁，受降城沿用至今，成为抗击突厥的一道外层防线，用于控制北疆军事势力，削弱突厥各部。

祁林所说的"受降城之战"正是李释带领打的，这一战一举打破突厥各部之间的结盟，自此突厥再也不成气候。

苏岑疑惑道："那场仗不是赢了吗？"

"是赢了。"祁林自嘲般地一笑，"是我们赢了，大周赢了，爷却输了。"

祁林道："彼时太宗皇帝病危，紧急召爷回京，突厥十六部却突然结盟，大肆进军大周边境。那时新岁刚过，漠北天寒地冻，我们在受降城被围困了一个月之久，没有棉衣和棉被御寒，便以漠北最烈的酒取暖。是爷带着我们严防死守，才保住了那道防线，使得身后的大周子民免遭生灵涂炭。一个月之后援兵才至，彼时李巽登了皇位，爷却落下了一身伤病。"

苏岑愣在原地，良久都没回过神来。他没见过战场，不知道漠北的夜有多寒、风有多猛，无从想象喷溅的鲜血顷刻成冰是什么样子，不知道所谓的深夜吹角连营是什么场景，半晌才喃喃地说了一句："怎么会这样？"

"爷也就是在那时落下了头风的毛病，一遇寒便头疾发作，要靠安神香才能入眠。只是那种东西，治标而不治本，依赖性太强，用得久了反倒平时都离不开了。"

苏岑点点头，难怪李释身上一年到头都有一股檀香味，难怪兴庆宫里一入冬便早早烧上了火炭，难怪李释说，以后他在的时候都不要点香……

那么多细节历历在目，他破得了天下最难的案子，却看不透这最浅显的表象。

苏岑抬起头来，"我该怎么做？"

"陪着他，守在他身边就好。"祁林慢慢起身，抖掉身上的露水，又道，"还有，别让他担心你。"

等祁林走了，苏岑又坐了一会儿才起来，看了一眼寝宫，才摸着黑给自己找了处安身的地方。

一连几日，苏岑都是下了衙之后再赶过来亲侍汤药，夜里就寝的时候就退出来，给李释点上檀香，再自己找地方去睡。

几日下来李释的气色果真有起色，苏岑安心不少，心想先把现在的头疾应付过去，过后再慢慢调理，戒了那安神香。

案子有了新的进展。苏岑这几天静下来把当日的事好好想了想，从表面看是所有的线索都断了，但那人在毁坏证据的过程中也不可避免地留下了证据。

几日后三个人重聚在东市的顺福楼的包间里，苏岑请客，点了满满一桌子菜款待两人。

宁三通啃着顺福楼的招牌肘子，抬头问："不是说破了案再请我们吃饭吗？如今这是案子破了？我怎么没听说？"

"案子还没破。"苏岑道，"不过也快了。"

封一鸣捧着一盅雪蛤静静看向苏岑，只见他成竹在胸地一笑，道："我知道田平之的尸体在哪儿了。"

设
伏

　　宁三通和封一鸣一愣，宁三通抬头看着苏岑，"在哪儿？"

　　话已至此，苏岑却突然卖起了关子，神秘兮兮地一笑，"不可说。"

　　宁三通"嘻"了一声，一脸惋惜道："我还想看看呢，也不知道十多年的尸体还能不能看出什么东西来。"

　　封一鸣也跟着笑道："死人骨头我可不稀罕，要看你们去看吧。"

　　一顿饭吃得宾主尽欢，三人又喝了不少酒，出酒楼的时候几个人都有些醉醺醺了，苏岑醉得最厉害，得靠两个人搀扶着才能站住，半路上已然神志不清，一直往下沉。

　　封一鸣又把他往上提了提，忍不住抱怨："平日里也没见这人这么能喝啊，看着瘦瘦的，喝醉了跟烂泥似的，沉得要死。"

　　"可能他是高兴吧。"宁三通道，"毕竟这桩旧案关系到陈老，他从徐州回来之后心里一直想着这事，陈老在他心中所占的分量这么重，能完成先人之志也是件值得高兴的事。"

　　封一鸣点点头，转而问道："如果他真找到田平之的尸骨了，真的能还原当年田平之的死因吗？"

　　"我也说不好。"宁三通摇了摇头，"还是得看尸体是什么状态，有时候时间会毁掉一些证据，有时候也会还原一些真相。"

封一鸣在太傅府门前告别了宁三通后，架着苏岑往回走，途经兴庆宫，苏岑竟自觉地停了步子，惺忪的一双醉眼打量了一会儿花萼相辉楼的楼顶，就要迈着步子往里进。

封一鸣都快被气笑了，指指前面的长乐坊，"那里才是你家。"

"家？"苏岑醉醺醺地一眯眼睛，"家里有谁？"

封一鸣掰着手指一一道来："有我，有阿福，还有伶儿。"

苏岑眯着眼睛等着封一鸣继续说下去，却见他说完这些之后就住了嘴，摇摇头，"不对，还少一个人。"

封一鸣无奈，最后把苏岑交到祁林手上才放心地离开。一进兴庆宫的大门，苏岑身子突然挺直，一双眼睛清亮如水，再无一点醉意。

苏岑脱下一身外袍，又把祁林手里的夜行衣接过去，对他道："就跟王爷说我今晚有事，先不过来了。"

祁林有些担忧地皱眉问："你喝了多少？能行吗？"

苏岑轻轻一笑，"半斤花雕而已，不妨事。"

苏岑的酒量是被兴庆宫的小酒库一点一点养起来的，酱香醇厚的老酒他都能抱着喝上半坛子，市面上兑了水的薄酒更是不在话下。

他也就是算准了宁三通和封一鸣二人不知道他的酒量才装醉，这点小花招在李释面前肯定早穿帮了。

祁林点点头，又问："你真的不打算告诉爷？"

苏岑回头冲他一笑，"我能处理。"

祁林看着苏岑出了兴庆宫的大门往西去了，转头来到李释书房里，一字不落地将苏岑的话说给李释听。

李释摸着手上的扳指点点头，"随他去吧。"

入夜之后，白日里的那点余温很快就降了下去，枣树交叠的枝干将白惨惨的月光划分得支离破碎，之前留下的土坑还在，一堆堆被挖出来的土包被月光照出阴影，像一个个隆起的坟包。

而前面一排排笼子似的号舍更像是蛰伏在黑暗中的野兽，虎视眈眈地注视着闯入的外来者。

苏岑那一点酒意被夜风一吹就散了，他横坐在一颗枣树上，百无聊赖地从树上摘枣子吃。

枣子吃多了容易胀肚，但又不好下来遛食，苏岑只好找了根枝干依靠，往上一躺揉着肚子消食，不一会儿又有了睡意。

刚眯了一会儿就被冷风吹醒了，险些从树上掉下去，苏岑吸了吸鼻子，心想这人当真是好耐性，大半夜过去了还不来，再不来天就该亮了。

想到这里，不远处就响起窸窸窣窣的动静，苏岑一下就清醒了，一双冰凌般的眼睛望过去，只见来人也是一身黑色的夜行衣，身形消瘦，手里提着铁锹，不慌不忙地来到枣树下，环顾一圈，找了块看似平整的地方埋头开始挖。

意料之中，苏岑抿了抿唇，心里却没有一点猜中了的喜悦，反而目光渐渐冷了下去，盯着黑暗中的身影迟迟没有动手。

脆弱的枣树枝干终于撑不住苏岑的重量，"咯吱"一声脆响，直接将他扔到了地上。

苏岑被摔了个七荤八素，大腿貌似还被枣枝上的硬刺扎了几下，他龇牙咧嘴地爬起来，拍了拍身上的枝叶，一抬头正对上黑衣人犀利的目光。

四目相对，铁锹在月光下闪着寒光，倒映在苏岑眼底，像结了一层冰。

片刻之后，黑衣人把手里的铁锹扔下，无奈苦笑，"果然是个陷阱。"

"封一鸣。"苏岑道，"果然是你。"

清冷的月光将二人的身影拉长，清风过院，一时间二人僵持住了，谁也不知道该如何开口。

半晌后封一鸣笑笑，"你是从什么时候开始怀疑我的？"

苏岑直视着封一鸣，缓缓道："应该说从你来到京城起，我就一直在思考你来的目的了。"

封一鸣挑了挑眉，"那你查案的时候还带上我？是想看我什么时候露出马脚，再亲手抓住我，让我死无葬身之地？"

"我当初说过，我不希望那个人是宁三通，同样地，我也不希望那个人是你。"苏岑垂下眼帘，睫毛遮住了眼睛，"可你终究是让我失望了。"

封一鸣讥讽地一笑，"一边满口的仁义道德，一边又毫不留情地设计来抓我，苏大人当真是铁血柔情，好人都被你当了，我还能说什么？"

苏岑道："那天在来贡院的路上，你用小刀割开了宁三通箱子上的绳子，却又保证它不会马上就断了，等进了贡院，绳子支撑不住终于断开，你的人借机绕开我们来到这里。

"可是那么短的时间不可能找到田平之被埋的准确位置，所以你们在枣树下挖了一个人形的坑，企图营造出一种尸体已经被挖走了的假象，而真正的尸体其实还在这里，根本没被挖走。"

苏岑抬头看了看封一鸣，接着道："事后你又让你的人先我们一步到了礼部，毁了柳相的借调记录，把一切罪责推在柳相身上。"

"这些能当所谓的证据吗？也有可能是宁三通自己割断了绳子淆乱视听。"封一鸣嘴角始终有一抹笑，泰然处之地看着苏岑，"说到底还是区别对待了。"

苏岑摇了摇头，面色平静地看着封一鸣，"我真正开始起疑是在库房里，明明里面只有三个人，其间没有人离开过坐席，火是如何烧起来的？"

封一鸣笑了笑，"是白磷。"

"就是白磷。"苏岑道，"你把白磷放在易燃的书本旁，一开始还是在阴影处，随着时间的推移，日光慢慢偏移过去，用不着你自己动手便能实现放火的目的。白磷这种东西暗门才有，你应该不陌生吧？"

"原来是这样。"封一鸣自嘲地一笑，"所以当初我试图把嫌疑往宁三通身上引时，你就已经知道是我了。"

苏岑轻轻摇了摇头，"我会为宁三通开脱，自然也会为你开脱，说不定有暗门的人掺和进来了，那个人也不一定就是你。说实话，在今晚看到你之前，我都不知道来的这个人会是你。"

封一鸣微微一愣，片刻后才道："可你还是布下陷阱，说到底还是不信任我。"

苏岑静静地看着封一鸣，眼神里说不出是痛心还是同情，"你当初想借何骁之手杀了我，年尾的时候你把一幅涂满了白磷的画献给王爷，你说让我信你，你要我如何信你？"

"那幅画我并不知情，我做这些也不是为了暗门。"封一鸣无奈地一摊手，"我说我所做的一切都是为了王爷，你信吗？"

苏岑目光冰冷，毫不犹豫地摇了摇头。

封一鸣无奈一笑，"你看，这就是我们不一样的地方，我可以为了他用尽一切卑劣的手段，你却只会拿着明刀明枪在他身上捅窟窿。"

封一鸣明明是在笑着，眼神却近乎哀痛，双眼像要流出泪来，"可是他欣赏的，终究是那个磊落的人。"

苏岑皱了皱眉，一时有些拿不准封一鸣这一番话到底是出自真心，还是又在骗他。若是真的，李释牵涉其中，那为什么还要放任他去查？要是假的，为什么他都能感觉到封一鸣那种深深的痛楚？

苏岑无从安慰，此时自己说什么，都像是幸灾乐祸的小人，只能重新回到案子上，开门见山地问："田平之跟王爷有什么关系？"

"事到如今你还天真地以为田平之的案子只是一条人命那么简单？"封一鸣冷冷一笑，"柳珵、先帝、暗门，牵涉之广，连陈老都寸步难移，你凭什么觉得你就能破这桩案子？"

"田平之跟王爷有什么关系？"苏岑皱着眉一字一顿地又问了一遍，"田平之死的时候王爷还在边关，忙于'受降城之战'，他怎么可能会跟一个远在千里之外、还没有登科的仕子有关系？"

"信不信由你。"封一鸣无奈一笑，"你会害了他的。"

斗转星移，天光微亮，苏岑静默片刻，再抬头时眼里已是一片澄澈，"你走吧。"

"什么？"封一鸣一愣，回神后难以置信地看着苏岑，突然有些搞不懂这人到底是什么意思。

"到底有没有关系我会去找他问个清楚。"苏岑绕过封一鸣，兀自往回走，"你走吧，回你的扬州去，这件事跟你没关系了。"

封一鸣皱眉看着面前笔挺的背影，问："你不抓我？"

"你留在扬州比在牢里有用。"苏岑头也没回，径直向前，消失在暮霭里。

封一鸣盯着苏岑消失的地方，眼神里有些近乎发狂的忌妒。都说流水无情，落花有意，明明他们都属于不自量力的"落花"，为什么他能那么坦然地说出"去找他问个清楚"？

思及最后，封一鸣自嘲地笑了笑，所以，他们终究还是不一样的。

苏岑从贡院里出来的时候天色尚暗，长安城的晨鼓刚刚敲过，正是城门开启的时辰，大多数人还在酣睡。苏岑一个人走在冷冷清清的街道上，四下无人，他在城门郎诧异的眼神中穿过坊市，径直向着兴庆宫而去。

他到的时候李释也不过刚刚起来，房间里的檀香味还未散尽，李释随手披了件外袍，道："回来了。"

苏岑心想，果然跟祁林商量就是与虎谋皮，祁林知道了，也就等同于李释知道了。

但李释既没拦着，也没隐瞒，应该就是默许他去了。

"是封一鸣？"

苏岑微微点头，李释接着问："怎么处理的？"

"我让他回扬州去了。"苏岑道，刚说完又皱了皱眉头，"还是说，王爷有别的安排？"

李释坐下，由侍女束发，冷峻的面容经铜镜一照显出几分柔情来，他似乎是挑眉一笑，"都说了，你的案子，你做主。"

苏岑像是被那副低沉的嗓音蛊惑一般，一步步上前，也不讲究，席地一坐，像个有些迷茫的孩子。

李释问："怎么了？"

苏岑抬起头来，直视着李释深邃的目光，忽然有些不知道该怎么开口了。

但纠结到最后，还是理智战胜了私心，他问李释："王爷认识田平之吗？"

李释平静道："不是说是上京赶考的仕子，田记店家的儿子吗？"

"那在这之前呢？他还活着的时候，王爷认识他吗？"

李释凝眉想了一会儿，片刻之后摇摇头，"不认识。"

苏岑心里的一块石头落地，长长地舒了一口气。自他认识李释以来他问过他很多问题，漫不经心的、质疑的、引诱的、逼问的，遇上不想回答的，李释会避着他，但从来没骗过他。

所以，是封一鸣骗他的，李释真的不认识田平之，这件事跟李释也没有任何关系。

苏岑突然觉得特别安心，许是房间里檀香味未散，这会儿发作起来了，又许是心里的一块石头落地，心神总算放松下来，睡意袭来的那一瞬间，苏岑几乎丧失了所有抵抗力。

李释抬了抬手，让一旁的侍女退下。他临走时对着那张恬静的脸看了一会儿，睡着的人无知无觉。

李释起身，吩咐祁林去大理寺给他告个假。

卯时三刻，满朝文武途经丹凤门参朝议事，宁亲王的车驾缓缓驶至，大臣们退立两旁，恭候宁亲王车驾先行。巍峨耸立的丹凤门像只猛兽张着巨口，将途经的一切都吞进那金碧辉煌的牢笼里。李释忽然想起早上苏岑问的那个问题，这扇门里的明枪暗箭，又岂是一句认不认识就能划分清楚的？

039

午后，苏岑醒来，回到家便被曲伶儿告知，封一鸣已经走了。苏岑平静地听完，便转头吩咐下人去给他弄点吃的。他简单吃了口东西便赶往大理寺，本以为会被张君拉过去语重心长地讲一通大道理，不承想刚进寺门，张君就带着他匆匆离开了。

"出什么事了？"苏岑拉下看完热闹准备往回走的小孙，"怎么这么多人？"

"好像是哪个大官在家里遇刺了。"小孙扭过头来啧了两声，"看来官大也没好处，在自己家里都住不安稳。"

苏岑跟着小孙边往回走边问："哪位大官？"

小孙摇了摇头，"这就不清楚了。"他冲苏岑一笑，"我也就是听到了一点，这种事张大人也不会告诉我。"

苏岑告别了小孙来到自己的值房，刚好宁三通也在，见他来了过来打声招呼，随意往苏岑书桌上一坐，道："听说封兄回扬州了？"

"你消息挺灵通啊。"苏岑边收拾书桌上的档案，边抬头看了宁三通一眼，封一鸣上午才走，下午宁三通这里就收到了消息，不可谓不迅速。

"他上午来找过我，却什么也不说，最后送了我一个新箱子就走了。"宁三通纳闷儿道，"后来我觉得他好像有什么话要对我说，再去找他，你家下人告诉我他已经走了。"

苏岑明白，封一鸣当初利用宁三通是迫不得已，事后那一句"抱歉"也说得勉强，那么心高气傲的一个人最后孑然一身地走了，连个送别的人都没有。苏岑心里惋惜，只道："扬州有急事，所以先走了。"

宁三通毫不怀疑地点点头，"难怪。"又问，"你之前说的田平之的尸体呢？不是说找到了，还不打算让我瞧瞧？"

苏岑噌地一跃而起。

他都忘了，田平之的尸体还在贡院后头埋着呢！

苏岑叫上宁三通，又叫上几个相熟的衙役，趁着张君不在，一伙人在苏岑的带领下擅离职守，扛着铁锹、锄头来到贡院后头那几棵枣树旁，一个个神情激动，不像是来挖尸体的，倒像是来挖什么藏在地下的宝藏的。

苏岑再三强调这个案子跟他以前所办的任何案子都不一样，劝说无果之后，只能由着他们扛起铁锹热火朝天地干起来。

封一鸣的人之前挖的那些坑刚好帮他排除了一些位置，不一会儿整片地上便变得坑坑洼洼。

挖了大概有几盏茶的工夫，有人突然惊呼一声："找到了！"

苏岑眼前一亮，立马扔下手里的锄头凑过去看。

只见泥土下露出一截白骨，位置仅离之前封一鸣他们挖下的那个大坑一步之遥。

几个人又费了一番工夫才将整具尸身都挖了出来，放在一旁平整的地方，宁三通负责将挖出的白骨按原来的位置摆放齐整，随着最后一块尸骨被挖出，一具完整的尸身呈现在众人面前。

"还能看出来什么吗？"苏岑凑近问。

"死者身长大概七尺三，男性，看这骨龄，死的时候年纪应该不超过三十岁，至于死因……"宁三通皱着眉摇了摇头，"由于尸身腐烂得只剩白骨了，我得带回去好好看看才能得出结论，但也别抱太大希望，我也不能保证一定能看出什么。"

苏岑点点头，心里也清楚，时隔十多年，从尸身上找到证据的可能性微乎其微，但把田平之从这关了他十几年的"牢笼"里带出去，也算是给田老伯一个交代。

"天色不早了，先把尸体带回寺里吧。"

有人掏出早就准备好的麻袋，将尸骨小心翼翼地放了进去，力气大的将麻袋往背上一扛，也不介意满袋子尸骨紧贴着自己的后背，迈开步子往回走。

走了没几步，只听一声细响，一块骨头从麻袋里掉落出来，好在苏岑他们走在最后，这才给捡回来了。

"谁找的麻袋？都漏了。"苏岑皱眉，让人把麻袋放下来仔细检查一番，才发现一个角被耗子咬破了一个洞，那块骨头正是从这里掉出来的。

苏岑拿了一根草绳把缺口处简单一绑，又确定再无遗漏的骨头才放心，刚要把之前那块掉出来的骨头放回去，却被宁三通一把抓住了腕子。

宁三通目光执拗地盯着苏岑手里那块骨头，伸手慢慢接了过去。

所有人屏住呼吸站着，看着宁三通脸上的表情由疑惑变为沉重，最后归于沉寂，不可捉摸。

"怎么了？"苏岑小声询问。

"我知道田平之是怎么死的了。"宁三通把那块骨头握在手里，"他被埋进土里的时候，应该还活着。"

第
五
章

章
何

　　宁三通话一出，所有人都愣了，被埋在土里的时候还活着，那不就是活埋！

　　苏岑皱了皱眉，"怎么说？"

　　"你看这块骨头。"宁三通把那块三棱锥形的骨头递给苏岑，"这块骨头叫作颞骨岩部，属于颞骨的一部分，位于颅底——枕骨和蝶骨之间，里面还包含内耳的一部分。"

　　苏岑接过骨头端详了半晌，有些不解地看着宁三通，"这说明什么？"

　　宁三通冲苏岑狡黠一笑，"苏兄不再猜猜？"

　　苏岑翻了个白眼，宁三通这没事就考他的毛病什么时候能改？

　　"我师父曾经说过，一个人如果是被扼死、勒死、缢死、压死的，由于呼吸受阻，血液瘀积，颅压升高，都会造成一定的头颅内出血，血经过内耳流出，你看这里——"宁三通指着颞骨上一处褐色的痕迹，积年累月，颜色加深，险些就被当成了泥污，"这些就是出血点，是一个人遭受外力压迫造成窒息的证据。"

　　"会不会是哮喘？"苏岑沉默片刻后道，"陈老曾说过，田平之生前患有哮喘，他胃里却有大量的榛子粉，哮喘也会引起呼吸受阻，会不会是哮喘引起的出血？"

宁三通抿了抿唇，轻轻摇了摇头，他知道苏岑的意思，田平之本该前程似锦的一生，不应该如此收场。但若是因为自身有病造成的窒息，不会在这里留下出血点。

"先把尸体带回去吧。"宁三通在苏岑肩上拍了拍，"我再仔细找找，说不定还有别的线索。"

他们赶回寺里的时候碰巧又与张君遇上，苏岑还担心难免要被张君诟病一番，不承想赶得早不如赶得巧，张君正目不斜视地往里走，一脸杀气腾腾，眼看着肚子都被气大了一圈。

"怎么了这是？"苏岑拦下看完热闹的小孙，"不是说去哪位大官家里抓刺客去了吗？"

"是抓刺客去了，不过你们猜这刺客是谁？"小孙挤眉弄眼地卖足了关子，等把所有人的好奇心都提上来了才道，"是两只大耗子！"

宁三通不由得也笑了，"他竟然让大理寺帮他抓耗子？"

苏岑皱了皱眉，"这位大官到底是何许人也？"

"这回我可是打听清楚了。"小孙以手掩口，小声道，"是光禄大夫章何章大人。"

宁三通听罢撇撇嘴，"那也不是多大的官呀。"

众人听了不禁汗颜，你家里有一位历经四朝、官居一品的太傅大人，自然不把其他人放在眼里。这光禄大夫说起来只是个散官，官阶却是从二品。这位章大人曾任礼部尚书，先帝在位时念其年事已高还要操劳礼部的杂事，才让其退下来并委以光禄大夫的闲职，其实就是让他留在长安城中养老的。

难怪平日里温和的张大人会被气成这样，这显然是被章大人当猫使唤拿了一下午的耗子，还敢怒不敢言，毕竟这位章大人是这长安城中不可得罪的勋贵。

回到大理寺时已经到了下衙的时辰，等寺里众人都走了，苏岑跟着宁三通一头扎进停尸房，在宁三通的指挥下将一麻袋的尸骨还原了。

他与这位传闻中的田公子总算见上了面。不论他是田老伯口中聪明孝顺的儿子，还是旁人眼里令人艳羡的才子，经过十余年长埋地下，如今都化作了枯骨，陈尸案上，由着别人揣度当初的事情。

宁三通检查过每一块骨头，这具尸身还算完整，虽然一些软骨不可避免地遗失了，但主要的骨块基本是在的。

宁三通越看下去面色越沉重，"喉骨完好，舌骨也完好，头骨完整，其他部位也没看出明显损伤……"

苏岑慢慢凝眉，喉骨、舌骨完好，证明不是缢死、勒死、扼死的，头骨完整，说明头部没有遭受过重击，这些都从侧面证明田平之可能真的是死于活埋。

"一个人在考场上被活埋在贡院后头，那么大的动静不可能没人听到，这可能是有人授意的。"苏岑凝眉思忖，突然抬头问，"那场考试的主考官是谁？"

"是谁来着？"宁三通也跟着想，总觉得自己知道这个名字，可就是一时想不起来。

其实那天他们去礼部查阅试卷时还看到过主考官的名字，只是当时他们的关注点都在仕子身上，并没有留意其他人的名字。

半晌后苏岑轻声道："是章何。"

宁三通一拍大腿，"就是章何！"

那个每位考生试卷上都会出现的名字，可不就是当时主持了那场科举考试的主考官章何！

苏岑眼睛轻轻一眯，"明天咱们也去瞧瞧这位家里闹耗子的章大人。"

可能真的是日有所思夜有所梦，午夜之际田老伯入梦，还是那身临死前的装扮，张罗着贡院门前的糖水铺子，问他要不要喝一碗糖水。

给他送糖水的却是田平之，言笑晏晏，文质彬彬，把碗放在他面前，水面微微一漾，映着琥珀般的光泽。

等他端起碗来往嘴边送，碗里的液体突然变红、变稠，像一碗未凉的鲜血。

一个转身，田老伯不见了，田平之不见了，他仰躺在一片黑暗里，手脚被绑住了，动弹不得，有人挖起一铁锹的土砸向他。

苏岑猛然惊醒，大口喘气，那种被活埋的窒息感还在，他一口气上不来，仿佛就要被憋死在梦里。苏岑缓了半晌才回过神来，在黑暗中环视了一圈，才发现睡前窗户忘关了，外面凄风冷雨，自己一身冷汗，被褥冰凉。

梦里的场景让苏岑心有余悸，左右是睡不着了，他在黑暗里盯着床头的床幔细想，是不是自己拖得太久，田老伯怪罪他了，这才托梦给他示警？

苏岑想了想不由得又笑了，如果田老伯真的在天有灵，告诉他谁是杀害田平之的真凶岂不更好？

他终究是被自己所缚，过不了心里那道坎。

与此同时，在深宫内苑里，楚太后屏退了众人，对着空无一人的寝宫道："出来吧。"

光线照不到的角落里响起稳健的脚步声，一道黑影从黑暗中出来，被微弱的烛光拉长了，随着那人步步上前，那影子竟笼罩住了寝殿。

楚太后扶着凤额微微抬头，"你说你能帮哀家对付李释？"

来人一身黑色兜帽，兜帽掩盖下一双眼睛却锐利如鹰，见了楚太后也不行礼，态度也全无一点低下之意。那人道："难道你连先帝都信不过了吗？"

一提到"先帝"，楚太后面色立马柔和下来，询问："你打算怎么做？"

"我有自己的打算，到时候自然能让李释万劫不复。"那人唇角勾起一丝冷厉，"只是有个人，只怕是保不住了。"

"他毕竟也跟了哀家好些年了。"楚太后轻抿薄唇，似是犹豫不决，转眼间却眼神一狠，"死得其所，也算他尽忠了吧。"

第二日一早，苏岑和宁三通打着探望的名义在章府门前递了拜帖。

不管章何情愿还是不情愿，太傅府的面子还是要给的，没等多久，章府就派人把他俩迎了进去，引到正厅，好茶伺候着。

章何却是过了好一阵子才出来，神色怏怏，满脸颓色。

章何的年纪与宁太傅也就差一点，拉着宁三通一口一个"贤侄"，叫得分外亲切，寒暄了半天才意识到旁边还有一个人，这才看向苏岑。

苏岑倒也全然没觉得尴尬，神色自若地放下茶杯冲章何一笑，"我就是大理寺一个当差的，是张大人派我过来问问府上的耗子拿得怎么样了，还用不用大理寺帮忙？"

章何眼下有明显的黑眼圈，显然是睡眠不足，他冲苏岑无奈地摆摆手，"罢了罢了，这个你们管不了，我还是去找别人吧。"

苏岑不禁吃惊，"府上的鼠患还没解决吗？"

张君再怎么不情愿，大理寺的人昨天也在这里待了一下午，不至于几只耗子还抓不住吧？

章何张了张嘴，一副欲言又止的样子，正迟疑间，外面传来喧闹的声音，管家进来道："老爷，玄清观的凌霄子道长来了。"

章何立马站了起来，"快请，快请！"走出去两步才想起这厅里还有两个人，又急忙回头冲宁三通道，"家中有点小事，贤侄先坐着喝会儿茶，稍等我一下。"

苏岑和宁三通对视，宁三通笑道："世伯请便。"

等章何走了，宁三通收起那副严肃的模样，往椅背上随意一靠，"玄清观的凌霄子？那不是道士吗？他往家里请道士干吗？敢情不是闹耗子，而是闹鬼？"

苏岑继续端着茶杯小口品茶，是上好的铁观音，若不是有宁三通作陪，估计他还没这待遇，轻轻一笑道："大理寺解决不了的，看样子玄清观能解决。"

宁三通笑道："回去告诉张大人他肯定得气死，他们忙活了半天，结果还不如几个道士'跳大神'，这要是能有用，我也不干什么仵作了，直接找座山头出家得了。"

"你注意到他脖子后头了吗？"苏岑垂着眼睛边喝茶边道，"有几道细红的抓痕，像是被什么锋利的东西挠的。"

宁三通皱眉，"难不成真的是闹鬼？"

苏岑摇摇头不置可否，宁三通却来了兴趣，从椅子上跳起，上前拉着苏岑便要走，"咱们也去看看到底有什么门道。"

两个人东拐西绕地从正厅找到正在做法事的地方，因是未经主人允许找过来的，不方便露身，只能躲在角落里窥探一二。

只见院中宽阔的地方，果然摆好了供桌香案，章何端坐一旁，中间还有个道士模样的人手执长剑，手舞足蹈，口中念念有词。

剑尖一扫，那道士挑起桌上的一张符，再迎风一挥，那张符竟无端自燃，纸灰落到道士早就准备好的碗里，那道士端着上前，送到章何手上。

"这人有几下子啊。"宁三通小声感叹，"看来这装神弄鬼的功夫没少练。"

话音刚落，那道士猛地往这边一偏头，视线正对准他们所在的方位。

宁三通登时一激灵，急忙躲在墙后，也不知被发现了没有。

等章何喝完那碗"圣水"，也循着那道士的目光看过来，起身问："道长，怎么了？"

"无妨。"道士收了视线冲章何一笑，"府上的妖气确实浓郁，只怕还得下大功夫。"

章何急忙拱手，"有劳道长。"

险些被当场抓住，宁三通心有余悸，只好拉着苏岑先回去，走之前苏岑又往后看了几眼，只觉得那道人的身影有几分眼熟，一时又想不起来。

等了大半个时辰章何才回来，他已经换下了那一身被烟熏过的衣裳，面色看上去也好了不少，冲宁三通一笑，"让贤侄久等了。"

宁三通这次留意到了，章何后脖颈上确实有些细小的抓痕，他面上装作一副什么都不知道的样子，询问道："府上这是出了什么事吗？"

章何叹了口气，冲着宁三通小声道："我家里啊，这是惹上秽物了！"

"秽物？"宁三通一挑眉，"耗子精？"

章何神色一紧，环顾四周，这才小心翼翼道："可不是，你看我这——"他一撸袖子，只见满臂都是那些细小的挠痕，浅的只是细细一道，深的可以见血。

章何又重重叹了口气，"我这夜里啊都不敢睡，一闭上眼睛就能听见那些耗子在我耳朵边乱叫，说的还是人话，尖细尖细的，再一睁眼就又不见了，你说这不是耗子精又是什么？本来以为叫人来家里把耗子抓干净也就没事了，结果那耗子是成了精的，昨天晚上闹得更凶了，我这也是实在没办法了，这才大清早的去观里请了道长作法，让贤侄见笑了。"

一直不曾搭话的苏岑道："章大人确定身上这些伤都是被耗子挠的？"

章何本来就没把苏岑放在眼里，突然被他质疑，颇感不爽，皱了皱眉，"不然呢？"

苏岑笑了笑，端着茶杯不置可否。

说话间进来一个女眷，身姿婀娜，看年纪不过二十岁上下，端着药碗上前，冲章何娇滴滴地唤了一句："老爷，该吃药了。"

章何从那女子手里接过药碗，还不忘在她的酥手上摸了一把。

趁着章何喝药的工夫，那女眷一双杏眼扫了两人一眼，在苏岑身上多逗留了一会儿，眉梢一挑，苏岑起了一身鸡皮疙瘩。

直到章何把药喝完了那女子才把视线收回去，接过碗，又拿一条岫丝帕子擦了擦他的嘴角，这才娉娉婷婷地离去。

宁三通忍不住调笑道："世伯好福气啊。"

章何倒是一点都不介意，咧开那张少了几颗牙的嘴一笑，指着刚出门的身影道："小蝶，在街头卖身葬父来着，我见着实在可怜就带回来了。"

宁三通嘴角抽了抽，是够可怜的。

等屋里静下来了，宁三通才道明来意："听闻世伯是永隆二十二年那届科考的主考官，我们想向世伯打听个人。"

章何颇为自豪地挑唇一笑，能主持一届科考那是无上的荣耀，应届的考生都该尊称其一声老师。如此算来，章何也算是桃李遍天下，他倨傲地一抬下巴，"贤侄问就是了，不必这么客套。"

宁三通道："田平之，世伯还记得吗？"

章何摸着胡子想了半晌，纵观他如今在这官场上在任的、卸任的学生，好像都没有这么一个姓田的，不禁又问了一遍："田什么？"

"田平之。"苏岑道，"永隆二十二年的应届仕子，后来猝死在考场上，被埋在了贡院后的枣树下，章大人忘了吗？"

章何脸色煞白。

宁三通连唤了两声"世伯"才把他唤回神来。宁三通冲他一笑，接着问："世伯还记得当时的情景吗？田平之是怎么猝死在考场上的？是谁验的尸，又是谁下令埋的？"

章何的瞳孔里闪了几下，明显是想起了什么事情来，但脸色却越来越难看，最后"噌"的一声站了起来，直接下了逐客令："我今日身子不适，贤侄先回吧。"

话已至此，宁三通只能跟着站起来，拱了拱手刚要告辞，却见苏岑全然没有要走的意思。

"田平之被你埋了的时候还活着，你知道吗？"

章何佝偻的背影一僵。

"不可能！"章何振臂一呼，"我见他当时已经没气了才下令埋的！他不可能还活着！"

宁三通愣在原地，竟然真的是章何下令把田平之埋了的。

"田平之根本不是什么答不上题来急火攻心而死，你若是看过一眼他的试卷，就该知道他答得有多好。"苏岑步步逼近章何，像极了多年前那个被他亲自下令用土掩埋了的青年人，"他患的是哮喘，本来就胸闷气短、呼吸费力，你却下令把他埋了！我想问问章大人，这活生生的一条人命该怎么算？"

"来人！来人！"章何恍如白日见鬼了一般，"把人给我赶出去，赶出去！"

事情闹到这个地步，眼看着也问不出什么了，宁三通只能拉着苏岑先走一步，免得到时候真被人赶出来。

直到从章何府上出来，苏岑的面色才好看了一些，冲宁三通不好意思道："害你跟着我一起被赶出来了。"

"这倒是无妨。"宁三通毫不在意地摆了摆手，"看他一大把年纪了还一口一个'贤侄'地叫我，我本来就有些待不下去了。只是这章府的大门，我们以后只怕是更不好进了。"

苏岑垂下眼叹了口气，"是我没控制住自己。"

"苏兄为蒙冤者申冤，这是应该的。"宁三通回头看着章府的大门，"不过这章何到底算不算杀害田平之的凶手？"

"在田平之被活埋这件事上，章何自然有责任。"苏岑顿了顿，又道，"不过罪魁祸首还是那个给田平之的吃食里放榛子粉的人，若不是田平之哮喘发作，也不会被当作猝死活埋了。"

宁三通点点头，拉了拉苏岑道："先回去吧，实在没办法了我就去求求老爷子，再怎么样，老爷子的面子章何还是要给的。"

苏岑万万没想到，隔了几日又见到章何，却是章何自己送上门的。

宁亲王设宴邀请这些老臣子到府上赏菊，章何在受邀之列，苏岑、郑旸、宁三通这些小辈则都被叫来作陪。

宁亲王下的帖子，自然没人敢爽约。章何姗姗来迟，步子轻飘飘的，两颊深陷，瞧着比几日前更憔悴，宽袍敞袖，显得他越发羸弱了。

这不像是被耗子精骚扰，倒像是自己成精了。

连李释都忍不住问："章卿这是怎么了？"

这等怪力乱神的事章何自然不敢在李释面前提，只能借着夸赞兴庆宫的菊花敷衍过去，等李释走了，才松了一口气，刚一转身，险些一头栽进龙池里。

苏岑眼疾手快，上前搀了他一把，章何连连道谢，等看清扶他的人是谁，登时又后退了几步，他算是怕了这些年轻人，躲之如蛇蝎虫蚁，避之如洪水猛兽。

苏岑却一改当日盛气凌人的态度，变得恭谦有礼，冲他温和一笑，"章大人当心。"

章何警惕地盯着苏岑，见他再无其他动作，这才稍稍放松，刚要走，只听苏岑问道："章大人家的耗子精还时常出来作祟吗？"

章何不明白苏岑到底是什么意思，狐疑地盯着苏岑，半晌才不情愿地点了点头。

"邪恶作祟我是没有办法，不过安神助眠我倒是知道一个偏方，不知章大人愿不愿意一试？"

　　章何眼前一亮，他确实是好久没睡个安稳觉了，对苏岑所说的确实有几分兴趣，但又因这人当日说得实在危言耸听，也不敢答应下来。

　　正纠结间，李释从后面过来，将手往苏岑肩上一搭，话却是对着章何说的："谈什么呢？"

　　章何盯着李释的手不由得一愣，他为官这些年，察言观色早就"炼"得炉火纯青，一时竟也有些拿不准这两人的关系。

051

　　这青年人在李释这里肯定颇受重视。难怪当日这人就敢在自己府上明目张胆地咄咄逼人，原来是背后有靠山。

　　苏岑偏头冲李释一笑，"我正在给章大人讲我那治失眠的偏方。"

　　"这倒是不假。"李释在他肩上轻轻拍了拍，"我那头疾的老毛病便是子煦给治好的，章卿若也有此困扰，倒不妨一试。"

　　苏岑含笑看着章何，反正一块安神香一点，就没有睡不着的。

　　章何犹豫一番，总算松了口，"那就试一试吧。"

　　几日后苏岑又进章府，他留意到章府的庭廊间、门楣上处处贴满了丹笔写的符，比除夕夜里贴的对联还齐整。只是这些符并不喜庆祥和，倒有些惊悚。

　　"玄清观的道士不管用吗？"苏岑问带路的下人，"都贴了这么多符了，还是镇不住那只耗子精？"

　　"那道长是神人，自从贴上这些，那只耗子精就不敢出来作祟了，只是……"下人欲言又止，小心环视了一圈才小声道，"这府上不只是一只耗子精，只怕还有别的邪祟……"

　　"别的邪祟？"苏岑一挑眉，章何这是捅了邪祟窝了不成？

　　刚想继续问，却见那下人悻悻地闭了嘴，再一抬头才见章何就站在房门外，拿一双死鱼似的眼睛冷冷地打量着他。

　　苏岑神色自若地见礼，叫了一声"章大人"，章何显然还是对他有戒备，敷衍地应了一声就动身回了房里。苏岑摇头笑了笑，举步跟上，心想这章大人还挺记仇。

进入房内，章何已在主位坐下，却没有给苏岑看座的意思，一双老眼虽然昏花，心里却明白，这苏岑虽然是李释的人，但他已经致仕，早就不在官场上混了，也不怕李释再给他"穿小鞋"。况且先帝在位时他就是站在先帝这一边的，本来就看不惯李释在朝中的恶劣行径，虽然不好直接跟李释对着干，能背地里欺负他的人也是好的。

苏岑全无叛态，望着墙壁正中挂着的一幅画道："这画该不是胡老的手笔吧？松鹤延寿，本来以为胡老最擅长的是山水，不承想花鸟画也如此擅长。"

章何一抬下巴，一脸傲然道："胡清晏的确是画山水的，不过这幅松鹤延寿却是他特地为我画的，就在我六十大寿那年。"

苏岑立即恭维道："章大人果然德高望重，连胡老都肯为了您破例。"

章何被哄得咧嘴一笑，露出一副白花花的牙床，这才一点头，"坐吧。"

苏岑笑了笑，坐了下来。

他自然知道上次章何出现在兴庆宫里是谁的安排，更知道章何之所以还让他进来看的是谁的面子，李释已经帮了他这么多，他不能再不争气。

章何道："你真能治我那夜里睡不着的毛病？"

"治病还得对症下药。"苏岑冲他道，"敢问章大人，您到底是睡不着，还是不敢睡？"

章何脸色一变，苏岑并没有急着逼他作答，接着道："只是睡不着的话倒是简单，我这里有一味安神助眠的药，保准药到病除，若是心病……只怕还得从病根治起。"

章何眯眼思忖了片刻，才道："我就只是睡不着。"

苏岑也不点破，轻轻一笑道："那就好办了，劳请章大人带我去卧房，我给章大人用药。"

二人刚进章何的卧房，小蝶姑娘又送药来了，苏岑顺势把药接过来，冲她一笑，道："这里我来就好了。"

小蝶一脸疑惑地看了章何一眼，见他点头之后才把托盘交到苏岑手上，欠一欠身，"那便有劳公子了。"

她临走还偷偷在苏岑手上摸了一把，冲他一笑，这才扭着腰走了。

苏岑转头把药倒进了窗前的一棵罗汉松里，又从怀里掏出二两陈年老茶根给章何沏了，哄他喝下之后才关上门窗，再点上安神香，自己退出去静待药效发作。

一盏茶之后房内鼾声渐起，苏岑满意地笑笑，心想章何有幸享受这待遇，也算是因祸得福了。

知道章何一时半会醒不过来，苏岑便自作主张在章府的院子里随意逛逛。不知不觉走到先前道士作法的地方，还没露头，先是听到了窃窃私语。

声音太小，只能分辨出是一男一女，苏岑刚欲上前仔细听听，那边的说话声却戛然而止了。

苏岑自然知道是自己被发现了，索性直接出来，却见院子里只站着小蝶一人，而另一人走了，那人一身白色道袍，好像在哪里见过。

直到那道士的身影消失在院子一角，苏岑才收回视线，冲小蝶微微颔首，"又见面了。"

"是呀，真巧。"小蝶冲他妩媚一笑，"也不知是我与公子有缘，还是公子特意出来寻的我呢？"

说话间一双纤纤素手就要往苏岑脸上去，苏岑一步躲开之后，顺势收手环胸而抱，小蝶道："公子真无趣。"

苏岑无奈一笑，"卿尘姑娘……或者说是小红姑娘，又何必打趣我呢？"

小蝶一愣，片刻后笑了，"我都扮成这样了，你还能认出我来？"

眼前这个小蝶跟扬州城里的卿尘确实一点都不像，一个是温柔妩媚的小家碧玉，一个则是青楼花魁，身形和气度都截然不同，足见这人化形之术的厉害。

苏岑却笑道："卿尘姑娘气质绝尘，自然让人过目不忘。"

其实是她身上那香让人闻而不忘。

"没想到苏大人戏演得好，夸人的本事更是一绝。"卿尘还记恨当初苏岑在扬州为难他们的事，冷冷一笑道，"所以苏大人是来捉拿我们归案的？"

"这倒不是，我是来找章何的。"苏岑又想起之前那个背影，突然顿悟，"方才那个是韩书？"

有一次，他起夜时曾在曲伶儿房里见过韩书一面，难怪觉得眼熟，一时又想不起来。

卿尘顿时警惕起来，眼睛一眯，"你想干什么？"

苏岑不由得苦笑，"这话该是我问你们吧，你们暗门的人出现在朝廷命官府上装神弄鬼，你们到底想干什么？"

"这还不是托了苏大人的福。"卿尘冷冷瞪了苏岑一眼，"若不是苏大人把暗门的总舵毁了，我们也不至于被迫出来谋生，还得从这种老东西身上刮油水。"

苏岑无语，"所以耗子精是你们搞出来的？"

卿尘挑眉一笑，"雕虫小技而已，一点扰乱心神的迷药便让他分不清现实与梦境了。"

"你下药，再让韩书扮道士除妖，难怪这府中上上下下都说道长神通广大，作法以后耗子精就不见了，这分明就是你们合伙演的一出戏。"苏岑皱了皱眉，他倒是不在意章何那老头子破点钱财，他想知道的是，"当朝的朝廷命官府上，还有多少是你们的人？"

卿尘道："你怎么知道？"

"有一次我去张大人府上借一本书，恰巧张大人的书房就走了水，当时我就怀疑是他府上的女眷所为。前吏部尚书李琼也曾在自己家里被小妾行刺，这些都是你们的人吧？"

卿尘心里一惊，心想这人好毒的一双眼睛，暗门确实是靠在官员家里安插眼线来打探情报，而且相比男人，女人明显更方便安排，只不过这些人都藏得很深，轻易不会露出马脚，她没想到苏岑竟能想到这一层去。

知道卿尘不可能告诉他这种暗门机密，苏岑倒也不为难她，又问："你们既然已经达到了目的，为什么还要再整一出，就不怕引火上身吗？"

"这可不怪我们。"卿尘心想这人总算也有不知道的事情了，轻笑道，

"我早就给他停了药，是那老头子自己心里有鬼才心生恐惧睡不着觉。我们也不过是顺势而为，毕竟银子这东西谁嫌多呢？"

苏岑心里已经有了个大致的猜测，冲她道："今日这事便当我没看见，不过朝廷不日定会对各个官员府里进行详查，还望卿尘姑娘早作打算。"

卿尘微微一愣，"你要放我们走？"

苏岑苦笑，"我又打不过你们，除了放你们走还有什么别的选择吗？"

"也是。"卿尘笑了，"那今日这事就算我们欠你一个人情，日后会还给你的。"

不等苏岑再说话，卿尘已经兀自转身离开，临走还冲他摆了摆手，"回去吧，那老东西该醒了，我们也该卷着钱财逃命去了。"

苏岑看她迈开步子不再收敛着，头也不回地走远了，这才收了视线，掐指一算，章何确实也该醒了。

他赶回房间，将房里的门窗都打开，章何果然慢慢转醒，他看见苏岑先是蒙了一会儿，转而眼前一亮，"有用，真的有用！我真的睡着了！"

苏岑轻轻一笑，"所以章大人到底在害怕什么？"

第
六
章

白
卷

　　章何一愣，转而皱眉看着苏岑，"我既然已经能睡着了，还用再告诉你睡不着的原因吗？"

　　苏岑轻轻摇了摇头，"治标而不治本是行医大忌，尤其是心病。日有所思，夜有所梦，章大人之所以做噩梦其实就是反映了白日里心中所想。若我贸然用药，只会让病情更加严重，严重时甚至累及性命。"

　　章何有些犹豫，皱着眉头默不作声，苏岑却已经自顾自地站了起来，默默收拾了自己的东西准备离开，临走又道："便是落个无能的名声我也不能害人性命，章大人既然不想说，我也不便强求，只盼大人好自为之吧。"

　　话说完，苏岑拱一拱手告辞离去，前脚刚走出房门，只听房里重重叹了口气，"我说，我说还不行！"

　　苏岑嘴角轻轻一弯，不紧不慢地回过头来，"章大人想清楚了？"

　　"是田平之。"话一说出，章何心里的那口气就松了，"我现在每天晚上梦到的，就是田平之。"

　　苏岑微微眯了眯眼，心想果真如此，收回步子，找了张椅子随意一坐，示意他继续。

　　章何偏头看着苏岑，"你那天说，田平之被我埋了的时候还活着，是真的吗？"

苏岑点头。

章何仰躺回床上，又叹了口气，"我不知道，我以为他死了，我真的不知道他当时还活着。本来我都已经忘了田平之长什么样了，可那天听了你们说的，现在我每天晚上一闭上眼睛就是那张脸，躺在土里，一直盯着我！我这刚送走了耗子精，又来了田平之，我这是造的什么孽啊！"

苏岑想，你都把人活埋了，还不算造孽吗？

苏岑问："你的意思是，你把田平之活埋的时候，他已经没有意识了？"

"是啊。"章何一骨碌爬起来，心里豁然开朗，"他是被别人害的，与我无关，他要缠也不该缠着我。"

苏岑心里慢慢有了一个想法，抬头试探道："可能他并不知道真正害他的是谁吧。"

章何果然上了当，道："我知道。"

苏岑猛地抬头。

章何瞬间意识到自己的失言，立即抬手捂嘴，然而为时已晚，苏岑一双眼睛盯着他，闪着精光一般，看得他心里发虚。

"是谁？"

"我……我乱说的……"章何无端打了个寒战，偏开视线，"我……我怎么知道是谁？"

"你刚才说了，你知道。"苏岑盯着他一字一顿道，"是谁？"

章何脸一横，终于顿悟，"你根本就不是来给我治病的，你是来查案的！来人，来人！把他给我赶出去！"

"不劳章大人费心。"苏岑神色自若地站起来整了整衣衫，"章大人觉得本朝官员狎妓该当何罪？"

"狎妓？"章何瞬间住了嘴，"狎什么妓？"

"章大人不知道吧，府上刚来的那位小蝶姑娘是扬州名妓卿尘，我在扬州时曾有幸一睹卿尘姑娘的面容，令人过目不忘。"

"不可能！"章何一口咬定，小蝶入府的时候他就派人查过，确实是清白人家的姑娘。但再看苏岑脸上平静的神情不似撒谎，毕竟这种东西是不是

057

诬陷一查便知，他觉得苏岑没必要拿这种事诳他，不禁动摇了几分。

苏岑从容道："章大人若不相信，把小蝶姑娘叫过来一问便是。"

左右不是什么难事，章何当即便差人把小蝶叫了过来。

等她来了，苏岑道："卿尘姑娘，别来无恙。"

卿尘东西收拾到一半时突然被叫了过来，还当是苏岑把她卖了，一路惶惶过来，但看这里既没有官兵也没有仆役，不像要抓她的意思，只能一脸狐疑地看着苏岑，看看这人到底唱的是哪一出。

苏岑冲她一笑，"我跟章大人说姑娘就是名满扬州的名妓卿尘，章大人还不信，非要把姑娘叫过来亲自问一问，姑娘不妨就亲口告诉章大人，你到底是什么人。"

卿尘心里顿时明了，方才她欠了苏岑一个人情，敢情这会儿苏岑是让她帮忙来了。

她冷冷剜了苏岑一眼，转头看着章何，冲他轻轻一笑，宛若红莲初绽，"小女卿尘见过大人。"

"你……你……"章何指尖抖了抖，一口气险些没上来。

苏岑冲她一点头，卿尘缓缓退下，等她走后，苏岑把门一关，冲章何道："按照当朝刑律，官员狎妓，杖五十，削职为民，永不录用。我知道章大人自然不在乎这点，但人活在世，名声就是另一张脸，章大人也不想人到古稀却声名扫地吧？"

"你威胁我？"这话算是戳在了章何的软肋上，他兢兢业业一辈子攒下这么一点虚名，不承想有朝一日要毁在这么一个毛头小子手里。

"说吧，你想怎么样？"章何终于缴械投降，"想知道害田平之的凶手？我要是告诉你了，你保证不会牵连到我身上？"

苏岑面色平静道："我会把真凶绳之以法。"

章何抿着唇纠结再三，总算开口："是柳珵。"

"柳相？"苏岑一愣，"怎么说？"

"当年那届科考还没开考，坊间已有传闻，状元、榜眼已被两人收入囊中。"

苏岑道："田平之和柳珵？"

章何点头道："可就是这两个不世出的人才，当年却一个也没上杏榜。田平之死在了贡院里就不必说了，而柳珵提前离场，交的是白卷！"

"白卷？"苏岑当场一惊，愣了好一会儿才回过神来。

章何接着道："柳珵跟田平之是好友，肯定是他给田平之下毒害了他，事后自己却因为紧张作不出文章来，只能黯然离场。"

苏岑问："那柳珵又是怎么成为状元的？"

"那届科考可谓是波诡云谲，朝局也动荡不安。"章何眯着眼追忆往昔，幽幽叹了口气，"当时太宗皇帝病重，边疆动乱，先帝临朝监国，举贤纳士，也就是不再拘泥于科举的形式，凡是有贤之士皆可被推举，当年柳珵的状元就是先帝钦点的。"

"举贤纳士？"苏岑皱了皱眉，"我怎么没听说过？"

"说到底大家举荐的也都是些榜上有名的人，录用的仕子跟杏榜出入不大，本身便可以看作一场殿试了。只有柳珵是个例外，但当时先帝已经掌权，圣上点名要人，我们也不敢多说什么。"章何叹着气摇了摇头，"后来先帝对柳珵也一直委以重任，众人不敢得罪，当年的事也就没人再提了。"

苏岑记得当初陈老也说过，当年他查田平之的案子时查到了柳珵身上，也是先帝出面制止的，他不惜牺牲陈老也要保住柳珵，这柳珵到底是有什么突出的才能，让先帝如此重视？

"我知道的都跟你说了。"章何冲苏岑摊了摊手，冷冰冰地道，"你要查田平之、柳珵都跟我没有关系，我这里地贫宅子小，容不下苏大人这尊大佛，日后没事便不要往来了。"

苏岑得到了想要的，无意再纠缠，就此起身告辞。临走又掏出怀里半斤老茶根，往桌上一放，"这就是治失眠的药，每日睡前用热水冲服即可。"

章何眼前一亮，等苏岑一走就好生收了起来。

苏岑心里不由得好笑，每天睡前半碗浓茶，睡得着才稀奇。

从章何府上出来，苏岑心里疑惑更甚。

又是柳珵。

当初田老伯案子里抓到的那个暗门刺客就说柳珵是凶手，后来诸多线索也指向柳珵。田平之食物里的榛子粉是身边人所下，柳珵每年二月都会进贡院一趟，现在章何又告诉他，柳珵当年交的是白卷。

难怪在礼部的库房里没有找到柳珵当年的试卷，柳珵当年会试的策论一字未写，自然不会被人存档。

一个寒门仕子寒窗苦读二十载，一路通过院试、乡试来到这天子脚下，却在最后一门策论上交了白卷。他是早就知道自己会被内定为状元，还是真像章何所说，是因为杀了人而握不住笔了？

那他又为什么要杀田平之？两人的学识不相上下，又是惺惺相惜，柳珵犯不上为了状元之名而杀人。

苏岑停下步子时才发现自己已经站在了贡院门口，一抬头，面前两扇朱漆大门紧闭，门前冷落鞍马稀，与一年前一样。

只是少了门前摆放整齐的几张桌椅和一面褪了颜色的"田"字旗旛。

他突然想起当初他答完了策论提前出来，就是在田老伯这里喝了一碗糖水。当时两人还说起过柳珵，田老伯提到当年那个提前交卷的年轻人如今已官至中书令的时候，一脸祥和，还预言他以后也一定会大有出息。

现在想起来，田老伯应该是一早就认识柳珵的，他是儿子的好友，又是一个出色的年轻人，柳珵能有今日成就他应该是真的为之高兴。

如今看来他倒是有些庆幸田老伯走得早，若是让他知道了自己儿子的死跟柳珵有关，不知道他又该有何感想。

记得当初田老伯被人教唆杀人时还说过，田平之是因为"得罪了朝中的人""看了不该看的"才招致杀身之祸，目前看来这套说法成了田平之被害的唯一解释。

那这个人是什么人？田平之看到的是什么？这件事跟柳珵又有什么关系？

若能找上柳珵当面问上一问，有些问题或许就能迎刃而解。只是柳珵如今是一国宰相，位极人臣，背后又有楚太后撑腰，没有真凭实据还真动不了他。

而苏岑现在只有一副白骨和一点猜测，唯一一点证据还被封一鸣一把火烧了，别说柳珵，他连自己都说服不了。

这件旧案子要想还原真相，任重而道远。

正失神间，苏岑的肩膀被人从后面拍了一把，他猛地回头，只见来人是个生面孔，一脸富态却又生得白净，冲着苏岑拱一拱手，"我家主子请苏大人过去一趟。"

"你认得我？"苏岑皱了皱眉，这人直呼他苏大人，自然是早就认识他，他又换了个问法，"你家主子是谁？"

那人也不作答，只道："苏大人去了自然就知道了。"

这是铁了心一定要带他过去，苏岑立即警惕起来，他刚才把章何得罪透了，这会儿该不会是章何回过神来要收拾他吧？还是有人洞察了他这几天的行为，想要把他带去什么偏僻的地方灭口？

苏大人被人绑架的次数多了，经验丰富，眨眼间已经想好了对策。姑且不考虑他跟这人的实力差距，这里位于皇城附近，地广人稀，最近的求救地点就是皇城的城门。而从这里到有守卫的城门还得一二里路，他得想个办法把人引过去。

苏岑问："你家主子现在何处？"

那人转身，在前面引路，"苏大人随我来就是。"

二人走的还正是苏岑要去的方向。

眼看着距离城门还有百十步的距离，苏岑看好时机把人一推，拼了命地撒腿往前跑，边跑边回头看，那人被他推了个"狗吃屎"，这会儿正爬起来边追边骂。骂的什么苏岑顾不上听，看见门口的城门郎他心里一喜，铆足了劲向前跑。到了近前一把抓住城门郎的胳膊，仿佛抓住了一根救命稻草。

苏岑把气喘匀，刚要张口，只见那身姿挺拔的城门郎一脸疑惑地看着身后，"曹公公，这是怎么回事啊？"

苏岑脑中一空，愣愣地回头，只见之前那人已经追了上来，这会儿撑着膝盖跑得上气不接下气，一根兰花指冲苏岑抖了抖，声音又尖又细："这是太后娘娘点名要找的人，敬酒不吃吃罚酒，还不赶紧把人给我抓起来！"

苏岑看着城门郎手里突然出现的绳子稍稍一愣，急忙松手后退了两步，"大哥你听我解释……"

苏岑最后是被两个侍卫扭送进了清宁宫，尽管他一再表示自己不会再跑了，那太监却好似被一把推聋了，冷着一张脸充耳不闻，配上鼻子下的两道鼻血，十分滑稽。

一直到了清宁宫门前苏岑才被松开，那太监总算搭理他了，道："我家主子在里头等着你，进去之后立即跪下，不可抬头，不可直视我家主子面容。"

苏岑口头应下，心里却翻了个白眼，都到这里了还"我家主子""我家主子"的，谁还不知道你家主子是谁啊。

苏岑进去之后就地跪下，是那块五蝠捧寿的地砖，他盯着看了半盏茶的工夫，里面总算有了动静。

有人姗姗而来，在苏岑面前坐下，清冷悦耳的声音从苏岑头顶响起来："你可知道哀家今日叫你来所为何事？"

不管什么事，他人都已经在这了，也只能道："请太后明示。"

楚太后轻轻一笑，道："哀家是让你来还人情的。"

苏岑一愣，猛地想起当初殿试时他年少轻狂，在含元殿上公然顶撞李释，当时险些就被拉出去杖毙了，还是楚太后给他解的围。

事后楚太后也亲口承认，他的状元是她钦点的，她救他一命，他欠她一个知遇之恩。

楚太后道："听说你在查一桩旧案？"

苏岑心里一惊，饶是他再小心谨慎，终究还是瞒不过这些人的耳目，他略一点头，只能应下来。

"查到什么地方了？"

楚太后的人能在贡院门口找到他，自然对他的行踪了如指掌，苏岑如实道来："田平之是吃了含榛子粉的食物引发了哮喘，又被那届科考的主考官章何当成猝死下令活埋了。此外章何还透露了一件事情，在那一场的策论中，柳相上交的是一张白卷。"

楚太后斟酌一番，"你觉得是柳珵杀了田平之？"

"目前来说，柳相的嫌疑最大。"苏岑轻轻一抿唇，谨慎措辞，"太后的知遇之恩微臣没齿难忘，可太后若是要拿这个人情换柳相，微臣只怕恕难从命。这件案子不是我一个人的案子，已经有不止一个人因为这个案子而死，人命关天，我做不了主。"

"好一个苏岑，好大的胆子！"楚太后柳目一横，拍桌而起，眼看着就要大发雷霆，安静了片刻，却又笑了，"哀家就是想考考你，看看你还是不是那个'为了天下苍生死而后已'的苏岑，你果然没让哀家失望。"

苏岑心里疑惑渐起，还没等想明白，楚太后又道："哀家不用这个人情换柳珵，而是跟你换一个真相。即日起，哀家命你全权负责此案，务必要查个水落石出，你尽管放手去查，若有人阻拦，按抗旨论处。"

最后楚太后狠狠咬牙，说道："章何是如此，柳珵也是如此。"

苏岑凝眉，楚太后不保柳珵，还要让他放开手一查到底。他有些拿不准楚太后到底是什么意思，一时愣在原地，不知该如何答复。

"怎么？"楚太后轻笑，"不敢查了？"

苏岑抿了抿唇，这件案子肯定要查下去，能光明正大地查自然强过偷偷摸摸，楚太后既然愿意给他当这个靠山，那他又何乐而不为？

苏岑叩首，"臣领旨，谢恩。"

见苏岑领了旨，楚太后展颜一笑，摆摆手道："回去吧，不然一会儿该有人问我要人了。"

苏岑道了"臣告退"后躬身退下，刚出清宁宫的大门，果真看到祁林迎面而来。

苏岑好奇又好笑，问道："你怎么知道我在这里？"

祁林道："你刚进城门爷就知道了。"

苏岑这才想起来北衙禁军就在李释的管辖之下，这皇城中的一举一动都逃不出李释的视线，难怪楚太后那么着急送他出来，敢情真的是有人会上门要人。

"王爷呢？"苏岑问。

祁林回道："爷在紫宸殿。"

苏岑纳闷道："在紫宸殿干吗？"这个时辰早朝下了有一会儿了，又还不到饭点，李释那么日理万机的，怎么会有闲情逸致在小天子寝宫里待着？

只听祁林面无表情道："爷说，楚太后若是敢欺负你，他就在小天子身上欺负回去。"

苏岑跟着祁林先回了兴庆宫，他们前脚刚到，李释就回来了。

李释看见苏岑正毫发无损地坐在湖心亭里喂鱼，秋光正好，微风不燥，而苏岑守着半寸秋阴，在家里等他。

直到满池子鱼被由远及近的脚步声惊扰散了，苏岑才回过头来，冲李释一笑，"王爷回来了。"

李释微微眯眼，低头问："饿了吗？"

苏岑这才意识到已经到了正午时分，他这一上午又是跟章何斗智斗勇，又是被莫名其妙宣进宫，这会儿倒真的有些饿了。

话到嘴边，苏岑心生一计，他突然想看看李释能忍他到什么程度，冲他摇了摇头，"我不饿。"

李释果然蹙了眉头，"为什么不饿？"

"我不知道吃什么。"苏岑拧着眉头抬头，矫揉造作道，"翻来覆去那几道菜式，想想就腻了。"

李释微微垂眸，直把苏岑看得心里发虚，半晌后，李释把他从凳子上拉起来，"你跟我来。"

苏岑没想到李释会带他进后厨，险些将一帮天南海北的名厨吓得刀都拿不住了。李释将一干人等打发出去，卷起衣袖，洗手亲自做羹汤。

苏岑看着李释穿梭在满屋子锅碗瓢盆之间，双腿不由得颤抖，生怕哪把刀不长眼，伤了李释那只握着大周半壁江山的手。

这哪里是要给他做饭，这是要折他的寿啊！

他现在就差跪下来长呼一句"王爷我错了"！

然而苏岑看着李释辗转于案板灶台之间，游刃有余，一时间竟真有些忘了这人的身份。若李释不是摄政亲王，不是朝廷命官，只是寻常人家的孩子，是不是就能把生活融于油盐酱醋之间，消磨在家长里短之中？

最后李释把一碗阳春面送到苏岑面前，苏岑的眼睛突然就红了。

第一口烫了舌头，苏岑还是不停地称赞。

确实好吃。

面爽滑又筋道，煎蛋金黄，几片菜叶子莹绿，哪怕真是食欲不振，这会儿也该有所触动了，更何况他本来就饿了。

"慢点吃，不够还有。"

苏岑抬了抬头，"你怎么会做饭？"

"我有什么是不会的？"李释挑眉，笑了笑又道，"我母妃去得早，我早年就跟着曹贵妃，曹贵妃膝下还有二皇兄，份例不足是常事。"

苏岑不禁皱眉，那座朱墙碧瓦的宫城之内，兄弟阋墙、骨肉相残古来有之，他无从想象李释自小没有母妃庇护是如何在那"吃人"的皇宫里活下来的，一个失了宠的皇子，甚至还不如小猫、小狗。

然而李释说起这些事时却一脸平静，好似那些吃不饱穿不暖的事情不是发生在自己身上，"二皇兄待我其实还不错，就是身子弱些。后来太宁赐婚给了郑覃，我也就从那里出来了。"

再后来的事情苏岑也知道了，李释自请戍边，黄沙瀚海别人避之不及，他一待就是十几年。

忽然想起之前祁林说过，太宗皇帝留有十四子，为什么偏偏他高高在上？没有什么是与生俱来的，图朵三卫对他忠心耿耿，半朝臣子以他马首是瞻，自己也愿意誓死追随，都不过是因为他真正在那风沙苦雨里摸爬滚打过。

苏岑最后吃得连汤都不剩，胃里暖了，心里也暖了，眉眼带笑地盯着李释，"王爷今天进宫是特地去救我的吗？"

李释洗了手，从苏岑那里接过自己的扳指慢慢戴上，"你说呢？"

苏岑毫不犹豫地道："那自然就是了。"转而想起来自从李释回来就没有问过他在宫里发生的事，不由得皱眉，"你不好奇楚太后叫我去干什么了？"

李释带着苏岑从后厨出来，在一帮大厨惶恐的眼神中离开，边走边道："你想说就说，不想说就算了。"

"你不怕她来联合我对付你？"

李释轻笑，"那你会吗？"

苏岑突然停了步子，等李释看过来，两人视线对上，苏岑冲他认真道：

"不会。"

李释一愣之后轻声笑了笑，"那不就是了。"

苏岑如实道来："她想让我查田平之的案子，而且看她那态度，好像并不打算祖护柳相了。"

李释捻着扳指慢慢走着，未置一词。

苏岑接着道："我目前也拿不准她到底是什么意思，按理说柳相是她的人，而且对她来说很重要，楚太后不可能放任柳珵不管。而且楚太后妇人之仁，若说她是为了田平之我是不信的，除非她知道这件案子与柳珵没有关系，或者是……她找到了别的人代替柳珵。"

李释问："你打算怎么办？"

"案子我一定要查下去，本来这桩案子最大的问题就出在柳相身上，她既然愿意帮我，我自然恭敬不如从命。不管柳相有问题与否，我都会查个水落石出。"

李释点头，虽然不知道楚太后到底打的什么主意，但她话既然已经说出口了，应该就不会再对苏岑背地里下绊子了。

吃完饭后，苏岑回了大理寺。临到分离，苏岑突然道："你还记得当初殿试的时候你问我的问题吗？"

李释驻足，遥想当初，这人一身少年意气，从衣带边到头发丝都在表达着骨子里的桀骜不驯，明明跪在堂下，腰杆却挺得笔直。他起了逗弄的心思，开口问："国之弊病是什么？"

苏岑轻轻一笑，看着李释道："国之弊病，是积贫，是强邻，是文武不兼修，是分党争斗、日月交食。"

"党是什么党？争的又是什么？"

"党有两党，争的是天理，是公义，是盛世太平、国运永昌。若这是你的所想所愿，那我愿与你一道争上一争。"

第七章

辞官

苏岑到大理寺时正是午饭刚过、各自当值的时候，他本想着静悄悄溜回去，伪造自己一直在寺里的假象，不承想前脚刚进门就被众人的目光包围了。

那目光里带着三分好奇和三分诧异，又夹着那么点同情，苏岑被看得丈二和尚摸不着头脑，正想先回值房再找个人问问，刚走到半路便被张君叫住了。

张君冲他勾勾手指，"过来。"

等苏岑进了房，张君又道："关门。"

苏岑刚把门关好，一回头，只见张君肚子一腆，两眼一眯，用一副审视的目光打量着他。

苏岑小心地询问："大人，怎么了？"

"你还敢问怎么了！"张君重重一拍桌子，"你自己说说，都干什么好事了！"

苏岑心里暗暗把这些天干的那些事想了个遍，也就是给章何那二两老茶根有点逾矩了，不过这也不过半天，章何不至于这么快就发现了吧？

苏岑心里发虚，面上还是毕恭毕敬的，回道："还请大人明示。"

"死到临头了你还不自知！"张君又拍了下桌子，"人家都找上门来了！"

"不至于吧？"苏岑皱了皱眉，他还真为了那点老茶根还亲自跑到大理寺来告状。

张君叹了口气，"还好我提前把你拦下来了，你要不先回去躲躲吧，我就说你病了。"

"不用吧……"

一个七八十的老头子，还能把他怎么样不成？另外也不是多大的事，赔个礼、道个歉也就是了。

"你啊，你啊！"张君指着苏岑，最后无奈地垂下手来，"那你打算怎么跟柳相交代？"

苏岑道："柳相？"

苏岑回到值房，果然看见柳珵正坐在主位上，端着他的月白釉茶盏，喝着他的顶级碧螺春，一副要兴师问罪的姿态。

苏岑行了礼，站起身来，静等着这位主子发落。奈何柳珵也正抬头看着他，两人面面相觑，柳珵放下茶杯道："叫我来干吗？"

"我叫你？"苏岑稍稍一愣，"我何时叫过你？"

"太后说你这里有桩案子与我有关，让我过来协助你办案。"柳珵皱着眉抬起头来，"怎么？不是你说的？"

苏岑心想，这楚太后当真好速度，上午刚召了他进宫，下午就把柳珵送来了。

他面上恭恭敬敬一拱手，"确实是有桩案子太后命我告破，只是不承想竟然劳柳相亲自过来，下官实在过意不去。"

"要问什么赶紧问。"柳珵一脸不耐烦，"中书省还一大堆事呢，我没工夫跟你闲耗。"

"是。"苏岑笑了笑，找了个偏座坐下来，"既然柳相日理万机，那我就问一个问题，柳相还记得田平之吗？"

柳珵脸上的血色唰地褪得一干二净。

"永隆二十二年春，正赶上三年一届的会试，各地选送上来的仕子齐聚长安城中，其中有两个人最为瞩目。一个是柳州来的田平之，其文笔以风流奔放著称，咏山咏水，俱怀逸兴壮思飞，是当时难得的浪漫派诗人。还有一个，则是柳相你！我如今就想问一句，柳相还记得当初的田平之吗？"

柳珵原本平静的瞳孔里激烈地颤了几颤，最后垂下眼帘，将一应情绪掩盖住，"你到底还是放不下这个案子。"

苏岑却已经暗地里将柳珵的反应尽收眼底，但不知到底是这位柳相道行太深，还是他当真不知情，至少从表面看上去，他脸上的惊讶神情不似作伪。

如果是真的，也就是说他这些天来的明察暗访柳珵都不知道，礼部那些档案也不是柳珵让人去毁了的。

"田平之……"柳珵指节僵硬地往回缩了缩，事到如今苏岑都已经查清楚了，他也没法再揣着明白装糊涂，只能道，"他学识好，文章作得也好，当时就有传闻，这一届的状元非他莫属。只是天有不测风云，谁也没想到，他会猝死在考场里。"

"他不是猝死。"苏岑目光犀利地盯着柳珵，"他生前就患有哮喘，是被人在食物里下了榛子粉蓄意害死的。而给他下毒的这个人，首先得知道他有哮喘，其次，还得有机会接触到田平之的食物，所以他一定是田平之身边的人。田老伯是田平之的生父，自然不可能害他，还有一个……"

柳珵抬起头，用冷冰冰的眼神看了苏岑一眼，苏岑也适时地住了嘴。柳珵兀自站起身来，已经有了去意，冷冷道："你若是有证据，尽管去我府上拿人，若只是凭空推测，我劝你还是省省工夫，与其追查这种案子，还不如多花点精力在当下的事情上，免得被人诟病这大理寺的人一天天吃闲饭。"

这话里带着威胁与警告，苏岑站起来神色自若地拱一拱手，"柳相教训得是。"

他现在就是苦于没有证据，所以才不能轻举妄动，十二年前的证据早已经随着时间飘散了，要找到没那么容易。而柳珵显然也是知道这一点，才会在震惊之后依然淡定，就是断定了他拿不出证据来。

柳珵拂袖而去，苏岑送到门外，这才发现西南之上天色压抑，摇摇欲坠得像要压下半边天来。

柳珵刚出大理寺的大门，外面就淅淅沥沥地下起雨来，正皱眉间，只见一个熟悉的身影拿着一把伞朝他走来。那人来到近前一抬伞，冲他舒朗一笑，"愣着干吗？快进来。"

柳珵这才回神，来到伞下，走出去几步后才想起来问："你怎么在这里？"

崔皓道："太后方才宣我进宫，出来了才想着去你那里看看你，不承想你来了大理寺。我就知道你肯定没带伞，所以特地过来接你。"

"玩忽职守，我平时就是这么教你的？"柳珵凝眉斥责。

崔皓倒也不怕，笑着应下来："我回去一定好好反省，等晚上告诉你反省结果。"

"没正经。"柳珵嗔骂一句，又问，"太后叫你过去干吗了？"

崔皓微微皱了皱眉，"说起来也怪，我原本以为太后召见是有什么要事要问，谁知道她就只是问了我一些无关紧要的问题——在京城做官习不习惯？谏议大夫做得还上手吗？家母身体康健否？对了，还问起你，问你最近在忙些什么，最后问我……对你那位置感不感兴趣。"

柳珵面上没有表现，心里却一点一点凉了下去，在这混乱的朝局中厮杀了多年，他终究成了一枚弃子。

柳珵微微苦笑着，问："你是怎么说的？"

崔皓偏头冲他一笑，"我说柳相雄才大略，国士无双，非我等蓬蒿之辈所能比，我愿一辈子追随柳相，辅佐明主，鞠躬尽瘁，死而后已。"

"呆子。"柳珵听过之后笑了，"以后要说柳相力有不逮，请太后另择良臣。"

崔皓眉目一横，"谁敢这么说你？"

"终有一日。"柳珵喃喃一句，顷刻后抬头对崔皓道，"你赶紧回你的衙门吧，别被人抓住小辫子。还有，今夜先不要过来了，我有些事要处理。"

崔皓听出了这话中的深意，道："是不是出什么事了？大理寺的人找你麻烦了？"

"我能有什么事。"柳珵摆了摆手，又小声道，"不还有太后吗？"

崔皓这才心安，转而抬起那只没打伞的手，柳珵这才看见他手里竟还拿着个东西——几个果子用一根竹签子串着，再用江米纸一包，红艳艳的一串冰糖葫芦。

柳珵皱了皱眉，"这是要干吗？"

"给你啊。"崔皓把冰糖葫芦递过去，"来的时候看见有卖的，我特地给你买的。"

柳珵一抬下巴，双手往后一背，"我一个大男人，在大街上拿串冰糖葫芦，成何体统！"

崔皓一脸委屈，"我不也是一个大男人，都举半天了。"

柳珵心头一软，这才低下头来认真看了看他手里的冰糖葫芦，莹莹琥珀色，娇艳欲滴，倒成了这阴雨天里唯一的一点亮色。

崔皓见柳珵还别扭着，伞沿往下一压，趁他还没反应过来，直接举起糖葫芦往他嘴里一塞。

柳珵一时呆立原地，登时唇齿间已被那股子酸酸甜甜的味道充斥了。

崔皓问道："好吃吗？"

柳珵一扬下巴，大步向前，"酸的。"

崔皓紧随其后，"我怎么吃着是甜的呢？要不再吃一颗？"

在第二日的大朝会上，苏岑见识了一场混战。

事情的起因还是当初徐州的洪灾。一场天灾让原本靠盐赋充盈起来的国库付诸东流，众人心痛不已，其中以柳珵为首的几个官员便提出了在各州县之间建立义仓的想法。

义仓的提出并非无中生有，早在义仓之前其实就已经有太仓、正仓和军仓。太仓主要供京师官员发俸禄之用，正仓为国家赋税，军仓则主要供给军队。这些仓里的粮食都是牵一发而动全身，轻易动不得，于是义仓便应运而生。

所谓义仓，本质就是个仓库，通过募捐的方式在丰年储粮，好在灾荒年间赈济灾民。义仓创建之初并不在征赋范畴内，没有固定的税额，上交多少全凭自愿。设想很美好，出发点也是好的，所以当初李释也没有多加为难，轻轻松松便批准了。

只是实施起来却并不像设想得那么顺利。说是自愿，义仓建好后，各州县自愿交上来的粮食却连仓底都填不满。柳琤终于意识到了愚民之嗜利，他们只看那一点眼前的利益，丝毫不关心长远发展。

柳琤做了这么些年丞相，自然也有一点铁血手腕，他当机立断，把义仓粮变为必征赋税之一，定要把这义仓充盈起来。

如此一来必然引起了一番唇枪舌剑，最后，"柳琤党"侥幸取胜，义仓建起来了，民愤压下去了。这本来是柳琤为数不多的一场胜利，没想到过了几个月，竟然又生出了事端。

有人拿这件事弹劾柳琤强加征税，致使民不聊生，所收的民脂民膏收于己用，以满足自己那些骄奢淫逸的各项开支。

上这奏章的人是户部尚书司马逸，以前他算是柳琤的"首席狗腿子"。如今"狗腿子"反水，反咬了主子一口，让人防不胜防。

稀奇的是跟着一起附议的人竟还不少，都是当初以柳琤马首是瞻的那些"太后党"，文质彬彬的一帮大臣，"撕咬"起来却如疯狗。

柳琤站在大殿上，气得指尖发抖，一句话也说不出来了。

当初口口声声说着造福万民的是他们，如今叫嚣祸国殃民的也是他们，当初这些人把他捧到了天上，如今把他踩在污泥里还恨不得再补上几脚。

只有崔皓还在苦苦力争，"自义仓设立之初，柳相不曾动过里面一粒粮食！所有入仓和出仓都登记在册，你凭什么说柳相中饱私囊？

"如今虽说赋税重了一点点，可这一点也是在不影响民生的基础上征收的。现在是苦一点，但等真的遭了天灾，备岁不足，这一点是可以救命的！

"况且收粮数量也不是一概而论的，按户出粟，分为上户、中户、下户，出粟数量依次递减。义仓粮主要靠王公贵胄那些上上户就已经填得差不多了，真正到下下户根本就征收不了多少，哪来的什么倾家荡产！"

崔皓还要再争论什么，只觉得一双冰凉的手轻轻覆在他灼热的手背之上，连同他胸腔里那一通邪火一并浇灭了，紧随其后的是痛彻心扉的寒。

他环顾一圈，有事不关己的，有看热闹的，有等着落井下石的，自始至终根本就没有人在乎他在说什么。他站在一群人中间，上演的不过是一个笑话。

崔皓猛地明白了，楚太后昨天召见的不止他一个人，这在场的每一个咄咄逼人的人，都被问过一句"对柳相那位置感不感兴趣"。

他突然想在朝堂上大声问一句，你们到底有没有良心？

之前这些人中哪个出了事，柳珵都是尽心尽力帮忙，事到如今，一看到柳珵失宠，落井下石起来一个比一个快。

崔皓反手握住柳珵的手臂，既然这里容不下他们，那他也没有必要再站在这里跟他们争论了。

他刚欲抬步，只听大殿上响起一个声音："当初义仓制度是在朝会上裁决通过了的，那就已经是我大周的一道律法，在场的各位都应拥护。义仓制度实行至今时间尚短，到底是优是劣尚无法裁决，那便再试行一段时日后再议。"

众人一愣，齐齐抬头看上去。只见宁亲王轻靠着椅背，单手撑着额角，显然已经不耐烦了。

大殿上一时阒无人声。

李释站起身来扫了眼殿内，"今天就到这里吧，退朝。"

等到所有人都走了，空荡荡的大殿上只剩了两个身影。

"仲佩……"崔皓叫了柳珵几声，柳珵才回过神来，这才意识到他的手还握着崔皓的手腕，一个冰凉如水，一个灼热似火。

柳珵动了动手指，轻轻松开崔皓的手，再看一眼空空荡荡的龙椅，摇了摇头，"走吧。"

"你没事吧？"崔皓紧跟上去，"不用跟他们一般见识，他们不过是嫉贤妒能罢了。"

柳珵苦笑了下，嫉贤妒能？他有什么贤什么能值得这些人忌妒？他们不过是觊觎他身后那点势力，如今见他失宠，想要取而代之罢了。

说起来，他们不过是跟他一样的可怜人。

"你就该跟着他们一起讨伐我才对，党同伐异，才好在这官场上生存。"

崔皓一拧眉头，"这样的官场，不待也罢。"

"别说胡话。"柳珵呵斥一句，出了大殿，对着巍峨壮丽的龙尾道看了一会儿，忽然不知道该何去何从。

"回家吧。"崔皓在他身后道。

"家？"柳珵愣了愣，望着宫墙外一百零八坊高低起伏的屋瓴瓦舍，忽然觉得悲哀，长安城这么大，却没有他的容身之处了。

"你先回去吧。"柳珵偏头对崔皓道，"我去个地方。"

下人进来通传时，楚太后刚好修剪完最后一支瑶台玉凤，一簇簇花枝被束缚在腕子粗细的盘口瓶中，带着一种约束之下的美。

楚太后的纤纤玉手放下锋利的剪刀，她满意地打量了片刻，吩咐下人摆在厅中显眼处，这才点了点头，"让他进来吧。"

柳珵由清宁宫的侍女带进来，一眼就看见了正开得娇艳的白菊花，再一低头，换下来的残枝败叶还没来得及收拾，被丢弃在一旁。

有人爱养花，有人爱养鸟，楚太后爱的却是把这些正待盛开的鲜花剪下来，插在花瓶里，沐之阳光，浴之甘露，自此这些花的生死皆由其所控，顺之则生，逆之则死。

以前他也是这么一枝花，如今开败了，便该零落成泥了。

楚太后注意到柳珵的视线没放在自己新插的瑶台玉凤上，反倒是看着一地残花，轻轻一笑，"你跟着哀家多少年了？"

柳珵低头回道："臣自入仕便追随先帝，如今刚好十二年整了。"

提起先帝，楚太后目光柔和了几分，"是啊，哀家记得，你是那一届的新科状元，意气风发地站在含元殿前。先帝那时还特准我隔着一片青纱帐看你一眼，当时我就想，好一个俊俏的青衫郎，若我还有什么未出阁的姐妹，真想求先帝赐婚。"

柳珵拱了拱手，"臣有愧先帝所托。"

"不，你做得很好，若不是有你，如今还形不成这样的局势。"楚太后稍一停顿，凤眼一眯，又道，"只是，哀家想要更好。"

话已至此，柳珵总算明白他被抛弃的原因了，他倾尽全力，也只是做到与李释平分天下的地步，而楚太后要的是整个天下。

天下归一了，也就不存在摄政之说，楚太后要对付的不是他，而是李释。

柳珵心里默默叹了口气，争了这么些年，他第一次觉得累了，他是真想歇一歇了。

柳珵双膝跪地，道："臣自永隆二十二年入仕，为官十二载，劳劳碌碌，虽未有建树，然未敢一日懈怠。今积劳成疾，不堪厘务，请求辞官以避贤者，谢绝人事，老于乡里，请太后恩准。"

楚太后没想到柳珵能如此痛快，稍稍一愣，又掩唇笑了，"柳卿不过不惑之年，正值壮岁，哪来的这些劳啊疾的，天子年幼，哀家还得靠你帮扶呢。"

柳珵疑惑地抬头，一脸茫然。选择弃了他的是她，如今说要用他的也是她。他一时有些拿不准这个女人到底是什么意思，只能抬着头等楚太后的话。

只见楚太后艳丽的红唇一张一合，接着道："你能为陛下做到什么地步？"

柳珵觉得嗓子有些发紧，道："陛下乃真龙天子，臣愿为陛下鞠躬尽瘁，死而后已。"

"如此甚好。"楚太后抿唇一笑，"哀家这里刚好有一件事想让你去做。"

第
八
章

惠
州

下了朝会，苏岑走出龙尾道，刚出丹凤门，便见一辆马车候在门外，竹帘轻垂着，隐约可以看见车内的人影。

苏岑来到车下，挑起帘子入内，果见李释正捧着杯热茶靠着绣衾坐着，见他进来抬了抬眸，道：“怎么这么慢？”

苏岑坐下后冲他一笑，“就知道王爷会等我，特地等到最后才出来的。”

马车缓缓启动，苏岑接过李释递过来的茶，撇了撇茶沫轻啜一口，抬头道：“其实也不算最后，还有两个人呢，我实在耗不过他们了，就先出来了。”

他又冲李释狡黠一笑，“你猜这两个人是谁？”

李释端着茶杯喝了口茶，随口道：“柳珵和崔皓。”

“真无趣。”苏岑撇了撇嘴，转而又道，“今天这朝会有意思。”

李释问：“看出什么来了？”

苏岑笑道：“柳相的脾气有改善，换作以前早该甩袖子走人了。”

李释也笑了，“就这些？”

“自然还有别的。”苏岑收了一副嬉笑的神情，正色道，“义仓的事已经过去几个月了，当初正是这些人支持才得以施行的，这时候又突然提出来，很明显是有人刻意引导的。楚太后说不再袒护柳相应该是认真的，而且看今日群臣这态度，应该不只是不袒护那么简单。”

苏岑凝眉，"她应该是想放弃柳相了。"

李释放下茶杯点了点头，"没有楚太后的授意，他们不敢那么干。"

"柳相一直以来与你作对，但他的根基并不深，除了一个崔皓，全靠楚太后在后面撑着，眼红的大有人在。如今楚太后一抛弃他，墙倒众人推，这番下场也实属无奈。"苏岑说着皱了皱眉，"可我想不明白的是，是什么契机让楚太后选择放弃了柳珵？她把柳珵送走了于她有什么好处？"

李释摸着扳指道："之前你不就说过，楚太后让你查田平之的案子原因可能有二，一是柳珵确实是无辜的，她不怕你查；二则是她找到了代替柳珵的人。"

苏岑沉默片刻，抿了抿唇，"如今看来，是二了。"

柳珵回府的时候已是深夜，他本来已经适应了眼前的黑暗，但一拐进自家巷子里，忽然被门前一盏红灯笼吸引住了视线。

柳珵愣了愣，循着那一点光亮走过去，走到近前才发现灯笼后还站着个人，影子被烛光拉得老长，灯笼里的蜡烛几乎烧尽，那人不知道已经等了他多久。

看见他回来，崔皓的一颗心总算放回了肚子里，急忙迎上前去，凑到柳珵身边不禁皱了皱眉，"你喝酒了？"

柳珵抬手将他一把推开，一时没控制好力道，把崔皓推了一个趔趄，刚想伸手去拉，手却在半空中僵了一下，随后又慢慢收了回去，没好气道："你来干什么？"

灯笼里的烛光闪动一下，险些熄灭了，微弱的光线将崔皓一脸的委屈放大，"我不放心你。"

"我又不是孩子了，有什么放心不下的！"柳珵挪开视线，无视崔皓脸上的神情，踉踉跄跄地走进了府门，被门槛绊了一跤，险些一头栽倒在地。

柳珵当即大发雷霆，"这是谁干的，这么高的门槛有什么用？"

下人闻声赶来，也不禁委屈道："这不是老爷最喜欢的门槛吗？"

高门大户，姿态灼人，当初那个柳府确实风光无限，旁人路过都得瞻仰一番。只是今时不同往日，当日的荣耀如今都变成了巴掌，毫不留情地扇了回来。

"都给我撤了，撤了！"柳珵一甩袖子，勃然大怒，又在门槛上狠狠踩了几脚才愤然离去。

下人们不知如何是好，只能看向崔皓，见他点头，立即着手把高门槛拆了下来。

眼看着柳珵又走远了，崔皓急忙追上去，几次想上前扶着，但都被柳珵甩开。月黑风高，崔皓只觉得地上每一块砖都成了障碍，索性把灯笼往地上一扔，将一只手臂搭在他的脖子上，搀扶着往前走。

崔皓把柳珵送到卧房时，柳珵都快要睡着了，刚到床上，柳珵眉心一蹙，又有了醒转的迹象，直到等他平静下来后崔皓才起身，刚一动就发现柳珵正牢牢抓着他的衣角，即便睡着了也没有要松手的意思。

崔皓看了一会儿不禁笑了。他哪里不知道柳珵疏远他是怕牵连了他，可这偌大的长安城里若是没有了这个人，他自己留下又有什么意思？

柳珵半夜醒了，对着黑暗发了一会儿呆，觉得头痛欲裂。他刚起身，一碗水适时送到嘴边，柳珵一愣，张口抿了抿，不冷不热，清甜爽口，显然已经备好多时了。

柳珵把一碗醒酒汤喝完了才抬起头来，借着黑暗打量身前人，半晌后清了清嗓子，道："你怎么还没走？"

"我走了谁来照顾你？"崔皓把空碗接过来又递了块帕子上去，见柳珵擦了擦嘴角又阖上双眼，才小声问道，"好点了吗？"

"我没事了，你走吧。"柳珵闭着眼挥了挥手，临了又嘱咐，"记得从后门出去，别被人瞧了去。"

崔皓站着没动，接着问："太后跟你说什么了？"

一提起楚太后，柳珵的眉头又皱了起来，"这是你该管的吗？"

语气有些重了，房间里一时寂静下来，柳珵微微睁眼，他知道自己心里憋着口气，也知道自己不该迁怒崔皓，可脾气上来了他也控制不住。他刚要放缓语气安慰几句，崔皓突然小声道："我知道这些我不该管，我也没想管，我只是想告诉你，若是在这长安城里待得不开心了，咱们就离开。我明日就去递辞呈……"

柳珵猛地睁眼，从床上一跃而起，"辞呈？什么辞呈？谁让你递辞呈！"

崔皓微微蹙眉，"仲佩……"

柳珵心里那团压抑的火彻底被点燃了，指着崔皓的鼻子破口大骂："我费尽心思提拔你，让你一步步成为人上人，就是让你坐上高位再走人的？你那瞎眼的老母织鱼网供你来到这长安城里，是让你来递辞呈的吗？"

崔皓脱口而出："我不自己走，难道等着别人来赶我吗？"

话一出口，房里瞬间静了下来。

崔皓后悔已经来不及了，无奈地苦笑一下，"谏院说要指派一人下去到惠州，任司马，虽然圣旨还没下来，但八成就是我。"

"惠州？司马？"

惠州位于岭南，属瘴疠不毛之地，从来都是被贬谪的官员才去的地方。他辛辛苦苦提拔的人，怎么能去那种地方！

可气愤之余又猛然惊醒，谏院属于中书省范畴，如今中书省有什么指令都不必经过他了，他自己尚且是一个名存实亡的傀儡，还怎么护别人？

半晌后柳珵按了按眉心，只能道："司马……也好，你还年轻，总还有再升迁的机会，委屈几年也就……"

"仲佩！"崔皓出声打断，"去哪里都好，做什么官我也不在乎，我不放心的是你！"

柳珵一愣之后不由得笑了，"太后说天子年幼，还要我留朝重用呢。"

"留朝重用？"崔皓一脸难以置信地盯着柳珵看了一会儿，最后实在找不出破绽，只能又问了一遍，"你所言当真？"

柳珵背脊僵硬，却又强撑着挺得笔直，"太后懿旨，自然当真。"

一番沉默之后，崔皓忽然笑了，"好，惠州便惠州，我总有一日会回来的。"

几日后，崔皓调任的诏书果然下达了——左迁惠州，任司马。

诏书下得急，惠州路程又遥远，崔皓只得连夜收拾东西，第二日便启程。

临行当日，来城门外送别的除了柳琭，还有苏岑和郑旸。

三人昔日同为一甲，一起吃过琼林宴，一起御赐游街，高头大马之上，风光无两。只因为在琼林宴上选择了不同的立场，如今境遇截然不同。

还记得当年苏岑一篇医国之作举朝震惊，别人不敢说的话他敢说，别人不敢做的事他敢做，居于他之下，崔皓输得心服口服。

可他对郑旸却一直抱有敌视态度，总觉得是这人抢了他的第二名，朝堂上、背地里与他明争暗斗，争了一年多，到头来却是让这个"死敌"前来相送。

"听闻岭南多烟瘴，这是一些驱虫灭蝇的草药，还有一点安神助眠的香料。"苏岑将一个小包裹递到崔皓手里，"惠州路途遥远，崔兄好自珍重。"

崔皓接过来递到一旁的下人手里，冲苏岑拱了拱手，"多谢。"

郑旸递上一个食盒，"这是我让府里的厨娘连夜给你做的，都是些放得住的点心，你带着路上吃吧。"

崔皓一并接过来道了谢，三人昔日虽然立场不同，在朝堂上针锋相对时而有之，但他们都是磊落之人，如今他落魄了，也没有对他落井下石。

崔皓心有感慨，又客套了几句，眼看着时辰将至才慢慢住了嘴，越过面前的苏岑和郑旸，视线落到柳琭身上。

这人今日过来送他，一句话也没说，一样东西也没给，游离在众人之外，像个事不关己的路人。这会儿见崔皓看过来了，才清了清嗓子，生硬地说道："一路好走。"

崔皓整了整衣袖，冲他深深一揖，低下头去的那一瞬间，眼底突然就湿了。

一朝失足，只因当初站错了队。可若让他再选一次，他还是会义无反顾地坐到柳琭身旁。

郑旸道："崔兄这次时运不济才遭此横祸，等来日圣心回眷，会把你调回来的。有机会我就跟陛下提提，不会忘了你的。"

苏岑也道："惠州瘴疫横流，蛮夷居多，教化不足，崔兄遇事多加小心，若有机会教化蛮夷、整顿民风也是功德一件，可以当作回朝的资本。"

崔皓直起身来冲苏岑、郑旸一笑，这两人是为他打算，他听得出好坏。他看着两人，话却是对着柳珵说的："我一定会回来的。"话说完再不留恋，扭头上了马车，头也不回地走了。

车子走出去百十步，一双皱皱巴巴的手轻轻搭在崔皓手上，"皓儿？"

崔皓回神，应了一声："娘。"

老人家颤颤巍巍地从怀里摸出个物件来，递给崔皓，"这是刚刚有个人塞给我的，娘看不见，这是什么？"

崔皓接过来一打量，愣在原地。

只见那是一块精雕细琢的佩玉，圆环状，绦索纹，晶莹剔透，细致温润。

这是柳珵常年戴在身上的那一块。

他这一走不知道什么时候才能再回来，自此相隔千里，朝局混乱，谁也不知道明天会怎么样。如今柳珵把玉送给他，便是要告诉他，见玉如人，诚心可鉴。

渐行渐远的马车上，那个冷静了一天的青年人终于埋下头去，抱着玉佩泣不成声。

一直到崔皓的车驾看不见了，郑旸才收回目光，冲苏岑道："回去吧。"

苏岑点头，两人走出去几步，却见柳珵还站在原地，正想着要不要规劝几句，柳珵却突然回过头来，看着苏岑问："你要回大理寺？"

苏岑一愣，点了点头，"是啊。"

"那正好。"柳珵收回视线，对苏岑道，"我跟你一道去。"

柳府虽已败落，但瘦死的骆驼比马大，柳珵是乘马车来的，顺带捎了苏岑一程。

二人一路无话，各自坐在马车的一侧，各想各的，倒也没生什么事端。

到了大理寺，柳珵吩咐马车先回去，这才随着苏岑入内。

大理寺里平静依旧，薛成祯忙着过堂打板子，张君在后院耍太极，宁三通把自己关在停尸房里看尸体。

柳珵这一来立马引起了轩然大波。

上次柳相前来，大理寺里人人自危，生怕这位柳相皱皱眉头，平了他们大理寺。如今这位柳相正处在朝廷旋涡中心，前来围观的人不减反增，众人忌惮的目光里多了几分窥探的意味。传说柳珵如今虽坐着丞相的位子，然而没了楚太后这个靠山，早已经是有名无实。被拔了牙的老虎没了慑人的威严，有心之人蠢蠢欲动，想跟着摸一摸老虎屁股。

张君倒是秉承着一贯的原则，活人的事与他无关，对柳珵还是以礼相待，恭恭敬敬地引他入坐。

柳珵却在堂上兀自站着，环视一周，平静道："张大人，我是来报案的。"

张君一怔，突然意识到柳珵要说什么，急忙道："柳相有什么事情到内堂与我说就是了，这里人多口杂，不要扰了柳相清静。"

柳珵凝眉一扫，"有人报案，你们大理寺便是如此应对的吗？"

张君被噎了一句，看了柳珵一眼，直到读懂他眼里的决绝，在心里默默叹了口气，才回头吩咐："准备升堂。"

大理寺大堂之上，柳珵点名要苏岑主审，张君在一旁听审，除了堂上站着的柳珵和几个衙役，大堂外还里里外外围了几层人，都等着看这位柳相要整什么幺蛾子。

苏岑亲审的案子不多，但也跟着薛成祯过了几次堂，看着气氛差不多了，惊堂木一拍，"堂下所站何人，所报何案？"

柳珵站在大理寺的大堂上却是头一遭，稍稍迟疑后才道："在下柳珵，幽州人氏，所报的案子是一桩杀人案。"

苏岑心里隐隐知道他要说什么了，接着问："什么杀人案？"

"十二年前柳州仕子田平之入京赶考，结果却死在了贡院里，他不是猝死，而是遭人下毒所害。"

满座哗然。

苏岑眼睛轻轻一眯，"你说他是被人下毒所害，那是谁下的毒？下的是什么毒？又为什么要下毒害他？"

柳珵站在堂下，一时间像是走了神似的，嘈杂声渐起，苏岑拍了拍惊堂木将一众声音压了下去，却没有催促柳珵，任由他静静站着。

过了足足有一盏茶的工夫，柳珵总算开了口："是我杀了他。"

大堂上霎时一静，落针可闻，不过片刻之后便彻底炸开了锅。

当朝右相亲口承认自己杀了人，还是在十多年之前，也就是说，这些年来，权倾朝野的柳相竟然是个杀人犯！

苏岑拍了几次惊堂木都无济于事，横眉一扫，两旁站着的衙役当即领悟，水火棍往地上重重一杵，山摇地动，这才将场外的声音渐渐压了下去。

苏岑静静看着柳珵，他倒不是不震惊，只是接触这件案子太久了，早已经预想了所有结果，所以一早就知道这件案子跟柳珵脱不了干系，但他并不认为柳珵是幕后真凶。

"你是怎么杀的他？"

柳珵抿了抿唇，"你不是都已经清楚了……"

苏岑凝眉，"如实道来，你是怎么杀了他？"

柳珵抬头皱了皱眉，直到撞上苏岑锐利的目光才偏开了视线，"我……我给他下了药。"

"什么药？"

柳珵被追问得一口气险些没上来，刚欲甩袖子走人，猛然想起自己如今的身份，看看堂上的苏岑，又看看两旁的衙役、围观的路人，心里那口气突然就泄了。

身败名裂，不过是一句话的事情。

"他有哮喘，所以科考前一天晚上，我在田老伯熬的糖水里加了榛子粉，我知道他入院前肯定是会喝一碗糖水的。果不其然，他一点都没犹豫，一碗糖水一饮而尽，结果在考试途中哮喘发作，以致身亡。"

苏岑默默点了点头，他跟柳珵说过田平之是死于榛子粉诱发的哮喘，却从来没有提到过糖水两个字，如今柳珵能毫不犹豫地点出糖水，说明下毒的人确实是他。

苏岑接着问："你是怎么知道他有哮喘的？又如何能在田老伯的糖水里下毒？"

柳珵低头，轻声回道："我与他关系匪浅，他拿我当朋友……"

苏岑狠狠皱了下眉，"他拿你当朋友，你却下毒要杀他！"

"我……"柳珵抬头，欲言又止片刻，却又垂下了头，"是我对不住他。"

"你对不住的不只是他，还有田老伯，你把一个父亲逼成了一个杀人凶手！"苏岑轻轻垂下眼眸，"可他自始至终都没怀疑过你。"

柳珵静默片刻才道："田老伯他……他一直待我很好。我从贡院里出来还看见过他，他问我'答得如何''试题难吗'，目光却一直盯着贡院门口。他跟我说'我就知道平儿不如你，心太浮，气太躁，你考第一挺好的，正好杀杀他那傲气'。他不知道田平之已经死了，他等不到他出来了。"

柳珵的面上伤情有之，后悔有之，都不似作假，苏岑轻轻皱眉，"那你到底为什么要杀他？"

柳珵无奈一笑，"我杀都杀了，没有什么为什么。"

苏岑平静道："若说你是忌妒田平之的才学，可你却交了白卷。可若说不是，那一届的状元又确实是你。所以问清楚原因还是很重要的，否则我怎么知道你杀人到底是为名，还是……受人所托？"

柳珵眼里有一瞬间的慌乱，他迅速移开视线，"我不知道你在说什么。"

紧接着可能又觉得惹人生疑，他又抬起头来，看着苏岑道："总之，都是我一人所为，与旁人无关。当时的缘由根本不值一提，一怒杀人者有之，错手杀人的也有之，人是我杀的，我认罪就是了。"

"那你知道田平之并不是死于你下的榛子粉吗？"

柳珵猛地抬头。

苏岑双眸微垂，将柳珵面上的一举一动尽收眼底，一字一顿道："他是被人活埋的。"

柳珵脸上的血色一瞬间褪了下去，他向后退了两步，片刻之后才如梦初醒一般摇了摇头，"不……不可能……"

"你知道被活埋是什么滋味吗？"苏岑尽量压抑着语气平静道，"他喝了你下了榛子粉的糖水，哮喘发作晕了过去，可当时的主考官不管这些，只当他猝死了，就地将其掩埋在贡院后头。等田平之醒过来，首先会感到前胸压迫，窒息感强烈，本来就呼吸费力的他更加难以为继。可厚重的土紧紧盖在他身上，他动弹不得，只能费力地、一点一点地死去。

"可最难受的还是心里的恐惧，他知道自己要死了，耳边能听见自己的残喘，眼前却只有一片黑暗。他本该光辉万丈的，他才思敏捷，是栋梁之材，他科举的文章作的是藩镇割据和地方拥兵自重的问题，鞭辟入里，可惜只作了一半。你觉得他临死的前一刻，到底是恐惧，还是不甘？抑或是怨恨，为什么是他？"

"他不会怨恨的。"柳珵轻声道，"他生性洒脱，什么都不放在心上，空有一番才学却不自知，对谁都不设防，所以也时常吃亏。可他从不怨恨，笑笑也就算了，下次依旧不长记性。我不一样，我记仇、唯利是图，他人欠我一分，我必百倍要回来。那个傻子，他……他竟然要与我做朋友。"

柳珵抬头对着大理寺的匾额轻轻一笑，他低下头去的瞬间，苏岑明明看见有什么砸在大理寺猩红的地砖上，顷刻间没了踪迹。

柳珵低头道："为什么是他呢？"

事已至此，再问也问不出什么来了，苏岑静默片刻，拍一拍惊堂木，道："中书令柳珵因涉嫌杀害柳州仕子田平之一案，先将柳珵收入大牢，以待下次问审。光禄大夫章何草菅人命，一并带回来听候发落。退堂！"

两旁的衙役上前将一副长链镣铐往柳珵手上一铐，手一松，锁链哗啦一声垂落下来，那副略显瘦弱的腕子也一并坠了下去。

柳珵抿了抿唇，没再说什么，任由两旁的衙役押送着，一步步向着大理寺牢房而去。

大堂上的人群渐渐散去，感叹有之，唏嘘有之，最后都消散在茫茫的空气里。反倒是最该出声的那个人一言不发，默默接过文书写的记录，一页页翻看着。

等人都走光了张君才站起身来，凑到苏岑面前小声道："人是柳相杀的吗？"

苏岑轻轻点头，"他对作案过程供认不讳，对一些细节也都描述得很清楚，能了解田平之的日常习惯，并且能在下药之后还不引起怀疑，符合熟人作案的特征，这个人应该就是柳理。"

张君点点头，转而又蹙眉，"那他到底是为什么要杀田平之呢？"

苏岑用食指指节轻敲桌面，"这正是症结所在。前面说到下药过程的时候他还有条不紊，一到后面就开始含糊其词。"

苏岑将堂审记录往张君面前一放，"他对我严防死守，滴水不漏，到最后我也只是逼他说出来一句'为什么是他'。"

张君记得苏岑说过这句话，柳理也说过，这句话看上去与案情完全无关，却被反复说了两次，他当时就觉得奇怪，但又没放在心上，这会儿又提起来了，不禁问道："这是什么意思？"

苏岑轻轻一笑，"就是字面上的意思，死的那个为什么是田平之，而不是别的什么人。柳理既然这么说了，就说明他也不明白田平之为何而死，至少他觉得田平之是不该死的。不该死的人却被他杀了，你说是为什么？"

张君不愧是官场的"老油子"，一点就通，"你是说柳理背后还有人。"

"而且这个人是值得他舍了命去护着的。"

张君默念了一通，心里一寒，"你是说……"

苏岑轻轻点头，"柳理交了白卷却能当上状元，田平之的案子被压着不许查，还有当初陈老从田平之案查到陆家庄，这些都有关联。这个案子里，柳理只是个起点，更大的主谋还在后面。"他冲张君一笑，"大人还让我查吗？"

"我不让，你就不查了吗？"张君冷哼一声，"我早就看出来了，你跟老师一样，都是属驴的，不撞南墙心不死，他能在陆家庄待一辈子，你也能咬死一桩案子不松口。"

张君说罢一甩袖子，扬长而去，"没一个省心的！"

苏岑笑笑，目送他走了才收回视线，良久才幽幽叹了口气，收拾东西，打道回府。

苏岑出了大理寺的大门，只见方才还热热闹闹的衙门前只剩了寥寥几个人。他忽然明白柳珵为什么让自家马车先回去了。他早就打算好了，进来这扇大门，他就没打算再出来。

他经过兴庆宫，回到长乐坊，拐进自家巷子时猛地一愣，只见他那小宅门前突兀地立着一个身影，竟是本该离京了的崔皓。

见他回来，崔皓猛地向前几步，逼至近前，苏岑还没想好躲还是不躲，崔皓却扑通一声跪在了苏宅门前的青石板上。

苏岑这才意识到，崔皓那双眼睛尖刀一般死死地盯着他，宛如泣血。

崔皓长叩在青石板上，"我求你，救救仲佩。"

牢
房

　　苏岑回神之后皱了皱眉，环视四周，确定周遭没人之后才将他一把拉起，低声道：“你怎么还没走？”

　　崔皓双手紧紧抓住苏岑的两条胳膊，“柳相他……”

　　苏岑被抓得暗自龇了龇牙，抬起下巴对着家门方向点了点，“进去说。”

　　苏岑进了家门插上门闩，又吩咐阿福闭门谢客之后，才松了口气，转头看着崔皓，“你不是已经走了吗？”

　　外放官员私自回京那是重罪，收容者也会受到牵连，崔皓自己倒是无所谓，有名无权的官丢了也就丢了，但不应该连累了苏岑，只能愧疚道：“你放心，没人看见我。”

　　苏岑倒不怕受到牵连，只是一时有些拿不准崔皓和柳珵到底是什么关系，对柳珵的事又知道多少。

　　他犹豫了一下才道：“进屋说吧。”

　　二人进屋落座，没等苏岑提问崔皓已经开口问道：“柳相他是不是出事了？”

　　苏岑却有些偏了重心，问道：“令慈呢？”

　　崔皓一愣之后，才明白苏岑是为他考虑，是怕他私自回京会牵连了老母亲，低头回道：“你放心，我把她安排在了一个安全的地方，没人能找到。”

崔皓应该还不知道柳珵的事，苏岑问道："你怎么知道柳相出事了？"

"他当真是出事了？"崔皓指节僵硬地搅在一起，"我就知道他是骗我的，如若不然，如若不然……"

"他去大理寺了。"苏岑抬眸看了崔皓一眼，"他说是他杀了田平之。"

"不可能！"崔皓从座位上噌地站起。

苏岑眸色轻轻一动，"你知道田平之？"

崔皓在房里踱了两步，"他之前欣赏仲佩，所以我知道他。他给仲佩写过一首诗，被我翻出来了。"崔皓低头犹豫了一下，转而道，"我拿着那首诗问仲佩田平之是谁，磨了好久他才告诉我，那个叫田平之的已经死了。"

苏岑抬眸看着崔皓，"他今天自己亲口承认的，是他杀了田平之，供述详实，细节也值得推敲，不似作假。"

"不可能！"崔皓怒目而视，"他……田平之每年祭日的时候他还去贡院里祭拜他，他不可能杀了他！"

苏岑心里黯然，原来是祭拜。

一个凶手，还会每年到受害者坟前祭拜吗？

柳珵在考试中交了白卷，所以应该不是为名，而且从崔皓的言语里，他感觉不出柳珵对田平之的恨意，更多的是愧疚和歉意。

如此也印证了他之前的猜想，柳珵可能是把刀，执刀的却另有其人。

正出神间，只听"咚"的一声，崔皓跪了下来，苏岑刚要去拦，崔皓言真意切道："仲佩他肯定是被人利用了，我求你，让我见见他，你想知道什么，我帮你去问。"

第二日，苏岑上衙的时候，他的身后跟了个黑衣侍卫，一身兜帽将头一遮，一副高冷的姿态，却因此更加引人注目。

苏岑回到值房，刚关上房门就不由得叹气，他怎么就鬼使神差地答应崔皓让他跟到大理寺来？

只见崔皓将兜帽摘下，露出一张俊逸的侧脸，眉心微蹙着。

"怎么不去见仲佩？"崔皓焦急道。

089

"少安毋躁。"苏岑自顾自地坐下来给自己沏了一壶茶,"现在正是上衙时辰,外面人多口杂,得等他们都安顿下来了我才能带你过去。都记住我跟你说的了?"

崔皓点头,"你放心,我不会让人发现的,我会帮你问出那个幕后黑手。"

苏岑道:"柳相他现在一心求死,咬定了自己就是凶手,首先你得让他有活下去的欲望。"

崔皓抿了抿唇,指尖深深陷进掌心。

来的路上闲言碎语他已经听了不少,柳珵本是天下寒门仕子的榜样,如今一朝败落,沦为了人人喊打的"过街老鼠"。仲佩平时最重视名声,他要是听见了,得有多伤心。

一壶茶喝完,苏岑才慢慢起身,对着崔皓道:"我先说好,我们大理寺谳天下奏案而不治狱,因此牢房条件都不怎么好,你得做好心理准备。"

避开了上衙的时辰,苏岑领着崔皓往大理寺的临时牢房走去。越是接近,崔皓的脚步越发沉重起来。

一入牢门,一股凉意扑面而来,潮湿气混杂着若有若无的腥臭味,冰冷、阴暗,这里像是阳光永远也照不到的地方。

苏岑说得不假,大理寺的牢房里关的都是待审犯人,人数由当时的案件多少决定,赶得巧了,一间牢房里只有一个犯人,赶得不巧,一间几尺见方的小牢房里能塞下十几个人。

好在如今天气转凉,气味已经没有夏天那么浓郁。人犯问斩了一批,倒也没出现人挤人的情况。

即便如此,崔皓还是忍不住皱了皱眉,那么出尘的人物,怎么能住在这种地方?

"仲佩不会杀人的。"崔皓轻声道,"他平时连只鸡都不敢杀,又怎么敢杀人?"

话音刚落,只听牢里的狱卒惊呼:"柳相杀人了!"

苏岑顿了下步子,一愣神的工夫,只觉得一阵风从身旁刮过,一个身影越过他,飞奔上前。

看清那人的背影后，苏岑跺一跺脚急忙追了上去，边追边在心里暗骂，刚才的话全当耳旁风了，一点都不让人省心！

好在最后崔皓收住了步子，苏岑追过来时，只见崔皓僵在柳瑆的牢房前，腿像灌了铅似的，再也移不动分毫。

苏岑看了看眼前的场景，牢房里一片凌乱，柳瑆虽被几个衙役压在地上，但还在奋力挣扎，而紧挨着的牢房里，一个头发花白的身影正佝偻着背，死命地咳嗽着。

苏岑皱眉问一旁的狱头："这是怎么回事？"

"苏大人。"狱头有些悻悻道，"小的们也不知道发生了什么，我们奉您的命令去拿章何归案，今天早上刚把人抓回来，一转头的工夫这俩人就打起来了。"

"估计是互相攀咬呢。"狱头压低了声音道，"您是没看见柳相方才那架势，又是咬耳朵，又是勒脖子的，一点形象都不讲了，那眼里的凶光吓人，像是不把章何勒死了不罢休。"

苏岑冷冷扫了狱头一眼，"谁让你把他俩关在一起的？"

狱头本想献殷勤却碰了一鼻子灰，小声辩解："这不是没在一起吗？"

确实是两个牢房，若不是中间有栏杆拦着，章何这会儿估计已经咽气了。

苏岑皱眉道："把他俩调开。"

狱头领命，立即吩咐手下着手去办。等苟延残喘的章何被拖走了，苏岑才抬了抬手，按着柳瑆的几个狱卒松开手，见他总算不发疯了才小心翼翼地退了出去。

苏岑看着仰躺在地上的人，鬓发凌乱，衣衫不整，唇上还留着方才咬章何时落下的鲜血——哪里还有一点丞相的样子。

"为什么要杀他？"苏岑垂眸问。

柳瑆似是方才已经把力气耗尽了，只偏头笑了下，"苏大人为什么这么喜欢问为什么？我看他不顺眼，想杀就杀了。"

"你想为田平之报仇。"苏岑一针见血。

柳瑆不笑了，嘴唇渐渐抿起，更映得唇上那一点鲜血红得刺眼。

"你明明对田平之是有感情的，你在乎他，所以才对当初坑埋了田平之的章何下狠手。"苏岑轻轻眯了眯眼，"你痛恨杀害田平之的人，为什么又要承认自己是杀害田平之的凶手？有什么是比命更重要的？"

"有的……咳咳……"柳珵慢慢靠着栏杆坐起来，双眸微垂，轻声道，"有的。"

调换牢房的狱卒们处理妥当后退了下去，阴暗处一个黑影步上前，临到牢门前才脱下兜帽，手扶着栏杆嗓音逐渐颤抖："仲佩……"

柳珵愣了一下，迅速转过头来，与栏杆外的人撞了个照面，当即愣在原地。

柳珵从地上噌地爬起，背过身去，只留给两人一个背影。

"仲佩……"崔皓皱了皱眉。

"谁让你回来的！"柳珵怒斥一声，"滚去你的惠州，这不是你该待的地方！"

"我不走！"崔皓牢牢攀住栏杆。

柳珵气不打一处来，指望崔皓自己走不现实，转而对苏岑道："苏大人，这不合规矩吧，赶紧把他带出去！"

苏岑平静道："我不带他来他就去我家门前堵我，万一被我那些邻里看见了，我怕受连累。"

柳珵被噎了一句，强忍住回头把崔皓劈头盖脸骂一顿的冲动，险些憋出一口老血来。这人是不清楚自己是什么身份吗，还跑到大街上去抛头露面？苏岑住的那是达官显贵聚集之地，万一被人瞧了去，后果不堪设想。

劝服不了改换威胁，柳珵怒道："你再不走我就叫人了！"

"你叫，叫人来把我抓起来最好。"崔皓轻轻一笑，"就关在你隔壁。"

"你！"柳珵险些被他气得背过气去。

他还没想好怎么把他骂醒，只听苏岑道："你们先聊，我出去等你。"

等苏岑的脚步声渐渐消失了，柳珵声音才慢慢变小，到最后住了声。方才那几句话已经耗尽了他所有力气，这会儿那口气像散尽了似的，他不劝了，也不骂了，默默对着墙，一言不发。

崔皓轻轻一笑，就知道这人是死鸭子嘴硬，故作委屈道："仲佩，你回头看看我啊。"

柳瑂犹豫一番，抬起袖子擦了擦脸上的灰尘，又用手拢了拢有些凌乱的头发，这才回过头来，抿着唇看着崔皓。

崔皓道："你过来。"

柳瑂上前，两个人之间隔着冰冷的栏杆，柳瑂双手慢慢抬起，在崔皓肩上轻轻拍了拍。

"我都想好了，等你出去了，咱们就去游历五湖四海，把你这些年想去又没时间去的地方都走一遍。要是累了，就找个地方隐居起来，可以去我的家乡洪州。你不是一直想看看那个'襟三江而带五湖'的地方吗？到时候包几亩荷塘，在旁边搭个茅棚，再养几只鸭子，你要是嫌吵，养鹅也行。"

崔皓记着苏岑的话，仲佩如今一心求死，他得让他重新燃起活下去的动力。可话一出口才发现，这些话他虽然早已在心里准备了千遍万遍，但说到最后却不知道是在说服仲佩，还是在宣泄自己心中那些想说又不敢说的。

柳瑂打断道："鹅也吵。"

"那就不养，你想养什么咱们就养什么。"崔皓轻轻笑了一下，"养猫养狗，养什么都成。"

柳瑂道："养头驴吧。"

"驴？"崔皓愣了下，又急忙道，"驴……驴也行，能拉磨也能骑，到时候老了动不了了还能宰了吃肉，还是你想得周到。"

柳瑂轻轻笑了一下，直起身子，目光柔缓地看着崔皓道："那你记住了，这些你都得替我去做。"

崔皓脸色瞬间大变，"什么叫'你都得替我去做'？"

柳瑂摇了摇头，"你在外面很好，我不能把你也拉进这个深渊里。"

崔皓愣了，忽然明白了柳瑂的意思，"若是深渊里有你，那我便义无反顾！"

柳瑂后退两步躲开栏杆，低头轻声道："我杀了人，我出不去了。"

"人不是你杀的！"崔皓愤然大呼，"是那对母子让你这么干的对不对？

这么些年来他们坑害你还嫌不够吗？还要你替他们收拾烂摊子，凭什么？"

"住嘴！"柳珵凝眉，目光谨慎地扫过每个囚犯的脸，确定没有人偷听后才稍稍松了口气，转而怒视崔皓，"不要命了吗？"

崔皓倔强地一甩头，"我这条命是你的，你要是死了，那我也不活了。"

柳珵又退了两步，将自己隐在一片黑暗里，"你还年轻，还有大好的仕途，虽说如今左迁惠州，但我都安排好了，等过两年这边风头过了，再把你调回来，到时候自然有人提拔你。"

"不愧是柳相，安排得事无巨细，先把我送走保命，等事情过去了再把我接回来继续升官发财。"崔皓突然笑了，"那你想过没有，在你行刑的当天，我就会一头撞死在断头台上，我死在你前头，看你那些计划还怎么实施！"

"阿皓……"柳珵面上总算有了一瞬间的动摇，那种场景他只是想想心里就一颤，纠结再三却也只能道，"我……我是没有出路的，我从踏进大理寺的那一刻起就已经没有退路了。"

"谁说的？"崔皓突然目光一横，"这朝堂上可不是只有她楚太后一家独大。"

"你是说……"柳珵欲言又止，转而又清醒地摇了摇头，"我之前处处跟他作对，他应该是最巴不得我死的。"

"可他却有根软肋。"崔皓往身后一瞥，"苏岑他不管这些，他要的只是真相，只要咱们把知道的都告诉他，他会还你清白的。"

"苏岑……"柳珵沉吟了片刻，这一年来李释对苏岑的提拔不加掩饰，若不是出了这件事，他还打算从苏岑这里下手对付一下李释呢，如今看来苏岑倒成了他唯一的出路。

"那他又为什么帮我？"

"因为他没变。"崔皓笃定道，"入朝这一年来，我们每个人都多多少少有了变化，只有他还秉承着那份少年意气。当年他能为了一条人命冲撞顶头上司，如今他也能还咱们一个公道。"

见柳珵尚在犹豫，崔皓又补了一句："难道你就不想找出真正害了田平之的那个凶手吗？"

柳珵神色果然为之一动。

崔皓松了口气，心里却又隐隐作痛。若非万不得已，他不想提起田平之。他看得出柳珵对田平之有欣赏之情，对他的死也心里有愧。

过了半晌，柳珵才轻轻点了点头。

苏岑轻轻眯了眯眼，"你是说，人又不是你杀的了？"

他对柳珵的突然翻供并不意外，心里反倒有几分兴奋。

这件案子就像一团迷雾，他摸索着走了这么久，总算能拨开眼前这块云雾，看到更深层的真相了。

只是他面上依旧沉寂如水，看得人心里发寒。

柳珵垂眸道："我没想杀他。"

"榛子粉不是你下的？"

柳珵抿唇，"是我下的。"

苏岑皱了皱眉，"那你还有什么好说的？"

"我是给他下了榛子粉，可我没想杀他。"柳珵慌乱地抬起头看了苏岑一眼，见他没有不耐烦的神情才接着道，"我所下的药量根本就不会致死，我只是想让他在考场上发挥失利，不要高中。"

"为什么？"

"因为他高中了就会有人取他的性命！"

苏岑猛地抬眸，目光犀利地看过去。

那是一种饿狼看见猎物时的眼神，柳珵竟无端生出了几分胆怯，一时间有些搞不清苏岑看中的猎物到底是他即将吐露的真相，还是他本身。

柳珵定了定神，娓娓道来："在会试的前几天，突然有人找上我，让我想办法……杀了若衡。"

田平之的字是若衡，这苏岑是知道的，只是第一次从其他人口中听到，还是稍稍有些走神。十几年前的长安城有两个齐名的贤才，可能也只有柳珵配得上称呼田平之一声"若衡"。

柳珵轻轻抿了抿唇，接着道："我起初并没有放在心上，只当是有人开玩笑，或者是其他忌妒若衡的人想要恐吓我们，便一笑了之了。可我没想到的是，在会试的前一天他又找上了我，这次说得更明确了些，若衡必须死，因为他开罪了圣人，即便我不动手也会有别人动手，如果我动手的话，他会保我这次高中并且以后会飞黄腾达。"

"圣人？"苏岑皱了皱眉，古往今来能被称得上"圣人"的也就那么几个，譬如孔夫子这种德行高尚、智慧超群的人，一些高僧在佛门里也被称为"圣人"，还有就是……皇家被尊称为"圣"。

田平之不太可能开罪那些圣贤们，毕竟能被称之为"圣"的人现在基本也都登仙了，那就只剩下最后一个猜测，而且那个人能许给柳珵飞黄腾达的承诺，也印证了这一点。

苏岑直接道："田平之得罪了宫里的人？这个人是谁？"

柳珵却是摇了摇头，"若衡他生性豁达洒脱，从来不与人结仇，我都没见他与什么人红过脸。而且那是他第一次到这长安来，此前从来没进过宫，又怎么会得罪宫里的人？"

苏岑沉思片刻，猜道："田平之是当时远近闻名的才子，诗作广为流传，会不会是他作的哪首诗触了别人的忌讳？"

"你说的我也想过。"柳珵道，"事后我也找了他所有的诗作，并没有看出有哪里不妥。而且你也知道，他作的多是些咏山咏水的即兴之词，又怎么会引来杀身之祸？"

苏岑低着头想了想，田平之科考那年宫里的情形太复杂，当时太宗皇帝病重，先帝代为临朝，当时的皇后也还在世，一心想推自己的儿子登上大宝。几方力量角逐，单凭一个"圣人"还真说不好是哪个。苏岑一时半会儿还得不出结论，便接着之前的问："所以这次你答应他了？"

柳珵点了点头，"我同意帮他，前提是我要用自己的办法，在此期间，他不能再找其他人，也不能干涉我。我没想杀他。"柳珵抬手轻轻捂住了脸，"我以为只要他不高中就不会触及那些人的利益，他就能活下去。所以我给他下了榛子粉，但我只是想影响他的发挥，作为补偿，我跟着他一起交了白卷。大不了三年之后卷土再来，那些人说不定就忘了我们这样的小人物了。

可我没想到……我真的没想到……"

"你没想到你这边手下留情了，有人却替你补了一刀。"苏岑替柳珵补充完整，"或者说……你那位雇主也没有多相信你，还是雇了其他人。"

柳珵指尖用力，不自觉地掐出一个指痕来，面上却是有些失神的迷茫，"若衡到底做错了什么？那些人为什么一定要置他于死地？为什么是他呢？为什么一定要是他呢？"

苏岑接着问道："那田平之呢？他知不知道自己当时得罪了什么人？有没有什么反常的地方？"

柳珵皱着眉头想了想，迟疑道："若衡他性子温和，很少得罪人，也很少把什么放在心上，若真是无意间得罪了什么人，只怕他自己都不知道。我不记得他有什么反常的地方……非要说的话，就有一点，考试前有几天他突然不读书了，天天跟着一帮推崇他的纨绔子弟出去喝酒，我说过他几次，后来他也就不去了，又开始读书了，我也就没放在心上。"

"那个人找你是在什么时候？"苏岑眼里又亮了起来，看着柳珵道，"田平之不读书之前，还是之后？"

柳珵细想了想，"好像是……之后？没错！那时候若衡夜里出去喝酒，白天就睡大觉，我看不惯说了他几句，出门就碰上了那个人。可我当时正在气头上，也没把那些话放在心上，直到他再次找上我，我才意识到事情的严重性。"

也就是说在会试前发生了什么事，让田平之突然放弃读书了，又出了什么事，让田平之又开始读书了，那这两件事到底是什么？会不会就是这两件事给田平之招来了杀身之祸。

"你还能记得他具体是从什么时候开始不读书的吗？"苏岑问道，"越具体越好。"

柳珵皱着眉头沉思，神色却越来越凝重。

"这怎么能记得清，都是十多年前的事情了。"崔皓冲苏岑埋怨道。

苏岑看着柳珵轻轻摇了摇头，"他该记得的，就算所有人都忘了，他也该记得。"

这些年来柳珵一直以为自己是杀害田平之的凶手，那么深重的罪孽，他年年去贡院里祭拜田平之，年年都要回忆一遍当年的情形，是不可能忘记的。

秋寒露重，牢房里更是阴冷潮湿，柳珵额角却不自觉地冒出细汗来。崔皓看不下去了，刚要打断，柳珵却突然抬起头来。

"廿八！"柳珵道，"二月初九是会试，正月廿八若衡就不读书了，一直到二月初四才又开始看书。"

苏岑呼吸一滞，心里不由得一紧，廿八是什么日子他不清楚，但二月初四……是李释被围困在受降城的日子。

六
指

柳珵还在说着什么，嘴巴一张一合，苏岑却突然觉得他用尽了力气，也听不清了。

一个是第一次入京赴考的仕子，一个是远在边疆的王爷，田平之和李释怎么会扯上关系？

李释曾经明确告诉过他自己并不认识田平之，李释不会对他说谎，所以会不会只是巧合？只是日子相同，也不见得就代表了什么。

"苏兄，苏兄，苏岑！"崔皓叫了几声才把他唤醒，轻轻皱了皱眉，"你还在听吗？"

苏岑抬起头来，盯着柳珵一字一顿道："是不是先帝？"

就目前所有的线索而言，先帝的嫌疑最大。之前没有确切证据，这话他不敢说，但事情牵扯到李释，他急需柳珵给他一个准确的说法，从而把李释从这件事情里摘出去。

柳珵抿着唇沉默片刻，却只是轻轻摇了摇头。

"不是他？"苏岑狠狠皱了下眉，"怎么可能不是他？他许给你的加官进爵都实现了，不是他还能有谁？"

"我不知道是不是。"

"那这状元凭什么由你来做？"

"苏岑！"

崔皓呵斥一声，苏岑这才猛地惊醒，自己太急功近利了，在柳珵心口上捅刀子，跟严刑逼供又有什么两样？

"是我心急了。"苏岑反思后冲他深深一揖，"你接着说。"

"我真的不知道。"柳珵轻轻垂下眼眸，"我明明没有下致死的量，若衡为什么回不来了？我也想不明白我明明交了白卷，为什么却让我当了状元？我也想过那个要若衡性命的人或许是先帝，可是我明确暗示了好多次，先帝都不曾给过我回应。这些年来，我自己背负着杀害若衡的罪名，那件事却好像再也没人记得了……哦，还有两个人，一个是当年的陈光禄，还有一个就是你。"

让真相湮灭在时间的洪流里才是脱罪最好的办法。

苏岑静默片刻，站起身，"我会查清楚的。"

崔皓却坐着没动，回头看着苏岑道："你能不能让我在这儿陪着仲佩，你带我出去还得找地方藏我，还不如就让我藏在牢里，我保证不会让人发现的。"

苏岑细细想了下，把崔皓带在身边确实是个隐患，这么安排倒也算个办法，便转头去征询柳珵的意见，只听他低声骂了一句"胡闹"后也没再说什么，这才一点头，对崔皓道："你到隔壁去，免得惹人生疑。"

崔皓甘之如饴地进了隔壁的空牢房。

苏岑刚要走，只听柳珵又道："还有件事，不知道对你有没有帮助。"

苏岑略一回头，柳珵道："当年给我传递消息的那个人事发后就销声匿迹了，我也试着找过他，却一直没结果。可就在几天之前，我又在宫里见到他了。"

苏岑猛地回过身来，"你确定你没看错？"

"不会错。"柳珵笃定道，"他烧成了灰我都认得他，而且那个人还有一个显著的特征——他的右手有六根手指。"

从柳珵这里出来后，苏岑紧接着提审了章何。

相比早上那副半死不活的模样，章何现在显然已经恢复过来了，见了苏岑也不跪，趾高气扬地一抬头，冲着苏岑道："你无权抓我。"

苏岑冷冰冰地回道："你杀了人，我身为大理寺官司，为什么不能抓你？"

"不过是一个小小的大理寺。"章何嗤笑一声，经历过早上那一出，他显然知道苏岑把他抓来所为何事，不紧不慢道："我当初处置田平之，奉的是圣旨！"

苏岑轻轻挑了挑眉，这不打自招的速度倒是省了他一番工夫。

他将惊堂木往桌上重重一拍，"跪下！"

"你！"章何显然也没料到苏岑会这般无畏，他都搬出圣旨来了，苏岑竟还是无动于衷。

他一愣神的工夫苏岑已经不耐烦了，苏岑示意左右，将章何强行按压在地。

"苏岑，你大胆！"章何挣扎着起身，刚一抬头，却被苏岑一道凌厉的目光震慑在原地。

"我胆子确实不小。"苏岑垂眸看了他一眼，"所以你承认你活埋田平之是故意而为，是被人授意过的了？"

章何不服气地一梗脖子，"我说了，我那是奉旨而为。"

"好。"苏岑挑了挑唇，"那我问你，你奉的是谁的旨？宣旨人是谁？如今那封圣旨又在何处？"

章何一愣，"那是密旨，阅后即焚，圣旨早都化成灰了，我没处给你找去。"

苏岑将惊堂木又重重一拍，"我再问一遍，谁的旨意？"

"是……是……"章何回想片刻，猛地愣在原地，忽然就明白了那封密旨的寓意。

当年宣旨的人，自始至终就没说过那是谁下的旨！

一封阅后即焚的杀人密旨，目的就是要把幕后的人摘除干净，即便所有人都心知肚明，也没有证据了！

先帝也好，太宗皇帝也罢，哪怕是个假传圣旨的太监，他这会儿都拿不出证据来指认。

章何那副倨傲的神情消失了，他已经慌了，"是……我没说谎……是真

101

的有那么一封密旨的……内容我都记得，不信我背给你听！'柳州仕子田平之狂妄自大，蔑视皇威，实为天下读书人之耻辱。章卿身为科举主考，肩负协理圣明除弊之责，如此害群之马，理应除之'！你看，你看，真的是有的！"

苏岑轻轻抿了抿唇，从柳珵那里出来时他其实就已经预想到了是这么一种结果。这封密旨里没有一个称呼，也没有一个能指明身份的地方，做得可谓天衣无缝，即便当初密旨没有焚毁，这封密旨也指证不了任何人。

那章何当初又是为什么轻易就信了这么一封不知从何而来的密旨？

原因只有一个——他认得那个宣旨的人。

人常常习惯根据从属关系来进行推测，一个物件、一个习惯、一个下人……很容易就让人想到那个佩戴物件的人、习惯的主体、下人的主子……可这些东西单拎出来，却又说明不了什么。

谁能保证这个物件不会丢，习惯不会改，下人不会易主？

所以章何才犹豫了，迟疑了，相比于普天之下所有的既定事实，人才是最大的变数。他知道把那个人说出来也于他无益，作用甚至还不如那封已经焚毁了的密旨。

"是谁宣的旨？"苏岑问。

章何又纠结了一下，才道："是……小六子。"

"小六子是谁？"

"小六子……小六子是先帝还在做亲王时就在他身边伺候的内侍。"章何已经彻底放弃了挣扎，如实回道，"他的一只手上有六个手指，所以宫里的人都叫他小六子。不过自从先帝继位以来就没人见过他了，可能是跑了，也可能是……被人灭口了吧。"

苏岑凝眉，又是那个六指。

如今看来，这个小六子在田平之这件事上起到了至关重要的作用，就像一座桥，从那头连接到这头，一旦缺了，两边就再也没有联系了。

苏岑皱了皱眉，可他想不明白的是，那座桥明明已经带着所有秘密沉于水底，为什么又选择在这个时候浮出水面呢？

"我……我不知道会试的时候田平之还没死。"章何还在辩解，"我是真的以为他死了才把他埋了的……"

"如果他当时没昏迷呢？"苏岑冷冷问道。

章何愣在原地。

如果说柳理是把犹豫不决的匕首，那章何就是紧随其后补上的一把刀，阴差阳错却又万无一失。田平之一定会死，而那个隔岸观火的人事后只要把桥一拆，就能把自己摘除得一干二净。

半晌后苏岑才回神，对一旁的书吏道："让他画押。"

103

书吏将堂审记录送到章何面前，看着章何签了字、画了押才收回来，冲苏岑点了点头。

不管幕后那个人能不能抓住，章何蓄意杀人已是事实，他逃脱不了罪责。

临走时，章何还在哀号："我是冤枉的，不是我杀的，我没杀他……我不知道他那时候还没死啊……我是真的不知道……"

书吏把画了押的罪证交给苏岑，小心问道："大人，还查吗？"

"查，当然要查。"苏岑审阅了一遍后把记录合上，站起身道，"谁愿意与我进宫，去会会那个小六子？"

苏岑自然不会傻到直接去宫里要人。

内侍，也就是宦官，也被称作天子的仆役，专掌宫廷内部诸多杂事，管着传诏、守御宫门、洒扫内廷、照顾宫里人的起居饮食等。内侍与文官武将各成体系，也有自己的一套规矩，统归于内侍省，也有品阶，而且等级森严，只是手里没有实权。

太祖皇帝即位之初就吸取了前朝的教训，明确规定宦官不得干政，也就是说他们那点权力仅限于在内廷中耍耍威风，对朝廷上的事是无权干涉的。

同样地，内侍属于天家的人，俗话说打狗也得看主人，他们这些外朝的官员也无权过问天子的家事。

由于外臣与内宦不得交往过甚，又加上清高的文人大多看不惯这帮太监拿着鸡毛当令箭，太监们也看不惯他们这群死要面子活受罪的酸儒，所以双方向来井水不犯河水。

而苏岑如今就是要犯犯这河水。

不过在去之前，苏岑先去找了个人。说起来这人与苏岑只有几面之缘，却对苏岑恭敬有加，因为苏岑救过他的命。

当年两党斗争，这太监因在朝上说了几句话，犯了李释的忌讳，差点就被拖出去杖毙了。因为苏岑当时无意牵涉两党之间，帮着说了几句话，他这才保住了命。这太监自此就对苏岑礼遇有加，当年萧炎私自带兵入京意欲谋反时还帮过苏岑一次。

如今想起来，李释当初之所以对这个太监网开一面，还是因为看了苏岑的面子。

苏岑之所以找上他还有一个原因——这个人在内廷中品阶不算低。

在宫墙之内的那些明争暗斗中，一个人的品阶就决定了一切。那太监身为天子近侍，出了事连小天子都想保他，品阶自然低不了。

苏岑找到内侍省时，那人正躺在太师椅上小憩，双腿无处安放，就搭在一个小太监的背上。那小太监跪伏在地，深秋天里竟闷出了一脑门的汗，却连伸手擦一擦都不敢，生怕惊扰了睡着的人。

见苏岑过来，另一个掌扇的小太监示意苏岑稍候，趴在大太监耳边唤了几声"师爷"。

大太监过了一会儿才睁开眼，神色恹恹地问："怎么，陛下唤我了？"

小太监急道"不是"，示意前方。

大太监一见苏岑，立时从太师椅上站了起来，满脸笑容地迎上前去，嘴里热忱地喊着："苏大人怎么有时间过来了？"一边又向小太监埋怨，"怎么办事的，苏大人来了也不看座！"前后脸色变化之快，连苏岑都震惊不已。

苏岑有求于人，自然不好表现出什么，由着小太监客气地引到主座上，又寒暄一番，这才道明来意——他是来找人的。

"哦？什么人？"大太监眉梢一挑，"不是我自吹自擂啊，要找人，您找上我算是找对了，在这宫里，上至各宫各院的主子奴仆，下至犄角旮旯里的阿猫阿狗，就没有咱家不知道的。"

苏岑道："小六子，你知道吗？"

大太监一愣，"谁？"

苏岑心里隐隐有了一丝猜测，面上还是不动声色地重复了一遍："小六子，听说是因为手上生有六指而得名的。"

那太监皱着眉头想了一会儿，面子上有些挂不住，回头问那两个小太监："你们听说过这个人吗？"

两个小太监立即摇头，"师爷您都不知道，小的们更不曾听说过了。"

大太监收回目光，摸着下巴沉思片刻，又抬头道："苏大人您放心，这事包在咱家身上，只要宫里有这号人，咱家就一定能给你找出来。"

可能是先前被打了脸，这太监找起人来更卖力，不过一盏茶的工夫便有人来通传，今日所有不当值的太监都被召集过来了，等着他过去检阅。

大太监一脸得意地冲苏岑一笑，"苏大人，咱们走着。"

苏岑放下茶杯跟着大太监出来，只见内侍省的院子里已经站满了人，而方才他就隔着扇门在里面喝茶，竟一点动静都没听见。

大太监不无炫耀地对苏岑道："所有不当值的都在这里了，若还是没有就只能再等一等，等其他的卸了值再过来。"

苏岑道了一声"多谢"，又道："能不能让他们把手都伸出来？"

大太监吩咐一声，身后的小太监立即捏着嗓子嚷道："把手都伸出来！"

苏岑从队伍一头开始，挨个看过去，一双双手有的粗糙，有的细嫩，还有的指节纤细，明显还没长够身量。这些小太监都是从小就被送进宫来，有些是家里贫苦养不起的，也有些是自愿来的，在外面风餐露宿、饱受欺凌，想要出人头地，入宫也不失为一种途径。

一排排看过去，却始终都没看见柳珵口中的那个六指，就在苏岑失望之际，他却猛地停下了步子。

凝神之间，苏岑后退几步，停在一个畏畏缩缩的小太监身前，"你的另一只手呢？"

只见那个小太监只摊了一只手出来，另一只手却是背在身后的。

"小的……小的那只手……"那小太监抬头看了苏岑一眼，又急忙低下头去，吞吞吐吐道，"小的那只手伤了。"

苏岑轻轻眯了眯眼，紧接着慢慢上前，蛮横地将他的那只手一点一点地拽了出来。

只见那只手上缠着纱布，一时间看不出到底有几根手指。

"拆了。"苏岑冷冷道。

"小的这手伤了，还没愈合，血肉模糊，只怕会吓到大人。"

"拆了。"苏岑不容置疑地重复了一遍。

小太监犹犹豫豫，却始终没有动手。身后跟着的大太监见状，刚要指挥人上前动手，那小太监眼见这纱布是非拆不可了，这才拖拖拉拉地动手。

苏岑盯着那只手上一层层纱布垂下来，眼看着层层包裹下的手就要露出来了，院门外突然传来声音："太后娘娘驾到！"

一只凤靴紧接着踏入，那小太监见状，立即停了手，迎头跪下，院子里登时跪了一地人，而苏岑蹙着眉头，紧盯着纱布里那隐隐约约的一点轮廓，似乎还没察觉到周遭到底发生了什么。

跟在楚太后身后的太监呵斥一声："大胆苏岑，见了太后还不下跪！"

苏岑不情愿地收回目光，回过头来跪下，"臣苏岑，见过太后。"

楚太后面上带着几分薄怒，却还是抬了抬头，道："都起来吧。"

苏岑刚站起来，就听见楚太后道："大白天的不干正事，都凑在这里干什么呢？"

那大太监本就是楚太后安排在小天子身边的，见了楚太后立马舔着脸上前回道："回禀太后，大理寺的苏大人过来查案，奴才这是帮着苏大人捉拿凶手呢。"

楚太后没理会大太监一脸的谄媚相，看着苏岑问："你在查案？查什么案？"

苏岑不卑不亢地一拱手，"正是太后命臣彻查的田平之案。"

楚太后凤眉一蹙，"那件案子不是已经结了吗？柳理不是认罪了吗？"

苏岑道："柳相昨日确实是到大理寺去自首了，只是案情还有疑点，我怀疑柳相背后还有人操控。"

楚太后抿了下唇，半晌后才咬着牙问道："是柳理告诉你的？"

苏岑稍稍犹豫，谦逊地一点头，"是。"

楚太后又问："那跟这个太监又有什么关系？"

苏岑如实道来："据柳相和章何交代，在当年会试之前，他们都曾见过一个有六指的人，给他们下了要杀田平之的命令。"

"六指。"楚太后沉吟一声，又看了看苏岑身后那太监手上的最后一层纱布，稍稍松了一口气，"这人不是什么六指，是昨日我叫他修剪花草伤了手。"又对那个小太监抬了抬眼，"这里没你什么事了，下去吧。"

那小太监立即如蒙大赦般松了口气，拱了拱手刚待退下，却被一只手一把拉了回来。

小太监立即呆住。

楚太后也一蹙眉，"苏岑你什么意思，你连哀家的话都不信了吗？"

苏岑眉目低垂，手上却一点也不撒力，"还是让我自己看上一眼吧。"

他心里清楚，今日要是让这人走了，只怕就再也找不到他了。

"大胆！"楚太后身后的太监拔高了音调怒喝一声，"来人，快来人！苏岑忤逆太后，要造反了！"

附近值守的侍卫顷刻就赶了过来，原本就站满了人的院子里更显得拥挤不堪，满院子人面面相觑，每个人眼里都闪过一丝惶恐，只有苏岑立在原地。

楚太后眯着凤目打量了苏岑片刻，原本以为稍加施压这人也就识时务了，没想到苏岑不为所动。事情闹到这个地步反倒是让她骑虎难下了，在这件事上确实是她理亏，这么多双眼睛齐刷刷地看着，再闹下去倒真显得是她包庇罪犯了。

她只得妥协道："你要看也可以。不过公平起见，这纱布要哀家的人来拆。"

事已至此也别无他法，苏岑僵持片刻才松了手。

那小太监收回手，搓着腕子龇了龇牙，只见腕子上五个指痕清晰可见，捏得他指尖都发麻了。

楚太后身后跟着的那个太监走上前来，冲苏岑没好气道："苏大人让一让。"

苏岑后退一步，眼睛却始终盯着那只手，眼看着最后一层纱布掀起，楚太后突然道："听闻你最近跟宁亲王走得很近。"

苏岑皱着眉头向前看了一眼，再转回头时，只见那层纱布已经掀开，面前是五根手指，以及满手的鲜血！

所有人都倒吸了一口凉气，那个小太监死死咬着唇，浑身颤抖，神色惨白。

苏岑狠狠皱了下眉，还没来得及开口，只听楚太后轻笑一声，"你看，我就说他是五根手指头，陈有，你给苏大人好好数数，到底是几根手指。"

旁边的太监不顾大拇指旁一直流出的鲜血，一边笑着一边拉过那小太监抖个不停的腕子，一根一根点着数道："一、二、三、四、五，是五根，苏大人可看好了。"

一旁的小太监面色苍白，唇上咬出血来，整个人已经摇摇欲坠。

满目的血，看得苏岑想吐。

苏岑闭上眼睛强行定了定神，片刻后睁开眼，对着楚太后道："这个人我还是要带走。"

"苏岑你是什么意思？"楚太后的脸色一凝，一瞬间变得青黑，"你质疑哀家，哀家大度，不降罪于你，你要验，哀家也陪着你验了，你还想怎么样？不要敬酒不吃吃罚酒！"

"人我今日一定要带走，请太后见谅。等案子结了，臣听从发落。"

"只怕你等不到审结了。"楚太后愤恨地一跺脚，"来人，把人拿下！"

一群侍卫还没动手，只听一道醇厚的嗓音在院墙外响起："谁敢？"

所有人举目望过去，只见一个人背着手缓缓而来，眸光一扫，轻轻一笑，"呵，好热闹啊。"

方才站着的、跪着的、准备动手的顷刻间又跪了一地。

苏岑怔怔地看着来人，低头跪下的瞬间，鼻头不由得一酸。

他以为自己已经可以独当一面，可以凭着一己之力给冤死的人沉冤昭雪，面对楚太后，面对至高无上的皇权，他以为自己无所畏惧。直到李释来了，他才忽然意识到，自己其实也没有那么强大。

他也会害怕，也会委屈，这会儿指尖还是抖着的。

李释走到苏岑身边，在他肩上轻轻拍了拍，"起来吧。"

苏岑默默站起来，寸步不离地跟在李释身后，看着面前宽阔的背影，忽然就心安了。

李释看了看一地的鲜血以及面色苍白的小太监，心里已经明白了，回头问苏岑："这个人怎么了？"

苏岑回道："据柳珵和章何供述，这个人可能和田平之被害有关。"

李释轻轻点了点头，轻描淡写道："那还愣着干吗，为什么不带回去审？"

苏岑立即领命。

"慢着。"被晾在一旁的楚太后早已面色发黑，冷冷道，"他一个大理寺的人，提审我皇家的人，这不合规矩吧。"

李释总算"施舍"了个眼神过来，眉梢轻轻一挑，几分轻蔑里又带着不怒自威的威严，"田平之是你皇家的人？"

楚太后被气得浑身打哆嗦，咬牙切齿道："这太监是我的人！"

"人可不能乱认，万一真是他杀的，当心引火烧身。"

楚太后一跺脚，"你！"

李释毫不在意地收回目光转过身来，闲庭信步地边走边道："既然田平之不是你的人，这奴才又涉嫌谋害无辜平民，那大理寺就有权带回去问一问。天子犯法尚且与庶民同罪，更何况一个奴才。"

李释略一抬手，"带走吧。"

苏岑大喜过望，立即招呼早就候在内侍省门外的人把那早就疼脱了力的小太监带走了。

而楚太后除了站在一旁干瞪眼，竟一句话也反驳不了。

一场喧闹总算过去，李释看着满院子的狼藉皱了皱眉，可能也是觉得血腥味刺鼻，冲苏岑道："回吧。"

等李释彻底没影了，楚太后才回过神来，大庭广众之下李释硬是把人带走了，楚太后面子上挂不住，一甩袖子，"走！"

身后的太监立即扯着嗓子嚷道："太后起驾回宫！"

凤驾出了内侍省，楚太后忽然神色一凛，冲身边的太监使了个眼神，那太监立即领会，屏退了闲杂人等，自己凑上前去。

"小六子怎么会在这里？"楚太后眉心微凝，"他不是在昭陵给先帝守灵吗？"

"是啊。"那太监也纳闷，"我刚才看见他时也吓了一跳，直到看见他那指头才确定没认错人。"

"他那指头呢？"

那太监前后打量了一圈，从袖子里悄悄掏出一小截断指来。

楚太后嫌弃地离远了些，摆摆手，"找地方处理了，别被人看见。"

太监立即领命，又道："如今小六子被苏岑带走了，他会不会把当年的事都说出来？"

楚太后却靠着凤鸾轻轻摇了摇头，"他但凡有点脑子就该知道，当年的事说出来他必死无疑，要想活命，就得像今天这样咬住了嘴。"

那太监细细一想，确实是这个理，立即恭维道："太后说得对。"

又走出去几步，楚太后忽然道："小六子自己是不会回来的，除非……是有人让他回来。"

太监一惊，"那这个人……"

"陆逊呢？"楚太后垂眸道，"让他来见我。"

那太监面露难色，"陆大人他……他出宫了，不知道发生了什么事，近几日都不在京中。"

"陆逊……"楚太后凤眸微眯，轻声道，"你到底想干什么？"

苏岑跟着李释一路出了宫门才稍稍松了口气，回头吩咐大理寺的人先把小六子带回寺里好生看管，再找大夫把他的伤口妥善处理一下。

交代完一回头，只见李释已经上了马车，车头调转，已经要走了。

苏岑立时三步并作两步追上去，赶在马车启动之前上了车，冲车上的人埋怨一句："王爷怎么都不等我？"

李释冷冷一笑，"难得苏大人还记得我。"

苏岑一愣，突然就想笑，最后还是没憋住笑出声来。他这两天忙着办田平之的案子，兴庆宫有些日子没去了。

"还有脸笑。"李释冷眼一看苏岑，苏岑立即敛了笑，乖巧地端茶送水，将一盏温度适宜的茶送到他手上。

李释接过来，撇撇茶沫问道："今天不办案了？"

"不办了。"苏岑立即摇头。

"好不容易抓住的人，不审了？"

苏岑轻轻摇头，道："人我已经让带回去关押了，明日再审。"

李释道："如果有朝一日，我权力散尽，身败名裂，背上千古骂名，你待如何？"

苏岑笃定道："我陪着你。"

李释淡淡一笑，像轻柔晕开的一坛佳酿。

一场酣甜的梦做了许久，苏岑再睁眼时，天已经黑了。他睁着眼睛放空片刻，有声音传来："醒了？"

苏岑猛地惊醒，匆忙坐起，"这是在哪？"

他环视一周才发现，竟然还在那辆马车里。苏岑掀开车帘看了看，车已经停在兴庆宫门前了，只是李释怕吵醒了他，特地没下车，就这么等着他睡醒。

他这几日忙着办案，就没睡个安稳觉，好不容易跑来兴庆宫，没承想竟然补了个觉。

苏岑不好意思地挠挠头，"什么时辰了？"

话音刚落，长安城里的梆子声响起，从里坊传过来。苏岑一声声数过去，不禁大惊失色，竟然已经亥时了。

李释就这样在马车上足足守了他两个时辰！

"你怎么也不叫醒我？"苏岑心里愧疚难当，李释日理万机，他这一睡也不知道耽误了他多少事。再一看，马车里还放着很多折子，隐约可见内里的朱红，已经批阅完了。

李释抻了抻筋骨，"我也睡着了。"

第
十
一
章

拶刑

第二日苏岑起晚了，他一手拖着朝服，一手拿着发冠，爬上了李释的马车。

一进马车，他抬头一看，李释正靠着绣衾闭目养神呢。听见一旁没动静了，李释抬了抬眸，冲桌上一个精致的盒子点了点头。

苏岑凑过去掀开盖子一看，只见里面整整齐齐码着几盘糕点，有些还都是热乎的。

苏岑随手拿了一块玉带糕，入口清甜，香而不腻。

吃饱喝足了之后，苏岑那点睡意也没了，眼看着宫门将近，突然直起身子道："我想问你一件事情。"

其实这话他昨天就想说，或者说，昨天即便李释没去宫里救他，他也是要去兴庆宫问他的。

李释睁眼看了看苏岑，片刻之后点了点头，"问吧。"

苏岑跪坐在绣榻上，身子向李释所在的方向倾了过去，"我想听王爷详细说说当年'受降城之战'的情况。"

李释愣了一下，接着问："怎么，跟你的案子有关系？"

苏岑点头，"田平之被害的时间就在'受降城之战'前后，他只是一个入京赴考的仕子，却有几方势力要杀他，甚至还牵扯到宫中人物。我现在也不确定这两件事到底有没有关系，所以才想听王爷详细说一说，看看能不能找到其中的关联。"

这话问得有些僭越了，李释身为一个王爷，根本没必要操心这种小案子。但李释仰头回忆了一番，接着便不紧不慢道："那时候新岁刚过，京中突然传来消息，父皇病重，召我紧急回京。经过多年对抗，突厥主部大势已去，边关情况还算稳定，我确实也没有继续待在那里的必要了。当时是正月底，军队还在关外，我带了一队人取道受降城入关。当天夜里，我们驻扎在受降城外三十里的河滩上，没想到突厥剩余的部落突然集结，大举进犯大周边境。"

"突然进犯？"

李释轻轻捻了捻手上的扳指，"当时的情况确实有些反常，打了我们一个措手不及。突厥属于游牧民族，每一个部落都有自己的首领，部落之间时常因为领地和水源问题产生内部争斗。当时他们最大的部落阿史那部已经分散了，其他部落当时应该正忙着抢阿史那的地盘和推举新可汗，没想到他们突然就团结一心起来了。"

苏岑眉头紧皱，感觉到不寒而栗。大军压境，而李释仅带了那么一小队人马，被数十倍乃至数百倍的兵力压制，好些人估计看一眼腿就已经软了。

苏岑问道："为什么不走？"

打胜仗不容易，但在图朵三卫的护卫下逃出去还是很轻松的。而且他手拿有圣旨，就算真走了也没人能说什么。

李释后仰在坐榻上轻轻闭了闭眼，"我走了，身后的百姓怎么办？"

明明是那么轻描淡写的一句话，苏岑心里却抽痛得厉害。

大周立国之初，为了休养生息，主张不修筑长城，因此边界不明，好多大周子民都在关外安居。也正因为少了这道防线，受降城起着至关重要的作用，一旦失手，突厥打入中原便畅通无阻，后果不堪设想。

他以前总怪李释视人命为草芥，这一刻却突然希望李释能自私一点，不要那么胸怀天下，不要总把自己弄得遍体鳞伤。

可他早已用事实给了他答案。

所以李释在回京的路上毅然抗旨，退守受降城，与身后的大周子民共进退。

这一守就是一个月之久，李释错过了与自己父亲的最后一面。

宫门将至，李释适时停了下来，冲苏岑道："对你有用吗？"

苏岑咬着牙关点了点头，留下一句"我晚上再过来"，逃也似的掀开车帘走了。

苏岑及时到了大理寺，点完卯便直奔大牢，要提审昨天从宫里带出来的小太监。

小太监经过一夜休整，气色已经恢复了不少，也有了力气狡辩，一口咬定自己的手是帮楚太后修剪花草伤的，从来不认识什么小六子。

但明眼人都能看出来这伤口的断口锋利，绝不是什么修剪花草伤的，而且明显是近日才有的。可是断指没找到，就好比少了一个证据，苏岑只好找了章何过来指认，奈何他还是撒泼耍赖，死不承认自己当初传过那道密旨。

狱卒们一个个面露难色，好不容易抓到人了，却死活撬不开嘴，换了谁守着这么一块"铁疙瘩"都得上火。

苏岑平静地坐在牢房的案桌之后，沉寂片刻，突然道："用刑。"

狱卒们俱是一愣，连那个太监也猛地抬起头来。苏大人不尚刑，不承想竟然会为了这么一个小太监破了例。

狱头第一个回过神来，俯身问道："大人，用什么刑？"

苏岑眼里闪过一道寒光，"拶刑。"

所谓拶刑，便是将几根寸长的圆木棍与绳索相连，套于五指之间，通过拉扯绳索，夹紧受刑人的手指。

听见苏岑的吩咐，狱头立马眼前一亮，平时这套刑罚多用在女刑犯身上，苏大人用在这小太监身上，一来是嘲讽他不男不女，二来又能唤起这太监的断指之痛。十指连心，他既然断过一根，就不怕回忆不起来。

果然，刑具一拿出来，那小太监就发怵了，拉扯着嗓子指责苏岑严刑逼供。苏岑一个眼神下去，立即有两个狱卒上前把他那两只手按住，刚撕开绷带那小太监就疼得乱叫起来。

"身体发肤，受之父母，你既然自己都不珍惜，也怪不得别人了。"苏岑冷冷说完，毫不犹豫地拿起一支令签扔了出去。

牢房里顿时响起鬼哭狼嚎般的哭叫声。

这些狱卒原本以为苏岑不尚刑是因为看不惯那些血腥场面，此刻却见苏岑目不转睛地盯着受刑的小太监，冷冰冰的目光看得人心里发寒，一点也没有害怕的意思。

小太监疼得抽搐，指尖充血发紫，指缝里也血肉模糊。

眼看着小太监渐渐不动了，苏岑才让停下来，下来蹲在小太监身前，"小六子是谁？"

小太监嘴唇颤抖，一对上苏岑的目光就打了个寒战。昨日的断指之痛太过锥心刺骨，今日这拶刑却像是要把他的十根指头全部折断，而且从苏岑眼里，他看不到一点留情的余地。

那小太监愣了片刻，苏岑已经起身，"继续。"

"我说！我说！我说！"小太监立马拿那双血肉模糊的手去拉苏岑，五根手指弯曲不得，只能用掌心去拦苏岑，生怕苏岑一走，他就得继续受刑。

保命有什么用，死不可怕，可怕的是生不如死！

苏岑懒得再问，用目光往下一扫，小太监立马竹筒倒豆子似的全招了："小六子是我，我就是当年给他们传话的那个小六子！"

苏岑冷冷垂眸看下去，"是谁让你传话的？"

"是……"小六子不自觉地咽了下口水，"是……先帝……"

大理寺大牢。

狱卒提着饭桶在发饭，走到最里面的两间牢房时不由得愣了一下，问身边的人："这间什么时候住的人啊？"

身旁那个狱卒也有几分疑惑，看了看牢房里的人，只见那人垂着头窝在墙角，蓬头垢面，一副萎靡不振的样子，不禁摇了摇头，"可能是哪个大人抓进来的吧，别管了，快点把这些分完，咱们也好去看苏大人审犯人。"

一听到苏大人审案，之前那个狱卒也瞬间来了精神，再不理会多出来的那个人，急匆匆分完了饭就走了。

等人一走，角落里那个装睡的人慢慢抬起头来，一双眼睛清澈如许，对着隔壁的人一笑，"仲佩，我装得像不像？"

"自己找罪受。"柳珵轻哼了一声，走到牢门前端起分发下来的牢饭，靠着栏杆坐下来慢慢吃着。

"这大理寺的伙食还挺丰盛。"崔皓端着碗紧挨着柳珵坐下来，"还有肉呢，你看。"

柳珵默默挑拣着碗里的白菜叶，对周遭的一切置若罔闻。

"仲佩，我跟你说话呢。"

崔皓的话中有几分示弱，还有几分委屈，终于让柳珵有些无奈地回过头来，崔皓眼疾手快，夹起一筷子菜放到了柳珵碗里。

柳珵低头，怔怔地看着碗里凭空出现的肉片，一时不知该如何下筷子了。

"你吃，快吃啊。"崔皓举着碗对柳珵示意了一下，埋头吃了两口饭又道，"你不用管我，我以前家里穷，穷人家的孩子好养活，吃这些都算好的了。"

柳珵默默把肉片吃了，细细咀嚼咽下去了才轻声道："我以前也是穷人家的孩子。"

崔皓一愣，转而又一喜，柳珵总算肯搭理他了，接着喜笑颜开道："那不一样，你毕竟在长安城里过惯好日子了，乍一吃这些肯定不适应。"

正吃着饭，不远处传来一声哀号，柳珵筷子一顿，刚夹起来的菜叶子又掉回了碗里。

"估计是苏岑审案子呢。"崔皓往外看了看道，"听说他把那个六指抓回来了，只要等他招供了，就能证明你是受人所迫了。"

柳珵点了点头，重新夹起之前掉了的菜叶子吃了，才轻声道："苏岑他挺厉害的。"

苏岑眉头一凝，手往案桌上重重一拍，"大胆奴才，构陷先帝，该当何罪！"

"我没有，我没有！"小太监早已被吓得魂飞魄散，冲苏岑磕了两个头，涕泗横流道，"我所说的句句属实，没有一句谎话！"

苏岑面色冷峻，从面上看不出一点端倪，接着道："那我问你，先帝和田平之有什么恩怨，怎么会无缘无故去杀害一个赶考的仕子？"

小太监一愣，畏畏缩缩道："我不知道，这我真的不知道，我就是个奴才，听主子安排办事的，主子有什么事情怎么可能会告诉我们这些下人？"

苏岑垂眸，指节轻敲着桌面，片刻后突然抬眸，"接着用刑。"

血迹斑斑的拶子重新套回小太监的十个指头上，小太监当即吓得魂都散了，道："是田平之！是田平之不知道怎么得罪了先帝，先帝才要杀他的。但当时太宗皇帝病危，事关皇位更替，先帝不好明目张胆地动手，才让我去处理这件事的！"

说罢又将自己血肉模糊的手举过头顶，"我对天发誓，我要是说一句谎话，就天打五雷轰！大人你信我，我真的没说谎！"

"可是田平之只是一介书生，怎么会得罪先帝？"

"好像是……好像是先帝微服私访的时候，田平之不知道怎么触了龙颜……"小太监手上还戴着拶子，绞尽脑汁回想，"剩下的我真的不知道了，先帝那次出去没带人。先帝已驾崩，田平之也死了，只怕是没人知道当初到底发生什么了。"

微服私访却不带下人，那必然是去做什么紧要的事，或者见什么紧要的人。田老伯曾经说过，田平之是因为看见了不该看的东西才被杀人灭口的，那这个不该看的东西指的又是什么？

苏岑思索片刻，想起之前柳珵说过，他曾试图找到小六子却一无所获，接着问："这些年你都去哪了？为什么在宫里都找不到你了？"

"我在昭陵给先帝守灵啊。"小六子想了想又补充道，"之前是在监督建造昭陵，建好之后就收拾打扫，后来先帝崩了我就在那里守灵。那件事之后先帝就把我送走了，这些年来我一直待在昭陵，本以为这辈子都要在昭陵里过了，没想到竟然又回来了。"

苏岑突然灵光一闪，"是谁让你回来的？"

"是太后吧？"那太监有几分拿不准，"有个黑衣人拿着太后的信物把我接回来，不过我回来后太后一直没有召见我。我还在纳闷呢，为什么让我回来却不给我安排事情，宫里也养闲人吗？"

苏岑回忆了一下昨天楚太后来时的情景，看见小六子，她有几分惊讶，还有几分愕然，虽然很快就隐藏起来了，但还是被他捕捉到了一二。而且楚太后既然有意帮小六子隐瞒，又怎么会把他从昭陵调回来？

"拿着太后信物的黑衣人？"苏岑凝眉，"你确定信物是真的？"

"正儿八经的凤印，那还有假！"小六子说完不禁也愣了，"你是说，有人伪造太后懿旨？这浑蛋是谁？"

他在昭陵待得好好的，天高皇帝远，要风得风要雨得雨，到底是哪个浑蛋让他回来受这些无妄之灾？

小六子身子往前一倾，带动了手上的伤，登时又疼得龇牙咧嘴起来。

"这就得问你了。"苏岑垂眸，"你是见过那个黑衣人的，那人身量几许？长什么样子？有什么特征？"

这次不用苏岑逼问，小六子也积极配合了，他拧着眉头认真回想了一番，道："人挺年轻，模样倒也不错……就是总是贱兮兮地冷笑，一副欠揍的样子。"

苏岑猛地从座位上站起，"宋凡！"

宋凡代表着陆逊和暗门，他怎么就忘了，这件事与暗门还有着千丝万缕的关联。从当年田平之被害，到后来挑唆田老伯杀人，再到如今总有人在暗中牵着他走，暗门贯穿始终，从来不曾缺席。

田平之和先帝之间，以及田平之和李释之间，看似毫无交集，如果把暗门拉进来，一切就都联系起来了。

这一桩桩案子之间的缺口，终于补齐了。

"先把人收监候审。"苏岑起身向牢外走去，"没有我的命令，任何人不得私自提审与本案有关的人。"

兴庆宫里，李释小憩刚起，闲情逸致上来了，在湖心亭喝茶晒太阳。

天气一天天冷下去，难得有个秋高气爽的好日子，宁亲王身着薄衫在龙池边坐着，闭目养神间听到凌乱的脚步声才睁了睁眼。

来人自然是苏岑。苏岑来到李释近前，上气不接下气，半天没缓过来。

李释递了杯温茶过去，苏岑接过杯子就往下灌，李释不由得皱了皱眉道："慢点。"

苏岑哪里还有闲情"慢点"，两三口把茶水喝完了，刚顺了气立即道："陆逊在宫里！"

李释眉心微微蹙了下，却也没有多大波动，冲苏岑道："情况属实吗？"

"昨天抓到的那个小太监招的。"苏岑焦急道，"田平之的事情暗门一直就参与其中，之前我们还查到过暗门在京中各个官员家里都安插了眼线，而且……陆逊跟楚太后好像还有点关系。"

李释目光渐渐沉了下去，思考片刻后点了下头，"我知道了。"转而对着一旁的下人吩咐，"去把陈凌叫来。"

下人躬身退下，李释这才又把目光对着苏岑，"吃了吗？"

苏岑这才想起来，自今日一早进大理寺以来他就待在大牢里，别说饭了，连口水都没喝上。

看到苏岑这副样子，李释就知道这人定然又因为案子废寝忘食了，用食指和中指在石桌上敲了敲，示意他坐下，转头吩咐刚刚歇了的厨子再送午膳过来。

苏岑一路上火急火燎的心情在李释气定神闲的气场之下，总算慢慢静了下来，他坐下偏头问道："你打算怎么办？"

"宫里有，大臣家里也有？"

苏岑点头。

"那就都找出来，逐个击破。"

午膳送到时陈凌也来了，饭菜一一摆上来，苏岑的目光却追着李释和陈凌一大一小两个背影一直看，想要听到一二。

直到李释隔着半个龙池用眼神吓了他一下，苏岑才不情愿地埋下头去拿起筷子。

片刻后，陈凌点了点头，抱剑退下。李释回到湖心亭，只见苏岑用筷子将米饭戳了好多洞，一桌子菜没下去多少。

李释皱了皱眉，"不合胃口？"

苏岑轻轻摇了下头，把筷子放到一旁，"我吃不下。"

一上午都在牢里面对着那血淋淋的场面，他也不是完全无动于衷，想当初看着薛成祯被打了几下板子他都能几天吃不下饭，更何况今天这般场景。桌上的辣呛冬笋、粉蒸竹蛏，他怎么看怎么像那一根根手指，哪里还能吃得下。

李释摇了摇头，"不难为你了。"命人把一桌子饭菜都原封不动地撤了下去，却留下了一碗清粥，"把这个喝了。"

苏岑乖乖张嘴吃粥，白粥温热，米香纯然，咽下去舌尖还带着一点点甜味，萦绕在鼻尖的那股子血腥味都被驱散了。

等一碗粥喝完，苏岑不放心，提出还是想回大理寺。

李释倒也没勉强，只道："让祁林跟着你。"

"不行。"苏岑皱眉，"祁林得跟着你，陆逊的目标是你，当初在陆家庄他对你就有很大的敌意，陈凌走了，你身边不能没了人。"

苏岑一门心思地为他考虑，李释接受了，转而道："那让曲伶儿跟着你。"

直到曲伶儿过来李释才放他离开。苏岑跟曲伶儿从兴庆宫出来，看着外面的情形不由得一愣。只见大街上到处兵荒马乱，行人行色匆匆，进出里坊的每个人都得经过详细盘查，一些人家家里甚至有重兵进行一一排查。

苏岑忽然就明白了李释那句"逐个击破"是什么意思。

这不是排查，这根本就是血洗。

不过在这种情形之下，这也确实是最行之有效的办法。暗门根深蒂固，一点一点查下去难免走漏了风声，速战速决、打他们一个措手不及不失为一个方法。只是这样难免会引起民怨，落下一个倒行逆施的名声。

李释行事果断，凡事不看过程，只看结果。他不在乎那些虚名，却也正因为如此，才被那些有心之人利用，使得天下人对李释有所误解。

"这是出什么事了？"曲伶儿好奇地东张西望，想当初他也视官兵如洪水猛兽，这会儿也能泰然处之了。

"咱们家那里也有官兵，隔壁张大人、宋大人府上都查了，就是没查咱们家。"曲伶儿咂了咂嘴，"祁哥哥过来找我，我还以为出什么事了呢，没想到只是接你回寺里。"

"祁哥哥说你就听，我说就不听是吧？"苏岑瞥了他一眼，"吃我的，住我的，小白眼狼。"

曲伶儿撇了撇嘴，一脸委屈，"我是担心你出事，一听是你找我，我一骨碌就爬起来了。"他伸手提了提衣袍，"你看，鞋子都穿错了。"

苏岑跟着低头，只见曲伶儿脚上一只黑鞋一只红鞋，明显不是一双鞋子。心头那点怨气渐消，冲他笑了笑，"回头给你买水晶肘子。"

曲伶儿得寸进尺道："那我还要二两桂花酿。"

正跟曲伶儿说笑间，苏岑听到有人喊他，循着声音看过去，只见宁三通正站在不远处冲他招手，再一抬头，才发现已经到了太傅府附近了。

苏岑带曲伶儿过去，刚好宁三通也迎上来，看着苏岑皱了皱眉，"这是怎么了？这些人硬要进去搜查太傅府，好大的胆子，光天化日之下还有没有王法了？"

苏岑道："这正是王爷的意思。"

宁三通听罢皱了皱眉，冲苏岑小声道："出事了？"

苏岑想了想，对宁三通倒也没什么好隐瞒的，如实相告："京中一些官员家里混进了奸细，王爷此举也是为了京城安危，你多担待。"

宁三通点了点头，却又有些为难道："可是老爷子他睡下了，前几日风大，老爷子赏菊受了点风寒，难得今日天气好睡个午觉，我怕这些人进去又要吵了他的清静。"

苏岑斟酌一番，太傅府也不是等闲之处。宁太傅为官数十载，自有一套识人的办法，而且这些年来宁太傅早已隐退，不过问朝中事了，暗门应该不会再费劲往这里安插人。

苏岑冲宁三通点点头，"我去跟他们说。"

这些搜查的官兵都是兴庆宫的人，自然认得苏岑，听苏岑交代了几句便调转方向，冲着另一处地方去了。

宁三通冲他感激地一笑，"多谢了。"

"宁兄客气。"

苏岑又与宁三通寒暄了几句，临走之时，只听宁三通忽然道："对了，宋凡是不是回京了？"

苏岑一愣，转而停了步子问道："你看见他了？"

宁三通不是朝中人，还不知道宋凡就是暗门的人，懵懵懂懂地一点头，"那天天色暗，我也没看清楚，就看见有个人影鬼鬼祟祟地进了定安侯府，等人进去了我才觉出来那个身影有点像宋凡。"

宋毅之前帮着窝藏宋凡，其与暗门之间定然有着千丝万缕的联系，只是他没想到宋毅竟敢如此明目张胆，竟然在宋凡身份暴露之后还敢收留他。

苏岑斟酌片刻，调转方向，对曲伶儿道："咱们先去会会宋凡。"

定安侯府门前也非常热闹，高门大户犹在，却没了昔日的气派。宋毅没了丹书铁券护身，却还是有沙场上的那股子戾气，人往门前一站，门外的官兵就只能面面相觑，谁也无法前进一步。

这些在朝为官的，越是身份尊贵，越是不想被搜府，没面子不说，万一真被查出点什么东西来，坐得越高，摔得越惨。

只是这种抵抗落到宋毅头上，难免会有窝藏的嫌疑。

曲伶儿穿过包围在门前的层层官兵护送苏岑上前，只见苏岑冲宋毅客客气气地一拱手，还是依以前的称呼道："见过侯爷。"

"又是你？"时隔半年，宋毅自然忘不了苏岑，这人是宁亲王的人，当初正是苏岑得罪了定安侯府，他才落得个名声扫地的下场。

宋毅不禁皱了皱眉头，"你又来干什么？"

苏岑轻轻一眯眼，"侯爷不清楚？"

宋毅冷哼一声，"我清楚什么？"

苏岑目光一凛，"有人看见宋凡进了定安侯府。"

宋毅双目一瞪，"一派胡言！"

苏岑道："我知道侯爷和宋凡做过一段时间的假父子，朝夕相处难免有感情，但宋凡是朝廷钦犯，为了定安侯府的名誉，还望侯爷好自为之。"

宋毅听完不怒反笑了，"我跟他？父子之情？苏大人怕不是对我们之间有什么误解吧？"

苏岑轻轻皱眉，却见宋毅竟然侧了侧身，不再堵住门口，"想搜就搜吧，不过只怕要让苏大人失望了，我这里没有宋凡，这个世上就没有宋凡，那个人姓姬姓苟都与我无关，总之他不姓宋！"

宋毅如此一来，苏岑反倒有了一丝动摇，但定安侯府一定要搜一下他才安心，宋毅肯配合自然再好不过。

苏岑冲身后的官兵抬了抬手，"去搜吧。"

借着搜查的名义，苏岑也跟着进了定安侯府，不承想外面的空架子还在，里面实际已经没落了。苏岑看了几处显眼的地方也就没再看下去，跟着宋毅候在正厅，其间竟然连个端茶送水的下人都没有。

宋毅问道："是谁告诉你宋凡在我这里的？"

苏岑自然不会把宁三通供出来，只道："一个朋友。"

"那我奉劝苏大人一句，好好查查你这个朋友。"

苏岑皱了皱眉，他跟宁三通关系匪浅，自然不会因为宋毅一句话就对宁三通起疑。但看宋毅的样子，确实又是坦坦荡荡，不像说谎的样子。

难不成这其中还有什么关窍是他没有想到的？是他被人利用了，还是宁三通被人利用了？

正出神间，出去搜查的官兵一一回来，说并没有发现宋凡的踪迹。

其实苏岑早就猜到了会是这么一个结果，那宁三通说看到的人影是谁？太监小六子也说过是宋凡拿着楚太后的信物把他叫回来的，也就是说宋凡有很大的可能还留在京中，那他又能在哪儿？

"打扰了。"苏岑起身告辞。

走到门口时只听宋毅又说了一句："以你现在的能力去调查暗门无异于以卵击石，暗门远比你想象的要复杂得多，你好自为之吧。"

出了定安侯府，苏岑还在细想宋毅最后那句话，曲伶儿在一旁道："到底怎么回事？不是说看见宋凡进去了吗？怎么会一点宋凡的踪迹都没有呢？"

苏岑知道曲伶儿的意思，他不好明说怀疑宁三通，只好拐弯抹角地提醒他。

苏岑明白曲伶儿是一番好意，冲他一笑，示意自己知道了。

曲伶儿也不好再说什么，接着问："咱们现在怎么办？"

苏岑转身去问身后那群官兵的首领："查得怎么样了？"

首领上前回道："京中官员的府邸都查得差不多了，但收效甚微，除了逮到几个微不足道的小人物，并没有抓到什么举足轻重的人。但有几个人撤走得很匆忙，还能找到痕迹。"

苏岑凝眉，他在得知消息的第一时间就去告知了李释，李释也是雷厉风行，根本没给暗门留下反应的时间，事已至此怎么还会晚了一步呢？

苏岑细细从头想来，从他发现田平之的尸体，到章何、柳珵，再到小六子和宋凡，暗门虽然参与其中，却一直没有阻拦。换句话说，让柳珵自首，把小六子送回来，让小六子引出宋凡，这些都是暗门在暗中指引他发现的。暗门躲在暗处，推着他往前走，到底是想干什么？

苏岑脚步一顿，突然生出一个不好的预感，冲曲伶儿道："不好，回大理寺！"

两人刚进大理寺的大门就跟小孙撞到了，小孙看见他立即结结巴巴道："大……大人……不好了……"

他脸上的神色是苏岑从未见过的惊恐，苏岑心里咯噔一下。

大理寺的大牢里围满了人，一见苏岑进来立马齐齐看了过来。

张君也在人群之中，意味深长地看了苏岑一眼，片刻后脚步沉重地走过来，在苏岑肩上轻轻拍了拍，又重重叹了口气。

苏岑越过人群步步上前，一直走到最里面的两间牢房。

斑驳的墙壁上有一道凝固了的鲜红痕迹，一个人横躺在那道鲜红之下，肢体僵硬，早已经没了呼吸。

而他旁边的牢房里，牢门大开，里面的人却不见了踪影！

扳
指

苏岑只觉得脑中轰鸣，几步上前，开了牢门。当日朝堂之上意气风发的柳相如今就横卧在他眼前，头上血迹斑斑，糊住了半张脸，显得另一边脸苍白如纸，透着浓浓的死气。

苏岑只觉得嗓子紧得厉害，过了好久才好不容易发出声来："到底……怎么回事？"

"我还想问你呢，这到底是怎么回事？"张君上前沉声道，"狱卒都被下了迷药，醒过来就成这样了，你刚才去哪儿了？"

苏岑抬头看着牢门的方向，"牢门是怎么开的？"

"牢门是后来狱卒过来打开的，之前是锁好了的。"张君抿了抿唇，"柳相他……是自杀。"

"他为什么要自杀？他怎么可能自杀？"他明明都见到了崔皓，他明明是想活下去的！

苏岑猛地看向隔壁牢房，"那这边呢？牢门也是狱卒打开的？"

张君摇了摇头，"这个是开着的，是被人用蛮力打开的。"

苏岑沿着连着两间牢房的栏杆慢慢蹲下身去，栏杆下有几处新鲜的破损——那是几道深入栏杆的抓痕。再往下看，苏岑愣了愣，他从枯草中捡出一片沾着血的、破裂了的……指甲。

张君皱眉问道："这间牢房里关的是谁？我从牢头那里并没有找到有关这间牢房的羁押记录。"

苏岑没抬头，看着那片指甲默默道："崔皓。"

"你……"张君指着苏岑重重点了几下，终是垂下手来叹了口气，"你让我说你什么好！"

苏岑猛地站起身来，无视张君，径自上前找了一间离柳珵的牢房最近的牢房，开了牢门一把拽起里面的囚犯，"你说，到底是怎么回事？"

那囚犯被扯得跟跄了一步，畏畏缩缩道："小的也不清楚啊……我我我什么都没看到……"

苏岑眉头一皱，"说！"

那囚犯立即回道："就进来一个人，站在牢门前说了什么，然后那个人就撞墙了，再然后他隔壁那个人就哭啊喊的，在你们来之前撞开门跑了。"

苏岑又猛一拽那囚犯，"来的那个人是谁？他们说了什么？"

那囚犯被勒紧了脖子，连连吐舌头，艰难道："太……太远了，我没看清……也没听清……"

眼看着那个囚犯要被勒死了，张君皱了皱眉，喝道："苏岑！"

苏岑这才松了手，那个囚犯身子一软瘫倒在地，没命地咳嗽起来。

"这件事你不用管了。"张君上前道，"把案子交接给成祯，你回家反省。"

"这是我的案子。"苏岑低头道，声音不大却坚定，"我犯的错我自己承担。"

"我是大理寺卿，这大理寺还是我说了算！"张君不容置疑地把他从牢里拖出来，重重甩在牢门上，"滚回家待着去，这件案子没完不许回来，滚，滚！"

曲伶儿上前扶了一把苏岑，苏岑才将将站住，他怔怔地看着张君，一时竟真不知该干什么了。他不知道平日里只会喝茶、打太极的张大人为什么有这么大的力气，也不知道最怕麻烦的张大人为什么上赶着管这件事，像只护犊子的老母鸡一样。

张君皱着眉看向曲伶儿，"赶紧把他带走，锁到家里也好，送兴庆宫也好，总之别在这里待着。"

曲伶儿点点头，把苏岑拽出牢房，又一路拖出了大理寺，站在街上茫然四顾一番，回头问道："苏哥哥，你想回家还是去王爷那儿？"

苏岑看着熙熙攘攘的人群又愣了一会儿，忽然也茫然了。案子办成这样，柳珵自尽，崔皓失踪，张君要给他收拾烂摊子，他却什么都干不了。

他没脸回家，也没脸去见李释。

曲伶儿抿了抿嘴唇，拉了苏岑一把，"那苏哥哥，我带你去个地方吧。"

苏岑没想到曲伶儿会带他来茶楼。

两人挑了个楼上的雅间，点了一壶龙井，等茶来了，曲伶儿斟了一杯送到苏岑面前，"苏哥哥，喝茶。"

苏岑静静看着茶杯，却半晌也没喝上一口。

曲伶儿叹了口气，他知道苏岑喝惯好茶了，特地花大价钱点了这里最贵的茶，眼看着茶都凉了苏岑也没动，直心疼。

曲伶儿强颜欢笑，"苏哥哥，你还记得这里吗？"

苏岑看着楼下熙熙攘攘的行人，轻轻点了下头，"咱们第一次见面的地方。"

也是他和李释第一次见面的地方。

"当初你是受我威胁也好，别的原因也罢，你帮了我，我就感激你。"曲伶儿双手捧着茶杯，低着头道，"现在你有麻烦了，我也想帮帮你。就是我不知道怎么帮。"曲伶儿抿了抿唇，"不行咱们就去求求王爷，他肯定会保你的。"

"曲伶儿。"苏岑突然出声打断，二人相熟之后他就鲜少连名带姓地称呼曲伶儿了，以至于曲伶儿一愣，怔怔地抬了抬头，只见苏岑脸色阴沉得像要滴出水来。

"你不用这样。"苏岑沉声道。

曲伶儿轻轻摇了摇头，"这件事说与不说在于我，当初我不说是想留作最后的筹码，万一我被抓回去了，但我没有把秘密泄露出去，他们说不定还能留我一条命。可是现在有你，有祁哥哥了，我也就不怕了，到时候他们要抓我，你会救我的，是吧？"

苏岑冷冷道："我现在自身都难保。"

曲伶儿不由得苦笑，"你就不能哄哄我吗？"

苏岑在曲伶儿的手指上拍了拍，端起凉透了的茶杯一饮而尽，站起身来冲他道："伶儿，不用。"

他刚走出两步，就听曲伶儿道："王爷一直戴着的那个扳指，陆逊手上也有一个。"

两个人在茶馆里待到接近天黑才出来，曲伶儿低着头不再说话，苏岑则是觉得脚步虚浮，像是做了一场荒唐的梦，一朝醒过来，觉得一切都不真实。

所有的一切都清楚了。

关于暗门，关于陆逊，关于田平之，关于先帝，关于……李释。

曲伶儿跟在苏岑身后问："苏哥哥，现在你打算怎么办？"

宵禁将至，大街上的人都行色匆匆，苏岑突然在道路中间停了步子，引得路人频频侧目。

"今天大理寺还没有动作，张大人应该是想在明天早朝上上书请罪。我犯的错，不能连累了张大人。"

曲伶儿脸色一白，"那你会怎么样？"

苏岑却像是没有听见，接着道："教唆柳珵自杀的那个人十之八九就是陆逊，据那个囚犯交代，崔皓应该是自己撞开牢门跑了，他能去哪儿？他又想干什么？"

"苏哥哥……"曲伶儿急得快要哭了，事到如今苏岑竟然还在想着那些案子，他不应该赶紧去兴庆宫求求王爷，把事情给他担下来吗？

苏岑抬头看着快要关闭的坊门，突然回头拉了曲伶儿一把，"你跟我走。"

苏岑不是回家，也不是去兴庆宫，而是拉着曲伶儿又回到了太傅府门前。

而宁三通还在门前站着，像是特地在等着他。

苏岑上前一步，直接道："人都走了？"

宁三通轻轻点了下头。

京城中暗藏的暗门人员众多，在那么短的时间内根本不可能全部撤出城去，他们在京城中一定还有落脚的地方，只是苏岑之前怎么也没想到，这个地方竟然就是太傅府。

"我在陆家庄时听陆逊说过，他们还有一枚隐藏的棋子，说的就是你吧？"

宁三通无奈一笑，"是我，也不是我，应该说是整座太傅府吧。那位当年对老爷子有恩，这份恩情，我们必须还。"

"所以当初祭天案时你就接近我，后来又引我去查田平之的案子，设法把封一鸣赶走，还有你那什么仵作师父，也是为了取得我的信任吧？"苏岑抬手按了按眉心，"我现在不知道你跟我说过的话哪句是真的，哪句是假的，还是说……都是假的。"

宁三通轻轻一笑，"我说我欣赏你是真的。"

苏岑冰冷回道："我只怕担待不起你这份欣赏。"

"这次之后我们就不欠陆逊的了，日后他或富贵或潦倒，都与我太傅府无关。"宁三通叹了口气，"这次是我们太傅府欠你一次，我给你记下，你随时可以来找我讨要。"

"现在就要讨回来。"曲伶儿怒不可遏，上前一步一把拽住宁三通的衣领，"苏哥哥你说，怎么处置？"

苏岑却是轻声道："伶儿，放手。"

曲伶儿一脸震惊地回头看了看苏岑，见他目光坚定，这才不情愿地松了手。

"记住你说过的话。"苏岑又看了宁三通一眼，兀自转身，"伶儿，走了。"

曲伶儿又狠狠瞪了宁三通一眼，这才跟了上去。

他们走出几步，只听宁三通喊道："我还送了礼物到苏兄府上，以表诚意。"

苏岑没回头，渐渐消失在夜幕之中。

两个人赶在宵禁之前回了家，一进院门苏岑就察觉出几分异样来，平日里这个时辰阿福都是忙里忙外地筹备晚饭，今日院子里却静悄悄的，一点动静都没有。

曲伶儿几步上前，把苏岑护在身后，同时从后腰掏出几枚蝴蝶镖作为防备。

没等两人反应过来，已经有人从房里出来了。

打头的那个正是阿福，只是脖子间还架着一把匕首，欲哭无泪地看着苏岑，"二少爷，救我……"

苏岑眼睛轻轻一眯，把视线移到阿福身后之人身上，缓缓道："崔皓。"

苏岑瞬间明白了宁三通送给他的礼物是什么了。

他现在确实想要找到崔皓，却是以这种方式见面。

苏岑皱了皱眉，"你把阿福放了，这件事与他无关。"

"仲佩死了！"崔皓的眼睛里充斥着血丝，那双手上也是血迹斑斑，以至于摇摇晃晃抖得厉害，阿福脖子上已经有了好几道血口子。

阿福当真欲哭无泪，傍晚他准备晚饭的时候听见有人敲门，开了门后却又没见着人，只看见一个大箱子。他打开一看，里面竟是一个大活人，那人被捆起来了，一双眼睛恶狠狠地瞪着他。

他二话没说就把人给放了。

结果那人反手掏出一把匕首把他给劫持了。

这不就是二少爷给他讲过的那什么先生与狼、农夫与蛇、吕洞宾与狗的故事吗！

都怪他当初听的时候打瞌睡，不然也不至于沦落到这种下场。

"柳相的事我也很难过。"苏岑沉声道，"但你不能就此迁怒于他人。"

"你说过你会帮他的！"崔皓眼底猩红得像要滴出血来，"你说你会帮他他才会把事情都告诉你，你却让人在你眼皮子底下进来把仲佩害死了。苏岑，谁都可能是无辜的，但你，绝对脱不了干系！"

阿福一听这人要对自家少爷不利，情急之下一挺身子，脖子上当即又留下了一道血口子，"二少爷，你别管我了，你快走吧！"

"崔皓！"苏岑急忙道，"柳相的死我有责任，但阿福是无辜的，你要找的无非就是我，你把他放了，我跟他换！"

"苏哥哥！"曲伶儿急忙拽了苏岑一把。

苏岑轻轻在曲伶儿手上拍了拍，"他不会杀我的。"

曲伶儿纠结一番后终是松了手，苏岑一步步上前，等到与阿福面对面站着，慢慢抬手把崔皓的刀刃移开几分，对阿福一点头。

阿福脚上一软，险些瘫倒在地。

下一瞬间崔皓一把推开阿福，刀尖直冲着苏岑刺下来！

苏岑竟也不闪不避，眼睁睁看着刀尖落下来，最后停在距他额心半寸之遥的地方。

曲伶儿和阿福都倒吸了一口凉气。

"你不会杀我的。"苏岑直视着崔皓，"你还指着我给柳相平反，我要是死了，柳相就白死了。"

崔皓愤恨地咬了咬牙，他是真想把这一刀刺下去……可他不能，那个逼死仲佩的人还没抓到，仲佩身上的罪名还没洗清，苏岑如果死了，就没人再会去查了。

"我们能进屋去谈吗？"苏岑道，"在这里万一被别人听见、看见了，只怕对你不利。"

崔皓看了一眼没关的院门，甚至还能听到隔壁院落里嘈杂的人声，知道苏岑所说确实不假，这才把匕首架到苏岑脖子上，"走！"

房间里已经黑透了，等所有人都进来，阿福掌了灯，崔皓挟持苏岑坐在一处角落里，两面靠墙，防止有人从背后偷袭。

"陆逊对柳相说了什么？"苏岑率先出声打破沉寂，"柳相为什么要自杀？"

一提到柳珵，崔皓的情绪瞬间又激动起来，尖利的匕首险些划过苏岑的动脉，看得曲伶儿和阿福胆战心惊。

"自杀……"崔皓扯了扯唇角，"他得有多绝望，才会选择自杀！"

"你不是一直想知道当年的状元为什么由仲佩来做吗？"崔皓猩红的眼底漾着泪，狠狠吸了一口气才得以继续说下去，"因为……因为仲佩听话，他说只是因为仲佩听话他们才决定留下他的！"

崔皓像是听到了什么好笑的笑话，埋下头去笑得撕心裂肺，那些眼泪终于决堤，顺着脸庞蜿蜒而下，像两道狰狞的刀疤。再一抬头，他目光陡然凶狠，"明明是他们威胁仲佩去杀田平之的，田平之阴差阳错死了之后，他们却认为是仲佩痛下杀手！仲佩已经交了白卷，就是想远离纷争，他们却一定要留下他，目的就是留一个有把柄在他们手上的傀儡，供他们驱使！"

崔皓深深吸了几口气才将满腔愤怒压下去，哪怕是被挟持的苏岑都能感觉到那种深深的绝望。若是有人告诉他其实他的状元之名也是来源于一场阴谋，他金榜题名的时刻却是噩梦的开始，以他的性子，只怕走不到这一天，早就玉石俱焚、自寻解脱了。

崔皓向后轻轻靠在墙壁上，目光总算柔和了一些，"我第一次见到仲佩时是在琼林宴上，他高高在上，英姿不凡。我尊他、敬他，可等我靠近他，才发现他并不像表面上那么风光煊赫。"

浓浓的哀痛在愤怒之后流露出来，浓稠得让人透不过气来。

"他本来与世无争，却总有人去逼着他争这个争那个。他知道先帝并非明君，楚太后也并非明主，可他能怎么办？他也不过是想活下去啊！他知道有些时候李释才是对的，可他能怎么办？

"他也曾是风采无双的少年郎，当初也有过一腔热血赴社稷的愿望，幻想着有朝一日能有一官半职，为苍生请愿。"崔皓紧紧抿着唇，说出来的话冰寒彻骨，"在这个朝堂上，他的才华一无所用。"

苏岑垂下眼眸，"是这个朝堂对不起他，是大周负了柳相。"

"他最后总算干了一件能顺遂自己心愿的事。"崔皓眸光猛然一狠，"可我不能让他走得这么憋屈！他想要以死来保全你们，那我就拉着你们一起去给仲佩陪葬！"

苏岑眉心一蹙，崔皓现在情绪极不稳定，这件事牵扯甚广，他不能让崔皓任性妄为，安抚道："你相信我，我会还柳相一个公道的。"

"我凭什么信你？"崔皓眸光一狠，刀口突然靠近苏岑的脖子，"就是你害死了仲佩！"

苏岑轻声道："因为柳相相信我。"

崔皓嗓子一哑，手突然就停住了。

仲佩确实信过苏岑，也曾经夸过苏岑厉害，他相信仲佩的眼光，如若不然，他也不会特意卖个破绽给宁三通，再让宁三通把他送回来。

苏岑知道柳相是崔皓身上的那根软肋，见他好不容易情绪稳定下来了，道："既然是大周欠柳相的，大周自然就该付出代价。我向你保证，柳相不会白死的。但你也得答应我，不能意气用事，以防中了某些人的圈套。"

崔皓皱着眉纠结了良久，最后才看着苏岑问道："我还能信你吗？"

"明天，就在柳相站过的朝堂之上，我会让一切都有个交代。"苏岑偏头看了看抵在自己脖子上的匕首，"你要是信不过我，现在就可以杀了我。"

崔皓又沉默了片刻，道："那明天，我要跟你一起去。"

苏岑犹豫了一番，不管怎么说，那里毕竟是皇宫，要带一个大活人进去不容易，而且这个人还是早就该离京了的。

最后，苏岑还是轻轻点了下头。

片刻之后，崔皓缓缓松了手。

其实苏岑早看出来了，崔皓如今已经是强弩之末，靠那一点怒气撑着，一旦怒气散尽，他根本连握刀的力气也没有。

崔皓目光呆滞地靠在角落里，小声地哼唱着什么调子，依稀能听出是北方的一首民谣。

苏岑依稀记得，崔皓是洪州人氏，而柳珵是幽州人，邻近的游牧民族放羊的时候就会哼这种小曲儿。

当年柳珵这个意气风发的少年进了长安城，就再也没能出去。

看他彻底放下戒备了，苏岑突然一把捡起地上的匕首，转身扔给了曲伶儿。

曲伶儿接住匕首，身形诡谲地几步上前，瞬间便将崔皓控制在他能掌控的范围之内。

苏岑抿了抿唇，"我说过的我一定会办到，可是我现在必须去见一个人。"

"苏岑你！"崔皓挣扎了几下，竟连站起来的力气都没有了，他恶狠狠地盯着苏岑，恨不得将他生吞活剥了。

"伶儿，这里交给你了。"

曲伶儿点头，"苏哥哥，你去吧。"

苏岑向外跑了几步，又回过身来，"天亮之前，我一定会回来。"

不等崔皓回答，苏岑便已经一头扎进了夜色里。

苏岑在空无一人的街道上一路狂奔，跑出半里地去才意识到下雨了。

一天的巨变麻痹了他所有的知觉，这会儿一点一点回归，冰冷的雨水渗进衣服里，衣服粘在身上，像一副沉重的枷锁。

苏岑强撑着迈出步子，生怕自己一停下来就再也迈不出下一步了。

不管明日结果如何，他都想再看那人一眼，他压抑了一天，这个想法总算在见到崔皓之后破土而出，紧接着便滋生，再也收不住了。

柳相再也回不来了，他却还想最后去看李释一眼。

生离，死别，说不上来哪个更难受。

苏岑最后驻足在紧紧关闭的坊门前。

宵禁时辰已到，坊门关闭，庶民禁行。

苏岑愣了一会儿，几步上前，用尽全力拍打在那两扇高高耸立的大门上。

可他的声音太微弱，嗓音太嘶哑，那一点动静淹没于雨声里。

苏岑顺着坊门慢慢滑下去，一身力气散尽，深深的绝望倾覆而来。

原来他当初之所以能横冲直撞，不过是仗着有李释替他撑腰，没了李释，他甚至连自己的一坊之地也出不去。

苏岑抬头看着天，冰冷的雨水从漆黑的夜幕里绵绵不绝地落下，就像一张密不透风的网，将他笼罩其中慢慢收紧。

他甚至不知道自己到底能不能挨到天亮。

一直以来堆砌起来的那副华丽的架子，哗啦一声，全都碎了。

不知过了多久雨突然停了，突然从远处飘来一股若有若无的檀香味。

苏岑睁眼抬了抬头，首先映入眼帘的是一把素白的伞。

再偏一偏头，执伞的那只手骨节分明，拇指上戴着一枚墨玉扳指，比夜幕黑得还要纯粹。

有些东西突然从苏岑眼底涌上来，不受控制地流下，流进嘴巴里，咸得发苦。

明明满脸都是水，可李释就是知道，他哭了。

苏岑从没在他面前哭得这么绝望，明明无声无息，看起来却是撕心裂肺。

李释由着苏岑把这一天的情绪都发泄出来。泪水打湿了衣衫，他那么委屈，怎么哭都哭不完似的。

不远处的巷子里传来了梆子声，夜已过半。苏岑像是突然意识到了什么，猛地抬起头来，怔怔地看着那双眼睛，连哭都顾不上了。

白驹过隙，苏岑一想到万一哪一天他醒过来，发现这一切不过是一场梦，心里就痛得喘不上气来。

见苏岑这副样子，李释轻声笑了。

苏岑瞬间就明白了，李释都知道了，知道事情的起因经过，知道他即将要做的事，也知道这件事会以什么方式结尾。

苏岑缓缓垂下来双手，抱在膝上，像个迷茫的孩子，问道："我是不是做错了？"

李释用深沉的目光轻柔地看向苏岑，抬手在他肩上拍了拍，"哪里错了？"

"我……"苏岑喉咙突然干涩，艰难道，"我要还原当年事情的真相，要替田平之和柳珵申冤，我还要……还要……"说到最后，却还是哽住了。

李释轻轻"嗯"了一声，"揭露真相没有错，主持公道也没有错。"

"可我会让你这么些年的努力付诸东流，还可能……还可能动摇大周的根基，颠覆大周的江山……"

"你后悔吗？"李释突然道，"你后悔当初在琼林宴上选了进大理寺吗？"

苏岑一愣。

他后悔吗？自他入大理寺以来，挨过打、中过毒、坠过崖，死里逃生过，也委曲求全过，可谓是险象环生。可真要问他是否后悔，他心里第一反应是否定的。

"我后悔……"苏岑埋下头轻声道，"后悔没早些到长安来，替更多受害者主持公道，替更多无辜之人申冤。"

李释轻轻笑了一下，笑骂道："小兔崽子。"

过了好久，他才道："你没错，是大周错了。大周病了，沉疴已久，必要时就得断臂保命。你既然选择了大理寺，查找真相、还原真相就是你的职责，而我身为摄政亲王，稳定朝局、制衡天下是我的职责。你做你该做的，剩下的我来处理。"

135

苏岑抬起头来，对上那双深沉的眼睛，李释道："你放心，这点代价，大周付得起。"

长安城里第一声鸡鸣响起，雨停了，李释也走了。

城门郎开门时被吓了一跳，门外坐着的人衣衫湿透，面色苍白，那双眼睛却亮得像天边最后一颗残星。原本以为这人是等着开门的，等他打开了坊门，却见这人兀自站起身抖了抖一身的雨水，头也不回地走远了。

城门郎摇头道一声"疯子"，打着哈欠继续忙手头的事去了。

听到一声门响，房里的人齐齐抬起头来。崔皓不动声色地松了口气，曲伶儿急忙站起来，想问什么，一时却又不知道怎么开口。

苏岑有条不紊地洗了把脸，换了官服，收拾妥当之后，又是那个风采依旧的苏大人。

他回头冲崔皓点了点头，"走吧。"

辰时刚至，满朝文武齐聚含元殿内参拜圣上和摄政亲王，小天子按照往常惯例让众卿平身，又照本宣科地询问众臣有何事启奏。

大朝会一般就是走走过场，就是让那些中下层的官员睹一睹圣容，所要参奏的事一般也早都请示过了。几个官员上前又歌颂了一番河清海晏，小天子以奏章掩面，悄悄打了个哈欠，一抬头正对上皇叔的目光，又悻悻地吐了吐舌头。

总算挨过了让人犯困的歌功颂德，小天子挺一挺身子，"众卿还有事吗？没事的话就……"

张君突然上前一步，"臣有事要奏。"

小天子皱了皱眉，强忍着没把一脸的不耐烦表现出来，心里想着昨天刚捉的螳螂，赶紧摆了摆手，"张卿有事快奏。"

"臣……"

张君刚要开口，只听身后又有一个琅琅之声响起："永隆二十二年柳州仕子田平之猝死贡院之事，臣已彻查清楚，请求上奏。"

真相

朝堂上的文武百官全都一愣，庭上却有一副深沉的目光轻柔地投下来，苏岑有些慌乱的心跳突然就安稳下来了。

尽他应尽之责，做他应做之事，他所要的就是还原真相，其他的他不强求，也强求不了。

张君猛地收了下肚子，低声喝道："苏岑，回去！"

苏岑目不斜视地站在朝堂之上，任凭众人指指点点。

小天子一听有故事听，瞬间来了精神，"苏卿，你先说。"

张君回过头来急忙道："陛下……"

小天子冲张君摆摆手，"张卿，你先稍候，等苏岑说完了你再说。"

张君被气得吹胡子瞪眼，险些晕过去。

"张大人。"苏岑上前，冲张君深深一揖，再抬起头时，那双眼睛清亮如水，像能荡涤世间一切污浊一般。

他冲张君轻声道："让我来吧。"

张君盯着那双眼睛，眼里忽然就湿润了。

他之前一直觉得苏岑像老师，如今才知道，两个人不是像，而是骨子里就是一个人。他们眼里容不得一点败坏《大周律》的瑕疵，一个人以毕生心血写就，一个人用碧血丹心践行。

张君退了回去，他心里明白，谁也拦不住苏岑。

所有人屏气翘首。

苏岑缓缓道来："永隆二十二年春，正是三年一度的会试，京中来了两个备受瞩目的年轻人。两个人是同辈之中的佼佼者，甫一见面就惺惺相惜，同食共寝。当时京中就有传言'田柳一出手，状元榜眼不愁'。"

小天子认真点了点头，"这两个人是田平之和柳珵？"

"正是田平之和柳相，他们一个博通古今，一个有经世之才，本来大好的前程已经半握在手中，这时却发生了一件事，将这一切都打乱了。也正是因为这件事，害得田平之惨死在贡院里，柳珵做了状元，却再也没写出一句能传颂的诗句。"

小天子皱了皱眉，"到底是什么事啊？"

苏岑轻轻摇了摇头，"在说这件事情之前，我想先把凶手找出来。我后来在贡院里找到了田平之的尸体，证明人是被他杀的。试问，一个人在万人云集的考场上是如何能凭空消失而无人知晓？又是为什么这么多年都无人敢查？说起来，都是因为这件案子的凶手很特殊。"

小天子皱了皱眉，"苏岑，你就别卖关子了，杀害田平之的到底是谁，你说就是了。"

再看堂上众人，相比之前昏昏欲睡的样子，现在一个个眼冒精光，都被勾起了兴趣。

苏岑缓缓道："杀害田平之的，共有五个人。"

满座哗然。

这田平之是什么大罗神仙，竟然动用了五个人去杀他？

"这第一个人，就是当年与田平之齐名的另一位新起之秀，如今的柳相——柳珵。当年柳珵借着与田平之亲近之便，在田平之喝的糖水里下了榛子粉。这榛子粉对旁人来说算不得什么，但对患有哮喘的田平之来说却是致命的。"

"柳相他……"小天子恨恨地咬牙。

角落里一个太监装扮的人紧紧握拳，刚挪动了小半步就被人拖了回去。

郑旸冲着那太监装扮的人轻轻摇了摇头，死死按住那人轻轻抖着的手。

今日一早苏岑过来找他，托他把一个人带进宫去，等他看清苏岑带的人是崔皓时，整个人都愣了一下。苏岑能找上他定然是有不得已的原因，所以他才大清早的去跟母妃讨价还价，硬是让长公主进宫省亲来了。

想太宁长公主活到这个岁数，同辈早都分配了府宅搬出宫了，如今这宫里算得上亲戚的也就只剩下楚太后与小天子了。她向来看不上楚太后那副盛气凌人的模样，思虑再三，那就去看看侄子吧。

结果小天子根本就不认识她。

虽然出于礼道小天子倒也没表现出什么，但眼里是藏不住的冷淡疏离，长公主一边尴尬地客套，一边心里盘算着回去怎么收拾儿子，丝毫没留意身后跟着的侍从少了一个。

苏岑冲小天子摇了摇头，"虽说柳珵是第一个凶手，但他实际是想救田平之的。因为他不杀田平之也还会有别人杀他，而他给田平之所下的榛子粉的量不足以致死，只是会让田平之暂时昏迷，以此来掩人耳目躲过一劫。"

小天子松了一口气。

"几日之前柳相已经去大理寺投案自首，而且……"苏岑轻轻垂眸，"就在昨日，柳相于狱中自尽身亡。"

朝堂上的人静了下来，顷刻之后便彻底炸开了锅。

小天子更是瞪大了眼，"柳相死了？"

苏岑一撩衣摆双膝跪下，"昨日因为臣的失察，奸人闯入大理寺大牢，迷晕狱卒，逼迫柳相自杀。柳相之死臣有不可推卸的责任，等这件案子了结，臣愿意交卸职务，听候发落。"

朝堂上议论纷纷，对着苏岑挺直的背影指指点点。连小天子也是眉头紧蹙，柳相虽然经常逼着他做这做那，但毕竟也佐政这么些年了，一个活生生的人不过几天没见，就已经再也见不到了，难免惹人唏嘘。

"你先起来吧。"李释用手指上的扳指在椅子扶手上轻轻敲了敲，众人这才安静下来，李释冲苏岑点了点头，"你接着说。"

"而这第二个凶手却是杀害田平之的直接凶手。他在柳珵的基础之上，把昏迷假死的田平活埋在贡院后面的坑里。"

小天子一腔悲伤的情绪还没收起来又被吓了一跳，苏岑接着道："能在考场里做到草菅人命而不被人发现的，就是这第二个凶手——当年的主考官章何。"

有人问道："章何为何要杀田平之？"

苏岑轻轻笑了，"这个问题问得好，章何和田平之无冤无仇，为什么要杀田平之呢？还有柳珵与田平之明明是知己却也要杀他，这个田平之到底是干了什么人神共愤的事情，惹得人人得而诛之？这就是问题所在，也关系到这件案子里最重要的一位凶手。"

小天子屏气凝神，问道："是谁？"

"这个人就是……"苏岑稍稍停顿换了口气，一字一顿道来，"如今已经驾鹤西去了的神宗皇帝。"

大殿之上又静了下来，落针可闻。

小天子愣了半天才反应过来，"父皇？"

又不知过了多久才有人反应过来，"大胆苏岑，竟敢污蔑先帝！"

苏岑面不改色地站在殿上，腰身笔挺，从容不迫道："我今日过来已经抱了必死之心，是不是污蔑自有论断。我这里有人证，是当年先帝身边伺候的一个小太监，他已经供述了当年正是奉了先帝之命让柳珵和章何杀了田平之。至于物证……"

苏岑抬头看了看端坐在龙位上的小天子，众人也追着看过去，当即把小天子吓了一跳，"朕……朕不知道什么物证，田平之死的时候朕还没出世呢！"

庭上的太监当即喝道："苏岑，不得无礼！"

"物证当然不是指陛下。"苏岑看着小天子，目光柔和了几分，转瞬却又冷了下去，"而是指陛下身后的这张龙椅！"

苏岑回头扫了一眼满庭的大臣，"诸位可曾听说过'受降城之战'？"

相比于之前这些大臣们看热闹的态度，这会儿一个个俯首低眉，恨不得再把自己耳朵捂起来，心里早已经骂了千遍万遍，这苏岑也太不厚道了，这是皇家秘事，知道了是要被杀头的，苏岑自己不要命了，凭什么把他们都拉下水！

最后还是左相温修站出来说了一句：“'受降城之战'王爷力挫突厥，保我大周边境安稳。"

“是啊。”苏岑轻轻点了下头，“当年太宗皇帝病危，急召王爷回京，不料突厥残部突然进犯，是王爷奋力抗敌才使得边境百姓免遭生灵涂炭。随着'受降城之战'大捷，另一条消息也传遍了大江南北——太宗皇帝驾崩。"

苏岑抬头看了看大殿上坐着的人，正巧那双眼睛也在看着他，深沉内敛，有着海纳百川的气魄，却又能轻柔地护着他，雄武之略，表里洞达。

苏岑抿了抿唇，接着道：“试问突厥主部已经大败，怎么会突然进犯？为什么早不进犯晚不进犯，偏偏选在王爷奉旨回京的时候，还刚好能堵在王爷的必经之路上？为什么太宗皇帝一驾崩，突厥就节节败退、顺势投降了？若说这两件事没有联系，我是不信的。

“这里回到第一个问题，田平之到底是因为什么才被杀的？先帝身边的小六子曾经说过，田平之是在先帝微服私访时触了龙颜才被杀的。试问他一个从来没到过京城的读书人做了什么事能让先帝对他痛下杀手，而且还要用那么隐蔽的手段？我是不是可以理解为，是因为田平之无意之间窥探到了一些他不该知道的事情，也就是说，他是被杀人灭口的！"

有人反驳道：“这不过是你的一番猜测，你有什么证据说田平之是被先帝灭口的？"

“到底是不是，就得让我们的第四位凶手来告诉我们了。”苏岑突然回头，目光猛地看向一处角落。他举步上前，最后停在一个中郎将身前，缓缓抬手，竟从那人脸上慢慢撕下一张面皮来。

“这……"

中郎将身边的文武百官立即散开，面上惶恐不已，自己身边混进来一个陌生人，他们竟然一直都没发现！

苏岑盯着那张有三分似李释的面容，缓缓问道：“我说得对吗？陆逊……还是该叫你李晟？"

那人从容不迫地冲着苏岑一笑，“你怎么知道是我？"

141

苏岑道："我从进大殿的那一刻起就在观察这里所有的人，在听我说的时候，其他人或震惊，或恐惧，只有你无动于衷。"

陆逊接着问："你又怎么知道我一定会来？"

苏岑眸光一狠，"你辛辛苦苦策划的一出戏，戏开场了你却没来，那多可惜。"

话音刚落，角落里猛地又蹿出一个人，寒光一闪，一把匕首直直冲着陆逊扎了过去！

郑旸紧随其后，却已经拉不住了，暗道一声"糟了"，不忍直视地抬手捂住了眼。

崔皓还没蹿到陆逊的衣角就已经被大殿上的侍卫们按压在地，匕首落地，双手被收在身后，却还是狠狠盯着陆逊，"是你，就是你杀了仲佩！"

陆逊不动，嘴角还是衔着那抹若有若无的笑意，苏岑却从中看到了几分讥讽。

苏岑轻轻皱了皱眉，崔皓到底是什么时候将这把匕首带在身上的？

小天子瘫坐在龙椅上，已经被吓得脸色都发白了，问道："苏……苏岑，这到底是怎么回事？"

苏岑看了看崔皓，轻轻叹了口气，回过头来冲殿上一拱手，"我之前说过，有人在大理寺大牢里逼迫柳相自杀，就是此人。崔皓他……他是想为柳相报仇。"

小天子道："这个人到底是谁？"

"这个人……"苏岑看了看陆逊，"就是当初帮着先帝联络突厥来争夺帝位的人，而田平之看见了他跟先帝的会面，才一定要死。田平之当初可能只是去酒楼吃酒，又或者去饭馆用饭，没想到祸从天降，无意之间听到了两人的密谈。"苏岑轻轻垂眸，"如果只是一个普通人可能也不至于惹上杀身之祸，可偏偏田平之是个仕子，又恰恰怀有经世之才，不出意外的话田平之一定会高中，到时候就一定会与先帝碰上。万一到时候田平之再想起这一出，在皇位交替之际生出事端，这一番谋划就功亏一篑了。千钧一发之际，他们不允许有这么一个不安定因素存在，这也就是为什么他们找了柳珵又要找章何，就是为了确保万无一失，田平之必死无疑。"

小天子垂下头道："所以，当真是父皇杀了田平之……"

苏岑却是轻轻摇了摇头，"杀田平之不见得是先帝的本意，也有可能是被某些人授意了的。"

苏岑缓缓回过头来，看着陆逊道："这位大家可能不认识，但想必诸位都听说过暗门吧？"

苏岑说杀田平之并非先帝的本意并不是空穴来风，因为先帝确实不是一个嗜杀之人。

143

与这件案子有关的柳珵当初没死，章何没死，陈光禄没死，哪怕是小六子这么关键的证人，先帝也不过就是打发他去守陵了。

而且先帝在位的那八年间，虽然在政绩上没有什么大的建树，但量刑从宽，定于秋后问斩的死刑犯确实少了。相比永隆年间那厚厚一摞的刑狱档案，天狩年间只有薄薄的一小本，甚至还不如永隆头几年里一年处死的犯人多。

这些都能证明先帝并非一个残暴之人，所以他极有可能是受人摆布了。

而陆逊当年为了拉拢宋毅，屠了陆家庄二百多条人命，为了一己私欲，置徐州上万百姓于不顾，恰恰就是一个暴虐成性、善于把人玩弄于股掌之间的人。

苏岑冷冷看着陆逊，"这些年来，暗门隐藏在暗处，牵扯着商贾、军事，甚至是朝堂，操纵私盐、勾结突厥、在朝中安排奸细、暗杀朝廷命官。在场的诸位我相信就有被拉拢过或者被下过绊子。"

在场的官员里有几个脸上青一阵白一阵，显然就是苏岑所说的那些人。

也有几个自认为磊落的人发声道："照你这么说，这种大逆不道的叛党怎么可能没人发现？为什么没有人出兵围剿？"

苏岑还没发话，身后的陆逊倒先笑了，"叛党？那你们知不知道，你口中所谓的叛党，就是你们高高在上的先帝一手培养起来的？"

苏岑抿了抿唇，他其实早有预感，暗门有这般规模和财力，还能无孔不入地侵入大周官场，定然是有一个强大的后盾。还有李释与暗门对抗多年，却始终没有将暗门的恶行公之于众，只怕也是为了顾及皇家颜面。

"你胡说！"先前出声的那人脸色已经有些发青，却还是狡辩道，"先帝怎么会和你这种人勾结？"

苏岑轻轻垂眸，"是啊，先帝为什么会这么信任你呢？哪怕是夺嫡的事都要与你商量，明知养虎为患还要把你留在身边，之前我也想不明白，直到昨天才恍然大悟。"

陆逊一笑，"曲伶儿都跟你说了。"

"你之前追杀伶儿，逼得他跳崖自保，再后来伶儿阴差阳错地找上了我，你我交手过几次，不可能不知道伶儿就在我身边，你之所以不再追杀他，不就是想借他的口来告诉我吗？"苏岑把目光从陆逊身上移开，转而看着满庭的朝臣，问道，"之前我叫他李晟，大家似乎并没有什么反应，但如果我说崇德太子，不知道诸位还有印象吗？"

所有人都倒吸了一口凉气。

崇德太子是大周朝第一位名正言顺的太子，自此之后大周朝再没有立过太子，哪怕是小天子，也是在先帝突然驾崩后被直接送上皇位的。

太祖皇帝雄韬伟略，一生征战，定前朝之乱，一统中原。到了晚年，太祖皇帝可能是觉得自己杀伐太重，刚好大周也正需要一位带领百姓休养生息、恢复民生的领袖，遂立了性情温和的皇长子为储君。崇德太子人如其名，平易近人，德行高尚，早年间追随太祖皇帝征战的大将都是平民出身，建功立业之后都有些飘飘然，仗着当年的战绩耀武扬威，遭太祖皇帝猜忌，正是崇德太子从中调停才保下来好多人。所以崇德太子继承皇位可以说是众望所归，即便当时太祖皇帝还在，崇德太子也有了自己的班子，自荐者每天都踏破了门槛。

但在武德二十六年，崇德太子却突然罹患重病，甚至死在了太祖皇帝前头。

当然这是官方的说法，私下里流传更广的说法是太宗皇帝李或借着太祖皇帝病危之际动生宫变，毒杀崇德太子，挟持太祖皇帝，将皇室一干成员幽禁在三清殿内，等这些人放出来时，太宗皇帝已经在含元殿登基了。

这也是为什么在永隆初年太宗皇帝大兴牢狱，抓捕当年跟着崇德太子的那些门客，以及任何说他皇位不正的人，上至前朝重臣，下至黎民百姓，无一幸免。

"崇德太子"这四个字也就成了禁忌之词。

如今在这里的朝臣大部分都没经历过那场宫变，但依旧谈虎色变，有大胆的也只敢喃喃道："你是说……"

苏岑回头看着陆逊，一字一顿道："这位就是当年在那场宫变里幸存下来的崇德太子的血亲——崇德太子之子李晟。"

所有人愣在原地，被惊得呆若木鸡，就连被按压在地一直奋力挣扎的崔皓也顿了顿。

苏岑看着陆逊，或者说是李晟，道："之前在陆家庄我留意过你大宅子的布局，都是仿照太极宫所建。太极宫曾被作为前朝的主宫，所以一开始我以为你是前朝的人。可是我忘了，太极宫还是东宫所在，是崇德太子曾经的寝宫，你在那里生活了多久？五年？还是六年？"

"是八年零七个月。"李晟微微仰头，像是回忆了一番当年的情形，叹了口气，"当年父王被钦点为太子，我们举家从豫王府搬进了太极宫，好辉煌气派的地方啊，怎么走都走不到头的样子，在当时的我看来，那就是全天下最好的地方。"

李晟抬头看了看坐在殿上的李释，轻轻笑了笑，"你还记得吗？当年我还带你们玩过，阿栾最喜欢跟在我后头当跟屁虫，'皇兄皇兄'叫得我烦死了。你却从小就是个心口不一的人，明明想跟我们一起玩，却非要装作一副不在意的样子，拿着本书忸怩作态。"

阿栾就是先帝的乳名，这也是先帝对他这么信任的原因，李晟是他的大哥哥，是与他有血缘关系的人。

李释平静地摇了摇头，"不记得了。"

苏岑轻轻抿了抿唇，李释虽说也是皇族血脉，但母妃走得早，他又不是巧言令色的孩子，在太宗皇帝那里自然不得宠。皇族的孩子们排挤他、不带他玩只怕早就是家常便饭，受的打击多了，自然也就不去凑那个热闹了。所以如今才会喜怒不形于色。

"还是这么口是心非。"李晟对李释的回答置之一笑，接着道，"当年宫变的时候，我正跟阿栾在御花园里捉迷藏，宫里的人掘地三尺都找不到我，他们怎么会想到，是他们即将要侍奉的新主子把我藏起来了。李或害死了我父王，他儿子却救了我，你说这是不是就叫因果轮回，报应不爽？"

李晟的笑声在大殿上回荡，听得人心里发寒。

李晟笑着问："你们不妨再猜猜，当年我被送出宫去，宫外接应我的又是谁？"

苏岑沉声道："是宁太傅。"

"没错！就是你们德高望重的太傅大人！"李晟哈哈一笑，"当年宁羿只是一个小小的翰林院编修，因为编错了页码被学士斥责，是我父王为他求了情这件事才压下去。后来永隆宫变，宁羿因为官职太小被忽略了而躲过一劫，他念及父王恩德收留了我，等风头过去才将我送出城去。"

传说当年太宗皇帝对这个崇德太子的后人讳莫如深，曾几番秘密追捕，甚至追查到了关外，不承想他就一直在他眼皮子底下待着。

苏岑替李晟补充完整，道："你出城后与先帝却一直没断了联系，直到太宗皇帝大限将至，你借机怂恿先帝夺嫡，实际上却是暗中组织自己的势力，意图谋反！"

"我当初不杀你是对的。"李晟笑了笑，"你当真很聪明，也很大胆。但暗门并不是要谋反，暗门由先帝创立，也只听从先帝一个人的命令，自始至终就没有过二心。先帝驾崩后，我们原意是要继续听从圣上的调遣，但天子太小，王爷又在朝堂上一手遮天，对暗门围追堵截，我们所做的一切，不过是自保。"

苏岑恨恨地咬了咬牙，这李晟好阴险，这一席话就是要把李释跟先帝摆在对立面上，营造一种李释因为被夺嫡之后怀恨在心、挟天子以令诸侯的假象。

他冷冷道："那你们勾结突厥也是为了自保？笼络官员也是为了自保？劫取官银致使徐州上万百姓流离失所也是为了自保吗？"

李晟面不改色地点了点头，"是。"

苏岑狠狠咬牙，他从未见过如此厚颜无耻之人，刚要说话，却被李释出声打断了："你接着往下说吧。五个凶手，还有一个呢？"

苏岑回过神来看着殿上，对着李释那双深不见底的眼睛看了片刻，才轻声道："这最后一个凶手，是王爷你。"

大臣们双腿一软，眼前一黑，险些都要晕过去了。从柳相到先帝，再到崇德后人，现在还要扯上一手遮天的宁亲王，这苏岑当真是觉得一条命不够折腾吗！

李晟露出诡异的笑，饶有兴趣地打量着那个笔挺的身影。

小天子脸色已经惨白了，问："苏岑，你之前不是还说受降城之事是有人操控，那皇叔不该是受害者吗？怎么还成了凶手了？"

苏岑静静地抬头，看着那双深不见底的眸子，内心依旧平静，像是对这一切早已经了然于心了。

苏岑在朝堂之上一字一顿道："王爷对田平之的死确实不知情，只是他的一个决定酿成了这场悲剧。据柳相交代，田平之科考前曾有过一段时间不看书了，这个时间刚好就是先帝身边的内侍小六子第一次去找柳相杀田平之的时候。所以我推测田平之应该是认出先帝了，他那么聪明，从只言片语中就能猜出个大概，亲耳听见先帝说皇位比边关百姓的命重要，夺嫡比自己的亲生兄弟重要，他对这个朝堂死了心，所以才决定不赴考了。他不知道他这个举动其实救了他一命，一个弃考了的、日日喝得烂醉如泥的人对他们是没有威胁的，先帝本就不是嗜杀之人，这时候应该已经动摇了要杀田平之的想法，所以在这之后柳相没再见过那个内侍，也就没放在心上。"

苏岑稍一停顿，接着道："如果一直这么下去，田平之可能不会死，可是就在这时一条消息传入京中——王爷毅然抗旨留守受降城，与边关百姓共进退。别人听到这条消息可能只是称颂王爷爱民如子，田平之却是知道王爷这一留到底放弃了什么。他高兴，高兴这朝中还有清醒之人，高兴这一趟没白来，他总算找到了明主，所以他才重拾诗书，继续准备科考。

"我看过田平之当年科考没有答完的试题，与他平时的风格大相径庭，论述的是如何解决藩镇割据、边将拥兵自重的问题，而这恰恰就是王爷多年镇守边关急需解决的问题。这篇文章夹在别人探讨施政方针、歌颂吏治清明的文章之中，择主之意显而易见。

"可他终究没能等到王爷回来。"苏岑轻轻垂眸，"所以我说王爷是害死田平之的第五个凶手，正是因为王爷的高风亮节让他心向往之，我相信田平之不悔。"

苏岑的一席话总算说完了，他松了口气。

李释轻轻摩挲着扳指，当年他毅然退守受降城，护住了身后的百姓，却不知道远在长安城里有个人为他而死。他这个"凶手"当得不冤，如果田平之能活到现在，应该也是个安邦定国的旷世之才。

李释没发话，别人也不敢说什么，朝堂之上一时之间静了下来，气氛诡异得吓人。

忽然，大殿的大门被人从外面一把推开，众人齐齐回头看过去，只见一人身着华服凤冠，身后跟着一群侍卫，侍卫大批涌入之后又将殿门紧紧拴死，将这一群人围困于大殿之中。

李释轻轻皱了皱眉，只见楚太后步步上前，立于殿前，敞袖一挥，"大胆苏岑，竟敢在此妖言惑众、诋毁先帝，意图动摇国本，其罪当诛！"

大臣们一愣，再看一下周围的情况就明白了。

今日在这殿上发生这种事，没有人能活着出去。

先是一人跪下道："苏岑于朝堂之上编排皇家旧事，愚弄君上，用心险恶。此等小人应当斩首示众，请陛下降旨，以平众怒！"

其他大臣见一人带头，纷纷跪下叩首，齐声道："请陛下斩首苏岑，以平众怒！"

小天子有些为难地看看李释，只见他那双眼睛轻轻眯着，眼神冷得吓人。

楚太后对这副场景还算满意，但瞥到李晟还是难免愤恨，这人借着她与先帝之间的伉俪之情来接近她，却只顾行自己之便，根本不是要帮小天子稳固帝位。她心里默默把这笔账先记下，转而看着苏岑："苏岑，你可认罪？"

苏岑腰身笔挺地站在一群跪地俯首的大臣之间，犹如鹤立鸡群，坦荡而傲然。

他环视一圈，除了楚太后和李晟，也就只有郑旸和张君还站着，崔皓挣脱侍卫后也站了起来。李释静静看着他，小天子左右为难，欲言又止。

这些人中有他的至交好友，有凡事都替他兜着的上司，有他誓死效忠的君主，还有他最敬仰之人。

有这些人替他站着，倒也无憾了。

他其实早就猜到了今日的结果，这一席话太过危言耸听，事关朝堂的稳定和大周的国运，是把这一切公之于众，还是给他冠以一个欺世的罪名，谁都知道该怎么做。

杀一人而定江山，从大局来看，楚太后没错，这些大臣们也没错，只是他还是想要争一争，为了给柳理和田平之一个交代。

大殿之上响起琅琅之声："臣不知何罪之有？"

楚太后冷哼一声，"这么些人跪在这里请旨，还能冤枉你不成？"

苏岑回道："我身为大理寺官司，查清真相是我的职责，尽己之谓忠，推己之谓恕，我不觉得自己错在哪里。不过说起认罪，我倒是想问一问，田平之何罪之有？柳理何罪之有？凭什么他们就要沦为皇权的牺牲品？皇家的面子重要，平民的性命就不重要了吗？"

"大胆苏岑，竟然还敢在殿上大放厥词！"一个头发花白的老臣直起身子怒喝，再躬身拜下，"陛下若不处置此人，臣愿在此长跪不起！"

群臣再拜跟着重复道："臣等愿长跪不起！"

楚太后回头看着殿上的小天子，"陛下还在等什么？为什么还不下旨？"

小天子皱着一张小脸，小声道："可是朕也觉得苏岑没错。"

楚太后恨铁不成钢地咬了咬牙，果然儿子不能交给别人养，一时没察觉，就已经不听话了。

看着一脸为难的小天子，楚太后又循循善诱道："这不是谁对谁错的问题，而是苏岑不死，难平众怒，难安天下人之心，你要江山还是要苏岑？"

"我大周江山什么时候要靠杀人灭口来稳定了？"一个厚重的声音自御案旁传出，如绕梁之音，经久不散。

一直没表态的宁亲王突然出声，大殿之上静了下来，群臣们对视一眼，齐呼："请王爷以大局为重，杀苏岑，以安民心！"

李释背着手从大殿上下来，扫了一眼跪了满地的大臣们，冷笑了一声，"人多势众吗？你们不用在这里以死相逼，你们这几条命，也值不了几个钱。"

大殿里的青石板冰寒彻骨，有几个年老的身影摇晃了几下。李释却像是有意晾着他们，平静地垂眸看着，一言不发，看得人如芒在背，吓出一身冷汗。

楚太后忍无可忍，声色俱厉地诘问："你当真要为了他毁了大周的江山吗？"

李释轻轻摇头，"错不在他，是大周错了，一个朝代的错误不该让他来承担。"

话音一出，所有人都呆立当场。自古以来，当权者哪个不是追求丰功伟绩、名垂万古，有谁敢当众说一声"错了"！毕竟谁也不想受后人唾弃。就连雄才大略的太宗皇帝也是以铁血手段屠了半个朝堂来堵幽幽之口，帝王之路上本来就是枯骨遍地、血流成河，李释却坦荡地说出了"大周错了"。

就连苏岑也愣在原地，他冷静了一整天，在这一瞬间眼眶突然就酸了。

李释曾跟他说过这句话，可他没想到他竟然能当着小天子、楚太后和满朝臣子的面也这么说。

他以为李释当时只是在安抚他，却忘了李释跟他承诺的事就从来没有食言过。

苏岑忽然就释然了，他已经尽力了，他不愧对任何人，死而无憾。

只是最后，他还想再替李释做件事。

那双宁折不弯的膝盖总算屈膝跪下，"我认罪。因我擅离职守，失责失察，致使奸人闯入狱中，柳相含冤而死，此罪一也；窥探宫闱，擅自将皇家秘事公之于众，不敬有实，此罪二也；身为臣子，不恤君恩，一席披露致使君臣离心，社稷不稳，此罪三也。这三条大罪我都认，可我不是编排故事，田平之不是猝死，柳相也不是奸佞，我只求能还这两位清白，苏岑愿以死谢罪。"

天牢

刑部大牢。

郑旸从外面一进来就先打了个寒战，入冬之后外面就已经不暖和了，这大牢里面竟然还要冷上几分，阴寒之气像是从地底下冒出来，侵皮入骨，穿再厚的衣裳也无济于事。

他由狱卒带着，越往里走越心寒，外面那几间牢房尚有个火盆子取暖，而里面这些别说火盆子了，连火星都没有。

郑旸皱眉问道："里面为什么不生火炭？"

"火炭？"狱卒嗤笑一声，想到对方身份又敛了笑，回道，"世子不知，这里面关的都是死刑犯，早晚是要死的人了，又何必浪费那个火炭钱呢？"

郑旸面色明显一冷，"死刑犯就不是人了吗？再者说，这不是还没死吗？"

狱卒顿了顿步子，面上还是堆着笑，语气却有些冷了，"世子若是觉得咱们这里不好，回去就是了。"

郑旸一时语塞，梗了好一会儿才没好气道："带你的路吧。"

狱卒哼笑了一声，回过头去继续吊儿郎当地往里走。

郑旸看着前头趾高气扬的人就气不打一处来，想他英国公府的小世子什么时候受过这种委屈，竟然沦落到要看一个狱卒的脸色！他愤愤地咬了咬牙，可他如今有求于人，四处碰壁之后也只能出此下策。

大牢里幽深得吓人，就在郑旸觉得自己七拐八绕都快走到"冥界"的时候，狱卒忽然停了步子，朝前兀自一指，"世子，就是这间了。"

郑旸抬眼看去，喉咙却猛地一梗，半晌才想起来掏出一个银锭子送上，嘱咐一句不要声张，打发那个狱卒先走了。

最里间这间牢房最阴冷潮湿，墙壁上因为常年不见天日而青苔遍布，墙边放着一块几尺长的青石板，这便算是床了，那上面看着隐约有几处凸起，再挑着灯仔细看，才能看清其实是个人。许是因为青石板寒冷，那人将自己紧紧蜷缩成一团，裹着一床被子睡得昏天黑地。

郑旸盯着那个背影看了好久，一时都不敢确认这到底是不是他要找的人。鼻头不由得一酸，咬咬牙硬是憋了回去，他强行挤了个笑出来，轻轻敲了敲栏杆，"别睡了，看看谁来了。"

青石板上的人一动不动，好似已经与石板混为一体，毫无生气可言。

郑旸忽然一阵心慌，这人不会已经被冻死了吧？

他一时忘了是偷偷进来的，再顾不得什么小心行事，上前猛拍栏杆，震得牢门上的铁链子哗啦啦地响，墙上的土胚都掉下来好大一块。

"行了，别拍了。"石板上的人总算出了声，又过了片刻才稍稍动了动，金属碰撞的声音随之响起，那人伸展胳膊、腿，硬是将那副蜷曲的身子拉长了一大半，又过了好一会儿才一鼓作气地从石板上坐起来。那双眼睛即便在黑暗里依旧明亮，郑旸抬眼望过去的时候忽然又有几分哽咽了，当日朝堂上的场景历历在目，他为田平之、柳珵平冤昭雪，却没有人为他奔走相呼。

一双修长笔直的腿站了起来，带动腿上的镣铐哗啦作响，苏岑晃了晃才站稳，边上前边问："你怎么来了？"

郑旸强行咽了几口唾沫才稳住声线，笑着道："这不是过来看看你死了没有。"

苏岑声音里还带着几分刚睡醒的暗哑，偏头笑了笑，"让你失望了。"

"不是我失望了，是有些人要失望了，外面现在有的是人盼着你死。"郑旸又强行扯了扯嘴角，"你可得争口气，不能让他们如愿了。"

"你别笑了，真的。"苏岑走到近前，冲郑旸轻轻叹了口气，"比哭还难看。"

郑旸的脸瞬间垮了下来，苏岑不说他也快撑不住了，露馅是迟早的事。

"为什么会到这一步？怎么就走到了这一步呢……"郑旸重复了几遍这句话，"你平时那么聪明，怎么就不知道给自己留条后路呢？"

"这条路上本来就没有后路可退。"苏岑冲他笑了笑，"坐下说吧，我站着有点累了。"

两个人席地而坐，苏岑这牢房里甚至连能垫一垫的稻草都没有。郑旸只觉着有一股寒意沿着尾椎直上，却见苏岑大刺刺地坐下之后，又靠在了那片青苔遍布的墙上。

郑旸问道："你这些天都在干吗呢？"

在郑旸的印象里，即便条件再恶劣、前途再渺茫，这个人也总能逢凶化吉、绝处逢生。所以不要看他现在落魄了，只要他的脑子还在转，就总能想出主意来，说不定现在就已经想到该怎么为自己谋一条生路了。

只是没想到苏岑坦荡地说："睡觉啊。"

只见他靠着墙抻了抻筋骨，"我当真是好久没睡得这么安稳了，没有那些烦心事，没有鸡鸣狗叫，也没有曲伶儿和阿福拌嘴。这里不分白天和黑夜，我一觉能睡好久。"

郑旸一脸的"怒其不争"溢于言表，到底是不忍心再数落他了，看着他手上和脚上那些厚重的铁链子皱了皱眉，"这牢里的人有没有为难你？伙食呢？天天睡大觉我怎么看你好像还瘦了？"

"我来了之后也没见着几个人，谁会过来为难我？"苏岑快快地打了个哈欠，"伙食……还不错吧，就是有些忘了是什么味道了。"

郑旸皱眉，"什么叫忘了是什么味道了？"

苏岑偏了偏头，看着郑旸道："就是这里太靠里了，送饭的阿婆记性不好，隔三岔五就忘了里面还有个人。赶得巧了我醒着能叫她一声，就是我最近嗜睡，能凑巧吃上的时候不多。"

"他们这不是虐待囚犯吗！"郑旸一怒而起，"你上次吃饭是什么时候？"

苏岑眼里有几分迷茫，郑旸就知道这人定是又睡过去了。他咬了咬牙，

"我让人给你送饭过来。对，还有棉被，盖着那么块破布你也能睡得着？你还缺什么？"

他看了看这牢房，不禁龇了龇牙，这破地方肯定什么都缺，摆了摆手，"算了，还是我自己看着办吧。"

"算了吧。"苏岑抬了抬手，实在是懒得再站起来了，头往栏杆上一靠，"反正也没有几天了，不必折腾了。"

郑旸登时大怒，"什么叫没有几天了！"

苏岑静静看着他，显然早已经对自己的情形了然于心。

"行了，过来吧。"苏岑拍了拍冰冷的地面，"过来陪我说说话。"

郑旸拳头握紧又松开，重复了几次才又一屁股坐了回去，黑着一张脸，不肯再直视苏岑。

"你怎么样？"苏岑看着郑旸道，"当日你站在我这边，他们有没有为难你？"

郑旸冷哼了一声，"没人敢为难我，母妃说了，谁敢动我一根头发她就上去跟人拼命，自然没人敢去触她的霉头。"

"那就好。"苏岑轻轻一笑，"那张大人呢？他没事吧？"

"张大人的本事你还不了解吗？他跟泥鳅似的，谁能抓住他的把柄？"郑旸没好气道，"你能不能别操心别人了，操心操心自己吧！"

"嗯。"苏岑点点头，转而问道，"什么日子？"

郑旸一时气急了，狠狠咬了咬牙，"你就操心这个！"

苏岑不由得苦笑，"你总得让我知道日子，提前做做准备，我也怕的，万一到时候尿裤子了，那也太难看了。"

"你还知道害怕？你还知道害怕！"郑旸一口牙都快咬碎了，"知道害怕你能在大殿上说出那种话，你敢站出来把那几条大罪都揽下来，我看你不是害怕，你是嫌弃自己命长，不作没了不算完！"

郑旸把他数落完了才长舒了一口气，气消得差不多了才意识到苏岑一直没动静。偏头看过去，只见他仰靠在墙上，眼睛轻轻眯着，倒也不是完全无动于衷。

于是他很没出息地又心疼了。现在想起当日的情形来他都觉得心惊胆跳，苏岑下定决心要把这一切公之于众时内心得有多煎熬？

"冬月初七。"郑旸小声说了个日子，良久后道，"东市门外，斩首示众。"

苏岑竟然松了口气，"还好是斩首。"

要是什么凌迟之类的极刑，那他还不如跟柳琨一样一头撞死在狱里。

"你准备也别做得太足了啊。"郑旸急忙道，"小舅舅也还在努力，说不定事情到最后还会有转机呢。"

听到李释，苏岑心里猛地抽了抽，一时竟有些喘不上气来。过了好久那股子钻心的劲才过去，苏岑轻声问："王爷他……还好吗？"

郑旸抿了抿唇，"小舅舅日日宿在宫里，都已经半个月没回兴庆宫了。"

苏岑忧心李释的旧疾，如今天气转凉，刚好又是头疾发作的时候，李释在兴庆宫里尚睡不安稳，在宫里能睡着吗？

"最近朝政繁忙？"

"还不是那摊子破事闹的。"郑旸叹了口气，"你这边的事还没解决完，那帮大臣又要迎豫王后人还朝了。"

苏岑眉头一凝，"李晟狼子野心，对皇位虎视眈眈，绝对不能让他回来。"

"我知道，小舅舅也知道，但凡长了眼睛的都能看出来李晟是司马昭之心，可是他竟然在短时间之内煽动了那么一大帮人帮他说话。这些天一上朝他们就没别的事，在大殿上一跪，嚷着要李晟复位。打发完了第二天还会再冒出来一批，他们是流水的兵，小舅舅却只有一个人，双拳难敌四手，眼看着小舅舅都憔悴了不少。"

苏岑静静思索片刻，道："李晟有自己的控人之术，这么短的时间内要收服这么多人是不可能的，这些人里应该多半是被威胁或者胁迫了。你告诉王爷，跟这些大臣耗不是办法，还是要把矛头对准李晟。李晟依托于暗门，而暗门在陆家庄遭到大创，现在其实很弱，找到突破口，一举击破才能真正解决问题。"

郑旸点点头，过了会儿又叹了口气，"你要是能在外面帮他就好了。"

苏岑默默低头，这一切都是因他而起，他没有脸面再见李释了。

155

知道又提起他的伤心事了，郑旸换了话题道："我来的时候见到崔皓了，他已经辞官离京了，还带走了柳相的牌位，说要带柳相去他家乡看看。"

苏岑记得崔皓说过的那个"襟三江而带五湖"的地方，轻轻笑了笑，柳相应该会喜欢。

"他还让我转告你，你不欠他的了。"

苏岑松了口气，回过头来轻轻笑了笑，看着那面满是青苔的墙，却好似看见了青天白日。

"其实这些天我也不是一直在睡，醒着的时候就想想以前的事。"苏岑轻声道，"其实我对这牢房一点也不陌生，这里高森待过，萧远辰待过，柳相和崔皓都待过。他们有的出去了，也有的留在了这里，但我觉得我已经尽力了，下去以后见到他们应该也能挺直腰杆了。等我死了，劳烦你把我的尸身找全，就地一把火烧了吧。骨灰就扬在长安城里，毕竟……这里是我最念念不忘的地方。"

许是那日郑旸过来交代过了，送饭的阿婆倒是没再忘记过苏岑的饭，一天过来两趟，即便上一顿没吃也给换上新的。

隔了几天又送来了新的棉被和火盆，甚至还有几本市面上新出的传奇话本以供他打发时间。

苏岑知足得很，平日里极少有时间能这么待着，什么都不用操心，到时间就有饭吃，多少人为了一顿温饱奔波，他倒是得来全不费工夫。

就是不能多想外面的事和人，稍稍一动心思，心里就像针扎似的难受。

每日阿婆送饭过来苏岑就在墙上画一道，直到某天一面墙忽然就画到了头。

苏岑抬头问道："今天是什么日子？"

阿婆稍稍一愣，抬眼看了看里面的人，往日她过来这个人不是在看书就是在睡觉，今日倒是难得开了口。她见过太多死刑犯，日日以泪洗面者有之，逮着个人就说自己有冤者也有之，但这个人自打一进来就不哭不闹，以至于一开始那段日子她时常忘记他的存在。

阿婆随口报了个日子，目光却没从苏岑身上移开。

即便蓬头垢面，但还是能从眉目间看出几分清朗隽秀，那双眼睛尤其漂亮，被蓬乱的头发遮住了却仍然不掩其光芒，身形虽然消瘦，但那副腰身却挺拔如松柏，越看越觉得与这里格格不入。

只见苏岑端起饭碗之后小声说：“怎么过得这么快？”

阿婆随口问道：“什么这么快？”

苏岑抬起头来冲她轻轻一笑，指了指墙上那一道道横杠，“明天，是我行刑的日子。”

阿婆被那个笑容打动了，到底是怎样一个人，能笑着说出“明天是我行刑的日子”？看着也不像多罪大恶极的样子，怎么年纪轻轻的就进了死牢？

阿婆说：“小伙子你犯什么事了？”

苏岑咬着筷子认真想了想，“可能是因为……我说了实话。”

“说了实话就得死？”

“因为这个实话没人敢说，说了也没人敢信，他们不敢信就说我的话是假的，好像我死了，白的就可以变成黑的了，过去的事情就可以当作没发生过，一切就皆大欢喜、天下太平了。”

阿婆疑惑道：“既然没人信，那你为什么还要说？”

“因为……”那青年人轻轻垂下眼眸，“事实就是事实，有些人不该不明不白地死去，有些人不该苟且偷生地活着。”

阿婆听得云里雾里，轻轻叹了口气，站起身道：“到底是断头饭，明日我给你做些好吃的，你想吃什么？”

苏岑想了想，道：“那劳烦您给我煮一碗阳春面吧。”

阿婆一愣，死刑犯她见得多了，别人都是要各种山珍海味，要面条的她还是头一次碰见，不禁提醒：“面条细软，泡在汤里带过来可就烂了。”

苏岑笃定地点点头，“没关系，我就要一碗阳春面。”

只是这碗阳春面他没吃上，离行刑还有几个时辰，牢里突然来了两个衙差，先是将他手上和脚上的镣铐都打开，随后牢门一敞，“走吧。”

苏岑站在原地愣了好一会儿，直到两个衙差等得都不耐烦了，冲他吼道：

157

"到底走不走啊？在这里还住上瘾了？"

苏岑只觉得喉咙干涩，好半晌才挤出两个字来："去哪里？"

"你爱去哪去哪，谁管你。"

两个衙差懒得再等他，任由牢门大敞着先走了，边走边道："真稀奇，进来这里的竟然还有活着出去的，真是大姑娘上轿——头一遭。"

苏岑活动活动手脚，负重习惯了，现在竟有几分不适应，好半晌才从牢里挪出来，再回头看脱落在地的镣铐、那块坚硬寒冷的青石板和满墙的青苔，还有几分不真实感。

苏岑每一步都像走在云层里，深一脚浅一脚，好不容易走到大牢门口，还没适应突如其来的阳光，突然被什么迎面一撞，险些一头栽倒下去。

"苏哥哥，苏哥哥你可算出来了……"一个熟悉的声音在他耳边响起，苏岑稳了稳才把身形立住，抱着怀里柔软的身段，各种感觉才恢复过来。

"伶儿……"苏岑在他背上轻轻拍了拍，几次试图睁眼，却还是被刺目的阳光逼了回去。他在黑暗里待久了，那双眼睛好像已经退化了，适应不了外面的阳光。

"你先别睁眼了。"是郑旸的声音，"得慢慢来，别伤了自己。"

苏岑点点头，把曲伶儿从怀里拉出来，问道："还有谁？"

"二少爷，还有我。"阿福急忙道。

再就没有其他声音了。

说不失落是假的，但苏岑也就任由自己失落片刻，转而摸索着上前几步，"郑旸？"

郑旸急忙伸手接住，"我在。"

"这到底是怎么一回事？"

苏岑看不见他脸上的神情，却听出了一声细微的叹息，郑旸在他手背上轻轻拍了拍，"不管怎么说，你没事就好。"

回到苏宅又过了半日，苏岑的眼睛才算能在房间里勉强睁开，看着阿福忙前忙后地给他烧水洗澡，又张罗饭菜，准备了满满一桌子他最爱的菜。

从鬼门关一下子回到人间，苏岑一遍遍确认之后才确定自己是在现实世界里。

曲伶儿则像一只难得安静下来的小鹌鹑，守在他身边不言语，目光却一直没从他脸上移开。

"怎么？"苏岑不自觉地摸摸自己的脸，问道，"还没洗干净？"

"不是。"曲伶儿急忙摇头，嘴巴一撇，两行热泪流下，往苏岑怀里一扑，"苏哥哥，我还以为我再也见不到你了……"

"傻伶儿。"苏岑笑着在他背上拍了拍，心里不禁黯然，他笑曲伶儿傻，他又何尝不是呢？

午时三刻已过，他的头还在脖子上，确实是够稀奇的了。

空气中还是有一股若有若无的酸臭味，苏岑觉得自己已经洗得够彻底了，衣服也都是阿福给他拿熏香熏过了的，最后苏岑探身去闻了闻曲伶儿，一股酸臭味扑面而来。

苏岑把曲伶儿推出去一些，"伶儿……你好像也臭了。"

难怪当初两个人抱着谁都不嫌弃谁，敢情已经是"臭味相投"了。

"有吗？"曲伶儿拎起自己的袖口闻了闻，抬起头来一脸无辜地看着苏岑，"我本来就是这个味道啊。"

苏岑低头一看，只见穿在曲伶儿脚上的两只鞋，一只黑的，一只红的，那只红的也快要变成黑的了。

他隐约记得他还没入狱之前曲伶儿就穿错了，这身衣服……貌似也是当日的衣服……

"你……"苏岑不动声色地离远了一点，"多久没换过衣服了？"

曲伶儿皱着眉头认真想了想，"阿福不是每天都给我洗吗？"

端着鱼翅、鸡汤上桌的阿福说："自打二少爷出事，我就没再洗过衣服了。"

苏岑又躲远了一些。

曲伶儿毫无芥蒂地又扑了上来，拽着苏岑的两只胳膊摇了摇，"苏哥哥，你还欠我顺福楼的肘子，还有二两桂花酿呢。"

他当初好像是说过要给曲伶儿买肘子的，只是时过境迁，难得曲伶儿还记得。

"桂花酿没有了。"苏岑冲他笑笑，"等初雪下来，补你一坛黄卢烧。"

过了晌午，郑旸又过来了，刚进院门就看见苏岑和曲伶儿一人一张躺椅，一样的姿态，一样的神情，仰躺在院子正中闭目养神。

冬日的暖阳柔和地打在苏岑脸上，削弱了些许平日里的凌厉，还有几分玉瓷般的光泽，郑旸一时看出了神，脑海中凭空跳出了两个词——芝兰玉树、龙姿凤章。

苏岑听见脚步声才稍稍睁眼，看清来人后当即从躺椅上坐了起来，道："你总算来了。"

郑旸这才回神，笑了笑道："吵到你们了？"

苏岑摇头，站起来引着郑旸往里走，"进屋说。"

曲伶儿也要跟着起来，苏岑抬手一指，"接着晒，什么时候把身上那股腌臜味散没了再进来。"

曲伶儿撇撇嘴，只得不情愿地躺回去，心想自己怎么就腌臜了？也没见祁哥哥嫌弃啊！

两个人进了屋，苏岑把门一关，又把曲伶儿往椅子上一按，盯着郑旸问："之前在大牢门口人多口杂你不想说，现在总该告诉我到底是怎么一回事了吧？原定的处刑为什么突然停了？现在这算怎么一回事？朝中是不是出事了？"

郑旸无奈笑了笑，"你一口气问这么多，让我先回答哪一个？"

"朝中那帮大臣一个个胆小如鼠，好不容易找到个愿意站出来的冤大头，他们恨不得一人上来咬我一口自证清白，怎么可能答应放我？"

"你还知道你是冤大头啊？"郑旸轻哼了一声，"别人的事非要往自己身上揽，非得站到所有人的对立面上去，人都死了好几十年了也没人管，也就你这种傻子上赶着往上凑。"

过了会儿他又幽幽叹了口气，"大周要是多些你这样的傻子就好了。"

苏岑轻轻抿了抿唇，又接着问："柳相和田平之最后是怎么判的？"

郑旸翻了个白眼，心想这人当真没救了，刚从牢里出来操心的还是这摊子烂事，没好气道："田平之那案子，经查实系主考官章何嫉贤妒能、利用公职之便草菅人命，章何革职发配充州，其余人等降职的降职，罚俸的罚俸，与当年那届科考有关的一个都没跑。柳相冤死狱中，得复官赐祭，进柱国，谥文恭，赐祠在他的家乡幽州，岁时致祭。"

本以为苏岑应该得偿所愿了，再看过去时却见他眉头还是轻轻蹙着，郑旸不禁坐直了身子，"你不是还想追究皇家的责任吧？能做到这样已经很不容易了，你说的那些根本不可能公之于众，届时不要说为柳相平反，天下都要大乱了。"

"我没说我不满意。"苏岑轻轻摇了摇头，"我只是想不明白，他们既同意了为柳相和田平之平反，却又放了我，我并不觉得他们能有这么大度，除非是王爷他……"

话音刚落，曲伶儿突然破门而入，苏岑微微蹙眉，回头道："不是不让你进来吗？"

曲伶儿有几分为难地指了指门外，"苏哥哥，来人了。"

来人是个生面孔，看穿着打扮是个宫里的太监，手里拿着一尺黄绢，见苏岑出来扯着嗓子喊了一声"苏岑接旨"，便拿两个鼻孔对着天，一副不可一世的模样。

苏岑和郑旸对看了一眼，这才双双跪下。宣旨的太监趾高气扬地抖开圣旨，捏着嗓子读道："罪臣苏岑无视礼法，在大殿之上大放厥词，诋毁先帝，动摇人心，引起群臣激愤，罪不可宥。但朕感念先帝仁慈，秉承先人之志，念在其迎回崇德后人有功，功过相抵，削职为民，永不录用。钦此。"

圣旨还没读完苏岑便已经跪不住了，什么叫无视礼法？什么叫大放厥词？什么叫迎回崇德后人有功？每一句话都戳在他的痛点上，这旨意不是李释下的，也不像是小天子下的，倒像是故意奚落他来了。他几次想站起来却又被郑旸硬拉回去，最后他那身衣裳都险些被撕碎了。

太监宣完了旨垂眸一瞥，意味深长地一笑，"苏岑，领旨谢恩吧。"

苏岑双唇紧闭，一言不发。

"你就别再让小舅舅为难了！"郑旸埋首，几乎是一个字一个字地说出来的，下颌骨僵硬，牙关紧咬，紧紧拉着苏岑的那只手指节苍白。

苏岑一身戾气忽然就散尽了，一双手在地上狠狠一抓，却又什么都没抓住，最后只能徒然松开，掌心向上摊开，"草民领旨，谢恩。"

直到那太监大摇大摆走了，苏岑还是跪在原地不肯起来，郑旸去接苏岑手里的黄绢，拿了几次却发现苏岑紧紧抓着怎么也不肯松手。

他不过才二十岁出头，状元之才，却被告知"永不录用"，这只怕比当场判他死刑还要难受。郑旸心里也不是滋味，伸手拉了苏岑一把，却被他一把甩开。

"崇德后人回朝是什么意思？"苏岑抬头怔怔地看着郑旸，"我就是这么出来的？拿我换李晟回朝？他会害了大周江山、害了王爷的，你们不知道吗？"

"你太小看自己了。"郑旸突然笑了，只是那副眼眶红得吓人，看着比哭还难看，"你觉得你只值一个李晟回朝吗？"

郑旸抬头狠狠抿了下唇，硬是将满眶的热泪逼了回去，良久才道："为了救你……小舅舅交了一半的摄政权出去。"

皇宫内苑，清宁宫。

大白天里两扇房门紧闭，太监和宫女被掌事太监支得远远的，却还是能听见里面摔桌子砸碗吵得不亦乐乎。

李晟偏了偏头，躲过一只横飞过来的翠玉琉璃盏，锋利的棱角擦着他的脸而过，却又没伤他分毫。李晟游刃有余地看着眼前恼羞成怒的人，看着那张妆容精致的脸一点一点崩溃，应付各种空中飞物之余还有闲情品评一番，再矜贵的人骂起街来跟乡野市井里的妇人也没什么两样。

"你说只要把柳珵推出去，这件事就查不到先帝身上，结果你却亲自把柳珵杀了，逼着苏岑来查当年的事！"见始终砸不到李晟，楚太后用长长的指尖直戳到他脑门上，"这就是你说的先帝对你委以重任，说的会帮濯儿固守江山？你骗我，你竟然敢骗哀家！"

李晟抬手推开那只想戳进他眼珠子的手，轻轻一笑道："你让我帮你对付李释，我做到了啊，李释已经交出了一半的摄政权，已经威胁不到你儿子的江山了，你还有什么不满意的？"

"可你没说你是崇德后人，你没说这一半摄政权最后是落到了你手里！"楚太后气不打一处来，抬手抚胸顺了顺气才将将稳住，险些就要气晕过去，最后咬牙切齿道，"你别以为哀家不知道你打的什么心思，那龙椅是我濯儿的，你老子一步之遥都没坐上去，你更是想都别想！"

李晟目光陡然一凛，楚太后顷刻间只觉得遍体生寒，悻悻住了嘴，抬头看过去，竟不自觉地后退了两步，有些不受控制地发起抖来。

李晟那双眼睛尖锐且嗜血，像兽，更像蛇，冰冷地沿着人的四肢百骸攀爬上来，吐着信子随时准备着一击毙命。

163

楚太后突然想起李释。

不得不说，这两个人很像，尤其是这双眼睛，比起先帝，这两个人更像是亲兄弟。她之前就一直害怕李释那双眼睛，深且静，一眼看不到底，所以她才将李释视作敌人——既然看不懂，那就疑罪从有。

直到今天她才知道那双眼睛真正表现出敌意是什么样子的，原来一直以来都是她在做着跳梁小丑，李释根本就不屑跟她斗。

但李晟不是李释，他这双眼睛里是狠绝，是赤裸裸的欲望。

万一李晟不止于此……不，应该说李晟绝对不会止于此，他苦心孤诣这么久，设了这么大一个局，怎么可能止步于和李释一起临朝摄政？

"来人，来人！"楚太后振袖一呼。

片刻后，掌事太监才稍稍探了个头进来，"太后有何吩咐？"

"这人是乱臣贼子！狼子野心！"楚太后指着李晟道，"叫禁军过来，把人给我拿下，就地正法！"

寝宫里静了下来，掌事太监没走，李晟也没动，气氛一时间诡异万分。

片刻后李晟轻轻笑了，"昨夜风大，你家主子得了风寒，早点伺候她歇下吧。"

掌事太监垂眸敛目，进来将门反手一锁，轻声回道："是。"

离
京

　　苏岑走的那天，长安城下了入冬以来的第一场雪。

　　"吱"的一声，长乐坊的一扇小门开了一条小缝，除了惊落了一点枝头的积雪，再没有其他动静。

　　一个身影从门里出来，伴着天边残月，留下一串孤零零的脚印，慢慢消失在茫茫大雪里。

　　两年前他一身少年意气而来，如今消磨完了，损耗尽了，也该走了。

　　他房间里留了一坛黄卢烧，等阿福和曲伶儿醒了就能发现，算是应了当日对曲伶儿的承诺。酒坛子底下还压了两张纸，一张是他在长安城里的宅子的房契，留给曲伶儿。还有一张是阿福的卖身契，自此他便不再是下人了。

　　长安城的城门应时而开，苏岑最后回头看了一眼，茫茫大雪纷飞而下，盖住了朱雀大街，盖住了两市里坊，也盖住了花萼相辉楼的楼顶。

　　他的长安城最后定格在这场大雪里，结了冰，大门轰然关上，再也开不了了。

　　曲伶儿是被扫帚拂地的沙沙声吵醒的，开了房门才见一场大雪骤降，阿福正清扫出一条小路来。

　　曲伶儿立马来了精神，裹了棉衣冲出房门，抓起一把雪做了个雪球，往前一砸，正中阿福脑门。

"你干吗！"阿福恼羞成怒地抬起头来，果然额头上红了一大块。

曲伶儿靠着树笑得前仰后合，树枝上的雪簌簌落下，把阿福刚打扫干净的院子又弄乱了。

阿福拂落身上的雪，压低声音埋怨道："别吵醒了二少爷！"

"苏哥哥还没起？"曲伶儿坏心思又起，低头抓了一把雪又扭头朝着苏岑卧房而去。

"你别……"阿福想拦已经拦不住了，眼看着曲伶儿推门进了自家少爷的房间，心里默默倒数，静等着曲伶儿被骂个狗血淋头。

等了好久还没听见动静，阿福不禁放下扫帚进去，只见曲伶儿正站在窗前，对着桌上的东西皱眉头。

"二少爷呢？"阿福环顾一圈没看见苏岑。

"这是什么啊？"曲伶儿把两张纸递给阿福，他被逼着抄了一年《三字经》，大字还是不认识几个，关键时候还得跟阿福商量着来。

阿福也认不全，却能认出自己的卖身契，纳闷道："二少爷怎么把我的卖身契拿出来了？"

直到曲伶儿手里的雪渐渐化了，雪水顺着指缝滴落下来，两个人才大梦初醒般突然意识到了什么。

阿福脸色煞白，"完了，二少爷把我送给你了……"

曲伶儿把两张纸一扔，夺门而出，"我去把苏哥哥找回来！"

兴庆宫里，早朝刚下，中书、门下省的奏章也刚刚送过来，下人们送膳的送膳，送奏章的送奏章，正是一天当中最繁忙的时候。

李释刚回来便直奔书房，自打李晟回朝，政务非但没少，各种鸡零狗碎的事情都冒出来了，朝中一片混乱，周围也动荡不安。李晟目标明确，他只想揽权，民间疾苦从不过问。到最后李释不仅要统筹全朝的琐事，还要收拾李晟留下的那些烂摊子，忙了半个多月才从宫中搬回来住，却还是一刻也不得闲。

李释靠着椅背按压眉心，下人们把一摞摞奏章搬进来时大气都不敢出，空气中的檀香味越来越浓郁，甚至都变成了一股淡淡的苦味。

过了一会儿周围没动静了，李释才慢慢睁眼，扫了一眼面前的桌案，问道："没了？"

下人小声回话："暂时就是这些。"

李释抻了抻筋骨，抬手取来朱笔，刚一下笔就皱了眉。

天气渐寒，墨凝固得快，容易胶笔。这一笔下去墨色不均，纸上黑了一大块。

李释看着分了叉的笔尖，目光渐沉，脑海中第一时间涌现的却是那个一边给他研墨，一边言笑晏晏地与他谈笑的身影。

一旁研墨的下人登时吓得魂都掉了，急忙跪下认罪，他不过盯着王爷那张脸稍稍走了个神，这墨怎么就干了？

李释不发话，他就跪着不敢起来，直到有人在那副发抖的肩膀上轻轻拍了拍，道："你先下去吧。"

是祁林。

下人如蒙大赦般躬身退下，祁林接过之前的墨锭默默研着，之前那些凝固了的墨又重新流动开来。

李释在砚台上重新蘸了蘸才下得去笔，出声问道："出什么事了？"

祁林轻轻抿了抿唇，才道："苏公子走了。"

李释笔尖稍顿，片刻之后才继续写下去，"由他去吧，这长安城里没什么值得他留恋的了。"

祁林一愣，躬身退下。

没一会儿，庭院里就传来曲伶儿的哭喊："王爷也不要苏哥哥了吗？你们都不要苏哥哥了，我自己去找！"

曲伶儿飞奔而去，祁林叹了口气，只能跟上。两个人快马加鞭，一日便从长安赶到了洛阳，守在码头把往来的船只看了个遍，却是一无所获。

苏岑走的是陆路。

他打算出了城门一路南下，特地绕开了洛阳而取道南阳。原本他以为走得够偏僻了，不想还是有人在城门外等着他了。

来人是宋凡。

苏岑轻轻皱了皱眉，"你来干什么？"

"我来送送苏大人啊。"宋凡那双桃花眼轻轻一弯，"哦，现在不该叫苏大人了，那我叫你什么好呢？苏公子？苏兄？还是子煦？"

暗门的眼线遍布各处，李晟还朝之后更是猖獗，他的一举一动自然逃不过宋凡的眼睛。

苏岑算是死过一次的人了，如今孑然一身更是不怵他，他径自绕开宋凡往前，就当这是块挡路的臭石头，懒得搭理。

没想到宋凡竟然紧跟上去，边走边道："你看看你那些朋友，什么郑旸，什么李释，你要走了一个送你的都没有，我好心来送你，你怎么还不理我？"

这语气倒有几分委屈的意思，若是苏岑不清楚宋凡的为人，还真有可能动一动恻隐之心。

苏岑头也没回，"送也送到了，世子请回吧。"

李晟回朝之后，宋凡也跟着搬进了豫王府，他便不再是定安侯府的小侯爷，成了豫王府的世子。他的地位升了许多，甚至比郑旸那个便宜世子还要尊贵一些，也难怪宋凡要过来当着他的面炫耀一番。

"你还没出京畿，不算送到了。"宋凡眼波流转，突然嘻嘻一笑，"怎么也得出了京畿，不，得出了关内道……我还是送你到扬州吧。"

苏岑停下步子，回头皱眉看着宋凡道："你到底想干什么？"

宋凡歪头看着苏岑，笑得一脸真诚，"我送你啊。"

苏岑冷眼以对，显然不信宋凡的话。

"我说我挺欣赏你的，你是不是又没放在心上？"宋凡抬手在苏岑心口上点了点，脸上的笑容逐渐变得诡异，"我喜欢你陪我玩，以前那些人，要么没资格跟我玩，要么被我玩死了，好没意思。"

苏岑想起宋凡跟他玩的那些游戏，心里一阵恶寒，后退一步，避开宋凡抵在他胸前的手指，扭头向前边走边道："你想要的你都得到了，如今李晟回朝，你也当上了世子，而我被罢官，颓然离京，你还不满意吗？"

宋凡站在原地没动，嘴角弯了弯，"谁告诉你我想当的是世子了？你说你，好好的马车你不坐，非得走路，自己给自己找罪受？"宋凡一边埋怨，一边抖了抖衣袍下沾染的泥污。他当真一路从长安跟了过来，雪天路滑，这一路走得艰难异常，雪冻着难走，化了更难走，宋凡跟了一路，也抱怨了一路，却没得到苏岑一句回应。

宋凡自言自语烦了，猛地停步，"你平日里不是挺牙尖嘴利的吗？怎么，哑巴了？"

苏岑绕开宋凡默默赶路，这人他打不过，又甩不掉，只能假装听不到、看不到，当这人不存在。

雪水浸湿了鞋袜，寒气从脚底往上升，确实冷得厉害。苏岑走的是小路，天色擦黑进了山阳县的地界才找到一家路边的驿站，进去点了一间客房，又让店家小二送热水上去，便自顾自往楼上去。

宋凡无奈笑笑，嘟囔了一声"真小气"，只能自掏腰包，要了一间顶好的上房。

乡野小店条件自然好不到哪里去，一楼通往二楼的楼梯狭窄陡峭，苏岑上到一半时正赶上另一个人从楼上下来，那人身形高大，苏岑贴近扶手边却还是被撞了下。

这一下撞得倒也不重，苏岑没怎么上心，继续往上走。刚走了两步，只听身下传来一声粗沉的怒吼："让开！"

他回头只见那高大的身影停在半路，再往下是宋凡那根本看不到的小身影，他站在楼梯中间，完完全全挡住了下去的路。

那人的身形比宋凡足足粗壮了一圈，又加上宋凡本来就在下面一阶，头顶刚刚到那大汉的前胸，更显得差距悬殊。

却见宋凡双手抱于胸前，完全不怵，笑道："拿了东西就想走？"

苏岑摸一摸身上，钱袋子不见了。

"他奶奶的，你找死！"那大汉脸色一变，仗着居高临下正打算把宋凡一掌推下去，不承想宋凡早有准备，竟从狭窄的楼梯上凌空一翻，借着大汉的头顶一撑，稳稳落到大汉身后。

那大汉推了个空，手上力气已经收不回来了，直接从楼梯上摔了下去。

巨大的声响惊扰了一楼的食客，大家都看过来。大汉被摔了个七荤八素，撑着地爬了几次都没爬起来，再一抬头，只见一双沾染了泥污的布靴停在眼前，往上看去，对上了一双弯弯笑着的桃花眼。

"哪只手拿的？"宋凡拿剑鞘挑了挑那大汉的一双手，"左手？还是右手？"

明明是一张明艳的脸，说出来的话却让人狠狠打了个寒战。

"把钱袋子还给我，你走吧。"苏岑也跟着从楼上下来，无视宋凡，冲那个大汉一伸手。

那大汉斟酌了一下跟宋凡硬拼的胜算，悻悻地伸手从前襟掏出钱袋子扔给苏岑，从地上爬起来跑了。

只听"唰"的一声，所有人还没反应过来到底发生了什么，剑已回鞘，一条胳膊从天而降，鲜血喷出。

大汉应声倒下，哀号声乍起。

宋凡挑了挑唇，"看来是右手了。"

两个时辰后，路边破庙。

苏岑费了好一番工夫才将那堆潮湿的柴堆点起来，微弱的火苗跳动着，映亮了那张略显苍白的脸。

热水没有了，饭菜没有了，连张能安身的床榻也没有了，苏岑默默从行囊里掏出冻硬了的干粮，又去外面舀了一瓢干净的雪。

宋凡见有吃的也不客气，自己上前掏出另外半块咬了一口，接着就皱了眉，又干又硬，一口下去险些硌了牙，不由得抱怨："这什么东西？怎么吃？"

"本来有大鱼大肉，你自己作没了。"苏岑坐在火堆边上等着雪水化开。

之前他在客栈里吓走了一半的客人，店家说什么也不让他们住了，他们这才不得不连夜赶路，好不容易才找到这处能暂避风雪的落脚地。

"你让我把那店家杀了，现在就有热食暖榻了。"宋凡凑上前来嘻嘻一笑，

"怎么样，要不要回去？"

"疯子。"苏岑懒得再搭理他，把干馍撕成小块扔到水里泡着，又放在火上小心煨着。

宋凡这才知道这干馍不是直接吃的，也不抱着啃了，静等着苏岑做好了再吃。他自顾自地找了堆干草一躺，翘着腿道："那个贼偷你的钱袋子你不恼，那个店家赶你走你也不恼，我帮你拿回钱袋子你却冲我发脾气，这是什么道理？"

一个贼确实不值得怜惜，苏岑轻轻摇了摇头，"我生气的不是这个。"

"哦？"宋凡来了兴趣。

"我只是搞不懂，那个店家凭什么认为我和你是一路的，居然把我也赶出来了。"

宋凡一愣之后哈哈大笑，笑得前仰后合，稻草都乱了，"不愧是苏苏，拐弯抹角骂人的本事当真厉害。"

知道别人骂你，还死赖着不走，这脸皮也是相当厚了。

苏岑见温度上来了，便慢慢吃起了泡软了的干馍。宋凡见状急忙凑过来，围着转了好几圈也没见苏岑有要分给他的意思。

等不到那便抢，他一把拉过苏岑端着碗的那只腕子，硬生生向着自己拉了过来。

这还不算，宋凡竟拉着那只腕往他嘴里喂。

苏岑吃痛地皱眉，却又抽不出手，眼看着就要送到宋凡嘴里，索性手上一松，汤汤水水倾覆而下，浇了宋凡一身。

宋凡眼神一眯，低头看了看自己身上，又抬头看了看苏岑，那双眼睛突然凶光一闪，用力捏着苏岑的腕骨，竟生生把苏岑捏脱臼了。

破旧的寺庙里传出几声沉重的喘息，苏岑抱着错位的腕子蜷缩起身，大冬天里硬是出了一身冷汗。

宋凡以折磨人取乐，居高临下地看着苏岑，眼里多了几分嗜血的神色，"敬酒不吃吃罚酒，非得这样才肯乖乖听话，还是说你就是喜欢这样？"

苏岑目光恶狠狠地瞪上去，像一只就算破釜沉舟也要咬人一口的小兽。

宋凡俯下身去拉起那只已经红肿起来的腕子，看着苏岑疼到扭曲的那双眼睛却始终不肯示弱，面上流露出几分不解的神色，"你为什么宁肯自己饿着也不肯喂我一口饭吃？李释值得你对他这么忠心吗？"

苏岑冷冷道："你其实是忌妒吧？"

宋凡一愣之后挑唇一笑，"凭什么他李释身边有一群像你这样的人围着他，什么都替他打算好了，他只要乖乖坐着就能坐拥天下？我却是生下来就得会跑，跑慢了就会被人踩在脚下，碾进烂泥里，再也爬不起来？李濯，李濯，漱冰濯雪，冰雪聪明，可你知道我叫什么吗？"

苏岑这才想起来，他其实一直不知道宋凡的真名到底是什么。

"小时候我叫'喂'，再之后他们叫我'少主'，后来我总算有名字了，姓宋名凡，姓宋名凡……"宋凡长笑一声，目光陡然一狠，"他能光明磊落地活着，我们却得在烂泥堆里打滚，我只是拿回本来就该属于我的东西，有什么不对？"

苏岑抽了口气，缓了缓手上的痛，"自古皇位更替，哪次不是血流成河？夺崇德太子之位的是太宗皇帝，不是小天子。小天子也是皇权的受害者，父亲早逝，临危受命，但好在心性纯良，知道孰是孰非。他现在有一个好的表率，也努力在学，以后会做一个好皇帝的。"苏岑盯着宋凡，一字一顿道，"但你不行。"

宋凡手上一点一点收紧，"你当真觉得我不敢杀你？"

苏岑咬紧牙关，始终不肯低头。

片刻后，只听一声细微的响动，关节复位，宋凡突然笑了，"我不杀你，我要让你眼睁睁看着那些人都是什么下场，这天下到底跟谁姓。"

苏岑抽了几口凉气，低头揉着腕子，心想这宋凡果然不太聪明，李濯、李释、李晟，还有这一个不知道自己叫什么的李无名，一大家子都姓李，难不成斗到最后还能姓宋不成？

这一走就走了大半个月，进了腊月，苏岑才到扬州，宋凡说要送他回扬州，当真不是开玩笑，竟然真的一路跟了过来，苏岑不胜其烦，甩了几次没甩掉，最后只能听之任之，懒得搭理了。

看着扬州的界碑，苏岑总算松了一口气，遥遥一指，"前面就是扬州地界了，你放心了？"

"这都被你发现了？"宋凡轻轻一笑，"我确实是来监视你的，原本只需要在暗处跟着就是了，等到了没人的地方，就地解决也方便一些。"

宋凡逼近一步，挑唇笑着，"可是你实在有趣，我跟着跟着就一路跟到扬州来了。"

宋凡手里的利刃出鞘几分，苏岑不由得后退了几步，他现在确实没有什么利用价值了，暗门要杀他，不过是一念之间的事。

宋凡满意地一笑，又把剑收回鞘里，"不过我说过了，我不杀你。你安安生生在扬州待着，等着我给你看场大戏。"他抬头向前远远看了一眼，"咱们的老朋友来了，我先走了。"

话音刚落，宋凡足尖点地腾空而起，眨眼之间便杳无踪迹。

片刻后苏岑才回过神来，耳边总算清静了，他双腿发软，后背发凉，半晌才听见由远及近的马蹄声。

来的是一辆四轮马车，来到近前才将将停下，厚重的棉帘一掀，从车上下来个人，冲着苏岑轻轻一笑，"你总算是回来了。"

"封一鸣？"苏岑稍稍一愣，"你怎么在这里？"

封一鸣冲他一笑，"来接你，你信吗？"

苏岑不禁汗颜，他这一路，来有人送，到有人接，只是送的人不是诚心送他，这接的人……

苏岑看了看封一鸣身后的马车，马匹健硕，车轮厚重，明显是要出远门的，直言道："你这是要去哪里？"

封一鸣无奈一笑，"果然什么都瞒不住你。我调任工部侍郎，原本想等你来再走的，结果左等右等始终等不到你，朝廷那边催得急，只好先启程了。"

苏岑微微愣了一下，工部侍郎是四品京官，如今朝中两党斗争，正是用人之际，李释调封一鸣回去也在情理之中。他总算能回到他梦寐以求的地方了，苏岑点了点头，"恭贺你。"

封一鸣却是轻轻摇了摇头，"如今朝局混乱，前途未卜，这一去还不知是福是祸。"

苏岑用力咬了一下唇，良久才道："好好照顾他。"

封一鸣点头，"我会的。"

离别在即，气氛萧索，两个人面面相觑，都不知道该说什么了。封一鸣抻了抻筋骨准备上路，笑道："如今一别，以后只怕没机会再见了，你自珍重。"

苏岑也笑道："怎么？以后都不回扬州了？"

"不回了，京城多好，香车宝马，美女如云，还回来干什么？"

苏岑调笑道："你什么时候对美女感兴趣了？"

"人活在世，得意须尽欢。"封一鸣转身上车，冲苏岑挥了挥手，"走了。"

马车渐渐驶离，两人在扬州界碑前错身，一个人出来，一个人进去。

直到苏岑的身影消失在道路尽头，封一鸣才放下车帘轻叹了口气，"果然无论多少次，他选择的都是你。"

三个月后，扬州城。

春江水暖，万物更新，最是一年春好处。

苏家茶园里也是一派热闹的景象，清明谷雨前后新茶正要上市，茶树一天一个样，一天一个价，明前茶千金难求，过了谷雨就一文不值了。

茶园万亩倾碧，茶娘们手挎着簸箩穿梭其间，每棵茶树只取最上面的芽尖，一叶一芽，白毫毕现、鹅黄饱满，娇嫩如娉婷少女。

紧挨着茶园便是几个窝棚，茶娘簸箩里的茶尖还得再筛一遍，之后才能下锅翻炒。

炒茶作为茶叶成型过程中的重中之重，一生二青三熟，每一步都马虎不得。

此时窝棚里就支着几口大锅，茶农们两两配合，一个掌控火候一个负责翻炒，三月天里一个个满头大汗，有几个甚至脱了上衣赤膊上阵，彤彤的火光映着虬结的肌肉，全然不在乎料峭的倒春寒。

"小苏哥，看不出来你炒茶还有一手。"负责控火的阿六抬头称赞，"比咱们铺子里的刘师傅都厉害。"

"刘师傅都炒了三十多年茶了，他比我厉害。"苏岑冲他轻轻一笑，手上的动作却没停，搓揉过的茶叶均匀荡开，叶片已经皱缩成条，是碧螺春的雏形。

"可是刘师傅脾气大啊，火大火小了，或是哪一锅炒糊了，都是我们的错，从来不从自身找问题，小苏哥你就不会。"阿六嘟着嘴冲苏岑抱怨。

苏岑笑笑不再搭话，一双手游走于叶芽之间灵活自如，只是这双手太过纤细白嫩，指尖和掌心被烫得微微发红。

炒茶讲究手感，要赤手进锅才能感知出茶叶里残存的水分和火候，常年炒茶的人手上都有一层厚厚的茧，跟练过铁砂掌似的，都是烫出来的。

苏岑这双手上没有茧，白白净净的，一看就是养尊处优的手，饶是如此，却一点也没影响了速度，连贯流畅，不像在炒茶，像挥毫泼墨。

阿六看着看着就忽然想起那些坊间传闻，听说这位苏家二少爷原来是在京城当官的，还是挺大的官，但是后来不知道什么原因被贬回来的，以后也不能再当官了。苏家是扬州大户，这些话他们不敢明说，背地里却传得风风雨雨，有人说是判错案子害死了人，也有人说是因为得罪了朝中权贵，更有甚者，说苏家二少爷之所以官升得那么快，其实是背地里与人行了什么龌龊之事，如今失宠了，自然也就摔下来了。

阿六打量着眼前人，觉得都不像。

明明是脾气很好的一个人，虽然不怎么爱说话，但静静待着就让人觉得很舒服。而且从不摆架子，他偶尔抱怨的那些话也从来没传到过东家耳朵里。

他越想越觉得纳闷，越替他不值，但他知道分寸，知道哪些话能说哪些话不能说，转而问道："小苏哥，长安城里好吗？"

苏岑微微一愣，过了会儿才道："很好。"

"掌柜说要派几个精明的伙计去京城那边的茶行帮持，还说我挺合适的……"阿六有些不好意思地低头一笑，又急忙解释道，"当然主要还是因为我没成家，不用拖家带口的。小苏哥你在京城待过，我就想问问你，这京城是什么样子啊？我去了能适应吗？"

"京城……"苏岑低头抿了抿唇，"京城很繁华，很热闹，有三大内和一百零八坊，还有东西二市，胡人、洋人都有……"

"那里的人好相处吗？会不会心高气傲，看不起咱们这里的人啊？"

阿六一副要问起来不罢休的模样，苏岑出声打断："阿六，火要熄了。"

阿六面色一赧，刚刚他还说人家刘师傅错了，紧接着自己这里就出了差错，急忙低下头去添柴。

苏岑低着头慢慢搓揉，蒸干茶叶间的水分，心思却已经不在了。长安城……长安城长什么样子来着？除了那些耳熟能详的地方，其他的他竟然已经有些忘记了，才过了几个月，遥远得却像是上辈子的事一般。

隔壁灶台上的茶师傅起了二锅，将茶转到另一口锅里炒熟，长叹一声，"这批茶要好好炒，这可是要往宫里进贡的茶。"

苏岑手上一顿，出了神。

阿六拉了他一把，他才发现自己手上烫了一个大泡，皮都起来了。

"啊，这……"阿六慌了神，半晌才想起来，"我去打凉水来。"

"算了。"苏岑道，回头看了看锅里的茶叶，"等你回来，这批茶就完了。"

"那……"

"没事，接着炒吧。"苏岑甩了甩手又站到锅前。

"我来吧。"阿六抢着上前。

"我来。"苏岑摇了摇头，明明不重的语气，却带着不容置疑的意思，"我自己来。"

茶叶炒完时天色已暗，直到黑得看不清茶色他们才收工，从茶园回城还得有几里的路程，苏岑回到扬州城时天就已经黑透了。

晚上说好了要去老师那里，苏岑又特地绕到城南去买林宗卿最爱的三丁包。

城南的富春包子铺远近闻名，全城只此一家。苏岑来得不巧，正赶上上客的时辰，一笼包子刚卖完，另一笼还没蒸好，苏岑站在厅里被络绎不绝的人推来搡去，只好找了处不碍事的地方等着。

就近的一桌是几个身着长袍的读书人，边吃酒边交谈。

一人问："崇明兄近日何来忧愁啊？"

那叫崇明的人轻叹了口气，"我最近在犹豫，明年春闱到底要不要上京赶考。"

另一人不解道："这有什么好犹豫的，三年一届的春闱肯定得去啊。"

"你不知道。"崇明又叹了口气，"如今这朝政乱得很，当年宁亲王只手遮天，如今不知道从哪里蹦出来一个豫王，他俩一个霸占兴庆宫，一个强占太极宫，朝令夕改，天子年幼又无力持衡。考取了功名也不过是要夹在两党之间左右为难，这官不做也罢。"

"嘘——"另一人急忙做了个噤声的手势，左右看看才压低了声音道，"这话可得小心着说，你们没听说吗，新来的那个豫王手底下有一队暗探，无孔不入，来无影去无踪，举朝上下就没有他不知道的事。"

"你说这叫什么事啊？"之前一直没出声的一人道，"朝廷里说这是双王摄政，但民间不这么叫，他们管这个叫——双王乱政。别说做官了，就是咱们这平民百姓，也不知道哪天这安生日子就过到头了。"

几个人又长吁短叹了一通，直到店里的小二叫了好几声苏岑才回过神来，提上包子，扔下几个铜板，几乎是落荒而逃。

等赶到林宗卿那里，他老人家酒已温好，已经自酌自饮了三巡。

苏岑把买来的下酒菜和包子一一摆上，这才落座，刚拿筷子就听见林宗卿不轻不重地咳了一声。

林宗卿年事渐高，眼神却还好使，一眼就注意到了苏岑手上的伤，用筷子点了点，问道："怎么弄的？"

苏岑收了收手，稍稍遮挡，"一点烫伤，不碍事。"

"又去炒茶了？"

苏岑听出了林宗卿语气中的不愉，也不欲多说，咬着筷子点了点头。

"你啊你……"林宗卿一席话到嘴边，看着他低头不语的样子，最后端起酒盅一饮而尽，"说你什么好！"

苏岑舞文弄墨的一双手，写得了千古文章，画得了传世名作，却偏偏扔了笔要去炒茶。他最得意的学生如今却混得最落魄，明明还这么年轻，比他这个老头子还不如。这就好比一件绝美的瓷器被人毁于一旦，让人抓心挠肝地难受。

老爷子气不打一处来，随口道："我就说他会害了你的。"

苏岑心里又狠狠抽了一下，他刚回来那个月时常就疼得喘不上气来，苏岚以为他是病了，请遍了扬州城所有的大夫还是无济于事。后来为了不让苏岚再担心，他就学会藏着疼了，心里千疮百孔，面上也不肯表露出来了。

可今晚到底是憋不住了，苏岑的指尖深深陷进掌心的伤口里，想以疼止疼，沉声道："不是他害了我，是我害了他……"

害他丢了半壁江山，苏岑想。

"我跟你说多少遍了。"林宗卿把筷子往桌上重重一放，"李晟他是筹谋已久，这是他跟皇家的斗争，你不过是被牵扯进去了，不是你也会是别人。"

再看苏岑还是低着头，林宗卿叹了口气，"不过出来了也好，总比在里面纠缠到死好，李释那小子也算没有食言。"

"食言？"苏岑怔怔地抬头，"什么食言？"

"他没告诉你？"林宗卿有几分愕然，顿悟之后才后悔，话出口了也收不回来了，只好道，"你啊，跟我一样，心气儿太高，成于斯也会毁于斯。所以当初我答应他就任扬州刺史，但是他也得答应我无论如何保你一条性命。"

苏岑心口一滞，忽然连疼都忘了。

所以李释早就知道，也早就给他找好了退路，那天晚上他问他田平之的案子能不能查时，他就已经做好了所有的准备。

他总是这样，默默站在他身后，站在所有人身后，做最坚强的后盾，支撑住这个岌岌可危的朝局。

"南柯一梦，总该有个醒的时候，如今回来了就别再想了。不做官了就去帮我打理私塾，一身学识也不能就此扔了……"

"老师，别说了……"有东西"啪嗒"一声掉进酒杯里，苏岑的头渐渐埋了下去，渐渐泣不成声，"别再说了……"

第七卷 昨夜太平长安

177

第
十
六
章

地动

　　苏岑是被家里的下人揽回去的，回到家时已经是后半夜了。扬州没有宵禁，一路回来畅通无阻，到家门口了却死活不肯进去了。

　　下人们奈何不了，只能大半夜的把苏岚叫了起来。

　　苏岚出来时就见自家弟弟坐在门前的台阶上，三月天的夜里尚寒，但苏岑就像是没知觉似的，嘴巴嘟着，眼神迷离，显然已经醉得不轻了。

　　苏岚揽了一把没揽动，只能俯下身去跟他商量道："子煦，到家了，咱们进去吧。"

　　苏岑抬起头来对着夜空茫然四顾，闭上眼睛摇了摇头，"这不是我家。"

　　"这里就是你家，你到家了。"苏岚示意身后的下人先把他拖进去再说，苏家好歹也是扬州城里数一数二的大户人家，苏岑大半夜坐在街上成何体统。

　　不料苏岑竟猛地站起来一把挣脱了下人，站在大街上，像只被惹恼了的小刺猬，谁上来谁扎谁。

　　明明一副柔柔弱弱的样子，发起酒疯来却一点都不含糊。

　　"这里怎么不是你家了？"苏岚站起来喝道。

　　"那里！"苏岑指着宅子后面的一片夜空，"那里没有花萼相辉楼的楼顶！我家明明能看见的，在我家里能看到花萼相辉楼的楼顶！"

"苏子煦！"苏岚几步上前，"你看清楚了，这里是扬州，不是长安城，没有兴庆宫，也没有花萼相辉楼！"

苏岑僵了一下，片刻后，那身刺收起来了，眼里的光收起来了，支撑着他的那口气也收起来了，他又变成了白日里那副样子。

苏岚突然就后悔了，只有在醉了的时候才能"回去"的地方，他怎么就不能纵容他多待一会儿？

苏岑慢慢举步越过苏岚，也不用人搀扶了，自己进了大门，找到房间，脱衣躺下，乖巧得让人心疼。

苏岚终究是不放心，夜里去看了几次，前几次还未见端倪，最后一次想给他理一理压在脸下的鬓发，却无意间摸到了枕头上的泪水。

第二日一早，苏岑起得早，苏岚起得更早。

他将苏岑拦在房间里，"今日不要去茶园了，佟老爷过寿，你跟着一起去。"

苏岑皱眉，"佟老爷是谁？"

"佟老爷是做书画生意的，手底下有好几家画斋、书局，他对你一直很有兴趣。"

"可我早就不动笔了。"苏岑穿着一身中衣在房里转了几圈，"我衣服呢？"

说衣服衣服到，岳晚晴捧着几件花花绿绿的衣裳进来，冲着两人一笑，"是今年新上的秋香色交织绫，样式也是最时兴的，铺子里的大师傅赶制了半个月，子煦穿上一定好看。"

苏岑不好当面驳岳晚晴的面子，只好拉了拉苏岚，小声问："我之前那些衣裳呢？"

"去给人贺寿哪有穿布衣的道理？"苏岚面色明显不悦了，指了指岳晚晴新拿来的那几件交织绫，"穿这些。"

苏岑低头强辩道："可我如今就是一介平民，就该穿布衣……"再一看苏岚身上的锦绸，又急忙解释道，"大哥我不是说你，我的意思是……我之前那些衣裳就挺好……"

他说到最后底气不足，最后索性往床上一坐，"你不把我的衣裳还给我，我今日就不出门了。"

一听苏岑不出门了，岳晚晴连连给苏岚使眼色，无论是大家闺秀还是小家碧玉，她都给张罗好了，苏岑不出门了让她怎么收场？

苏岚冲她使了个眼神，稍加安抚，转头对着苏岑一瞪眼，"由不得你，今日这趟你去也得去，不去也得去，穿着衣裳得去，不穿衣裳也得去，绑我也得把你绑了去。一天天的不是在茶园就是在房里待着，你也不怕自己有朝一日变成老茶根了！"

苏岑嘟囔一句："老茶根挺好的。"

眼看苏岚作势要打，苏岑急忙妥协，"我去就是了。"

不过就是换个地方喝茶去。

苏岑拿着岳晚晴那些衣裳越往身上穿越疑惑，虽然他知道嫂嫂的眼光与他一向不同，但这颜色也太过鲜亮了。说是秋香色，其实更像是杏叶黄，走在大街上都能频频引人注目的那种。

最后苏岑手里提着束带不动了，"大哥，贺寿是假，相亲才是真吧？"

扬州民风开放，不讲究父母之命、媒妁之言，新人头一次见面就是在洞房花烛夜里。在这里婚前是可以见面的，而且若是看对眼了，男方便在女方头上插一只钗子，女方再把随身的帕子相赠，便算是可以成亲了。

苏岚叹了口气，弟弟太聪明了也不见得是好事，想忽悠都不容易，无奈道："不孝有三，无后为大，你如今也不小了，是时候该操心终身大事了。沈大夫的女儿和刘员外的孙女都是知书识礼的好姑娘，你就去看看，说不定就有喜欢的呢？"

苏岑把刚穿好的衣裳一脱，说什么也不穿了。

苏岑最后还是穿着那身杏叶黄的衣裳出了门，主要是因为苏岚还是不死心，他又实在不好意思再气大哥。

他们刚出家门就碰上一个下山化缘的大和尚。

善缘不好不结，刚好马车也还没收拾妥当，苏岚给了些香火钱，却见那大和尚没有要走的意思，大和尚冲他摸着光头不好意思地笑了笑，"施主可还能施舍些饭菜？"

苏岚犹豫一番，"饭菜倒是有，可都是早上的剩饭了。"

"无妨，无妨。"大和尚急忙道，"阿弥陀佛。"

苏岚筹备礼物走不开，只好让苏岑带着和尚去后厨吃了斋饭再走。

苏岑领着大和尚一路过去，找到早上剩下的还没动过的素斋饭，给他盛了一钵盂，却见那大和尚捧着钵盂没动，眼睛一眨不眨地盯着他看。

苏岑皱了皱眉，刚要说什么，那大和尚却先开了口："你不是那个……那个下井的？"

大和尚操着一口京城口音，苏岑一愣，恍然大悟，他就是当初在草堂寺里看井的那个大和尚！

"你怎么在这里？"

"嗐，别提了。"大和尚往灶台上一坐，摸了把光头，"你们走的时候我们住持死了，新上任的那个住持嫌我吃得多，就总是拐弯抹角地膈应我，后来我待不下去就走了。再后来辗转来到扬州，城外灵元寺的住持心善收留了我，我就在那里落脚了。"

苏岑道："住持心善怎么还让你下山化缘？"

大和尚叹了口气，"灵元寺不比草堂寺香火旺盛，我饭量大，又不好在人家地盘上吃得太多，就只能偶尔出来化顿饱饭吃。"

苏岑点了点头，忽然心生一计，"你们寺里还缺人吗？"

苏岚怎么也没想到，前后不过一炷香的工夫，他那宝贝弟弟就跟着这上门化缘的和尚跑了！

两个人是翻墙走的，一身杏叶黄的衣裳扔在了灶台上，还带走了他大半锅的剩饭。

要说这两人没有预谋，苏岚是打死也不相信，不然怎么他们刚要出门就正好有和尚上门化缘？怎么会非要吃他家的剩饭？他们怎么能说走就走呢？

苏岚认为自己是个聪明人，当即就断定这和尚肯定不是普通和尚，肯定是苏子煦蓄谋已久，找了个人来假冒的。他立即派下人去四处搜索，更是沿着去京城的驿站一路打听，就差让人在长安城门口围追堵截了。

万万没想到，苏岚聪明反被聪明误，苏岑就在城外的灵元寺里撞了半个月的钟。

消息还是从在扬州城里做香粉生意的王家少爷那里听来的，他道："我昨日陪着贱内去寺里上香，好像看见令弟了。"

苏岚大手一挥，"不可能，那小兔崽子做梦都想回长安，好不容易让他溜了，他怎么还会留在扬州？"

"难不成是我眼花了？"王家少爷呷了口茶，"不过真挺像的，在那里帮人写签呢，那一手小楷，啧啧啧……"

苏岚噌地站起，双目圆睁，一脸惊恐，"那他……还有头发吗？"

灵元寺门前有一棵百年老银杏，后来被来寺里的香客们当作祈愿之用，灵元寺在树下支了张小桌子，备上笔墨和各色绢布，可以自己写，也可以找寺里的人代写，只收一个铜板的润笔费。苏岑总觉得灵元寺香火不旺很大程度上就是因为老住持不会做生意，这么好的资源，却一点也不加以利用，看人家草堂寺，凭借一口井就能发家致富，他们怎么就不能借这棵树来解决温饱问题？

不过再一想，出家人若真的精通这些经营算计之术，礼佛之心也就不纯粹了。

一棵遮天蔽日的大树之上挂满了各色绢带，有些已经斑驳褪色了，也有些是新挂上去的，微风徐来，随风而动。

苏岑就坐在树下给人写愿签。

他刚到寺里时确实动过出家的念头，只是住持道他并非一心向佛，且尘缘未了，所以不肯收他。转而打发他去了寺门外，让他给人代笔。

他看着那些前来求愿之人或娇羞或坦荡地说出自己心中的所想所愿，再替他们把愿望诉诸纸上，看得多了，写得多了，他心里反倒越来越平静了。

这些人里有求升官发财的，也有求家人顺遂的，还有求仕途、姻缘的、长寿的，看遍了民生百态，苏岑所求不过一个太平盛世罢了。

有道是见微知著、一叶知秋。他在这一隅倾听民生，知道在百姓心中，宁亲王才是名正言顺，凡事还是要压豫王一头，便可知民心依旧向善，盛世依旧太平。

苏岚赶过来时正赶上苏岑写完一支签，四目相对之下，苏岑愣了愣，才想起来把红绢交给身后的小沙弥挂到树上。

苏岚不动声色地松了一口气，还好头发还在。

他几步上前，不给苏岑解释的机会，拽起苏岑的腕子就要走，"闹够了吗？跟我回去。"

"大哥，大哥！"苏岑抿了抿唇，"我不想回去。"

"你在这里干吗？真要当和尚不成？"

苏岑小声道："也不是不行……"

苏岚眼睛一瞪，苏岑急忙后退了两步，辩解道："我不是要当和尚，这里很好，很清静，能让我想清楚一些事情。"

"家里那么大的宅子不够你想的？扬州不行也还有苏州呢，爹娘年事已高，一直念叨着让你回去，你不在他们膝前尽孝也就算了，还要跑到这和尚庙里伤春悲秋，不就是那点功名，那点……有什么想不清楚的，没了还就活不成了？"

苏岚看着苏岑低头不语，又觉得自己话说得有些重了。他从来都是以苏岑为傲，呵护着，生怕被人欺负了去，爹爹责骂，他都得心疼好一阵子，如今看他折腾成这副失魂落魄的样子，还打不得又骂不得，心里也憋着一口气，一直也没理顺了。

"大哥。"苏岑抬头冲他笑了笑，"自打来了这里我已经好很多了，你看，我又开始写字了。"

苏岚愣了愣，转而看着他手上的笔，墨还未干，显然是刚刚写完。

"我就是丢了东西，心里空落落的，你再给我点时间……"苏岑低着头轻声道，"我会好的。"

苏岚终究不忍心再斥责什么，再一想，心病还得心药医，佛法无边，说不定真能荡涤心神，把他以前那个弟弟还回来？

正愣神间，寺里出来一个身披袈裟的老和尚，由当日那个上门化缘的大和尚搀着，冲两人微微颔首，"阿弥陀佛。"

苏岑回身应了一声："住持。"

面对一寺住持，苏岚也不好无礼，跟着苏岑冲他双手合十行了一礼。

老住持慈眉善目，冲苏岚问道："施主可是为了苏小施主来的？"

苏岚瞪了自家弟弟一眼，回道："正是。"

"苏小施主与我佛有缘，他命里有此劫数，是必经之劫，此劫之后方得大彻大悟。佛祖慈悲，一切自有安排，施主不必过于担心。"

当日草堂寺住持所说的一一应验了，苏岑不由得多了几分敬畏，而且自他来了寺里以后，确实觉得好受了不少，每天清晨起来要洒扫，白天帮人写签，晚上还要跟着寺里的和尚做晚课，倒真是越来越少想起那个地方以及那里的人了。

苏岚心里稍稍一动，追问道："住持此话当真？"

住持合十笑道："出家人不打诳语。"

苏岚犹豫再三才松了口，答应让苏岑暂且留下来，临走之时又与他约法三章——一不准出家，二不准出家，三不准出家！

苏岑认认真真应了三遍，苏岚才不情愿地点了头，在寺里用了午饭才离去，隔个三五天还要再来确认一遍。

苏岚自然不会空着手来，每一次都备好了十足的香火钱，一副诚心礼佛的模样，背地里却只想悄悄给苏岑改善伙食。

半年下来，寺里不仅用苏岚给的香火钱改善了伙食，还重新翻修了大雄宝殿，进而吸引了更多的香客。苏岑每天写签写得手都快抽筋了，每天一躺下就能睡着，没时间忧心其他事了。

如今寺里的人见了他都要打一声招呼，连住持见了都要笑一笑，苏岑这才明白，灵元寺的住持哪里是不会做生意，而是之前的蝇头小利他都没放在眼里，抱住他这种"摇钱树"才要紧。

八月底，天气转凉，银杏树叶由绿转黄，铺满了半个山头。

苏岑在清晨打扫时忽然听到哪里轰然一声响，紧接着整座山头都跟着摇了摇，银杏叶子簌簌而下，把方才刚扫干净的地方又盖上了一层。

寺庙里的和尚纷纷冲出来查看，叽叽喳喳讨论了半晌也没得出个结论来。

苏岑眉头紧蹙，心里冒出一个不好的念头。

直到上午有人上山上香他们才知道，就在今天早上，宿州发生了地动。

扬州离宿州足有五六百里路，在这里都有震感，足以说明这次灾情的严重性。

扬州物资充足，林宗卿身为扬州刺史，甚至没等朝廷的批奏回来，已经第一时间协同扬州司马召集了扬州城内可用的兵马将物资送往了宿州。

灵元寺上上下下讨论了一天，觉得出家人当以慈悲为怀，普度众生，遂派遣寺中几个长老带上几个和尚赶赴宿州，以安抚生者，超度亡灵。

苏岑也在同行之列。

一是觉得自己有当初徐州的经历，或许能帮上忙，二则是他与宿州有几分渊源，还想再去看看那个"白云乡上"的地方。

一行人负镝前行，每个人都背了半个月的干粮，不求救济多少灾民，至少不要再为宿州增加负担。这一路下来算是经历，也算是修行，只有见过了真正的民间疾苦，方能大彻大悟，参透佛法真谛。

一行人夜里宿在离宿州城几十里的符离县，这一路走来，越靠近宿州城，越是残垣断壁，屋毁人亡，所有事物都蒙着一层阴郁的灰色，哪里还有一点"此去淮南第一州"的样子。

此时距离地动已经过去三天了，土地坼裂，茅屋陷落，有些村子甚至整个被夷为平地，所有幸存者挤在一间临时搭建的窝棚里，一个个灰头土面、目光呆滞，除了会喘气，简直像一具具尸体。

不远处，那些没来得及处理的尸体堆砌在一起，有缺胳膊少腿的，有面目全非的，已经开始散发出阵阵恶臭。

两个没见过世面的小沙弥吓得脸色惨白，闭着眼连念"阿弥陀佛"，连那几个看淡了生死的长老们也是眉头紧锁，围坐一圈诵了一段往生经。

苏岑倒还算镇定，有了徐州的经验，所以他早有准备。大灾之前命如蝼蚁，根本不是人力能抗衡的，人能活下来已经是上天怜悯，也不好再奢求什么了。

一行人在村子前头的一块空地上安顿下来，燃起篝火，分食了食物和水。夜里雾重，他们露天而宿，被火光一照，每个人身上都是一层露水。

到了后半夜，篝火也熄了，苏岑醒了几次，将身上的露水抖搂下来，却还是觉得寒意能漫过衣裳渗透进去。

苏岑刚躺下没一会儿，隐约听见身边窸窸窣窣有动静，刚一睁眼，与一双漆黑的眸子正对上。

苏岑第一反应觉得是什么小动物，但顷刻又意识到不是，方才在他身侧偷偷摸索的，明显是只人手。

两个人对视了足有几个弹指，对方的眼神犹豫了一下，后来可能是觉得人反正是醒了，干脆一不做二不休，一把抓起苏岑身边的包袱拔腿就跑。

苏岑立即起身去追，刚站到一半，发现这里并不只有这一个人——他们所处的这片空地已经被白天那些蓬头垢面的村民团团围住，他们见先前那个人从包袱里掏出半块窝头后，犹豫不决的眼神彻底变了味道。

那是一种饿狼看见食物的眼神。

苏岑只来得及摇醒了身边的两个小沙弥，一群人猛地一哄而上，像洪水，像猛兽，瞬间将他们携带的包裹哄抢而光。

一群和尚从梦里惊醒，看见眼前的场景也都傻了眼，足足愣了好久才意识到究竟发生了什么。

那群人甚至没来得及跑远，抢到包裹后跑了两步便就地打开，找到里面的食物便狼吞虎咽地往嘴里塞。

苏岑将两个小沙弥护在身后，却还是能感觉到那两副小身板在瑟瑟发抖。

他们一出生便在佛寺，师父疼着，师兄护着，见的都是诚心向佛的施主，学的都是崇高的佛法，哪里知道走投无路之下的人性之恶。

"他们没吃饭吗？"一个小沙弥拉着苏岑的半片袖子问。

苏岑皱了皱眉，"看样子是。"

"可是他们把我们的东西都吃了，我们也没有饭吃了。"

苏岑抿了抿唇，对他稍加安抚，回头看了看别的和尚，只见他们也都是眉心紧蹙，几个长老飞快地捻着念珠，显然也是考虑到了这个问题。

出师未捷，他们连宿州城的城门还没摸到就被抢了食物，如今算是被困在这里，走不得又回不得。

苏岑把两个小沙弥送到大和尚身边，独自上前找到一个没跑远的村民，只见他身子单薄，看着还是个半大孩子，这会儿正耸着肩埋头猛吃。

苏岑在他肩上轻轻一拍，那人猛地抬头，看见苏岑猛咳了一声，喷了苏岑一身干饼渣子。

事到如今苏岑也不好再说什么，只好道："你先吃吧，吃完再说。"

那人眼里闪过一丝警惕的寒光，见苏岑当真没有要把东西抢回去的意思，这才又埋下头去狼吞虎咽。

苏岑看他来不及咀嚼便往下咽，又递了随身携带的水袋上去，那人犹豫了一下，接过来猛灌了两口才咽下去。

等他好不容易吃完了，一袋子的干粮就没剩几个完整的了。苏岑问："你们几天没吃饭了？"

那人犹豫了一下，小声回了个"三"。

也就是说，自从地动发生到现在，这些人就没吃过东西，苏岑不禁皱眉，"宿州发生了这么大的事，朝廷就没有赈灾款拨下来吗？"

那人轻轻摇了摇头，也不知道是没到还是没有。

和尚们见苏岑没什么事也都聚了过来，只听苏岑接着问："就算朝廷的饷银没有下来，那扬州的物资也应该到了吧？"

东西是林宗卿亲自筹备的，总不会再出什么差错，苏岑道："物资应该都已经送到宿州城了，这里离宿州城不过百十里，你们怎么不过去？"

那人拿指头戳着衣服上的一个破洞，埋着头小声道："进不去。"

"进不去？什么进不去？"苏岑皱眉，"宿州城进不去？"

苏岑没等来回复，那人抬头看了看周围，已经没有自己的人了，而他被一群大和尚团团围住，心里一慌，猛地站起来推了苏岑一把，拔腿跑了。

苏岑倒退了两步才稳住身子，看着人消失的方向，若有所思。

寺里的长老上前问道："苏施主，那人说什么了？"

苏岑轻轻摇头，寥寥几个字也听不出个所以然来，只好道："今天先这样吧，还有几个时辰天就亮了，明天一早我们进城去看看。"

后半夜，众人也都不敢睡了，窸窸窣窣的翻身声不时响起，两个小沙弥抱作一团，显然是被吓到了。

苏岑看着天边一颗孤星直到了天亮。

翌日一早，早饭都省了，和尚们黑着眼眶起来做早课，苏岑起来简单收拾一番，众人动身前往宿州城。

符离县距离宿州城确实不算远，一行人赶在正午之前到了城门下，果然，城门外有层层官兵把守，进出都得经过详细盘查。

和尚们不打诳语，只能如实相告，苏岑道自己是扬州人，这次过来是做生意的，倒也没受多少为难，把门的官兵上下打量他一眼便放行了。

刚进城门，只听身后起了争执，苏岑循声看过去，只见一对衣衫褴褛的老夫妇被拦在城门外，两个官兵手持长枪一拦，死活不让人进来。

"怎么了？"苏岑问道。

"走你的，别多管闲事。"一个官兵对着苏岑吼了一句，紧跟着身后又来了两个官兵，将一对老夫妻硬生生拖走了。

苏岑轻轻抿唇，却也只好回过头去继续向前。

宿州城内倒不像外面那么破败不堪，坍塌的房屋也有，却比城外好了很多，而且人人衣冠整洁，精神爽朗，正热火朝天地张罗着重建自家的屋舍。不远处的粥棚井然有序，米少水多，甚至还搭建了临时的窝棚以供人们坐着喝完。

乍一看倒是一派欣欣向荣的热闹景象，就是假得吓人。

纵观街上，人人都是一副乐观向上的面孔，青壮年居多，却不见老弱妇孺。而且一个刚刚经历过大灾的地方，丝毫感觉不到一点忧郁的氛围，只剩了一副看似繁华有序的虚架子。

他正想着，突然从一边的巷子里蹿出个人，与苏岑迎面相撞，两个人双双倒地。

苏岑被撞得眼前一黑，还没等站起来，又从巷子里追出几个人，几步上前，将刚刚那个逃窜的人按压在地。

苏岑被和尚们扶起来，打量眼前片刻，追人的是官差，被追的那个人穿着一身灰扑扑的布衣，面露菜色，手脚脱力，扑倒在地，已经放弃挣扎了。

几个官差招呼都没打，押着人就走，苏岑在身后追问了一句："这个人怎么了？"

一个官差这才回过头来打量了他一眼，不耐烦道："官府拿贼。"

"我不是贼，我……"那人急忙道，还没等说完就被人一拳打在腹部，剧痛之下咧了咧嘴，什么都说不出来了。

"可他明明手无缚鸡之力，面色发白，脚步虚浮，应该是几天没吃饭了，我没猜错的话，他应该是逃过来的灾民吧？"苏岑上前一步，"你们要把他带到哪里去？"

官差回过头来冷冷一笑，"实话告诉你，京中有大人物要来视察，咱们大人已经吩咐过了，把所有灾民赶出去，宿州城外方圆十里，一个灾民都不能留，免得扰了钦差大人尊驾。"

京中？大人物？苏岑来不及细想，话已出口："朝廷派人下来是巡视灾情，不是看你们虚与委蛇的，你们把灾民都赶走了，让他看什么？"

"灾民，我们有啊。"官差们嗤笑一声，"这里遍地都是灾民，不过咱们大人治下有方，大家齐心协力，已经从重创之中恢复正常了。"

"阿弥陀佛，救人一命胜造七级浮屠。"和尚们想起昨天晚上那群饿狼般的灾民，冲着官差们双手合十，"你把他们就这么赶出去了，他们会饿死的。"

"不止他们要走，你们也要走。"几个官兵眼神一狠，手里的长刀出鞘，步步逼近，"既然你们都知道了，这里也就容不下你们了。"

苏岑心想不好，难怪这几个官差愿意把事情说给他们听，原来已经打算好要把他们和那些灾民一并赶出去。苏岑咬了咬牙，这时候就体现出官职的重要性了，当初他仅是一名从六品的小官，就敢去礼部衙门里与人对着干，如今却连几个官差都应付不了。他走了不要紧，只是外面那些灾民怎么办？他们勉强还能走回扬州，那些灾民已经饿几天了，哪里还有力气长途跋涉？

灵元寺寺小人稀，文僧多过武僧，苏岑只能把一众和尚挡在身后，道："我要见你们大人，扬州刺史的林宗卿林大人是我老师，这次宿州有难他也有送物资过来，你跟你们大人说一声，他自然知道。"

几个官兵对视一眼，忽然挑唇一笑，"既然如此，那就更留不得你了，你要是再在大人面前告上我们兄弟一状，我们更是讨不着好。"手里利刃出鞘，几步上前，"你最好乖乖自己出去，不要敬酒不吃吃罚酒。"

苏岑无法，只能挺直腰板凛然以对，他不信这些官差敢明目张胆地在大街上杀人。

双方僵持不下，官差恼羞成怒，正打算给这群人点颜色瞧瞧，手里长刀高举，这里灾民遍地，死上一个两个的还会有人关心吗？

只听"叮"的一声清响，长刀应声落地，持刀的官差捂着手抬头望去，"谁？谁暗算我？"

众人循着声音往后看去，只见烟尘滚滚之中有人骑马前来，来到近前手拉缰绳，引得赤骥宝马长嘶一声，一双深沉的眸子缓缓垂下，轻柔地定在一人身上。

宿州刺史跟在后头姗姗来迟，刚追上来，立即又从马上滚下来就地跪下，"臣宿州刺史杨万宏接驾来迟，请王爷恕罪。"

初识

苏岑愣在原地，回神之后第一反应竟是先狠狠掐了自己一把。

这是什么荒唐场景，就好像一场大梦没醒，另一场大梦就紧随其上。苏岑感觉眼前的景象忽然蒙上了一层水雾，光怪陆离得厉害，唯有那个人的身影清晰如旧。

李释一掀披风，从马上下来，一身风尘仆仆，却依旧身姿英挺，精神矍铄。

"这份见面礼当真是厚重。"李释这话是对着杨万宏说的，目光却一直凝视着前方。

原本是欺上瞒下的一场大罪，他一时间竟不知道该怎么判了。

杨万宏还当是王爷要怪罪他治下无方，当即伏在地上不敢起来，那几个官差也急忙跪下，恶人先告状道："王爷恕罪，这人乃是个刁民，带着这群假和尚妖言惑众、煽动民众，属下正在奉命缉拿。"

"妖言惑众……"李释背着手一步步上前，垂眸看了那个官差一眼，眼神一冷，手里的马鞭扬起又落下，"唰"的一声，将那人直接掀翻在地。

一道伤口从肩头一直横亘到前胸，撕裂了外衣，片刻后才渗出血来。

官差疼得面色发白，却一声也没敢哼出来。

鞭风就擦着苏岑耳边而过，他眼里突然潮湿得一塌糊涂。

曾经在群臣面前，在大殿之上，那些人戳着他的脊梁骨，白齿红牙的一张张嘴，说他"诡辩欺世"，骂他"妖言惑众"，恨不得扑上来生啖其肉，好像他真的做了什么人神共愤的事。他一次次从这样的梦里惊醒起来，一身冷汗淋漓，好半天都缓不过神来。

最可怕的还是梦里那个人也在，用一双深沉的眼睛望着他，一言不发，眼里却满是痛心。

这一鞭凌空破开了一道缺口，苏岑忽然觉得那些骂声都远了，噩梦如潮水般退去，他终于浮上水面，狠狠吸了一大口气。

李释把马鞭随手扔给身后的人，几步上前，再伸手时手竟也带着一点点颤抖。

"子煦啊子煦，我怎么总能在这里遇上你。"

一间茶楼，寥寥几个人，苏岑抱着一盏魁龙珠，凉透了也没喝上一口。

"刚刚那个杨大人不是什么好人。"苏岑低着头轻声道，"他指挥手下的官兵把真的灾民都赶到城外去了，这里留下的都是他找人冒充的，你不要上了他的当。

"在这场地动中受灾最严重的是符离县，而不是宿州城，那里的百姓已经好多天没吃上饭了。杨万宏把赈灾物资据为己有，欺上瞒下，他……"

"我们来的时候从徐州取道，特地绕到符离已经看过了，你说的那些我都知道了，百姓也安顿好了。"李释出声打断，"还有吗？"

苏岑张了张嘴，这会儿也想明白了，这朝中有什么能瞒得过李释的那双眼睛？那个杨万宏自认为本事大，敢在宁亲王面前搞花样，结果自然是吃不了兜着走。

"还有……还有老师没等朝廷的恩准就自作主张给宿州增兵和送粮草，他一向是这种性子，你能不能恕他无罪？"

李释无奈地笑了笑，"你要跟我说的就是这些？"

苏岑指尖抠着杯口，眼神像是要把青白釉的瓷杯看出一朵花来。

最后还是李释先开口："你这一年过得如何？"

苏岑抿了抿唇，"还好。"

"瘦了。"李释打量了片刻后道，"有人为难你了？"

"没有。"苏岑轻轻摇头。

"怎么跟一群和尚在一起？"

苏岑看了眼正在楼下吃斋的灵元寺的和尚，道："佛法无边，可以平心静气。"

李释问："为什么需要平心静气？"

苏岑抿了抿唇，他说不出口。

屋里一时静了下来，李释的目光垂下来，知道他又把责任担在自己身上了。事情已经过去了那么久，他却还是画地为牢，不肯饶过自己。

"当初不打一声招呼就走了。"李释道，"有些话我也没来得及对你说。"

苏岑头埋得很低，轻声道："我没脸去见你。"

"后悔了？"李释问。

悔吗？苏岑轻轻咬唇，无数人问过他，为了两条人命，把自己弄得身败名裂，多年的努力经营一朝散尽，更是险些赔上性命，他可曾有过一丝后悔？

只是他一直不肯正视这个问题，因为只有他自己知道，他哪里是丢了声名、地位，他是丢了三魂七魄，只剩下一具飘来荡去的空壳子了。

李释道："早年间，我巡查淮南道驻军，路过宿州，就在这里遇见过一个人。"

窗外淅淅沥沥下起雨来，房里尚未掌灯，窗外阴沉的天色压下来，笼罩在一片越来越浓郁的黑暗里。

苏岑慢慢抬头，看着李释隐匿在黑暗中的一片轮廓，忽然有个想法浮上心头。

"十两银子能保命，十文钱却能保住一身骨气，你会怎么选？"

一道闸口轰然打开，满腔情绪宣泄而下。

那一年的宿州，下了整整一个月的雨。

苏岑出师不利，刚到宿州城就被偷了钱袋子，高烧不退、走投无路，最后只能以街头卖画为生。

193

他画了幅形神绝佳的墨竹图，本来能卖个好价钱的，买画的人却要求他在墨竹之下再画一只锦鸡。

那时的他少年不识愁滋味，不知害怕为何物，在一腔意气的驱使下断然拒绝。那人恼羞成怒，砸了他的摊子，折了他的画笔，他却还能挺直了腰杆直言道："说了不画就是不画！"

也就是那时，人群中一道声音兀地响起，明明深厚低沉，却瞬间穿透了周遭嘈杂的环境。

那声音道："十文钱，这幅画我买了。"

宿州连日阴雨，他当时已经是高烧不退，循着声音看过去，却怎么也看不清那人的脸。

十文钱对他当时的情况而言根本就是杯水车薪，他却欣然把画卖了。那人像是早就知道他会如何选择，轻轻一笑，数了十文钱，掌心抵着掌心，交到了他手上。

这些他都记得，却唯独想不起来那张脸。

如今与李释阴影里那张脸叠在一起，忽然就清晰起来了。

"当初是你……"苏岑抬眼望过去，一行热泪忽然就不受控制地滑落下来。

"一身傲骨茕身立，枉作浮虚阶下尘。"李释吟道，这是他画上的题字，是他在交画之时即兴所作，挥毫泼墨就写上了，除了买画的人谁也不知道。

"我想起来了，我都想起来了……"

当初他高烧不退，四文钱买的包子没顾上吃便靠着油腻腻的桌面昏睡过去，梦里隐约觉得有人将他带走，一身清冷的檀香味，好闻得紧。

醒来却是在一间客栈里，房里的桌子上还摆满了精巧玲珑的菜品，茶香悠袅，点心香甜，与那腻得发慌的猪油味一比，天差地别。

那人的声音比世间的一切美酒都要醇厚："我看了，你那幅画画得很好，十文钱给少了，就再请你吃顿饭吧。"

酒逢知己千杯少，他们在一起谈经论道，那时候他张扬恣意、风采绝尘，以桌面为纸，以筷子为笔，胸怀天下，指点江山。他们道边将拥兵自重的问题，探讨榷盐令的利弊，还一起大骂了两党争斗，说着说着便是一夜未休。

他兴高采烈，却也是大病之身，临近黎明才睡去，醒来却把一切都忘了。

难怪当初在东市茶楼初见时，李释会隔着一扇轻纱帐子打量他，难怪当初琼林宴上，李释一眼就知道哪里最适合他。

可他过度解读那眼神里的意思，以为那是调侃，是嘲弄，愤于自己无论干什么都一眼就被他看穿。

他的敌意来得莫名其妙，如今想起来，不过是想再找回那种势均力敌的感觉，不甘心自己处于劣势。

苏岑掏了几次才找到随身带着的钱袋子，从里面倒出一枚铜板，背脊颤抖得厉害。

李释起身，安抚道："当初那个一身傲骨的少年还在，一直都在。他为大周平冤狱，正律法，主持公义，在强权暴政面前始终不肯折腰。

"他没错，只是在众人皆醉中独善其身而已，他若真是选择了那十两银子，就不是我认识的那个苏子煦了。

"宿州城也好，长安城也好，都不该成为禁锢你的枷锁，河清海晏，你还得替我看着。"

苏岑难得睡了一个好觉，梦里什么都没有，睡得酣甜又踏实。

一觉醒来天已经晴了，城外的灾民大批涌入，终于得以饱餐一顿，嘈杂的人声总算给先前的"假城"带来了生气。

李释在处理完这一切之后便快马加鞭回京了。

当年李释给他留下了十文钱和一身傲骨，如今又为他破除枷锁，还他自由之身。

一场大梦终究醒来，一切回归正轨。

从宿州回来以后苏岑就不去灵元寺了，也不再是之前那副半死不活的样子，琴棋书画诗酒花，样样都有造诣。并且慢慢帮着苏岚处理茶铺的生意，苏岑本就是冰雪聪明的人，跟着苏岚几趟下来，上手倒也挺快。

苏岚大喜过望，见他总算有了精神，又试探着提了提成家立业的事。

没想到苏岑没怎么犹豫就点了头，男大当婚，自己听从兄长安排就好。

苏家少爷与王家小姐的婚事定在腊月初八，迎亲当日，红妆十里，一时间万人空巷，据城里的老人回忆，已经有几十年没见过这样的场面了。

新郎骑着高头大马，面色如玉，仪表堂堂，身后跟着艳红的八抬大轿，轿子后头单是嫁妆就铺出将近一里地去。

苏府门前是林宗卿亲手提的四个大字"佳偶天成"，一点也不比当初在贡院门前提的器小。

有了刺史大人这个榜样，扬州城内大大小小的人物纷纷到场，偌大的苏家宅子竟险些装不下来。

吉时已到，三书六礼皆已齐全，一对新人由一根红绳引着缓缓上前，来到正堂之下双双站好。恰在此时，人群之中却出现了骚乱，一个身影破开人群上前，直接冲到了正要行礼的厅堂之上。

"苏公子，京城六百里加急！"

说起来这人苏岑认识，是英国公府的一名下人，平日里都是听从郑旸调遣。苏岑皱了皱眉，一时不明白郑旸又要搞什么，刚欲上前，却被苏岚一个眼神制止了。

"吉时已到，先把礼行完。"

苏岑犹豫一番，确实不好让这么些人干等着，只好对那名奴仆示意稍等。

刚转过身去，那名奴仆情急之下喊道："宁亲王涉嫌勾结突厥、谋害先帝、意图谋反，暂将其扣押兴庆宫中，不日问斩！"

苏岑的脑中闪过一声尖锐的蜂鸣，身形在大庭广众之下晃了一晃，第一反应是郑旸这厮又在跟他开玩笑。

但当即又明白过来，再给郑旸十个胆子，他也不敢拿他小舅舅开玩笑，况且还是这种玩笑。

刚一回神，苏岑立马起身就往外走。

"子煦！"苏岚在身后喊了一声，声音冷得吓人。

苏岑回头，目光坚定而决绝，"你知道的，我一定得去。"

苏岚抿着唇静默片刻，"至少先把礼成了，不耽误你多少工夫，这么多人看着呢，成何体统！"

苏岑扫了一圈，这座上的高堂、满庭的宾客，都是来贺他大婚的。如今一副副目光正对着他，好奇者有之，忧虑者有之，等着看笑话者也有之。

"这礼我不能成。"苏岑目视前方断然开口，满座哗然。

"苏岑你什么意思？"王家少爷忍不住上前一步，"我妹妹岂容你这般玷辱！"

"王家小姐秀外慧中，冰清玉洁，我不曾染指过一丝一毫。麻烦在场的诸位做个见证，今日这礼没成，只因我苏子煦狼心狗肺，与王家小姐并无半分瓜葛，要打要骂冲我一人即可，日后王家小姐嫁娶随意，还望诸位不要为难。"

凤冠霞帔之下传出几声哭腔，"我可以等……"

苏岑摇了摇头，意识到她看不见又道："不必等了。今日我苏子煦在此负了王家小姐，活该遭受天谴报应。就咒我孤独终老，就此断子绝孙！"

在场的人都倒吸了一口凉气，这么恶毒的诅咒没人敢说出口，却有人拿来咒自己，到手的娇妻不要，反而赚得一个人人嗤之以鼻的名声，到底图的什么？

高堂之上苏父一拍桌子，"今日你敢走了，我苏家就没你这号人！"

苏岑目光垂下，柔缓了几分，上前几步跪了下来，高堂之上的苏父、苏母脸色发白，说不好是悲是怒，苏岑把头深深叩下去，"子煦不孝，让爹娘操劳半生，到头来还要惹世人非议。"再直起身子，"我今日败坏家门，有辱门风，自认无颜再当苏家子弟，自此与苏家断绝一切关系，今后或落魄或潦倒，都与苏家无关。"

"你……"苏父的嘴唇颤了颤，手狠狠拍了几下桌子，"你到底想干什么啊？就非要去蹚那趟浑水？咱们平头百姓，就安安生生过日子不行吗？"

苏岑低下头道："王爷若是出事了，这安稳的日子只怕也不长了。"

苏岚站在一旁，忽然就明白了，他就是要当着这些人的面把事情做狠、做绝，就是要在众目睽睽之下与苏家断了关系。

此去京城前路叵测，据刚才那人所说，李释犯的是谋大逆的重罪，他毅然要去，那便是生则同生，死则同死。他是不想让他们受到牵连。

"一定要去？"苏岚问。

苏岑轻声道："刀山我陪着，火海我也陪着。"

苏岚拳头握紧又松开，一口牙都快咬碎了，终是摆了摆手，"去吧，这里有我。"

苏岑冲他一揖，扭头毅然离开。

苏岑一席红衣打马过巷，驶过扬州的十里长街，一路奔赴长安而去。

相比当年从马背上摔下来，他现在的马术精进了不少，都是在一次次情急之下逼出来的，如今更是发挥到了极致，几乎不眠不休，第三天傍晚就进了长安城的城门。

刚一进城苏岑就被郑旸截了下来，郑旸拉着他那双皲裂了的手，一时激动得说不出话来，只能一遍遍重复道："你可算是来了。"

苏岑皱眉，"到底是怎么回事？"

郑旸谨慎地环视四周，拉着苏岑边走边道："上车说。"

上了马车后苏岑才发现，这车上食物、铺盖一应俱全，郑旸显然是一直守在这里，生怕错过了他。

"你这穿的都是什么？"郑旸瞅了瞅他身上的红衣道。

"我的喜服。"苏岑把满是灰尘的衣裳脱下，随手抓了郑旸的一件衣裳穿上，"先说正事，什么叫谋害先帝，先帝不是病死的吗？"

郑旸张了张嘴，也只能先把满腔的疑问压下，道："先帝当年确实是罹患了重病，这点太医院里都有档案留存，可一个为先帝换丧服的老太监说，先帝脖子上有一道青紫色的指印。

"先帝死的时候最后见的就是小舅舅，他这意思不就是说人是小舅舅杀的吗？再加上小舅舅与先帝早就有龃龉，他们就说是小舅舅因当年被夺皇位之事，亲手掐死了先帝。"

苏岑凝眉想了一会儿，道："也就是说这些只是没有证据的指控，那个老太监也没有亲眼见到王爷杀人，就凭这个他们就想扳倒一朝摄政亲王，想得也太简单了。那个老太监现在人呢？"

"死了。"郑旸撇撇嘴，"当天夜里就在家里上吊自杀了，还算他聪明，给自己留了个全尸，不然落到小爷手里，我肯定要他生不如死！"

苏岑抿了抿唇，"死无对证，从死人嘴里就更难找出证据了。"

郑旸也陷入沉思，事情已经过去那么多年了，这个老太监突然出现，并且刚说完就死了，怎么看都像是蓄谋已久。可现在事情难就难在这个死无对证上，这个事情不管是真是假，已经在所有人心中留下了一颗怀疑的种子，早晚有一天会横生出枝节来。

"不管怎么说，这个事情只是那个太监的一面之词，毕竟没有真凭实据，还有转圆的余地。"苏岑想了想又道，"那私通突厥是什么意思？我当日已经都说得很明白了，私通突厥的是先帝，跟王爷有什么关系？还有为什么扣押在兴庆宫，罪名不是还没有坐实吗？祁林他们就眼睁睁看着这些人在兴庆宫作乱？"

"别跟我提祁林。"郑旸目光一沉，"小舅舅这次出事，就是他们害的！"

苏岑蹙眉，"什么意思？"

"那些人就是群养不熟的白眼狼！"郑旸咬牙，"当年在捕鱼儿海的时候，他们根本就不是屠了阿史那全族，而是只杀了当时的可汗，如今的突厥可汗莫禾就是他的嫡子——阿史那莫禾。"

"祁林他们认了？"

"供认不讳！"郑旸一锤桌子，整个马车都跟着抖了抖，"小舅舅待他们多好啊，把他们从奴隶贩子手里救回来，好吃好喝从不亏待，还把他们带到长安来，结果他们反过头来咬小舅舅一口！"

苏岑想了想，却是摇了摇头，"我不相信祁林他们会背叛王爷。"

"事实就摆在这里，还有什么不相信的？"郑旸意识到自己语气重了，偏过头去缓了口气，"如今祁林人就在天牢里关着呢，不信你自己去问，反正我是不去，我怕我一个不小心，当场咬死他！"

苏岑点点头，他是一定要去的，只是如今他这身份只怕是进不了天牢，到时候肯定还得郑旸开路，所以说到底，这天牢郑旸去也得去，不去也得去。

"咱们这是要去哪里？"苏岑转头问道。

"进宫。"郑旸道，"小天子说了，等你一回来，立即带你进宫。"

苏岑抬头，"小天子怎么知道我会回来？"

"你离京有一年了吧？"

苏岑不明所以，轻轻点了下头。

"你不知道，这一年里，京城变化大着呢，简直可以说是天翻地覆。小天子也不是当初那个遇事只会哭的小孩子了，他说知道小舅舅出了事你一定会回来的，还说这个案子只有你敢接，果不其然你就回来了。"

这天底下最尊贵的孩子，终究也是被逼着成长起来了。

"对了，还有个事得跟你说。"

苏岑还在思考案情，点头示意郑旸接着说。

郑旸却又沉默了，苏岑见郑旸还不开口，便抬头看过去，只见郑旸抿着唇又等了好一会儿才道："封一鸣死了。"

马车从青石路面上辘辘而过，车厢内却静得出奇，苏岑对着郑旸张了张嘴，好半晌说不出话来。

"你说什么？"苏岑声音轻颤颤的，竭尽全力也还是压制不住地颤抖。

"封一鸣死了。"郑旸抿了抿唇，又重复了一遍。

"怎么死的？"

"说是家里遭了蟊贼，在与蟊贼搏斗中被刺中了要害。"郑旸狠狠握了下拳，指节发白，"但明眼人都看得出来，什么蟊贼，肯定是李晟派去的人。封兄这一年帮着小舅舅处理政务，李晟手下好几个人都栽在他手上了，如今一看见小舅舅失势，李晟立马就对封兄下手了。"

苏岑忽然想起当初扬州城外的偶遇，没想到封一鸣一语成谶，那真成了他跟封一鸣的最后一面。

他本就是暗门出身，又帮着李释屡次跟暗门作对，李晟自然不会放过他。他早就知道自己这一趟不是善缘，却依旧毫不犹豫地奔赴而来，义无反顾。

"什么时候的事？"

"就在两天前。"郑旸轻声道，"应该是明天出殡。"

就差两天。

苏岑满腔的愤怒和深刻的哀痛交相碰撞，指节攥得咯嘣作响，最后却也只能道："等明日，我们去送送封兄。"

马车最后停在九仙门外，经翰林院入内朝，一来可以避开外朝诸多机构，二来则可以避人耳目。

下车时天已经完全暗下来了，宫门外华灯初上，恍如白日。趁着郑旸去跟守门的侍卫交涉，苏岑站在宫门外仰头看去，隔了一年再回到这里，竟有些物是人非之感。

城墙好像变高了，宫门也更厚重，紧紧闭着，透着一股拒人千里之外之感，连城墙上的宫灯也折射着冰冷和疏离。他梦里的那个长安城不是这个样子。

苏岑收回视线，不忍再看下去。

等了半晌还不见动静，上前才知道郑旸这个"人形令牌"竟然不好使了，两个人被拦在宫门外，还惊动了一队巡夜的侍卫，险些吵起来。

郑旸对着拦路的侍卫横眉以对，"你们知道我是谁吗？"

那群侍卫的首领恭恭敬敬地行礼，"世子尊容，小的们自然认得。"

郑旸拉着苏岑上前几步，"认得还不滚开。"

竟不想这群侍卫寸步不让，"王爷有令，皇宫禁地，闲杂人等不得入内，还请世子见谅。"

李释出事之后，李晟就借机接管了大内禁军，将之前的侍卫都换成了自己的人，他们口中的王爷是谁自然也显而易见。

"什么叫闲杂人等！"郑旸气不打一处来，"你竟然敢说小爷我是闲杂人等！"

直到苏岑在身后拉了拉，郑旸才回过神来，他不是闲杂人等，身后却跟着一个闲杂人等。

侍卫首领也笑了，"世子要进宫，我们自然不敢阻拦，只是这位只怕进不了宫门。"

郑旸眉头一蹙，没想到这么一个小偏门把守得还这么严格，无奈之下只能搬出圣驾道："苏岑是陛下召见进宫的。"

"那还请世子将陛下的圣谕给我们一看。"

郑旸恼羞成怒，拉着苏岑就要往里冲，"不过是一群看门狗，还真拿自己当个人物了。"

哗啦一声，横刀出鞘，寒风中寒光凛冽，这群侍卫竟横刀相向，"擅闯宫门者，杀无赦。"

苏岑目光慢慢冷下来，当初郑昣仅靠着背一背族谱就能在皇宫内苑里来去自如，如今时过境迁，这皇宫像个大冰窖，真的是一点人情味都没有了。

僵持之间，一个尚未发育完全的少年的声音突然从宫门里响起："是朕让他来的。"

宫门大开，众人闻声齐刷刷看了过去。

苏岑随众人跪下，"草民苏岑见过陛下。"

小天子看着面前跪着的人，目光渐缓，"都平身吧。"

苏岑跟着站起来，这才有机会好好看一眼小天子。相比一年前他长高了不少，之前肉嘟嘟的一张小脸已经有少年人的轮廓，如今端端正正地站在宫门处，眉目之间竟有几分像李释。

"行了，你们都退下吧。"小天子摆了摆手，"苏岑跟朕来。"

苏岑总算是有惊无险地进了那扇门，郑昣一扫前面之耻，趾高气扬地冲着几个侍卫一甩下巴，昂首阔步地跟了上去。

等身后那些人再也看不见了，小天子忽然抬头冲苏岑一笑，"朕就知道你一定会来。"

苏岑冲小天子拱了拱手，"陛下圣明。"

小天子接着道："朝堂上好久没看见你了，朕还怪想你的。"

苏岑抿了抿唇，轻声问："陛下不怪我当初太意气用事，为大周带来了祸端？"

"皇叔一直教朕辨事理，明是非，朕若是连这点对错都不知道，岂不是愧对皇叔的一番教诲。"小天子刚刚扬上去的情绪又低落下来，"只不过皇叔他如今……"

苏岑静默了片刻，再开口时声音低沉却笃定："我这次回来就是要查明真相，还王爷清白。"

小天子点了点头，"要论查案，朕只信你。"

再说起来就是些无关紧要的话了，小天子走在前面，默默说道："母后这一年来身子一直都不怎么好，皇叔和旸哥哥他们操劳政务，都好久没人陪朕说说话了。朕还记着当年你把案子编成故事讲给朕听，跟那些宿儒们讲的都不一样，朕当时真的想过要把你捉来当侍读的，可是皇叔说你是栋梁之材，在别处能起到更大的作用。"

苏岑轻轻捏着一节指骨，思绪渐远。宿州相会时他总算记起了两个人的初识，好多事情也都想明白了，李释不可能因为他一番党争言论就驳了他的状元，甚至还保了他，只是他那时被人从中挑拨，才一直对李释存有那么大的敌意。

可是兜兜转转，他还是站到了李释身边，二人本就是骨子里的相知相惜，任谁都阻拦不了。

几人正不紧不慢地走着，却见小天子突然停了步子，再抬头看过去，只见李晟迎面走来，一双眼睛如墨，正饶有兴趣地打量着他。

郑旸不情愿地说了声"王爷万安"，小天子僵立片刻，叫了声"皇叔"，李晟轻轻点了下头，目光继续肆无忌惮地在苏岑身上游走。

半晌后李晟突然笑了，"苏大人风采依旧啊。"

苏岑冷冰冰地对视回去，"我早就不是什么大人了。"

李晟脸上的笑意不减半分，"既然知道自己的身份，又来这里干什么？"

"是朕让他来的。"小天子出声道，"皇叔之事事关重大，别人来查朕不放心，苏岑他之前就屡破奇案，朕想委任他来彻查此事。"

李晟垂眸，目光对向小天子，"你别忘了，当初明旨苏岑永不录用，君无戏言。"

小天子紧紧抿着唇，当时朝局一片混乱，每天朝堂上说什么的都有，他一时不察被李晟掺和了一脚，事后再想反悔，可圣旨已经下了，追不回来了。

"我可以不要官职。"苏岑抬头一字一顿道，"只要让我能自由出入各处现场，不要官职我也能查。"

周遭一时之间静了下来，郑旸回过神来，急忙去拽苏岑的袖子，意思很明确：如今好不容易有小天子给他做主，就该好好抓住时机，也方便日后重回仕途，他这一句不要官职，岂不是把这大好的机会都给浪费了。

李晟对着苏岑稍稍挑了挑眉，"有意思。可是众人皆知苏大人跟案犯有交情，这个案子由你来查不合适吧？"

郑旸恨恨地咬牙，"小舅舅不是案犯！"

苏岑不在乎李晟的激将法，反击道："众人皆知你跟王爷之间有嫌隙，你找来的人只怕也不靠谱吧？"

李晟笑了笑，"既然都查不得，那干脆别查了，反正人证、物证也都齐全了，干脆处决了算了。"

"一个不知道哪里冒出来的老太监也算人证？还有物证，哪里来的物证？禁不禁得住推敲？"苏岑义正词严，"王爷是先帝钦点的摄政亲王，是大周名正言顺的王爷，岂能如此敷衍了事？"

李晟目光一沉，苏岑这是含沙射影地说他的王位来得名不正言不顺。

"朕说了，让苏岑查！"气氛僵持之际，小天子突然出声打断，"别人查的，朕都不信。"

李晟停了动作，回过头来认真打量了一眼小天子，那双眼睛透着琢磨和审视，像狼一样。

小天子硬着头皮对视上去，只是捏紧了的拳头还是暴露了身体本能的紧张无措。

李晟忽然意味深长地笑了，"好，既然陛下有令，那就查。"接着道，"但也不能无休止地查下去吧？他要是查上个一两年，那是不是大周也陪着他等上一两年？"

苏岑轻轻咬唇斟酌了一番，李晟这是在逼着小天子下旨，到时候要是他拿不出证据证明王爷无罪，李晟就能顺理成章地处置了。

"给我一个月。"

"一个月太长了。"李晟轻轻摇头，"那就年底为限，初一的大朝会上，若是你还拿不出证据，那便拿李释以正礼法。"

第
十
八
章

回
归

时限到年底也算在苏岑意料之中，他没指望李晟能有多大度，事实上，李晟这么轻易就同意让他去查已经出乎他的意料了。

按理说他和李释两个人水火不容，这件事甚至有可能就是李晟授意的，他应该巴不得所有人都不闻不问，直接将李释以谋逆的罪名处置了。

他早就做好了准备，哪怕最后一点支援都没有，前面就算是刀山火海，他也会孤身抗争到底。

苏岑见好就收，领着郑旸躬身告退，他怕再待下去，会忍不住冲上去给李晟那张脸来上一拳。

郑旸问："年底能行吗？这又是突厥又是先帝的，查起来不容易吧？"

苏岑卖了个关子道："说容易便容易，说难也难。"

"怎么个容易法？"

苏岑边走边道："打开昭陵看一看，就知道先帝是被掐死的还是病死的了。"

自古皇帝陵寝一旦合上了就不会再打开了，一直以来都有说法，皇陵关系着国运，所以一般在皇帝生前就已经找好风水宝地修建皇陵，皇陵的位置直接关系着国运是否绵久。哪怕当时修建的是帝后陵，皇帝死在前头了，皇后也只能在皇陵旁重新修建皇后陵，而不是开陵与皇帝合葬。

不仅如此，历朝历代也严厉打击挖坟盗墓之事，毕竟谁也不希望被别人看见自己变成一堆白骨的样子。

所以苏岑说要开昭陵也只能是说说，根本不具备可实施的条件。

郑旸默默叹了口气，又接着问："那难在哪？"

苏岑道："昭陵打不开。"

郑旸无语了。

二人出了宫门，郑旸的马车还在候着，两个人上了马车，郑旸道："马上就宵禁了，我送你。"

一年没回来，苏岑都快忘了长安还有宵禁这个说法，他默默把自己能去的地方想了想，脑子里瞬间闪过一个地方，嗓子忽然就哑了。

郑旸等了半天没等来回答，只能吩咐车夫："去长乐坊。"

"去兴庆宫。"苏岑出声打断，声音里带着一丝紧涩，竟无端生出一种近乡情怯之感，但还是执着地又重复了一遍，"去兴庆宫吧。"

郑旸意味深长地一笑，交代车夫向着兴庆宫而去。

马车最后停在兴庆宫门外，昔日恢宏气派的宫门前如今人丁寥落，两扇大门紧闭，连花萼相辉楼经年不灭的灯火也熄了。整个宫殿像一头蛰伏的猛兽。

苏岑的注意力并没有在这上面停留多久，他呼吸有些急，指尖有些抖，心里预演了一万遍见到李释要说的话，却被门外两个值守的侍卫当头浇了一瓢冷水。

他竟然进不去。

苏岑道："我是奉圣上旨意彻查此案，可以自由出入与案情有关的任何场所。"

两个侍卫目不斜视，"豫王有令，任何人等不得进入兴庆宫。"

"你们大胆！"郑旸上前一步，"陛下都下旨让他查了，你们还敢阻拦，难不成豫王比陛下还大？"

两个侍卫油盐不进道："我们只听从豫王吩咐。"

"放肆！"郑旸撸起袖子欲上前，被苏岑急忙拦下，他们两个文弱书生在这里讨不到好处。他后退几步打量了几眼兴庆宫的围墙高度，当初李释入主兴庆宫后，将这里的墙建成了铜墙铁壁，徒手爬上去显然不现实。

他只能又回去跟那两个侍卫交涉，冷声道："你们豫王已经答应了让我来查，不信你们大可以去问。"

两个侍卫对视一眼，面不改色道："我们要见手谕行事。"

"一群狗杂碎！"郑旸忍无可忍，终于还是冲了上去。

不一会儿，郑旸就被人从兴庆宫门前的石阶上踹了下来。

想他英国公府的小世子以前在京城都是横着走，什么时候受过这种委屈？他顾不上被摔疼的胳膊和腿，站起来又要往上冲。

等到苏岑好不容易把他拦下来，暮鼓已经响起，宵禁时辰已至。

郑旸回过神来，"那现在岂不是去找那老东西要手谕都没用了？"

苏岑脸色已经黑下来了，"打狗看主人，你跟两条狗较劲有什么用？"

郑旸咬了咬唇，气馁道："那现在怎么办？"

苏岑又看了一眼两扇紧闭的大门，也只能无奈道："先这样吧，明日再说。"

望月将至，月色清皎，李释从勤政务本楼出来，踏着月光慢慢往寝宫方向而去。

难得没了朝中那些烦心事，没了批不完的奏章，他一觉从午后睡到入夜，若不是夜风乍起，说不定还能一直睡下去。

整个兴庆宫都静悄悄的，只听一串轻缓的脚步声跶跶而来，途经大门，那脚步停了停，回头望去。

一轮明月当空，孤零零地挂在门楼之上，月光如寒纱似的倾泻而下，他竟不自觉地伸手，想要握一握那抹月光。

苏岑坐在马车上远远看着兴庆宫的大门，郑旸已经抱着一件锦裘睡着了。照理说他一路奔波，这会儿应该比郑旸睡得还死，可他却一时间睡意全无，看着那两扇门思绪万千。

他以为宿州一面就是永别，从此一切都可以回归正轨，李释继续做他的摄政亲王，他在有李释泽蔽的疆土之上继续过自己的小日子，自此相忘于江湖。

可是造化弄人，如今他跨越千山万水回来了，却被一扇门拦住了去路。

那门里的人是他的理想和追随，是他的期许和全部，既然他又一次回来了，就一定不会再轻易放手。

伴随着第一缕晨光，苏岑整顿精神，刚从马车上下来就见不远处迎面来了一队人。

为首的是张君。

一年不见，张大人那肚子又圆了一圈，他看着苏岑沉默了半晌，最后也只是在苏岑肩上拍了拍，轻声道："回来就好。"回头一指身后带着的人，"大理寺上上下下还是听你号令。"

感谢的话说来都是虚的，苏岑冲他认真点了点头。自他入仕以来，张君一直都算是他的良师益友，虽然平时圆滑了些，但在大是大非面前拎得清，关键时候从来不撂挑子。

苏岑看了看刚从马车上下来的郑旸，问道："封兄什么时辰下葬？"

"巳时吧。"郑旸打着哈欠道，"太早了人不齐，天寒地冻的也不方便。"

苏岑点点头，回头冲张君道："那在此之前，我想先去看看祁林。"

苏岑对刑部大牢并不陌生，他在这里住过大半个月，那段时间过得浑浑噩噩的，除了冷一些、暗一些，他对这里倒也没什么别的印象。

这次过来，他总算知道了人间地狱是什么样子。

一入牢门就是翻涌而来的血腥味，里面还有一股毛发烧焦的味道，腥臭而刺鼻。

再往里去，能听见鞭子呼号而过的声音，以及狱卒的咒骂，奇怪的是并没有哀号声，恐怖里带着那么点诡异，苏岑不由得心里一慌。

等来到刑台前，只见一人被数根铁链凌空吊起，头低垂着，满地血迹斑斑，扔在一旁断了的皮鞭也有好几条。

苏岑看了半晌才认出来这个人是祁林。

郑旸看了这场景也没忍住，趴在一旁吐得昏天黑地。

　　狱卒点头哈腰，只当这是朝廷又来人催了，凑上前道："大人放心，今天肯定能让这小子招供。"

　　"招供什么？"苏岑冷声问道。

　　狱卒道："招供宁亲王勾结突厥的罪证啊。"

　　"敢情刑部所破的案子都是逼供逼出来的，事关摄政王的生死，谋逆的大罪也是可以逼供的？"苏岑夺过那人手里的鞭子往一旁重重一摔，"把人放下来！"

　　狱卒脸色一白，这才好好打量苏岑一眼，小心地问道："敢问这位大人是……"

　　苏岑抿了抿唇，没有官职就是不方便，关键时候连个叫得出来的名号都没有。

　　张君刚跟刑部侍郎打过招呼，这会儿姗姗来迟，看见牢里的情形也不由得皱了皱眉，冲狱卒道："让你放人就放人，少废话。"

　　狱卒不认识苏岑却认得张君，只得放低了姿态，为难道："可是这人是个疯子，放他下来恐怕惊扰了诸位大人。"

　　"疯子？"苏岑皱了皱眉，他倒是一直不知道祁林还会发疯。

　　狱卒继续道："说来也怪，之前一直好好的，虽然不招供，但也一直没反抗过，就今天，他突然发疯了似的，不仅挣脱了绳子，还打伤了我们好几个弟兄，不得已这才用铁链子锁着。"

　　苏岑上前几步，忽然脚下一硌，后退一步弯下腰去，竟从满地的血渍之中捡起了一颗珠子来。

　　珠子光滑圆润，油皮积了厚厚一层，是颗佛珠。

　　腌臜至极的地方却有颗佛珠，这与周遭一切有种格格不入的突兀感。

　　"这是哪儿来的？"苏岑问。

　　"这……"狱卒打量了半晌，回头问问另外两个狱卒，"是你们的吗？"

　　另外两人也都摇了摇头，苏岑叹了口气，"把人放下来吧，他不会发疯的。"

　　铁链子哗啦作响，祁林被放了下来，但那双腿早已经站不住了。祁林跪坐在地，头还是低垂着，一只手却是死死攥着，用尽了身上最后的力气。

苏岑上前蹲下来，"你还好吧？"

祁林一直垂下去的头勉强抬了抬，刚一张嘴，先是从干裂的唇缝里滴出血丝来。

苏岑皱了皱眉，"拿点水来。"

他那极度干渴的双唇一碰到水就立即贴了上去，中间呛了几次，却不等咳完又继续喝，最后，一碗水连喝带洒，总算见了底。

喝完水，祁林总算能说出话来了。

"与爷无关……"祁林开口就是这句，"突厥人有个传统，不管多大的仇恨，不杀不及马背的孩子，是我们自作主张放了他们，爷并不知情……"

苏岑抿了抿唇，当初捕鱼儿海之役，图朵三卫落下了一个冷血无情、屠戮族人的名声，如今他们留情了，却还是遭人咒骂。所以从来就没人正视过这群异族人。

"可你为什么要认？"苏岑沉声道，"明明这件事只要你们不认，他们也没有证据，这么多年了一直也没有人质疑过，难不成他们会跑到突厥去质问突厥可汗是不是姓阿史那？"

祁林紧紧攥着的拳头总算松开了，那里面静静躺着的是两颗染了血的佛珠。

祁林轻声道："他们抓了伶儿。"

从天牢出来，苏岑在青天白日之下打了个寒战。他从昨天回来就一直在奔波，竟没来得及去看看曲伶儿是不是还在家里。在他走了之后，阿福又一路摸索回了扬州，可他一看到阿福就想起京城里那些事，后来又打发他回了苏州，所以到最后只有曲伶儿还留在这里。

他一时竟忘了，曲伶儿也是暗门出身，李晟如今得势，自然也不会放过他。

苏岑一阵心慌，封一鸣已经死了，那曲伶儿该不会也……

郑旸知道他所担心的事，安慰道："李晟还要留着曲伶儿要挟祁林，他一时应该不会有事。"

苏岑这才勉强点了点头。

"下葬的时辰到了。"郑旸道，"咱们走吧。"

朝廷四品大员下葬，封宅门前竟只有寥寥几个人。

说到底，封一鸣与他们并不算一路人，他出身寒门，十年苦读考了个传胪，却只分得了一个小官职，不得重用，投奔暗门又轻易背叛，为达目的常常不择手段，所以在朝中风评不佳也是情理之中。

可苏岑却知道，封一鸣所做的一切都是为了留在长安城，他不在乎什么声名地位，他要的不过就是能在李释身边，哪怕充当的只是谋士。

所以这一年，封一鸣虽是刀口舔蜜，但也算是得偿所愿。

他们在门外还碰上了宁三通。

当日长安城里最风光耀眼的青年才俊再聚到一起，却早已物是人非。

宁三通冲苏岑笑了笑，"你还是回来了。"

苏岑点点头，"回来了。"

两句之后便无话可说了，三个人在门前又站了好一会儿，这才接连入内。

进了宅子才发现，不只是门外寥落，家里面也没有几个人，厅内只有一个素棺，还有一个老奴忙着迎客送客，除此以外竟连一个身着素缟的人都没有。

苏岑皱了皱眉，"怎么会这样？"

"封兄本来就还没成家，在小舅舅出事之后更是遣散了下人，他是早就知道自己会有这么一天，这素棺都是自己备好了的。"郑旸轻轻叹了口气，"当初他孑然一身回来，如今又孑然一身地走了。"

生者已逝，苏岑狠狠握了下拳，上前为他上了一炷香之后断然起身，拿起放在一旁的丧服自己穿上，"既然没人，那我来为封一鸣披麻戴孝。"

郑旸和宁三通对视一眼，也纷纷穿上了丧服。

时辰已到，抬棺的人进来将棺材抬走，苏岑他们又一路扶灵到城外，看着封一鸣的棺椁落钉下葬。

薄薄一层黄土，从此封一鸣与他三人天人永别。

待一切仪式都进行完了，苏岑站在坟前，与那一块阴刻的墓碑对视良久，突然朗声道："公讳一鸣，字言举，永隆十年生人，天狩八年举传胪。元顺中，职御史台领侍御史。不畏强权，劾吏部尚书圈地之责，得宁亲王赏识。

岁余，拜扬州长史，时扬州官商勾结，官盐哄价而私盐泛滥，公以苍生为念，洪流之中而独醒，蛰伏三载有余，权衡盐务，废榷盐，收归于国统，百姓得盐可食，恩信大洽。是年，擢淮南道盐铁转运官，经营半载，则国库盈余。次年调任工部侍郎，惩奸臣，诛小人，扶社稷于即倒，忠信有实，有司皆念其志。是岁，受奸人所迫，享年二十有七。其生而有时，终其所求未悔，呜呼哀哉，尚飨！"

封一鸣，鹤鸣九皋，一鸣惊人，终归是洒脱作别，乘鹤西去了。

等把封一鸣的墓都安顿好了，时已近午，郑旸从后面拉了拉苏岑，"苏兄节哀，回去吧。"

苏岑头也没回，"你们先走，我再待会儿。"

郑旸还欲说什么，被宁三通拉了一把，只好跟着众人先走了。

苏岑又站了有一炷香的工夫，等人群走远了，上前扶着墓碑用力握了握，"你走好，剩下的交给我了。"

言罢转身，再不留恋地举步离去。

正午刚过，太极宫刚刚用完午膳，苏岑在宫门外等了大半个时辰，通传的宫人才回来，吩咐一句"跟咱家来吧"，便头也不回地走了。

太极宫与大明宫、兴庆宫并称"三大内"，继李释霸占了兴庆宫之后，如今太极宫又被李晟夺走了，声名赫赫的"三大内"真正供天子起居的竟只剩了一个大明宫。

李晟刚来时还有所收敛，住的是当初崇德太子还没册封时的豫王府，再到后来权势愈大，愈发肆无忌惮，不把朝中的规矩放在眼里。

直到现在苏岑也没想明白，明明夺崇德太子之位的是太宗皇帝，之后继位的是神宗李巽，这李晟却对李释有这么大敌意，处处都要效仿他，还都要再压他一头。

与兴庆宫不同，太极宫与大明宫比邻而居，诸多外朝机构就设在太极宫内，李晟此举就是直接把自己安插到了小天子家门口，若要逼宫，一步之遥。

太极宫实则由三部分组成，除去中间的太极宫，两侧分别是掖庭宫和东宫，而李晟所在之处便是昔日的太子之所——东宫。

由于天子年幼不曾设立太子，这东宫自崇德太子之后便一直是封闭的，苏岑也只是从外面观望过几次，对其内部布设并不清楚。

苏岑由那个太监一路引着进去，不由得暗暗吃惊，这里的一砖一石、一草一木当真与陆家庄那个大宅子如出一辙。当年永隆宫变，李晟也不过是个十岁出头的小孩子，竟真能把这里详细记下来，在遥远的陆家庄又复制了一座。

而李晟此时就倚靠在一方暖榻上，怀里抱着个暖炉闭目养神，对周遭的一切置若罔闻。

苏岑无法，只能屈膝跪下，"草民苏岑参见王爷。"

李晟垂眸看了看，挑唇笑了，"当日让你叫声王爷你死活不肯，如今倒是识时务了。"

当初在陆家庄，李晟让苏岑喊他一声王爷，苏岑当时只当是李晟又要效仿李释，并没意识到他还有这重身份。

"看来这一年的历练没白费。"李晟抬了抬手。

苏岑跟着站起来，他懒得跟李晟算那些陈谷子烂芝麻的旧账，直接开门见山问道："曲伶儿在哪？"

李晟一脸惬意地眯了眯眼，"曲伶儿是我暗门的人，如今自然是在暗门。"

"你……"苏岑上前一步，却又生生刹住，他如今无所依靠，只能放下身段求道，"你别为难他。"

"国有国法，家有家规，我们暗门对待叛徒自有安排。"李释挑了挑眉，"封一鸣是，曲伶儿也是。"

苏岑狠狠握了下拳，他就知道封一鸣的死跟李晟脱不了干系，如今李晟既然认了也就省得他再去求证了，他心里默默记下，这笔账他早晚要算。

"曲伶儿当初叛出暗门是因为你要杀他，后来他告诉我的那些也都是你想借他的口说给我听的，他虽然无功，但也无过，你没必要一定要杀他。"

"我们暗门的事，不劳你费心。"

苏岑轻轻抿唇，如今事情还没到不能挽回的地步，李晟还要留着曲伶儿要挟祁林，所以他目前应该不会有性命之虞。当务之急是见到李释，苏岑只得道明来意："我要进兴庆宫。"

"怎么？"李晟抬眸，唇角挂着一抹玩味的笑意，"昨夜你那么着急离开，我还当是着急去见人，最后怎的没进去？"

因为你放了两条狗在门前挡路，苏岑想。他目光锐利，仿佛要在李晟脸上划上两道口子，"你既然答应了让我来查，就得给我自由出入的权力。年底为限，王爷一诺千金，不会食言吧？"

"伶牙俐齿。"李晟轻轻一笑，瞥见前来侍茶的侍女，一个眼神便让她呆立原地，转头接着对苏岑道，"但聪明人最重要的是识时务，你这副样子太凌厉了，我不喜欢，还是当初在陆家庄时好一些。"

李晟意有所指，苏岑看了看端着茶的侍女，指尖又狠狠往掌心一戳，最后才上前将她手里的茶杯接过来，给李晟送上前去，"王爷请用茶。"

直到苏岑的指尖被茶盏烫得微微发红，李晟才把茶杯接过去，轻轻笑道："这就好多了。"

苏岑把讨来的手谕直接砸在了门口侍卫的脸上，一身戾气萦绕在周身，几乎有些恶狠狠地命令："开门！"

两个侍卫见了手谕也不好再说什么，回头不情愿地开了一道小缝，仅容一人侧身进去。

苏岑越过两人，上前用力一推，门轴吱呀一声滑开，两扇高门大敞，里面辉煌气派的琼楼玉宇尽数呈现。

苏岑这才举步而入。

堂堂兴庆宫，什么时候这么器小过？

苏岑怀着一腔热血进了门，没走几步却又慢慢停了步子。打量一圈，这里一砖一瓦都是他熟悉的，却又莫名觉得陌生。

他站了好一会儿才意识到问题出在哪里，太安静了，硕大的一座宫殿，竟然连只身片影都看不见。当日游园会时的热闹场景还历历在目，如今那些人都不见了，勾肩搭背的图朵三卫不见了，一脸冷漠表情的陈凌不见了，连那帮争着抢着献手艺的厨子也不见了。

苏岑忽然明白李晟为什么没有落井下石直接把李释关到天牢里去，他让李释独自守着这座空落落的庭院，看着昔日繁华的花红柳绿慢慢衰败，精巧绝伦的雕梁画栋渐渐蒙尘，就像是从内里慢慢消耗掉一个人的灵魂，远比肉体上的折磨要痛苦。

苏岑缓了缓神，快步上前，没走几步又跑起来，恐惧慢慢笼上心头，他突然害怕李释跟着兴庆宫一起衰老下去。

他几乎是循着记忆横冲直撞，湖心亭没有，花萼相辉楼没有，寝宫也没有。他以前觉得兴庆宫大，却从来没有觉得这么大过，他漫无目的地横冲直撞了半天，有些地方甚至确认了两三遍，一无所获之后，有个地方却渐渐明晰了起来。

那是李释平日里最常待的地方，因为被一身政务缠身，常常要待到通宵达旦。他以为没了那些奏章，李释应该不会再待在那里了。他为这个朝局呕心沥血了那么多，却终究是被辜负了。

到头来只有他不甘心，李释自始至终就没有怨过。

苏岑步子渐缓，每一步都走得深思熟虑，到最后干脆驻足，凝视着楼台之上的那个身影，视线忽然就模糊了。

李释费了好一番工夫才把虬曲交错的兰花根一点点分开，许是他如今总算有时间打理了，这些兰花入冬以来日益疯长，有几株竟然爆了盆。趁着今天天气好，午后日头又足，李释找来几个空花盆给这些花倒盆。搁置得太久了，那些根纠缠在一起，像理不清的青丝。

李释听见动静后抬了抬头，手上一顿，便有一段根须断在了手里。

苏岑拾级而上，每一步都像是踩在了棉花上，他这一路风风火火，抛弃一切跨越千山万水，临了这最后几步了，却突然走不动了。

他有千言万语要说，所有的委屈、不甘、愤怒积压在心中，最后却只是轻轻问道："这些兰花……还活着？"

李释笑了，他那双深沉的眸子里有他熟悉的东西，"都在这里呢，你要不亲自数数，看看少没少了哪盆？"

苏岑盯着李释满手的泥污皱了皱眉，"怎么亲自做这些？"

话一出口他就险些咬了舌头，如今这兴庆宫里空无一人，李释不亲自动手难道还等别人来做？

李释却并未放在心上，低下头去继续修整根须，道："这些花我什么时候让旁人经手过？"

苏岑一愣，恍然大悟，一股酸涩汹涌而上，他得紧紧咬住后牙根才抑制得住眼泪。他想起来了，他在时，这些兰花浇水施肥就都是李释亲力亲为，如若不然，这些娇贵的小玩意儿又怎么能活到现在？

当初他以为照看这些兰花只是李释闲下来时的一点消遣爱好，直至今日才明白，李释把这件事当作一件重要的事去对待，从未敷衍了事过。

一时无话，苏岑低头静静看着李释将错综复杂的根须一点点分开，那双手曾经指点江山，破过千军万马，如今沾染了泥污，流连于泥土陶盆之间，却一样赏心悦目。

李释好不容易将两块根须分开移到新花盆里，刚一伸手，苏岑便已经把花铲递了上来。

李释笑笑接过来，"知我者，子煦也。"

两个人无声地配合，竟然无比默契，不一会儿便将两株花重新倒了盆，处置妥当了。

李释站起来伸了伸腰，洗净了手，接过苏岑递过来的帕子，这才又问道："什么时候来的？"

"昨日。"苏岑抿了抿唇抬头看过去。昨日就到了，今日才登门，他特意没说昨晚那些波折，就是想看看李释会作何反应。

结果李释只是摇了摇头，"你不该来。"

"我不该来，那谁该来？封一鸣吗？"苏岑话一出口心里就后悔了，封一鸣的事只怕李释心里也不好受，又缓声道："是你说有朝一日你权力散尽，身败名裂，让我陪着你的，你都忘了吗？"

"我后悔了。"李释轻轻叹了口气，"不想让你陪着了。"

他抬手拎起苏岑鬓角方才跑乱的一缕发，"当时一句玩笑话不该成为你的负担，我后悔了，我想看你娶妻生子，平安顺遂地过完一生。"

"娶妻生子？平安顺遂？"苏岑偏头笑了笑，抬手揩去眼角的泪，再抬头时满眼猩红，"你差一点就能看见了你知道吗？你知道我花了多少力气才接受了我现在的人生，我又费了多大的劲才又爬起来重新开始？我都已经站在喜堂上了，对面的王家小姐是扬州城里出了名的大家闺秀，满庭宾客都到齐了，三书六礼就差一步……就差一步！可我却跑了，就为了一句不知道真假的消息！"

李释皱了皱眉，不知是纠结于他成亲这件事，还是怪他没有礼成。

"我如今已经是众叛亲离、声名狼藉，不能得罪的人也全都得罪了，你要我平安顺遂，你让我如何平安顺遂？"苏岑猛地上前一步，"现在咱们就是一根绳上的蚂蚱，生则同生，死也要死在一起，你懂吗？"

李释那双眼睛深深地看着他，苏岑却知道，他就要浮出水面了。

"你出了事，所有人都知道我要回来的，你就没想过我会回来？"苏岑一步步逼近，目光灼灼地逼问，"想过吗？"

李释眼睛眯了眯，尚未作答。

"那是怎么想的？"苏岑不退反进，上前一步看着李释。

"罢了。"李释轻轻叹了口气，在苏岑面前他终归是藏不住了。

苏岑站在宁亲王平时批阅奏章的那张紫光檀桌子边，他忽然想起来，当年就是在这里，他提出要交易，李释就毫不犹豫地与他交易了。

如今再想起来，有几分蓄谋已久的意思。

"其实你是谋划已久吧？"苏岑看着李释笑得像只狡黠的小狐狸，"是……什么时候？"

李释目光轻柔地落在苏岑的脸上，嗓音迷醉，像一壶清酒："在殿试上看着你义正词严地陈述党争之弊的时候；在茶楼里看你言之凿凿地维护曲伶儿的时候；也可能是当初在宿州，看你为了一幅画宁折不弯的时候。当时我就想试试，这人的骨子到底是硬的还是软的？"

直到最后一抹落日余晖消失在大殿一角，星光紧随其上，黑暗中缕缕幽香袭来，刚才还没有那么明显，这会儿静下来了，味道越发浓郁，苏岑问道："这些花怎么在这里？"

勤政务本楼楼如其名，建造的初衷就是为了勤政务本的。当初苏岑一直就不怎么喜欢这里，觉得这里束缚了李释太多，而且惮于这里庄严沉重的气氛，总让他觉得在这里手里不捧上两本奏章就是罪过。

可如今再看，黑暗中东一盆西一盆放着的兰花，门后边堆着水壶、花铲和还没用完的沙土，没有一点"天下第一书房"的样子。

李释道："这里光线好。"

苏岑张了张嘴，这理由冠冕堂皇，他竟无言以对。

"那个王家是个商贾？"李释低头问。

苏岑心里偷笑，回道："虽是商贾，却也是书香门第，家里的太爷是前朝最后一科的进士，后来时局动荡，他们举家迁到扬州，这才弃仕经商，但诗书礼乐也一点没丢下。"

"既然门当户对，你又何必……"

"我此番入京，前途不明，生死未卜，又何苦连累了人家姑娘。"苏岑神色黯然了一瞬，"我悔婚的事估计已经传出淮南道了，爹爹一怒之下把我逐出家门，苏州、扬州我是回不去了，王爷要是也不肯收留我，我就……我就……"

李释轻笑，"你就怎样？"

苏岑轻轻垂下眉目，"我就真的无处安身了。"

李释轻轻叹了口气，他知道苏岑这一来必然是已经断了后路，哪怕还有一点退路，他也不会放任他继续在这场浩劫里掺和下去。

可事已至此，他也只能轻声安慰道："好，我收留你。"

苏岑一觉睡到日上三竿，次日一早从梦中惊坐而起，直到看见李释在殿外摆弄花草的身影，他那颗心才算落回了肚子里。

他轻手轻脚地上前。

李释还是听见了动静，道："睡好了？"

"好了，从来没这么好过。"苏岑不情愿地道，"我得走了，奸人当道，苏大人要去惩奸除佞了。"

李释从一旁拿了个暖炉递到苏岑手上，"尽人事以听天命就好。"

苏岑却一字一顿道："事在人为。"

苏岑刚从兴庆宫出来就见门外停着辆马车，郑旸正靠着马车有一搭没一搭地跟车里的人说话，看见苏岑出来立马迎上前去，"大少爷，你可算是出来了。"

苏岑有些不好意思地揉了揉鼻子，把手里的暖炉送到郑旸手中，"暖暖身子。"

郑旸把暖炉揣在怀里边走边问："小舅舅怎么说？是不是李晟陷害的？那个老太监是什么来头，小舅舅认识他吗？"

苏岑突然止步，这才意识到关于案子的事情，他跟李释压根就没谈过。

他笃定李释是受奸人陷害，以至于案发时的情形问都没问，这会儿被郑旸问起来了才回过神来，不禁赧然，只好含糊其词道："查一查自然就清楚了。"

临近马车，郑旸放缓了步子，有些犹豫道："还有一件事，你先听我说……"

苏岑顿足看过去，与此同时马车里也有了动静，车帘掀起，从车上下来了一个人。

苏岑回头，与宁三通打了个照面。

郑旸后来也知道了太傅府跟崇德太子那些弯弯绕绕的关系，知道宁三通曾经帮李晟骗过苏岑，有些为难道："宁三通他也是想帮忙。"

宁三通偏头冲苏岑一笑，"张大人说大理寺都听你调遣，不知苏兄还认不认我这个仵作？"

苏岑拧着眉不作声，宁三通无奈笑了笑，"苏兄还是信不过我。"

苏岑看着他沉默了半晌，才出声道："现在与我一道就是跟李晟作对，有可能牵连到你，甚至整个太傅府，你可想好了？"

宁三通轻轻笑了，"亦余心之所善兮，虽九死其犹未悔。"

陈
英

第一个要查的就是那个把事情牵扯出来的老太监。

这太监姓陈名英，祖籍江南西道虔州南康郡人，武德十三年当地瑶民叛乱，太祖皇帝出兵平叛后捉了一部分俘虏入宫服侍，陈英就是其中一个。

那陈英入宫时还是个半大小子，一开始被分到内仆局领了个喂马的差事，后来因为做事勤勉被调到掖庭局教习宫女，最后官至内侍省内给事。天狩五年因年纪大了被遣散出宫，在城郊置备了处房产，也算是在宫中浮沉了一生有个善终了。

没想到年近古稀又闹出了这么一摊事。

因为有郑旸帮忙，他们找到陈英在城郊的宅子没费多少工夫。因为涉及那一桩大案，陈英死了几天了也一直没有下葬，就那么放在厅堂里摆着，已经有了隐隐的腐败气息。

在陈英家里帮持的还有一个人，唤作陈阿牛，是陈英早年间在宫外收养的义子，就是预备有朝一日替他料理后事的。

宁三通看见尸体当即不避讳地上了手，苏岑借机打量陈英家里的摆设。一些宫里的太监为了防备自己老了无处安身，早早就在宫外置了房产，更有甚者将宫里的东西偷偷运出去，变卖成银子，在宫里当着别人的奴才，出了宫却个个都是大爷。

苏岑疑心这陈英也是因为将宫里的东西偷出来变卖被人抓住了把柄，这才不得不出来攀咬。只是这陈英家里看着倒是节俭朴素，一进一出的一个小院落，厅堂上摆着的也都不是什么值钱的玩意儿，进了里屋总算找到一个观音像，苏岑拿在手里掂了掂，又无奈放下，南窑的次货，放在市面上也不值几两银子。

郑旸则去找那个陈阿牛套近乎，这陈阿牛看着老实憨厚，不像有心机的样子，对郑旸的问话也有问必答。

郑旸问："陈英出事之前有没有什么反常的举动？比方说……家里有没有来过什么人？陈英有没有心绪不宁？就没跟你说过什么？"

苏岑往郑旸这里看了一眼，知道他们是想到一处去了。

陈英出宫后生活安稳，身边有人侍奉，虽过得不富裕，但也算衣食无忧，这时候要让他站出来攀咬当朝的摄政亲王，其手段无非就是威逼利诱。可这件事说出来就是一个死，什么利都不及自己的命值钱，所以在苏岑看来，威逼的可能性大过利诱，只是目前他还没搞清楚这老太监到底是有什么把柄被人抓住了。

只见陈阿牛挠了挠头，"没有啊，我义父出事之前一直好好的，就是事发当天他也是像寻常一样收拾妥当了才出门的，并没见有什么反常的举动啊。"

郑旸纳闷，"那他无端出来冤枉我小舅舅干吗？"

"谁说是冤枉？"陈阿牛小声嘀咕，"说不定就是真的。"

"你说什么？"郑旸当即恼火，想要动手，"有种你再说一遍！"

苏岑急忙上前把他拉住，陈阿牛抱着头躲得远远的，心有余悸地瞄着郑旸。

宁三通听见动静也跟着看过来，冲苏岑摇了摇头，"人确实是自杀的，身上没有其他外伤，也没有抵抗的痕迹，舌骨断裂，舌尖外露，眼球突出，这些都符合自缢身亡的特征。"

郑旸咬牙，"便宜他了。"

"换了是我也会自杀的。"苏岑道，"活着也是受罪，不如一死来得痛快。"

一石激起千层浪，那颗石头注定是要沉底的。

苏岑说罢转身，继续进里屋找证据去了。

郑旸和宁三通对视了一眼，也知道在这里多说无益，转而分头行动，各干各的去了。

苏岑找到陈英的卧房，一如外间简洁明了，收拾得也算干净，房梁上一根绳子还悬着，正是当日陈英用来上吊的那根。

苏岑仔仔细细地看了一遍，依旧一无所获，刚待转身出去，却突然把目光定在陈英平日里睡觉的那张炕上。

准确地说是炕下面的灶膛里。

如今寒冬腊月，灶膛里却没生火，非但如此，这灶膛里干干净净，一点烟灰都没有，一眼就能看到底。

陈阿牛不敢再去招惹郑旸，这会儿正跟在苏岑身后张望，被苏岑回头问"这是你打扫的"，他才意识到苏岑问的是哪里，急忙回道："不是不是，义父的房间从不让我进来，这都是义父自己打扫的。"

苏岑点点头，回过头在灶膛口前跪下来，探身往里面掏去。

不承想这灶膛深得很，苏岑试了几次都不得法，只得冲外喊道："郑旸，过来帮我一把。"

郑旸和宁三通听见动静齐齐赶来，看见如此场景急忙上前道："这是怎么回事？"

苏岑回头道："拿蜡烛过来。"

宁三通急忙找来烛台递上去，苏岑借着烛光才将灶膛里看清个大概，再一摸，竟从里头掏出个木盒来。

一个紫檀木的盒子，盒盖上精雕细镂了两只交颈的鸳鸯，苏岑看了一眼，顺势把木盒递给郑旸，这才起身站起来，拂了拂身上的灰尘。

"总算叫我们给找着了，藏得这么深，肯定是值钱的东西。"郑旸迫不及待地将木盒打开，只见那里面的绢布上有一方墨绿的玉器，两指粗，几寸长，前粗后细，还刻有凸出的细纹。

苏岑和宁三通对视一眼，果不其然从对方眼里找到了答案。还没来得及制止，郑旸已经把东西掏出来了，拿在手上仔细琢磨了片刻，一时也看不出是个什么玩意儿，只是看着像个值钱的物件，便抬头问道："这是什么啊？"

苏岑赧于开口，宁三通犹犹豫豫半晌，才道："玉……茎。"

郑旸正要把东西凑到鼻子下去闻一闻，顿时无语，方才还细细琢磨的东西一时成了烫手山芋，扔也不是，不扔也不是。刚刚一直守在门口的陈阿牛突然冲了进来，猛地一把夺过郑旸手里的东西，抱在怀里不撒手了。

郑旸反倒松了口气，拎起衣袍仔细擦了擦手，愤然道："果然是个腌臜太监，没想到竟然好这一口，小舅舅肯定就是被他栽赃的！"

"义父不是腌臜的人！"陈阿牛突然出声道，"义父他既不养娈童，也没有祸害人家的黄花闺女，他一辈子不能人事，寂寞时不过是关起门来聊以自慰，你凭什么说他腌臜！"

苏岑皱了皱眉，"你见过？"

"我……我有次起夜时不小心撞见过。"

陈阿牛知道陈英那点特殊的癖好，却还是不离不弃地悉心陪伴，倒也算是个忠孝之人。

"我义父是个好人。"陈阿牛用手背抹了抹眼泪接着道，"小时候我流落街头，谁见了都欺负我，就是义父救了我，给我好吃好喝，还教我识字做人。他不是坏人，他说是那个王爷做的，那肯定就是他做的！"

郑旸上前一步，"你给我过来！"

苏岑拦了郑旸一把，这才看着陈阿牛道："你说你义父是个好人是因为他救过你，那王爷早年间在战场上披荆斩棘，抵御过强敌，后来临朝摄政，拯救过万民苍生，你说他是坏人吗？"

陈阿牛抿了抿唇不作声了。

"就像你信你义父一样，我们也笃信王爷绝不会杀害先帝，所以这件事上一定是有人做了手脚。你义父如今死得不明不白，尸体陈放了那么久也不得下葬，难道你就不想抓住真凶，还你义父一个公道？"

陈阿牛又抿着唇沉默了好一会儿，最后才道："出事之前是有个人来找过义父。"

众人眼前一亮，齐齐看过去。

"是谁？"苏岑问道。

"是谁我不知道。"陈阿牛摇了摇头，"我只知道他跟义父谈了很久的话，他刚来义父就遣我出去买菜了，我回来了他还没走。可他没留下来吃饭，义父留他他也不肯，最后走的时候义父还把他送到门外，又站了好一会儿才回来。"

"那个人长什么样子？"郑旸追问道。

"长什么样子我没看清。"陈阿牛抿了抿唇，"可我记得，他手上戴了一只纯黑的扳指。"

从陈英家里出来的三个人神色各异，他们各怀心事地慢慢走着，一路无话。

郑旸率先打破沉默，拿着块帕子边擦手边道："果然是李晟想要陷害小舅舅，如今有陈阿牛这个证人，总能还小舅舅清白了吧？"

"一个扳指说明不了问题。"苏岑摇摇头道，"你别忘了，纯黑的扳指王爷也有。"

"你这是什么意思？怎么还胳膊肘往外拐了？"郑旸停下步子，"小舅舅还能自己栽赃自己不成？"

"苏兄的意思是要把罪证坐实了。"宁三通打圆场道，"仅凭一个扳指定不了李晟的罪，要想扳倒李晟就要有实打实的李晟和陈英勾结的证据，是吧苏兄？"

苏岑点点头，心里的疑虑却不减反增，按理说李释和李晟都有一枚墨玉扳指，如今李释被陷害，李晟的嫌疑确实最大。可问题就在于太明显了，李晟有明显的动机，如今罪证又都指向他，可他为什么还要让自己查？查下去对他有什么好处？

郑旸被稍稍安抚下来，接着问："那我们接下来怎么办？"

苏岑道："我想去内府看看。"

"内府？"郑旸愣了愣，"去内府干吗？"

所谓内府，其实就是一座资料库，用以藏书和搜集整理现存的经、史、子、集，分类整合，以传后世。此外还负责存放资料，官员履历、宫人生平皆有收录，以备查验。

"我们都忽略了一个问题，我们以为是李晟找上了陈英，让他栽赃王爷，可是从陈阿牛的供述来看，陈英跟那个戴扳指的人应该是早就认识。那有没有可能陈英栽赃王爷不是临时起意，而是早有筹谋？"苏岑顿了顿接着道，"陈英从武德十三年就入了宫，那个时候永隆宫变还没发生，崇德太子也还在世，陈英在掖庭局当过值，掖庭局与东宫之间就隔着一座太极宫，彼此之间低头不见抬头见，有没有可能那个时候李晟就已经认识陈英了？"

"对啊。"郑旸猛一锤手，"有可能这陈英又是承了那什么崇德太子的恩情，就像……就像……"

宁三通不由得苦笑，"就像当年我家老爷子那样。"

郑旸一时哑然，张了张嘴最后也只好小声道："我不是这个意思。"

"没事。"宁三通笑笑，"事实确实如此，我们犯的错我们认。"

苏岑接着之前的话题道："我想去看看，能不能找到一点蛛丝马迹印证我的想法。"

郑旸点点头，却又皱了皱眉，"只是内府的记载也不见得详尽，如果只是一点小恩小惠不见得会建档立案。"

苏岑在前头带路，"去看看就知道了。"

临近年根，各府各寺里都忙得热火朝天，只有内府清闲依旧，负责当值的小官吏正晒着午后的太阳打瞌睡，待郑旸他们来到近前了也没觉察。

等到郑旸在桌面上敲了敲，那小官吏才猛地惊醒，先是一脸被吵醒的不爽，看清来人后又瞬间换了一张脸，谄媚地冲着郑旸一笑，点头哈腰道："世子您怎么来了？"

郑旸没工夫跟这种小人物斤斤计较，问清楚了武德年间的资料所在后便径直往里去，小官吏一路殷勤地将他们领到相应位置，在一旁又候了一会儿，见三个人各忙各的，都懒得搭理他，这才自讨没趣地又回去打瞌睡了。

武德年间建档杂乱，好多史料都不尽齐全，还有的东拼一头西凑一头，找起来麻烦异常。

三个人也不讲究，席地而坐，每个人身边都堆着厚厚一摞案档，一时之间室内清静异常，只剩了唰唰的翻书声。

宁三通看了一会儿，突然抬头四处嗅了嗅，没有发现之后又低下头去接着翻，不一会儿却又抬起头来重复一遍动作。

"你干吗呢？"郑旸不禁好笑。

宁三通笑道："你不知道，咱们这位苏兄自带火种属性，走到哪烧到哪。之前跟着苏兄去礼部库房找试卷，结果就把人家礼部库房给烧了，所以我得时时留意一下，这次可别再出什么幺蛾子。"

"你其实早就知道了吧。"苏岑头也不抬地又翻了一页书，"你那狗鼻子一点白磷味都能闻见，封一鸣放了那么大一堆在那里你会不知道？"

宁三通摸着鼻子笑笑，"所以我不是早就提醒过你们了，火还没烧起来就已经让你们跑了，如若不然，那库房那么好烧，你们能跑出去？"

"什么库房？什么白磷？"郑旸看着两人皱了皱眉，"怎么还有封兄？"

苏岑和宁三通对视一眼，却又不约而同地沉默了。

时至今日不过一年，可如今封一鸣却已经不在了。

当初封一鸣设法阻止他查田平之的案子，想来就是知道这件案子查到最后一定会牵扯到李释身上，他为了李释做了那么多，却落得如此下场。

房间内一时之间又静了下来。

"找到了。"宁三通忽然道。

苏岑抬头，郑旸探头过去，只见宁三通把书往前一递，"陈英的生平。"

苏岑把书接过来仔细看了看，确实如郑旸所说，记载的多是些简明扼要的大事，哪一年在哪里当过值，有何功有何过，基本上也都是他们早就知道的事情了。

"清华宫是哪里？"苏岑忽然抬头问。

"清华宫？"宁三通重复了一遍，"皇宫我不熟，有这么个地方吗？"

"这里写着，陈英曾在清华宫当值过半年，当时是永隆二年夏，等入了冬就被调到内侍省了。"

"永隆二年？"宁三通道，"那宫变不是已经发生了，崇德太子也死了？"

苏岑点了下头，"就是觉得这个地方没听说过，有些突兀罢了。"

"清华宫，怎么会是清华宫？"郑旸将书夺了过去，再三确认之后才垂手，喃喃道，"怎么会是清华宫？"

苏岑问："清华宫怎么了？"

"清华宫不在宫里，而是在骊山行宫，以汤泉众多而盛名，一直是皇家游幸和疗养的地方。"郑旸抿了抿唇，"当年容妃身子不好，曾被送到清华宫休养了半年，刚好就是永隆二年，回来没多久人就去了。"

宁三通问道："容妃又是谁？"

郑旸轻轻咬了下唇，"容妃是太宗皇帝还在做王爷时便已经进府的侧妃，为太宗皇帝育有一儿一女，一个是太宁公主，也就是我母妃，还有一个是……"

苏岑的目光慢慢沉了下去，"是王爷。"

苏岑回到兴庆宫时天色已经黑了，循着那一点灯光走过去，只见李释正斜靠着卧榻坐着，手里拿着本书，显然是在等着他。

苏岑走过去，坐在李释边上。

"吃过了？"李释问。

"嗯。"苏岑应了一声，语气有些快快，过了会儿又强打精神补充道，"和郑旸、宁三通他们一起吃的。"

李释一手拿着书，问道："查得不顺利？"

"顺利。"苏岑抿了抿唇，"挺顺利的。"

李释没再继续问下去，点点头，"那就好。"

苏岑静静地听着李释翻书的声音，一日奔波带来的浮躁忽然就消散了。不管在外面漂泊了多久，经历了什么大风大浪，回到这里便都能云散天晴。

"你还记得陈英吗？"苏岑抬头问。

李释视线依旧没从书上挪开，漫不经心地问道："陈英是谁？"

苏岑伸手拿下李释手里的书，与他正视道："陈英是谁？王爷好好回答，不许敷衍我。"

宁亲王聪明一世，不可能连自己栽到谁手里都不清楚，就算当初真的不认识，现在也该认识了。

"苏大人好大的官威。"李释笑笑，将书放下。

苏岑皱着眉故作严肃道："王爷严肃点，不要顾左右而言他。"

"哦？"李释嘴角衔着一抹笑。

苏岑清了清嗓子问道："王爷快说，到底还记不记得陈英？"

李释收回目光，点了下头，"在宫里见过几面。"

李释回答了，苏岑的呼吸反倒有些乱了，他跪坐在李释身前，看着他轻轻上扬的唇角。

"你觉得陈英这个人怎么样？"苏岑接着问道，"是不是那种贪小钱的小人？"

"我与他接触不多。"李释遥想了想，"但表面上看像个老实本分的人。"

"我今天去他置办的宅子里看过了，家境清贫，家里也没什么值钱的东西，他在宫里待了一辈子，哪怕带出来一点东西，家里也不至于那样寒酸。所以我也觉得他不是个贪图蝇头小利的人。"苏岑边沉思边道，"不是为利，也不是被逼迫的，难不成真是陈年旧怨？我和郑旸他们今天查到这个陈英曾经在清华宫当过职，你还有印象吗？"

等了半晌却没等来回音，苏岑疑惑地看过去，道："王爷赶快说。"

李释不答反问："你还记得你八岁时家里负责洒扫庭院的姓甚名谁吗？"

"我还真记得。"苏岑狡黠一笑，"那人是我爹从路边捡回来的一个哑巴，大家都叫他孙哑巴。之所以记得他是因为我小的时候顽劣，经常和大哥逃课出去玩，我们专挑有哑巴负责的地方走，哑巴不会告状，我们走了也没人知道。"

李释笑了笑，笑完了一本正经道："我不记得了。"

苏岑觉得自己早晚有一天得被这位王爷气死。

李释又耐心地给他解释："母妃被送去清华宫休养时病势已经很重了，我当时已经被分给了曹贵妃看养，对清华宫里发生的事并不清楚。"

苏岑听完后心里不禁黯然，自己当时有父母疼着，哥哥宠着，每天干的事就是上蹿下跳地顶撞夫子，而李释却已经失去了母妃庇护，寄人篱下，在这"吃人"的皇宫里步步为营。

次日一早，苏岑是被郑旸的砸门声吵醒的，睁了睁眼才发现天光已经大亮了，算算时辰，上午都快过半了。

苏岑手忙脚乱地把衣裳穿好，外袍也来不及穿了，拿上便走。

郑旸已经在门外站了小半个时辰了，他自己进不去，也没法把里面的人叫出来，在门外跟两个守门的侍卫大眼瞪小眼地看了半个时辰，脸色铁青得厉害。

"小祖宗，你可算是出来了。"郑旸重重吐了口气。

苏岑脸上有些挂不住了，只好岔开话题道："咱们今天去天牢，有些事情我还得找祁林问个清楚。"

郑旸点头，跟着走了两步又道："对了，今天早朝上出事了你知道吗？"

苏岑脚步一顿，"怎么了？"

"有两个官员上奏折说小舅舅的案子还有疑点，不该这么草率地就圈禁了。"郑旸拉着苏岑上马车坐下，"结果被李晟直接下狱了。"

苏岑神色一凝，"随意关押朝廷命官？李晟真当朝堂是他那暗门了吗？他以什么罪名把人下的狱？"

郑旸抿唇，"宁亲王同党，只这一条就够了。"

苏岑蹙眉，"那小天子呢？满堂朝臣呢？就由着李晟这么胡来？"

"楚太后病重，小天子已经有几天没上早朝了，其他人……其他人大都还是持观望态度，还都没表态。"郑旸叹了口气，"所以我才着急啊，到时候就算你把小舅舅救出来了，这朝堂上敢说话的人也都被李晟抓起来了，留下一群唯唯诺诺的人，谁还替小舅舅办事？"

"温修呢？"苏岑问，"他也在观望？"

片刻之后郑旸点了点头，"为首的就是温修。"

苏岑抿着唇静默了片刻，突然抬手敲了敲车壁，吩咐外面的车夫："不去天牢了，去温府。"

郑旸抬头，"你要去找温修？"

"也不能由着李晟为所欲为，温相本就是王爷这边的人，手底下还有老相爷那一帮老臣子，只要他表了态自然会有大批的人追随，我就不信李晟能把半朝臣子都抓起来。"苏岑低下头轻声道，"王爷的根基不能垮，这些人虽然还在观望，但是非对错心里应该都有考量，如今有人肯站出来就已经证明了这一点，日后还会有更多人的。"

郑旸点点头，终于不再说什么了。

两人到了温府门口却还是被拦在了门外，温府的下人早有准备，看见苏岑便直接拦住了，语气也敷衍了不少："我家老爷不在，您请回吧。"

这态度倒也在苏岑意料之中。

"我不是来找你家老爷的。"苏岑道，"请问老相爷在不在？"

"这……"门口的下人稍稍一犹豫，又急忙摆了摆手，"不在不在，家里没人。"

"你这奴才……"郑旸看不过去，上前一步，又被苏岑拉了回来。

苏岑冲那下人点点头，拉着郑旸便走，走出几步又回过头来，"冒昧问一句，你在这府上当的是什么差事？"

那下人轻蔑地回了个白眼，"我是我家老爷的贴身随从，自幼就跟着老爷。"

"可做得了主？"

那下人一扬下巴，"那是自然。"

苏岑忽然神色一凛，冷声问道："可担得起你府上上上下下几十余口的性命？"

下人一愣，"什……什么？"

"我是来救你全府上下人的性命的，你却自作主张将我拦在门外，届时累及全府，你担当得起吗？"

"你……你别胡说。"那下人神色已经有几分慌了，"我们祖上是开国元勋，代代为官，怎么可能说倒就倒？"

"奸王乱政，堂堂摄政王都被陷害圈禁，你们一个温府又算得了什么？"

那下人张了张嘴，被逼得无言以对。

"还愣着干吗？"郑旸厉声道，"还不快去通传！"

那下人斟酌一番，撂下一句"你们等着"，扭头跑进了院里。

过了一会儿又来一人，眉目和顺了不少，将门一敞，恭恭敬敬地将两人请了进去。

那人一路将他二人引到正堂，又吩咐下人送上茶水，只道"请两位稍候片刻"，便躬身退了下去。

这一等就等了一整天。

茶水喝了一壶又一壶，就是不见有人出来。郑旸几番坐不住了，站起来到门口四处张望，再回过头来，却见苏岑还是纹丝不动地端着杯茶水坐着，丝毫不见心焦之态。

时间如此宝贵，他恨不得一天掰成两天用，也不知苏岑是如何能淡定坐下去的。

直到日光西斜苏岑才站了起来，冲郑旸道："走吧。"

"就……走了？"

"不走等着用饭吗？"

郑旸脸上带着三分恼怒、七分不甘，"那这一天不是白等了？"

苏岑摇了摇头，兀自起身。

刚走到门口却撞上了迎面而来的温修。

苏岑了然一笑，冲他拱手问安："温相回来了？"

温修面子上有几分过不去，随意"唔"了一声便算是敷衍过去了，自己打头回到正堂里坐下，端起一盏凉透了的茶喝了一口这才道："你到我府上所为何事啊？"

候了一整天，苏岑也懒得再跟他打哑谜，直接道："我想请温相站出来为王爷说句话。"

温修端着茶杯轻轻一笑，"李释让你来的？"

苏岑摇头，"王爷并不知情。"

"你跟豫王不是约定以年底为限吗？怎么，怕自己查不出来？"

"我查不查得出来是一回事，朝中的舆论支持是另一回事。"苏岑站着道，"王爷一定是清白的，朝中的声援很重要。"

"好大的口气。"温修冷冷一笑,"想必今日的事情你也都听说了,为王爷请奏的两个大臣全都被李晟打入大牢了,我凭什么去当那个出头鸟?"

"你觉得你什么都不说就能保住身家性命了吗?没有了王爷,以李晟赶尽杀绝的性格,会留着宁亲王的亲信多久?"苏岑冷冷道,"皮之不存,毛将焉附。没了王爷这座靠山,大厦将倾,整座温府早晚也要倾覆!"

"你!"温修把茶杯往桌上重重一摔,茶水四溢,"我也不怕告诉你,我不是在李释和李晟之间和稀泥,今日我就把话放在这里,李释的事我一个字也不会帮他说!他是生是死都与我温家无关!"

苏岑皱眉,"为什么?"

温修一拍桌子,"你回去问问他,我妹妹到底是怎么死的!"

苏岑僵立原地,忽然就不知道该怎么张口了。

他一直知道李释有这么一位名正言顺的宁王妃,也知道她刚过府不久就死于非命,他还去问过李释她到底是怎么死的,只是当时李释并没有回答他。

郑旸喃喃道:"温舒姐姐不是病死的吗?"

温舒当初死得太过突然,以至于现在他称呼都没改过来,还是按以前的叫法。

"是谁告诉你的?李晟吗?"苏岑强行打起精神,他不信两家一直以来相安无事,这个节骨眼上温修突然就知道了温舒的死因,所以一定是有人跟他说了什么,才诱导他跟李释反目成仇。

看见温修不作声,苏岑就知道自己猜对了,愤然道:"他的话也能信?他本来就跟王爷是死对头,肯定是想方设法地置王爷于死地。而且温小姐死了对王爷有什么好处?她活着王爷和温府才更加紧密,王爷怎么可能自断后路去杀温小姐?"

"对,小舅舅不可能去害温姐姐的。"郑旸也道。

"是真是假我自有考证。"温修偏头道,"他不就是嫌舍妹碍了他的好事。"

"王爷不是那样的人。"听到温修这么说,苏岑心里却忽然释然了,"温相结识王爷要比我早得多,王爷的为人温相想必比我清楚,只要温小姐在世,王爷绝不会做出对不起温小姐的事来。"

苏岑义正词严道："王爷一生磊落，君子一诺，言出必行。我想这也是先帝选择托孤于王爷的原因，哪怕不是他的江山，他既然答应了，也会倾尽全力去守护。九五之尊、万人之上他都放弃了，又怎么会去害自己的结发妻子？而且这些年王爷对温家可有半分亏待？若不是王爷，温家真能保得住这百年基业吗？到底是王爷帮扶温家，还是温家帮扶王爷还未可知呢！"

"住嘴！"温修站起来一拍桌子，"总之舍妹的事情没查清楚，我是不会帮他的，来人，送客。"

前来送客的下人上前，苏岑咬咬牙，一甩袖子愤然离去。

等苏岑他们走了，内间里有一个人慢慢踱出，那人满头银发，但精神看着还好，向苏岑离去的方向看了好一会儿，叹道："好厉害的一张嘴啊。"

温修上前扶着那人，也跟着叹了口气，"可不是吗，我差一点就说不下去了。"

苏岑怒气冲冲地从温府出来，走路带风，眼神凌厉，连门口守门的下人都远远避开以免遭受牵连。

郑旸紧随其后骂了一路："当初小舅舅持政的时候这些人跟在后面提鞋都排不上号，如今一见小舅舅失势就来落井下石。不敢跟李晟对着干就明说，装什么大尾巴狼。这就提前站好了队，到时候谁胜谁负还不知道呢！"

邻近马车的时候，苏岑却突然停下了步子，猛地抬头扫视一圈。

郑旸有所警觉，"怎么了？"

苏岑这才垂下目光，掀起车帘上了马车。

直到马车走出好远苏岑还是沉默不语，郑旸开导道："你也不用生气，这朝中又不是只有他姓温的一家，他不敢站出来，自然有别人站出来为小舅舅说话。今日只是个开端，你等着吧，明天肯定还会有人上奏的。"

苏岑点点头，眼里的戾气不见了，取而代之的是一如往常的平和，"你不觉得温修今日的态度很奇怪吗？"

"奇怪？"郑旸稍稍一愣，"哪里奇怪？"

苏岑道："他拒绝得太干脆了。"

"干脆？看他那副急着投奔李晟的样子，不干脆才有假吧？"郑旸不屑道。

苏岑沉思片刻，"可温修毕竟不是初出茅庐的小辈了，温家世代为官，早已深谙官场套路，临阵易主是大忌，前主嫌弃后主猜忌，有永隆宫变在前，他该知道这种时候恪守中庸之道才是最好的选择。就算温修一时不察走错了路，那老相爷呢，也由着他这么胡来？"

郑旸细细想了想，这会儿也回过神来了，"你说得也有道理，那会不会是因为李晟挑拨离间，诬陷小舅舅害了温姐姐？"

"那就更说不通了。"苏岑道，"温小姐都死了十多年了，这会儿突然被提出来本就可疑，而且温修知道后一不去找王爷验证，二不报案派人去查，就这么相信了李晟说的？他拒绝得干脆利落，反倒惹人生疑。而且你注意到了没，有几个人一直在温府门口徘徊，从我们一进府就盯上我们了。"

郑旸点点头，"我起初以为是往来的行人、小贩，可一直等我们出来他们还在。"

"温小姐……"苏岑皱着眉沉吟片刻，"温修想让我们查温小姐的死因？"

"可是时间已经这么紧了，哪有时间再操心别的案子？"

"不查……可以问……"苏岑抬眸，"我就不信当年温小姐的死因当真没人知道。"

郑旸抬头，"问谁？小舅舅吗？"

苏岑轻轻摇头，转而吩咐车夫："去天牢。"

天色已经开始暗了，碍于长安城中雷打不动的宵禁系统，行人行色匆匆，街边的小商小贩忙着收拾摊位回家。马车里的二人都隐在深深的黑暗里，各有所思。

"你说小舅舅真的会没事吗？"郑旸率先打破沉默。

苏岑回过神来，他知道郑旸所想，就凭他们两个人，在这短短的数天里，真能把那桩旧案查清楚吗？他当时答应李晟时怀着一腔热血，这会儿慢慢觉出味来，经常无端心悸，夜里吓出一身冷汗来。他已经把事情搞砸过一次，上次还有李释替他担着，这次若是再失误，那就是万劫不复。

郑旸也知道这话有些难为人了，可他心里同样难受，他需要有人支撑着他一直走下去。

以前这个人是小舅舅、是母妃，仗着出身的优势他能在这长安城里横着走，可有一天天塌了，黑云压城，现在他能指望的只有苏岑了。

"咱们这一科可真是命途多舛，我还记得当年科举的时候，你、我，还有崔皓，站在含元殿的大殿前，受尽了天下读书人的瞻仰。"郑旸轻轻叹了口气，"如今还在这朝堂上摸爬滚打的，就剩我一个了。"

"说到崔皓，他是第一个走的，如今看来却是最明智的一个。"郑旸笑了笑，"陈老死了，柳相死了，封兄也死了，谁知道下一个会轮到谁。早知道朝局会乱成这样，像崔皓那样守着一亩薄田过些安稳日子倒也不错。"

"会的。"苏岑突然道，指尖深深陷在掌心里，不自觉地注视着眼前的黑暗，想要从中盯出一点光亮来，"只要不是王爷干的，我会查清楚的。"

车内一时又静了下来，马车在青石路上辘辘驶过，车速却越来越慢，以致最后慢慢停了下来。

算算行程应该还没到地方，车外人声嘈杂，郑旸掀开车帘问车夫怎么回事。

车夫也在抻着脖子眺望，见郑旸出来急忙回过头来道："前面好像出事了，马车走不动了。"

郑旸皱了皱眉，刚要吩咐车夫从小巷子里绕行，却忽然定住了神色，片刻后迟疑道："黄婉儿？"

苏岑在车里等了半晌也不见动静，跟出来询问，只见郑旸抬手给他指了指站在人群中间的人，问道："你看那个是不是黄婉儿？"

苏岑循着郑旸所指的方向看过去，前面那人披着一件雪狐里子的大氅，站在茶楼底下仰头张望，可不正是当日他从草堂寺救回来的黄婉儿。

这一迟疑，身后又有马车后来居上，这会儿想掉头也来不及了。

苏岑又观望了一会儿，看到人群迟迟没有散去的意思，这才从车上下来，对郑旸道："走，看看去。"

两个人来到近前才弄明白，原是黄家小姐带着儿子上街采买，没想到半路上儿子竟被人劫了去。这劫人的也是个有钱有势的，盘下一间茶楼，门口有两个手持长刀的侍卫守着，就这么将人家儿子掳到了茶楼里。

方才在马车上没留意，凑近了才听见茶楼里隐约传出几声小孩的啼哭声。

黄婉儿看到苏岑，眼前一亮，两步上前，一声"苏哥哥"已经出口，瞥见一旁的郑旸又急忙改了称呼："见过世子、苏公子。"

黄婉儿当初在苏宅住过几日，一直都是跟着曲伶儿喊他苏哥哥，苏岑无奈笑了笑，"一年不见，怎么还生分了？"

"苏哥哥。"黄婉儿立即换了称呼，但也就高兴了一下，转而又垮下脸，"苏哥哥，你救救琼儿。"

与此同时，茶楼二楼的窗户突然打开了，一张熟悉的面孔出现在窗子后面，那人怀里还抱着个啼哭的孩子。他挑眉看着楼下笑道："苏岑，真是好久不见。"

"宋凡。"苏岑眉间不由自主地皱了皱，他听到这个名字就从内心深处抗拒，四肢百骸像被冷血动物爬过般遍体生寒。

"琼儿！"黄婉儿当即泪流满面。

宋凡无视黄婉儿，冲着苏岑招招手，"要不要上来看看我儿子？"

苏岑看看一旁无助的黄婉儿，心里虽然抗拒，却还是点头道："我去看看。"

"苏兄。"郑旸一拦。

苏岑回头在他手上拍了拍，交代道："去大理寺，找张大人。"

门口的侍卫果然没再拦，看着苏岑的身影一步步消失在通往二楼的楼梯上，郑旸才一甩袖子一跺脚，急忙回头搬救兵去了。

外面寒风凛冽，这茶楼里却温暖如春。苏岑上楼，只见宋凡抱着个孩子坐着，那孩子模样倒是周正，五官都有几分黄婉儿的风采，一双眼睛却是随了宋凡，只是哭花了一张脸，显得有些楚楚可怜。面前的桌子上倒是摆满了精巧的点心，只是不见动过。

宋凡点点下巴示意苏岑坐下，掐着那孩子腋下把他提了起来，"看看，我儿子。"

那孩子伸着小胳膊小腿凌空扑腾了几下，哭得更大声了。

苏岑刚想伸手把孩子接下来，宋凡又把他收回了怀里，皱着眉头掏了掏耳朵，"哭哭哭，就知道哭，小孩子都这么能哭吗？"

苏岑皱了皱眉，"你弄疼他了。"

"看不出来你对小孩子也懂。"宋凡眼角、眉梢俱是笑意，"难不成这一年在扬州只顾着娶妻生子了？"

　　他拿了个红糖酥饼塞到那孩子嘴里，"别哭了，吃点东西把嘴堵上。"

　　小孩子张着嘴正哭呢，冷不防被迎面而来的酥饼渣子塞满了嘴，被呛到了，哭声转而变成了尖锐的咳声。

　　苏岑登时站了起来，"这可是你亲生儿子。"

　　宋凡笑容不减半分，随手把那个满是鼻涕、眼泪的酥饼放下，笑道："是啊，谁能想到我到头来还赚了个儿子。"

　　苏岑冷冷道："当初是你差点把黄婉儿和你儿子困死在井下。"

　　"所以我才要谢谢你啊。"宋凡挑眉一笑，亲自斟了杯热茶给苏岑送过去，"来，以茶代酒，我谢谢你。"

　　苏岑冷眼看着宋凡沏的那杯茶，袅袅白雾升腾而起，显然温度不低。

　　他对宋凡递出的东西本来就排斥，自然是不肯接。

　　宋凡挑眉道："你若是不喝，我让我儿子代你喝了如何？"

　　苏岑与宋凡僵持了片刻，抬手抓起桌角那杯热茶一饮而尽。

　　滚烫的热茶灼得他舌尖、喉咙微微发麻，直到咽下去了苏岑也没尝出来这到底是什么茶。

237

　　宋凡满意地笑笑，抬手捏着那孩子柔嫩的脸蛋打量了片刻，道："黄婉儿给我儿子起名叫什么黄博琼，我不喜欢，你是状元，要不你来给我儿子起一个。"

　　正说话间，宋凡突然感觉腿上一阵湿热，他猛地起身，只见一身衣袍已经湿了大半，那小孩一脸无辜地跟他大眼瞪小眼，将最后一点尿滋到他身上。

　　苏岑神色一凛，生怕宋凡对这小孩做出什么举动来，趁着宋凡还没回过神来，急忙上前将那孩子夺下来，好生护在怀里。

　　宋凡空着手愣了愣，难得没有发怒，皱着眉头抖了抖一身臊味的衣裳，又唤了一个下人，硬是逼着那人跟自己换了衣裳。等收拾妥当想从苏岑怀里把孩子接过来，苏岑却怎么也不肯给了。

　　宋凡步步逼近，"这可是我儿子。"

　　苏岑护着孩子一步步后退，"这孩子你是生过、养过？他可叫过你一声爹爹？你凭什么说他是你儿子？"

　　宋凡一双桃花眼轻轻一眯，他竟忘了让他喊声爹爹，眸色一狠，瞪着那孩子，那孩子在苏岑怀里好不容易安生下来，被宋凡一瞪，又险些哭起来。

眼看着身后就是二层的栏杆，退无可退，苏岑只能将孩子紧紧抱在怀里。

忽然之间茶楼的大门被人从外面一把推开，一队官兵涌入，张君紧随其后，看清楼上的形势后振臂一挥，"还愣着干什么，拿人啊！"

官兵顷刻间冲上去将宋凡团团围住。

宋凡冷冷一笑，"我可是豫王府的世子，你敢抓我？"

张君顺着楼梯慢慢踱上来，"抓的就是你。当街掳人，不抓你抓谁？"

"我可是这孩子的父亲。"

张君挺着肚子一笑，"这孩子的父亲是定安侯府的小侯爷，当年圣上亲自赐的婚，你是吗？"转头吩咐，"把人抓起来。"

宋凡空有一身本事，在这么方寸之间也施展不开，只能束手就擒，一双眼睛不甘示弱地打量着张君。

张君却不为所动，"别的衙门不敢抓你，我大理寺敢抓，哪怕只能关你一夜，也灭灭你那不可一世的气焰，带走！"

苏岑下楼来把孩子还给黄婉儿，黄婉儿喜极而泣，把孩子接过来看了又看，确定他身上没有外伤这才放心。

又想起当初这孩子刚诞下时还认了苏岑当干爹，她抱着孩子上前道："来，琼儿，叫爹爹。"

小孩子怯生生地看了看苏岑，奶声奶气地唤了声："爹爹。"

声音不大，却不巧被宋凡听到，他当即就不淡定了，"他凭什么叫你爹爹！"

苏岑示意黄婉儿带着孩子先走，回过头来看着宋凡，"他喊谁叫爹爹都无妨，只要不是你。"

"你别得意。"宋凡忽然挑唇笑了，"你可知道我们为什么放你来查李释的案子？"

苏岑一愣，宋凡借机凑上来在他耳边轻声道："因为这件事不是我们干的。"

苏岑身子轻轻晃了晃，宋凡那声音轻飘飘的，像是淬了毒，"所以这件案子要么是确有其事，要么是李释自己求死，我们充其量只是推波助澜。你帮我们查清楚了，我们才好放心动手啊。"

第二十章

死局

苏岑径直去了天牢。

有了上回苏岑的交代，狱卒们没再为难图朵三卫。苏岑惊讶于这群突厥人的坚毅，更吃惊于这群人的恢复能力，不过几日不见，这些人便又生龙活虎起来，见了他还都能热忱地唤一声"苏公子"。

这些人都是李释的左膀右臂，当初也是一起喝过酒吃过肉、并肩作战过的。刚回来时他一腔怒火，确实怀疑过这群人，可后来再仔细想想，他们把李释看得比自己的命还重，怎么可能会背叛？

苏岑沉默着一路往里走，在角落里找到了正在吃饭的祁林。

祁林当日伤得重些，这会儿已经能坐起来吃些东西了，只见一只破碗里有些许稀粥，怎么看也不像能吃饱的样子。祁林看见苏岑一愣，三两口把稀粥喝完了就要站起来。

苏岑把他按下，没让他起来，道："我就过来问两件事情，问完就走。"

祁林却忽然犹豫了，浅淡的眸光闪动，才道："你问吧。"

苏岑说是要问，语气却是笃定的："当日去找陈英的，是王爷吧？"

祁林食指在破碗边沿上轻轻划了一道，"我不能说。"

苏岑从回答里就已经知晓了答案，却还是执着地又问了一遍："去找陈英的是不是王爷？"

祁林低着头抿着唇，盯着素白的瓷胎，像要看出一朵花来。

苏岑一把夺过祁林手里那只破碗摔碎在地，声音脆耳，周围的图朵三卫全都看过来，只见苏岑双目猩红，指尖轻轻抖着，声音因为拼命压抑而带出一丝嘶哑来："你就真的要看他去死吗！"

牢房里瞬间静了下来，连点窸窣的响动都没了，但转眼间，兀赤哈便红着眼睛起身，汉话不流畅，只能一个字一个字往外蹦："你不说，我来说！爷他……"

祁林抬了抬手，制止了兀赤哈没说完的话，转而抬头看着苏岑，"你当真能救他？"

"现在除了我你还能指望谁？"苏岑偏开头抿了抿唇，"什么一人之下万人之上，他身边自始至终，不就只有我们这些人吗？"

"是。"半晌后祁林才点了下头，"是爷去找的陈英。"

苏岑狠狠握住了拳头才压抑住周身的颤抖，深深吸了口气，接着道："还有一个问题，温小姐她……她到底是怎么死的？"

祁林这次沉默了更长的时间，才轻轻吐出两个字："自杀。温小姐死的时候身上已有三个月的身孕，爷说过，这件事谁要是说出去，就滚出图朵三卫，永远不许再回来。"

苏岑赶着宵禁的点回到兴庆宫。李释如今被关在兴庆宫里，用膳的规格却是没减，八碟八碗满满摆了一桌子，李释却一筷子没动，显然是在等着他回来一起用。

李释看着苏岑站在门口，半张脸浸在黑暗里也不进来，就那么垂眸静静看着他。

李释无奈笑了笑，"怎么？谁让你受委屈了？"

"你到底要干什么？"苏岑近乎咆哮，"你到底想干什么？陈英是你找的，是你让他诬陷你谋害先帝，祁林他们也是你指使的，硬给自己冠上一个私通突厥的罪名，你自导自演了一场大戏，最后让我来查，你让我查什么？查你是怎么一心求死的是吗？"

"子煦……"李释那双眼睛里深得看不见底，裹挟着深渊将他吞并进去，"你不该回来。"

苏岑将唇色咬得近乎透明，李释当初也说过他不该回来，当时他只当是李释怕牵连了他，如今他才明白那话里的深意——他不该回来，因为这件案子里没有凶手，没有受害者，他查与不查、有没有结果都毫无意义。

"为什么？"苏岑凝视着那双眼睛，只觉得胸口被压抑着，无法呼吸，自己快要溺死了。

"你可曾听说过九龙鞭？"

"上打天子下斩群臣的九龙鞭？"苏岑道，"那不是坊间传闻吗？"

当初还说李释手里握着能把小天子取而代之的诏书呢，可他却知道，先帝与李释之间早就生了嫌隙，若不是当真无人可托，先帝恨不得把李释一辈子留在边关，又怎么可能把关系到皇权安稳的东西交到他手上？

"坊间传闻也得有据才能传，这东西确实有，只是上打不了天子，下也斩不了群臣，它所能制约的也就只有我和他罢了。"李释就近找了张椅子坐下，又拉了张凳子冲苏岑招招手，"来，坐下我慢慢跟你说。"

苏岑抿着唇静默了片刻，才慢慢踱步上前坐下。

"李巽最后那两年其实也感觉到，他一心扶植起来的暗门已经不在他的掌控下了，而且他也知道李晟不会甘心一直藏在暗处，早晚有一天会出来夺走当初属于崇德太子的东西。他把我从边关调回来就是为了制衡李晟，可又怕我权力过大威胁到他的儿子，所以在临终前把这东西随一道遗诏留给了宁太傅。"

苏岑不由得嗓子发紧，"什么遗诏？"

"这枚扳指……"李释把手上的扳指脱下来递给苏岑，"连同李晟手上那枚是由一块籽玉所出，李巽把这扳指给了我和李晟一人一枚，就是要告诉我们，生则同生，死则同死。"

"所以你选择同死……"苏岑的心颤了颤，说出来的话也跟着轻轻颤抖着，"你觉得你死了，李晟到时候就能乖乖束手就擒了？你死了他就会遵从遗诏甘心赴死？"

李释轻轻摇了摇头，"一个李晟并不可怕，他之所以能弄出这么多风波来是因为大周外强中干，早就从里面腐朽掉了。我说过，大周病了，国之大弊，是为积贫，是为薄弱，是为贪腐怠政，是为结党营私，是为君主昏聩闭塞言路，是为居安忘危逸豫亡身。自太祖皇帝平定天下以来，他们太平日子过得太久了，忘了当初头上悬着一把剑，总觉着这副空壳子还能再撑一撑，天塌下来也砸不到他们。所以李晟才能有机可乘，人人若都是为了私利，自然有大把的把柄任人拿捏，若是只看见眼前那一亩三分地，能守得住大周这万里江山吗？"

苏岑忽然就明白了，李释为什么要大费周章导这一出戏——谋害先帝，先帝死的时候房里就只有他们两个人，只要李释不开口，除非开皇陵验尸，否则这件案子永远也查不清楚。

一件永远都破不了的案子便只能由心来主导了，你认为他有便是有，没有便是没有。李晟以这件案子为由头逼死了一心为国的摄政王，实际上就是在自掘坟墓，所谓的九龙鞭不过是个契机，届时即便李晟不会赴死，这朝堂之上也没有他的容身之地了。

李释求的根本不是带走一个李晟，而是深渊在侧，他如今是大周的顶梁柱，若有朝一日这顶梁柱没了，天塌下来，满堂朝臣就只能自己顶着。

苏岑颤巍巍开口道："你就不怕李晟拥兵造反？"

"他没有兵。"李释道，"我的事了结之后，兵权会留给温修，被调换的禁军我都让温修整编好了，除了陇右的兵不动，西南太远不宜跋涉，其他各地的驻军届时都会赶来勤王。"

"可是温修他不想你死！"苏岑道，"他不惜借温小姐的死因来告诉我真相，就是要让我阻止你。"

"太晚了。"李释轻声道。

大局已成，陈英死了，封一鸣也死了，这件事早已经是离弦之箭，追不回来了。

"你都安排好了，你、陈英、图朵三卫乃至封一鸣，你们都是殉道者。"苏岑满目猩红，像是要泣出血来，"这个局是从什么时候开始的？一个月？

半年？还是说当初你让我查田平之的案子就已经开始了？就是为了把李晟引出来？”

李释轻轻叹了口气，“暗门就是一块烂疮，置之不理，就会烂到骨子里，危及性命。所以与其遮遮掩掩，倒不如暴露在天光之下，让人们看见了，知道疼了，才会去想着剜去它。”

“代替封一鸣去死的本该是我是吗？”苏岑突然顿悟了，“所以当初把我削职为民、永不录用的决定根本就是你默许了的！把我送走了你才好实施你的大计，你要做商君，做什么大菩萨！你要以一己之身救万民！”

苏岑顺着凳子滑落在地，以极低的姿态蜷缩着，第一次像个孩子似的号啕大哭。

第二日一早，兴庆宫的大门一开，苏岑从里面默默走出来。

郑旸兴冲冲地凑上前去，一边走一边手舞足蹈地给苏岑说：“今天早朝上果然又有人站出来了，比昨天还多了两个，还有个御史洋洋洒洒写了一纸长卷弹劾李晟，当堂就给念出来了，骂李晟是小人乱政、败坏朝纲，还说他是迫害忠良的奸臣，听得我当场就想给他喝一个‘好’字。还有张君张大人，今天早上一纸辞呈递了上去，被小天子当场就驳回了，还勒令李晟把昨天抓的那两个人也放出来，只道言官的职责就是上朝议事，任何人不得以任何理由报复，就是冲着李晟说的。你就进去告诉小舅舅，让他耐心等着就是了，到时候只要咱们查清楚了，不怕李晟不放人。”

苏岑掀开车帘上了马车，坐下一句话也没回应。

“咱们今天去哪里？”郑旸紧随其后，落座后问苏岑。

苏岑看着眼前这方小空间愣了愣，一时间竟不知该如何作答。

去哪？他现在还能去哪？

苏岑目光失神了片刻，才开口道：“我想去昭陵看看。”

“你怎么了？”郑旸讶然，苏岑的声音哑得厉害，明明昨日还是好好的，一夜过去，珠圆玉润的嗓子竟像是用砂纸打磨过。

再仔细打量，这才见苏岑整个人都憔悴了不少。

"是不是病了？"郑旸伸手上去想要试探，苏岑却偏头躲开，他嗓子实在疼得厉害，这会儿一句话也不想说，只能用眼神示意郑旸回到正题。

郑旸无法，冲苏岑摇了摇头，"昭陵远在城郊西山，咱们过去就要大半天时间，宵禁之前只怕是赶不回来。而且没有圣谕，你去了守陵的人也不让你进去啊……"

郑旸突然回过神来，"你去昭陵干吗？你想干什么？"

"擅闯陵寝……"苏岑咽了口唾沫才得以继续说道，"是什么罪名？"

郑旸皱了皱眉，"为了杜绝历朝历代皇帝被掘坟盗墓，我朝对皇陵监管严格，不说你硬闯进不去，就是进去了，那也是杀头的罪名，可不是闹着玩的。"

"毁坏皇陵呢？"

"那可是灭九族的大罪。"郑旸眉毛一横，"你到底想干什么啊？"

苏岑轻轻摇头，再开口时却绝口不提皇陵的事了。

"进宫吧。"苏岑轻声道，"我想看一看当年有关先帝病症的记录。"

在西北城郊的一座小院里，一个一身黑衣的青年人提着个食盒大步跨进院里，来到房门前，刚要抬手开门，却隐约听见了房里的响动。

那动静窸窸窣窣，像精细的金属轻轻摩擦，不仔细听都听不见。房里人似乎也察觉到了外面的动静，静了一瞬之后，登时是一阵手忙脚乱的收拾，片刻后又重归寂静。

青年人推门进去，只见床上还躺着个人，面色有几分憔悴，但模样却很精致。那人听见响动睁了睁眼，一副刚睡醒的惺忪模样，嗓音也带着几分沙哑，出声问道："韩书？你怎么来了？小红呢？"

韩书把食盒往桌上重重一放，径直上前，一把掀开曲伶儿盖着的棉被，冷笑一声，"别装了。"

只见那副白皙的脚腕上还缠着一副精光熠熠的铁锁，只是锁头被划得乱七八糟，刀斧不侵的锁上还真被划开了一道裂痕。

"这……"曲伶儿讪笑着，"这大铁块拴在腿上我脚冷，这才动手的……"

"东西呢？"韩书冷着脸伸手。

曲伶儿与韩书僵持了好半天，这才不情愿地把身上最后一块蝴蝶镖交了上去。

韩书冷哼一声，扭头就走，"明日就让他们过来给你换副新的。"

"韩书，韩书！"曲伶儿急忙去拉，刚拽住他袖子的一角，冷不防被韩书用力抽出，力道使空，整个人从床上栽了下来，碰到了身上的旧伤，曲伶儿登时疼得龇牙咧嘴。

韩书刹住步子回头看了一眼，最后无奈地叹了口气，这才俯下身去把他抱起来送回床上。

"韩书。"曲伶儿一旦攀上韩书的腕子就再不撒手了，纤细的指节恨不得勒进他的肉里，"韩书你听我说，我得出去，他们利用我威胁祁哥哥，你得帮我。"

"你怎么就这么……这么记吃不记打呢！"韩书气得咬牙切齿，"这就是你说的真正对你好的人？结果人家转头捅你一个窟窿。"

曲伶儿握着心口处那块剑伤，轻轻摇头，"祁哥哥他不是故意的。"

韩书恨不得上前掰开曲伶儿的脑瓜，看看里面装的是不是都是糨糊，最后只能重重叹了口气，"我爹费了那么大劲才把你从门主那里要回来，你就别想折腾了，也让他老人家省省心行不行？"

曲伶儿忽然眼前一亮，"我想见师父。"

"想都别想，我爹不会同意的！"韩书斩钉截铁道，"我爹在武德年间就为崇德太子效力，暗门创立之初就一直待在暗门，绝对不会背叛暗门的。"

"我不知道外面的局势怎么样了，但想必是好不到哪里去。"曲伶儿黯然垂下眉目，"那劳烦你帮我问师父一句，这就是他等了这么多年想要的吗？"

临近年根，祭天礼被提上了日程，只是今年的队伍有些许不同，宁亲王的位置换成了豫王李晟，奉礼的也换了一个生面孔，许是第一次领这份差事，那人瑟瑟缩缩的，腰身不够笔挺，面相也不行，一不小心就迈错了步子，穿着一身红衣像只滑稽的大猩猩。

苏岑逆着人流而去，对这支浩大的队伍熟视无睹。

近些天来他忙着在皇宫、天牢、大理寺进进出出，对这件案子逐字逐句地剖析，每一个要点都去核查，人也消瘦了，往往一个眼神就让人遍体生寒，谁也不敢招惹。只是一到了宵禁的点就回到兴庆宫去，有时候还是一天两趟。每天天还不亮便再出门，一直忙到除夕当天也没停下。

他在宫里还碰见了李晟，李晟含笑问他案子查得怎么样了，明天一早的大朝会还指望他像上次那样再风光一把。

苏岑憔悴得厉害，好像被风一吹就能倒下似的，却还是哑着嗓子冲他道："定不负王爷所望。"

"你这副嗓子可是不行，到时候只怕满堂朝臣都听不清楚。"李晟忽然抬手掐住他的喉结，不等苏岑后撤便已经收紧，那里的骨节清晰脆弱，苏岑的喉结艰难地滑动了几下，最终在强势的力道下被迫不动了。

李晟在骨节脱位之前才慢慢松手，轻笑道："我那里还有上好的秋梨膏，一会儿差人给你送去。"

苏岑俯下身子咳得昏天黑地，耸立的肩胛骨突兀又明显。

天色刚暗，长安城里便已经张灯结彩，俨然一副"商女不知亡国恨，隔江犹唱后庭花"的粉饰太平之象。

今日苏岑一反常态，刚入夜便提着个食盒来到兴庆宫门前，除此之外还带来了两束鞭炮、两支烟花，守门的两个侍卫仔细检查了，才放他进去。

苏岑找到李释所在的南熏殿，只见里面早已经送来了宫里的御膳，较之往日异常丰盛，大有断头饭的意思。

苏岑上前把那些菜一样样收起来，又摆上自己带来的饭菜，一碟一盘都是家常菜色，山珍海味换成了萝卜白菜，苏岑面不改色道："阿福不在了，这些都是我做的，可能比不上宫里的御膳，但是吃不死人。"

李释笑笑，夹了一口青菜豆腐送到口里，笑道："你还会烧菜？"

"在寺里的时候跟着和尚们学的，只会做素菜，别的就不会了。"

苏岑又去李释的私库里挑了一坛酒，给两人满上，举杯敬上去。

"脖子怎么了？"李释皱了皱眉，苏岑一动他就注意到了苏岑脖子上那一道淤青。

"无妨。"苏岑继续举着杯盏敬上前去,"这第一杯酒,我谢谢王爷这些年来对我的关照,没有王爷,依着我的脾气只怕活不到今天。"

不等李释回应,苏岑便举起酒杯一饮而尽,洒落的酒水顺着脖子流下,在灯光的映照下晶莹透亮,像一道泪痕。

李释默默端起酒杯,陪着苏岑饮尽。

"这第二杯酒,我谢谢王爷赐我一场大梦,浮华落尽梦将醒,我这场大梦只怕是要醒了。"

这杯喝得急了,苏岑呛了几声,"你一向运筹帷幄,我想问问你,你这次是怎么把我安排的?"

"明日过后你去找濯儿,带着他从玄武门走,那里有温修接应。他会把你们先带到一个安全的地方,等大军赶到,李晟伏法后,你们再出来。到时候你有护主之功,自然可以破格录用,继续扶持濯儿。"

"好,很好。"苏岑深吸了一口气直起身来,"那今日一别就该是永别了,这第三杯酒……第三杯酒……"苏岑忽然就哽咽了,"当日在祭天大典上是与众人一道喝的,这次我想单独与你喝一杯。"

李释那双眼睛深深看下来,"好,我跟你喝。"

午夜刚至,长安城里陆陆续续响起了鞭炮声,爆竹声中一岁除,不知不觉已经是元顺六年了。

不知哪里忽然"轰"的一声巨响,地面好像都跟着颤了颤,兴庆宫门外两个守门的侍卫齐齐惊醒,刚要进去一探究竟,只见漫天烟花齐齐绽放,一瞬间照亮了半片天。

火树银花噼里啪啦在半空炸裂,照亮了多日不见的花萼相辉楼楼顶,照亮了深不见底的龙池湖面,照亮了兴庆宫坚不可摧的墙上的一道小小的裂痕。

第
二
十
一
章

流亡

　　烟花在头顶炸裂，璀璨夺目，苏岑却无暇顾及，眼睛眨也不眨地盯着墙角那一小块地方。

　　片刻之后，硝烟散去，露出坍塌了大半的墙体来。

　　这些天他每次过来身上都会捎带一点火药，就藏在龙池旁的假山里面，他瞒着门口的侍卫和李释攒了小半麻袋，今日总算派上了用场。

　　他把兴庆宫炸了。

　　声音夹杂在长安城此起彼伏的鞭炮声中，硝烟消散在夜幕里。曾经坚不可摧的兴庆宫是让他最心安的地方，如今却成了束缚他们的囚笼，他今日亲手把这里给炸了，自此以后，他来做李释的堡垒。

　　硝烟散尽之后，墙那边传来刻意压低了的声音："怎么这么大动静？"

　　宁三通从墙后探出头来，对着满地残垣断壁啧了两声，"据说王爷当年改造兴庆宫时用的都是边关修城墙的城砖，每一块上都有督造的工匠的名字，碎了一块就是一条人命，你猜你这一炸得死多少人？"

　　"过来帮把手。"苏岑没理会宁三通的打趣，把李释从地上搀扶起来，他在菜里下了三倍剂量的蒙汗药，刚才这么大的动静李释也只是皱了皱眉，并没有醒过来。

　　两个人搀扶着李释跨过宫墙，墙外早已备好了马车，车上干粮、盘缠一应俱全，只等着明日城门一开，他们便能彻底离开这块是非之地了。

此番过来，宁三通连下人都没敢惊动，自己亲自赶车，马车沿着兴庆宫的后墙缓缓而行，生怕惊动了往来巡查的侍卫。一直等上了朱雀大街，马车的速度才稍稍快了起来。

苏岑低头静静看着李释的面容，思绪却越来越远。

李释醒了或许会怪他吧，不成体统、不顾大局、置国家安危社稷于不顾。不择手段他认了，国之罪人他也认了，可他不能眼睁睁看着他去死，人生在世不过这盈盈三千丝，眼前苟且都顾不上了，还管什么身后骂名。

今夜是除夕夜，万家灯火照溪明，不时还有鞭炮声，寻常百姓家里迎新守岁，一家人围在一起，无人入眠。他与李释厮守在这方小车厢里，也算是圆满了。

"你说我们宁家怎么干的都是这种差事？"宁三通在外面小声抱怨，"当年老爷子感念崇德太子的恩德，连夜把李晟送走，如今又换成了我。"

车厢里应了一声："多谢了。"

"你先别急着谢我，等明日一早李晟发现你把兴庆宫炸了就知道你耍了他，到时候他肯定会大发雷霆，全力通缉你们，你们可得快点跑，千万别被抓回来。"

"只要出了长安城他就奈何不了我们了。"李晟虽然掌了权，但势力主要还是集中在京城，地方形势错综复杂，政令送达与实施又需要一段时间，再加上李晟要缉拿的还有当朝的摄政亲王，这里面的关系就更耐人寻味了。

苏岑又担忧地问道："你把我们送出城去，你怎么回来？"

"你就别担心我了，我自有办法，即便真的暴露了，还有老爷子替我做主呢。"宁三通探头进来，从怀里掏了个包裹出来递给苏岑，"这是于归让我交给你的。"

苏岑接过来打开，看见里面的东西不由得愣了，明黄绢上白纸黑字，是一纸通关放行的文书，最后落的却是李晟的亲王印。

"她怎么会……"苏岑转瞬明白过来，"这是仿的？"

"她把自己关在房里忙了几天才仿出了这么一张，交给我的时候手都是抖的。"宁三通道，"有了这个你们也算是多了一条出路，实在不行就逃到关外去。"

苏岑轻轻抿了抿唇，"代我谢谢沈姑娘。"

到达城门时天色还没亮，宁三通把马车停远了些，打算等城门开了再驱车上去。

李释轻轻动了动，竟有了醒转的迹象。

李释常年借着安神香入眠，对迷药的抗性本就强一些，哪怕他多下了量，这会儿也压不住了。

过了一会儿，那双眼睛果然轻颤着睁开了。

"王爷……"苏岑三分心虚，五分慌乱，不自觉地偏开视线，不敢与他对视。

李释睁眼看了他片刻，一句话也没说，又皱着眉阖上了眸子。

蒙汗药的药效还没过，他能强撑着睁一睁眼已经是极限了。

苏岑这会儿也明白过来了，目光试探地转回来，意识到李释不过是强弩之末，又大胆地伸出手去轻轻盖住了那双眼睛，将掌心覆在他的睫毛之上。

"你不要怪我。"那声音沙哑地恳求着，"再给我一些时间，最多半年，我会送你回来的。你替所有人安排好了一切，却唯独没有想过我到底承不承受得住，你走了，我的长安城也就塌了，你要我去何处安身立命？我不计较你的计划里有没有我，也不计较你抛弃了我一次又一次，半年之后，我们两不相欠，你要走要留，我不会强求。"

宁三通在外面轻轻敲了敲车壁，"城门开了。"

苏岑这才收了神色，清了清嗓子，"走吧。"

马车缓缓上前，在城门口停了下来。

守门的城门郎认识太傅府的马车，又见宁三通亲自赶车，对车里的人已经了然。

"太傅大人又赶着这么一大早去城外祭祖啊。"

"可不是。"宁三通搓着胳膊冲城门郎笑笑，"寒冬腊月的就知道摆布我们这些小辈，就这会子最冷，冻死我了。"

城门郎不敢耽搁，手脚麻利地将城门打开，宁三通驱车向前，苏岑刚放心，只听后头突然传来了一个声音："大清早的，你们这是要去哪里啊？"

苏岑心里咯噔一下。

是宋凡。

天还没亮，李晟应该还没发现兴庆宫的事，否则全城的兵马早就该乱了。那宋凡出现在这里，到底是守株待兔，还是只是碰巧遇上了？

只听宋凡步步上前，冲城门郎训诫道："不经排查，怎么能随便就放人出门！"

城门郎有些委屈，"这是太傅府的马车，宁太傅每年初一都要出城祭祖的。"

"太傅府的马车？"宋凡回过头来看了宁三通一眼，"刚好，我入京这么久还没去府上拜见过，今日借着这个机会正好向宁太傅贺个年。"

说着就要去撩那扇车帘。

"你敢！"宁三通伸手将他拦下，"老爷子刚刚守岁下来，这会儿刚要睡着，你不要惊扰了他。"

"我不出声。"宋凡把手抵在唇边嘘了一声，轻轻一笑，"就看看老太傅的尊容。"

那只手又要探上来，苏岑甚至已经能看见宋凡的指尖，却又被宁三通蛮横地拽了回去。

他的指尖冰凉，唇色苍白，紧紧握着一把匕首直发抖。

直到他感觉手上传来的源源不断的热量才稍稍回神，低头看见李释还在睡着，指腹却在他手背上轻轻搓了搓。

苏岑抿了抿唇，心里渐渐平静下来，这会儿他只能毫无保留地相信宁三通，相信他能在宋凡面前把车帘保下来。

"你放肆。"宁三通跳下马车冲宋凡道，"老爷子怎么说都是四朝老臣，别说什么豫王，就是当年崇德太子的老子太祖皇帝老爷子也侍奉过，你一个不知道哪里来的野种也敢在这里叫嚣！你若真有诚意，改天带着名帖去登门拜访吧，见不见你，还得看老爷子的心情呢！"

"你……"宋凡生平最恨别人骂他野种，手里的利剑握得咯嘣作响，眯着那双桃花眼，正在思忖到底要不要在这里杀了他。

正僵持间，突然从身后传来了奶里奶气的声音："爹爹……"

两个人齐齐回头看过去，只见黄婉儿抱着儿子正站在城门口，脸色一白，低头训斥儿子："琼儿，娘跟你说过多少次了，不要见谁都喊爹爹。"

小娃娃张着嘴要争辩，却只能吱吱哇哇乱叫几声，两颗"金豆子"在眼里转了转，又生生忍住了。

宋凡看见小娃娃眼前一亮，当即也不管什么太傅了，转头要去捉弄他的儿子。

宁三通不动声色地松了口气，跳上马车扬鞭离去。

直到长安城的城门再也看不见了马车才停了下来，天色刚亮，路上还没有多少行人。

"多谢了。"苏岑撩起车帘探出头来，"真的谢谢你。"

"行了，这些话等你回来再跟我说吧。"宁三通跳下马车冲苏岑挥了挥手，"你自己好生保重。"

苏岑点点头，目送宁三通的身影消失在薄薄晨光中，才放下车帘收了目光。

"自此天高海阔，你我便都是流亡人了。"

两个月后。

苏岑和李释来到西北的一个边陲小镇——桑木拓，位于天山脚下、北庭都护府与突厥搭界的地方。适逢十五，人人齐聚在镇南一条主大街上，货币不通、语言不通，苏岑便采取最简单的以物易物的方式存活，羊皮毯子、乳酪、肉干换盐、布、茶叶，物货两讫，倒也没起过什么争执。

大集东头最近新支了个摊子，跟别人卖的有些许不同，这摊子上没有羊皮和肉干，也没有盐和茶叶，摆着的都是一幅幅画。

有青山绿水，也有花鸟虫鱼，有簪花侍女，也有奇松怪石。这摊主不光卖画，还可以现场给你作画，只要你叫得出名号的，那一双巧手便能令世间百态跃然纸上。

今日摊位上就聚了不少的人，塞北的人没见过江南风光，瞧着那小桥流水煞是稀奇，那水上还有两只交颈而卧的鸳鸯，情意绵绵，颇具意境。

苏岑刚收笔，就听见有人啧了一声，"画是好画，就是……太素了点。"

苏岑抬头看了一眼，只见说话那人身披一件羊皮大氅，腰间鼓鼓的，像个关外来的买卖人。当即手不离笔，弃墨取朱，点了桃花三两支，又在树下画了两只锦鸡。

有人叹气离去，好好的一幅画，给毁了。

那着羊皮大氅的人却是一拍大腿，"这就对了，这画我买了！"

待墨色干了，苏岑给他把画卷起来，等那人走了，满意地掂了掂手里的银子，收摊子走人。

途经镇上唯一的客栈，他又要了一壶马奶酒、半截烤羊腿，打包好了刚出店门，只见一路人马自东边而来，俱是官兵打扮，打马过市，带起了一路烟尘和一阵骂声。

苏岑躲在暗处渐渐凝眉，等人彻底没影了才慢慢探出头来，当即不在镇上停留，拿上东西，向着与刚才那队人相反的方向而去。

镇子边缘有一处小茅屋，坐落在天山山脚下，茅檐低垂，孤立又僻静。

柴门吱呀一声轻响，苏岑推门进来，只见院子里那两块新开垦的薄田刚刚浇过水，而浇水的那人正蹲在湿漉漉的土地前对着满地黄土看得出神。

苏岑也凑过去，顺着李释的视线看了半天也没看出个所以然来，只能问道："看什么呢？"

只见李释微蹙着眉头，一脸严肃，"它怎么还不发芽啊？"

"你昨天才刚种的啊。"

"春种一粒粟，秋收万颗子，时间这么紧迫，这东西不该一天一个样吗？"李释伸出手去犹豫了片刻，"是我埋得太深了吗？"

"你就是把种子捧在手心里，它这会儿也发不出芽来。"苏岑急忙拉住那只想作怪的手，又顺势把他拉了起来，"今日生意好，碰上了个冤大头，咱们今日开开荤，吃顿好的。"

李释跟着苏岑进了屋，替他把手里的东西接下来，"画什么了？"

"把一幅还值几个小钱的画画得一文不值。"苏岑回过头来，冲李释晃了晃手里的酒囊，"镇上没有好酒，我给你打了一点当地的马奶酒，不知道你喝不喝得惯。"

"你不用操心我，我都习惯，就怕你不习惯。"

苏岑这才想起来，李释是在漠北待过的，自然比他了解这里的风土人情。

白雪却嫌春色晚，故穿庭树作飞花。

到了午后，阳光虽还明媚着，却无端飘起小雪来。这雪像从天上来的，又像是从山上来的，穿庭过院，很快在地面上积起了一层白雪。

李释在炕上支了张桌子，桌上小火煨着汩汩冒泡的酒，偷得浮生半日闲，两个人有一句没一句地闲聊着，一时静下来了，就只剩咕嘟咕嘟的冒泡声。

"我今日在镇上看见了一队官兵。"苏岑突然出声道，"看穿着打扮像是驿使。"

李释抿着唇沉默了片刻，最后道："那这里也待不得了。"

苏岑捧着酒低着头，也沉默了。

当初他们确实是一路奔着关外去的。李晟雷厉风行，他们一路走，沿途便看见了四处张贴着的缉拿他们的告示。苏岑手里握着沈于归给他伪的那道手谕，确实到关外才是最保险的办法。他们一直走到这里，距离关外只有一步之遥，却停下了步子。

可能是想到这里是边陲小镇，李晟的指令一时还下发不到这里，也可能是对故土还有感情，他们存着一丝侥幸，最后还是在这里停了下来。

一间茅屋，两块薄田，这里只是个暂时落脚的地方，不及兴庆宫的万分之一，却承载了一份"家"的寓意。在这里李释不是亲王，他也不是什么大人，两个人难得放下森严的等级和众人的成见，过些寻常百姓的日子，不承想这么快就又要奔波了。

他忽然明白李释为什么那么着急要看种子发芽了，这种朝不保夕的日子，能多安稳一天都是上天的施舍。

"要不……"苏岑试探道，话说了一半却又停住了，他们冒了天大的风险走到今天这一步了，不能因为心软而功亏一篑。

"明日去镇上看看吧。"李释道，"我跟你一起去，先不要自己吓自己，也不见得就是抓我们的海捕文书。"

苏岑抱着杯子点点头，也只好这样了。

次日一早，两个人简单收拾了一番一起出了门，苏岑怀里揣着那张仿的通关文书，镇子上张贴的若真是批捕他们的告示，两个人即刻出关，也就不用再折回来了。

两个人本就没有多少东西，苏岑带上心爱的几支湖笔、一方砚台、几件随身衣物，想了想又把一套白釉青花瓷茶具带上。临走看着还是没发芽的薄田，突然后悔当时冲动拿一块玉佩换了这些种子。

有了盼头就有了念想，就会舍不得。

苏岑回头看着李释就站在几步之外等着他，一双眼睛深沉且平静，这才锁了门，快走了几步追上去。

镇子上依旧热闹非常，他经常光顾的几家客栈、茶铺照常开着，镇上的告示都是贴在县衙的外墙上，两个人挤过拥挤的人群凑上前去，终于看清告示上的内容。

两个人对视一眼，都从彼此的眼睛里看到了忧虑的神色。

那里贴着的不是海捕文书，而是讣告天下的丧报——楚太后，崩了。

第
二
十
二
章

契机

长安城，宣平坊。

日头还未完全升起，晨雾蔼蔼中闪过一个倩影，一袭罗裙拂地，轻纱掩面，身形袅娜，手里提着一个与身形不符的大食盒，步履轻快，裙摆很快消失在幽深的巷子尽头。

在错综复杂的里坊间左拐右绕了好半天，再三确认没人跟踪后，那身形竟灵活一跃，在高耸的墙头上一撑，稳稳落到一处废弃的宅院里。

这宅子里杂草丛生，残垣断壁随处都是，院子里静悄悄的，一看就是已经荒废很多年了。

那身影落地也没引起什么动静，食盒里的东西纹丝不动，半晌后轻咳两声，"行了，出来吧，没人跟踪。"

那身影正对着的两扇破门开了，从里面慢慢探出一个脑袋来，紧接着是两个、三个，见没有危险后，房子里的人一股脑儿涌了出来，小小一间房里竟挤下了二三十号人。

这些人皆是身形高大、膀大腰圆，再细细看来，这些人的发色也都与汉人不一样，一把弯刀横在腰间，是突厥人。

"伶儿，好看！"打头的兀赤哈对着面前的人打量了一圈，束腰一裹，罗裙一穿，远远打量倒真像个姑娘。谁能想到就是这么一个看起来弱不禁风的"姑娘"，背地里却养着几十号朝廷通缉的重犯。

曲伶儿的脸色往下一沉，奈何兀赤哈已经无暇顾及了，一把接过曲伶儿手里的大食盒，迫不及待地揭开盖子。

一大盆面条热气腾腾，兀赤哈的脸瞬间垮了下去。

"又是面条……"

一是为了防止大批买进食材引人怀疑，二则是完全为了省事，曲伶儿一天三顿给他们下素面，起初他们还能吃得下去，一连吃了两个月之后，他们如今一看到长条状的东西就想吐。

"爱吃不吃。"曲伶儿翻了个白眼，再难吃能有牢饭难吃？

众人也只能快快地从曲伶儿那里分了面条，等一大盆面条都见了底，兀赤哈才发现食盒下层自始至终都没打开过。

他刚刚掀开一个角，却被曲伶儿一把按了回去。

"肉……"兀赤哈指着食盒当即急了眼。

随着兀赤哈这一嗓子，这群突厥人的目光全都幽幽地看了过来，那眼神像群饿了半个月的狼。

曲伶儿立即把食盒藏在身后，"这些不是给你们的。"

于是一群人的目光齐齐向后，落到站在门旁的高大身影上。

祁林倚门笑着摇了摇头，"也不是给我的。"

曲伶儿抬头与他对视了一眼，又慌忙移开了视线，拎起食盒往后院跑了。

这宅子之前的主人也是个大户人家，如今虽然荒废了，犹可见当年的风光。富商巨贾也好，王侯将相也罢，一朝败落，繁华散尽，也只剩下剥落了红漆的亭台楼阁，露出里面腐烂了的木头来。

曲伶儿一边轻车熟路地在杂草丛间穿梭，一边慢慢回忆祁林刚刚的那个笑，他总觉得那笑里还掺了点别的东西，奈何他没有苏哥哥那一双好眼力，捉摸不透，只能自己瞎想。自打他从天牢里把这群人劫出来，先是躲避官兵的搜捕，又是安顿这么一大伙人，躲躲藏藏两个月就过去了。

直到看见眼前的偏院曲伶儿才收了心思，一改之前在前院里毛毛躁躁的样子，在房门前规规矩矩站好，细听了一下里头的动静，这才轻轻敲了敲门，"师父，吃饭了。"

过了一会儿门才从里面打开了，开门的是韩书，他看了曲伶儿一眼，抬手把曲伶儿手里的食盒接了过去。

"师父呢？"曲伶儿往里张望，里面只有一张黑黢黢的烂桌子，其他什么也没有。

曲伶儿有些失望地垂下头，"师父他还是不愿意见我。"

韩书在他肩上拍了拍，"行了，不关你的事。"

曲伶儿勉强笑了笑，打起精神道："我做了你最爱吃的红烧肉，还有师父爱吃的白灼菜心，你们缺什么就告诉我，有什么想吃的也告诉我，我要是不会做就去东市买。"

"什么都不缺，你别瞎操心了，别总往外跑，万一被人看见了不好。"韩书掂了掂食盒，"你吃了吗？"

"我……"曲伶儿回味了下早上吃的素面，确实有些难以下咽，又抬头冲他笑笑，"我当然吃过了，就着红烧肉吃了两大碗米饭呢。"

"那就好。"韩书点点头，又站了一会儿，才道，"那……我进去了。"

曲伶儿目送韩书转身，不死心地又往房里看了一眼，依旧一无所获后才依依不舍地回头。

一抬头，正对上角门外的身影，那身影茕茕而立，笔挺又干练。

曲伶儿愣了一下又急忙低下头，祁林这才偏开视线，冲着还没来得及关门的韩书行了一礼，"我想求见韩将军。"

韩书皱了皱眉，"我爹说了，他早就不是什么将军了，你不要再这么称呼他了。"

祁林面不改色，"那我求见韩前辈。"

韩书回头请示了一下房里的人，转而回过头来，"我爹不想见你，你有什么事就跟我说吧。"

"我来拜谢韩前辈当日的救命之恩。"

"我爹说了，救你是看在伶儿的面子上，你要谢就谢伶儿吧。"

祁林看了看曲伶儿，只见他宁肯别扭地站着抠手指头也不肯抬头看他一眼，心里暗自叹了口气，抬头道："楚太后殁了，暗门的手段你们想必比我清楚，本来就举步维艰的朝局如今越发混乱，李晟一手把持朝政，对朝中的忠义之士赶尽杀绝，我想跟韩前辈商量一下下一步的计划。"

韩书又对着房里问了几句，回过头来把门一敞，"我爹让你进来。"

曲伶儿一脸羡慕地抬起头来，只见祁林越过他上前，临到门口又突然停下了步子，回头看了他一眼，"还不来？"

曲伶儿当即跟了上去。

长安城的春天来得晚，倒也有些暖意了，但这房子荒废多年，阳光像是晒不进来似的，一进房门，一股阴冷腐朽的味道扑面而来。

等曲伶儿适应了眼前的昏暗他才看清房里的情形，房间里的摆设还是之前的样子，只有床前多了一张太师椅，上面躺了个人，形销骨立，犹显憔悴，等他们到了近前那人才稍稍抬一抬眼，吩咐韩书给他们看座。

韩书就近搬来了两张凳子，曲伶儿却径自上前，在太师椅前跪下，当即眼眶一热，"师父……"

韩琪熟稔地在曲伶儿头上摸了摸，笑了笑，"多大的人了。"

曲伶儿吸了吸鼻子，把头轻轻靠在韩琪腿上，"师父，是不是我做饭不好吃？你看看你，都瘦了。"

"不怪你，是师父老了，吃不动喽。"韩琪眼瞅着曲伶儿一行清泪一落，笑着抬手在曲伶儿肩上拍了拍，"行了，还当着外人的面呢，像什么样子。"

祁林轻轻一笑，"韩前辈好不容易师徒相聚，多温存一会儿也是应该的。"

曲伶儿轻轻咬了下唇，一心一意地给师父揉捏老寒腿。

韩琪靠着太师椅叹了口气，"伶儿从小长在暗门，没见过什么世面，当年承蒙你们照顾，这才捡了一条命。"

"前辈言重了，当日救伶儿的是苏公子，能有幸结识伶儿才是我之幸事。"祁林的目光轻轻落在曲伶儿单薄的背影上，"说起照顾，平日里倒是伶儿照顾我多些，这次又是他舍身救我，这些情义我都记得。"

韩琪双眼一眯，"我听韩书说，你当初差点杀了伶儿。"

"我这条命是伶儿的,伶儿要取,我没有异议。"祁林一撩长袍屈膝跪下,"这次前辈肯出手救我们,我感激万分,日后若有差遣,我们兄弟也义无反顾。我这些弟兄都是粗人,有不周到的地方还望前辈见谅,若是觉得我们扰了前辈的清静,那我们明日就另寻地方搬出去,还望前辈不要迁怒于伶儿。"

良久之后韩琪轻叹了口气,"我不是怪伶儿,也不后悔当初救你们,我闭门不出只是气自己,背叛前主是为不忠,置万民于水火是为不义。这些年来李晟对那场宫变一直放不下,生成这种阴鸷偏激的性子,我有负崇德太子所托,碌碌一生,身无一物,实在是没脸见人了。"

"爹……"韩书嗔怪一句。

曲伶儿低头咬了咬唇,"是我让师父为难了。"

"好了好了。"韩琪摆摆手,"事已至此,咱们说说正事,伶儿,外面现在怎么样了?"

曲伶儿抬头抿了抿唇,"楚太后一死,长安城里彻底乱了,好些人都收拾行囊准备南迁了,据说李晟在境外还勾结了突厥和吐蕃,就等着从小天子那里夺了权,就引夷族入关大肆抢掠。

"暗门里的死门一直埋伏在军中,意图挑起两国争端,让暗门得以乘虚而入。但这些人都是极其隐蔽的,也只有李晟自己知道,所以他勾结了谁、要干什么我不清楚。"

韩琪道:"但就我对李晟的了解,他这个人猜忌心重,掌控力强,不会真正信任什么人,更不会与人平分天下,所以引夷族入关应该只是以讹传讹。"

祁林点头,"李晟好不容易把权力都握在自己手里,不会轻易引狼入室。"

"你们那位主子呢?就真的撒手不管了?"

祁林摇了摇头,"我不知道。"

韩琪只当祁林还是有所隐瞒,却见祁林诚恳地直视着他说:"我是真的不知道,炸兴庆宫本不在我们的计划之中,我们事先一点消息也没得到,所以谁也不知道他们到底去了哪里。"

"这么多天以来他也没联系过你们?"

"或许爷是刻意不想让人找到吧。"祁林轻轻垂眸,"他做了这么些年的摄政王，在外人看来是高高在上，我却知道这些年来他一直操劳国事，内忧外患，他靠一己之力支撑住这个岌岌可危的朝局，或许是累了吧。如今总算是能休息一下，所以不想有人打搅。"

"他倒是心大。"韩琪轻笑了一声，"不过楚太后一死，他的清闲日子只怕也到头了。还缺一个契机。"

祁林抬头，"什么契机？"

"当然是名正言顺回来的契机，不然回来了也是钦犯，进不了长安城就被李晟就地正法了。"

祁林问："怎么找到这个契机？"

"他能这么心安理得地待在外头，想必是早有安排，咱们就不用操心了。"说得多了，韩琪有些疲惫地闭上眼睛，"你该操心的是你们那个刚没了娘的小天子，能不能撑到那个契机出现。"

说到这里，祁林反倒目光坚定地点了点头，"我相信陛下。"

含元殿前的龙尾道拔地而起，背后靠着雄厚的龙首原，从下望上去有说不出的皇家威严。温修提着衣袍一路上去，好不容易上到最后一层，气还没喘匀，只见小天子一身素缟，正孤零零立在一块螭头后面，任由山风吹得衣袍翻滚，将一身素服之下日渐消瘦的身形勾勒出来。

"陛下。"温修急忙上前跪下行礼，"这里风大，当心身子。"

小天子微微眯着一双眼，打量着台阶之下的丹凤门，乃至再远的太极宫、承天门，悠悠道："世人都觉得这里的风光好，都想站在这里看一看，可朕觉得也没什么好看的，你觉着呢？"

温修大气都不敢出，低着头死盯着自己的鞋尖，"这里的风光是陛下的风光，臣不敢看。"

小天子倏忽笑了，"什么叫朕的风光？世间万物生而明媚，世人有目皆可赏之，你就看一眼，这有什么的。"

温修这才敢抬起头来，楚太后宾天之后，小天子就越发深沉了，楚太后大丧之日，年仅十二岁的小天子竟一滴眼泪都没掉，跟着奉礼官把流程全都走了下来，临了还坚决地守了三日灵。冰冷坚硬的灵堂地面还没暖过来，好些官员都险些坚持不住了，小天子这养尊处优的身子却岿然不动地守下来了，整整三天，一粒米都没进，脸上那最后一点稚气也消磨尽了。

冷静自持，喜怒不形于色，这哪里像个孩子，倒像是那个人的缩影。

小天子收了视线，看着温修道："让你办的事情办得怎么样了？"

温修摇了摇头，"扬州、苏州都有人监视着，不过看样子他们并没有回去的打算。找人的事只能暗中进行，要是大张旗鼓势必要惊动李晟，而且还要留下一部分人护卫京城及陛下的安危，左支右绌，实在是有些捉襟见肘。"

小天子点点头，也不斥责，"再难这件事也不能搁置，朕现在信得过的人只有你了，你能者多劳，多承担些吧。"

温修急忙拱手，"陛下言重了。"

"还有一件事。"温修又道，"昨夜西北八百里加急送到我府上，安西都护叶阑天上报吐蕃有大批兵力在我边境集结，只怕近期内会有大动作。"

小天子轻轻眯了眯眼，"有大动作的只怕是另有其人吧。突厥呢，他们有什么反应？"

"突厥倒是没什么动作，自从突厥叶户默棘身亡，莫禾掌权，他们好像有意休养生息，倒是好久没在边境动作了。"温修沉吟道，"只是当初平定西北靠的都是宁……宁亲王，如今若是真有动荡，有将无帅，只怕会打得艰难。"

小天子却是摇了摇头，"只要朕还站在这里，就打不起来。"

温修看着眼前屹立在风中的身影，一股震惊突然涌上心头，半年之前小天子还是个只会躲在皇叔背后偷偷抹眼泪的孩子，到底是什么时候，突然长成了能让万民依赖的一朝天子？血脉这东西当真是神奇，不管是小天子、李晟，还是李释，身上都有一样的大成之量，骨子里都是一样的坚不可摧。

"臣有句大不敬的话，不知当讲不当讲……"温修道。

"嗯？"小天子回过头来，"你说。"

"如果先帝当真是宁亲王害死的……"温修轻轻抿了抿唇，"陛下会怎么做？"

一边是生身父母，一边是国之栋梁，这个问题想必很早之前就有人揣度过，只是没人敢提，更没人敢在陛下跟前问。

小天子一时间也沉默了，不知想到了什么，那目光一瞬间柔和了下来，有点像当初那个没经过事的小孩子。

"朕相信皇叔不会。"最后，小天子笃定道。

温修拱手，"陛下圣明。"

小天子仰头看天，一望无际的天空湛蓝如洗，一队南归的燕子排成人字形缓缓飞过，小天子幽幽叹了口气，"朕有点想皇叔了。"

一片羽毛从半空中轻轻飘落，落在离苏岑脚下一步之遥的地方。

他看着信鸽越飞越远，最后隐没在天边才收了视线，回头冲李释笑了笑，"你还欠我四个月呢，日后可要记得还我。"

李释把刚刚收拾起来的行李放在地上，"那就不走了，由他们斗去吧。"

苏岑把包袱捡起来自己背上，"出来够久了，咱们回去吧。"

二月中，京城正是草长莺飞的时节，又一届科考在即，万千仕子齐聚京师，街头巷尾处处可见青衫少年郎，新人新气象，总算稍稍冲散一些一直笼罩在长安城的阴霾。

谁也没想到，就在这时候，京城里却出了件骇人听闻的大事。

坐落在西郊的昭陵，被盗了。

更有意思的是，盗墓贼紧接着就被发现了，就在离皇陵半里地的一块空地上。发现时人已经死了，身上背着刚从昭陵带出来的金银珠宝，人却被烧得通体漆黑，可周遭并没有用来引火的可燃物，人也没有被束缚过的痕迹，竟像是无端自己烧起来的。

这个死法不由得让人想起一桩旧案，经大理寺的仵作一番查验后发现，这盗墓贼竟还真跟那个案子有些联系——两年前一桩祭天案牵扯出蜀中书画名家沈存一家三十二口的命案，当时的凶手共有三个人，其中有两人在祭天案里就已经伏法，还剩一个刘康，经由当时的大理寺正苏岑缉拿定罪后扣押于刑部，等待秋后问斩。

不承想那年秋后就出了双王乱政，政策朝令夕改，朝堂乱成了一锅粥，本该喝过孟婆汤的刘康竟一直好好活到了现在，或者说两天前。

没人关注刘康到底是怎么从天牢逃出来的，又是怎么进了有层层护卫值守的皇陵，只知道这人本来就是靠盗墓发的家，如今竟然贼心不死，盗墓盗到了先帝头上。

对此街头巷尾议论纷纷，有人说是昭陵里藏有防盗的机关，墓里的东西见光就能自燃。也有人说是多行不义必自毙，这种人盗了那么多墓，早晚是要死在这上头的。更多的还是鬼神之说，要么是沈家冤魂找他索命来了，要么是先帝显灵，降下天火惩治恶人。

民间众说纷纭，还没统一出个说法来，此时朝堂上又发生了另一件大事。

楚太后国丧期满，开朝的第一天，豫王李晟没来上朝。

跟着李晟没来上朝的，还有半朝臣子。

昔日吵得热火朝天的含元殿上突然少了一半的人，显得莫名冷清，小天子像平常一样坐上龙椅，"众卿平身。"

皇叔教了他那么多年的临危不乱、处变不惊，如今总算派上了用场。

"众卿有何事要奏？"

庭下死一般的寂静。

朝堂上少了一半的人，当朝天子竟然问也不问，还有什么是比这件事更大的？他到底是怕李晟，还是已经乱了阵脚？是不是来日李晟逼到殿外、大周亡了，这小天子才知道问一句"朕的人呢"？

其实在复朝的前一日，所有官员家里都收到了一封信，信的内容很简单，就四个字：崇德中兴。

意思也很简单，没了楚太后这最后一道障碍，李晟早已不把年仅十二岁的小天子放在眼里，这是要明目张胆地分庭抗礼，要复兴崇德太子未竟的大业。

今日来上朝的只有一半人，这一半人里面还有一半人是持观望的态度，含元殿上越来越沉寂，臣子们那最后一点坚持也开始动摇了。

殿上足足静了半炷香的工夫，小天子轻轻叹了口气，从龙椅上站了起来，慢慢走到群臣跟前，"你们没有话跟朕说，那朕同你们说说吧。"

小天子席地而坐，群臣直呼不可，只见小天子摆了摆手，轻声道："朕的母妃死了。"

庭上一时间又静了下来。

小天子随手指了一个头发已经半花的老臣，"尊慈还在世吗？"

那臣子急忙躬身，"臣不敢，臣家里尚有八十老母。"

小天子点点头，"你好福气啊。"

又一指众人，"你们福气都比朕好。朕六岁登基，也就是说朕的父皇在朕六岁的时候就去了，虽然你们经常先帝长先帝短的，可朕在这里说一句大逆不道的话，朕其实对他并没有什么印象。

"父皇体弱，管朕的时候不多，朕本来过得无忧无虑的，突然有一天，有一队人跑到御花园里跪在朕面前管朕叫'皇上'。"

小天子又随手指了个人，"你六岁时知道什么是皇上吗？知道怎么做皇上吗？"

那人扑通一声跪在地上，长拜不起，"臣不敢！"

"起来，朕让你起来！"小天子又说了一遍，那人才敢颤颤巍巍地站起来。

小天子接着道："你不知道，朕也不知道。朕只知道朕没有父皇了，在御花园里捉蜻蜓、捉蚂蚱的好日子到头了，母妃也不像之前那样什么都顺着我了。后来还从边关来了个皇叔，动不动就凶朕，说不怨是假的，有人天天在你跟前耳提面命，怎么可能不怨呢？"

"母后与皇叔对着干，从此朕就夹在他们中间，左右为难。那段日子你们想必比我更清楚，我不知道你们当初算哪边的，可不管怎么说，他们都是为朕好。可事到如今，母妃走了，皇叔下落不明，他们都不在了。所以朕说你们有福，你们下了朝回到家，上有老，下有小，一家人其乐融融，而朕守着这么大一个宫殿，却不知道能到哪里去。"

底下渐渐有了啜泣之声，众人见惯了小天子坐在御案之后受人摆布的样子，却是第一次这么近地了解这个傀儡皇帝的心声，这是一朝天子，也是一个孩子，甚至比他们自家的孩子还要小，却在这个年纪承受了不该承受

265

的东西。

"说到底，朕不是一个好皇帝。"小天子叹息一声，"万方有罪，罪在朕躬。朕说这些不是让你们可怜朕，可你们得可怜一下大周的黎民苍生，那里面也有你们的父母妻儿，他们信任你们，把身家性命交到你们手上，你们身为他们的父母官，天塌下来了，你们得替他们顶着！"

小天子猛地起身，"朕是天子，朕来做第一个，还有谁愿与朕一道？"

温修带头道："臣愿追随陛下，万死不辞。"

郑旸、张君接着道："臣愿追随陛下，万死不辞。"

群臣看着一时间仿佛突然长大了的小天子一愣，齐呼："臣等愿追随陛下，万死不辞！"

小天子回到龙椅坐下，"这把椅子没有你们想象的那么舒服，可是朕还是想争一争，母后和皇叔留给朕的位子，朕不能拱手让人，若让皇叔知道了，他回来得骂死朕。"

群臣哄堂一笑，小天子也跟着笑了笑，等着安静下来才继续道："好了，话咱们说开了，朕现在再问一句，众卿可有本要奏？"

温修上前一步道："臣有本要奏。"

小天子点头，温修道："豫王李晟狼子野心，大奸大恶，所犯下的是谋大逆的死罪，臣请求将其捉拿归案，明正典刑，以清吏治，以正朝纲！今日无故缺席不来上朝的，皆可按蔑视皇权处理，应该小惩大诫，以示皇威。"

朝堂上静了一会儿，这些被压服了许久的朝臣总算被逼出最后一点血性来，庭上响起一片附议之声。

张君却是摇了摇头，"李晟就在前面的太极宫里，谁去？谁能把他抓出来？他之所以敢在咱们眼皮子底下这么有恃无恐，是因为他知道咱们现在根本就动不了他。"

小天子道："温相，你给大家说说现在是什么情况。"

温修抿了抿唇，"这半朝臣子先不说了，单就兵权方面，禁军分作两拨，大明宫这边的禁军我都调换过了，都是咱们的人，太极宫是他们的人。十二卫府的兵当初王爷留给了我，东宫六率却还在李晟手上。京畿附近的折冲府基本上也是一半一半，再远一些的，一是一时之间赶不过来，还有就是……刚收到消息，边关近日有异动，所以驻守边防的兵全都动不了。"

众人心里一紧，也就是说现在双方实力相当，可李晟手上却还有一支游离于大周礼法之外、杀人于无形的"利剑"——暗门。

殿上又静默了良久，不知道是谁说了一句"要是王爷在就好了"。

一颗沉寂了许久的火种随着这句话，突然在群臣心中一闪一闪地跳了起来。

张君舔了舔唇，腆着肚子站了出来，"臣倒是有一个大不敬的想法。"

小天子点头，"张大人请讲。"

张君冲御案上拱了拱手，"为王爷洗冤的时候到了。"

一石激起千层浪，朝堂上顿时哗然一片。

当初李释获罪，最直接的原因就是太监陈英称宁亲王是杀害先帝的凶手，如今昭陵被盗，风水已经被破坏了，另觅吉壤、再迁皇陵势在必行，先帝的圣体肯定要动了，那为何不看一看他到底是怎么死的？

小天子眉头轻轻皱了一下，还没等发话，一个花甲老臣轰然跪地，"这是天意啊！我就说那个刘康是怎么从戒备森严的天牢里逃出去的，又是怎么死成那副样子。这是先帝爷显灵啊，先帝爷不忍看我大周亡国，降下神谕佑我大周啊！"

被李晟压抑了许久的臣子们像是瞅见了最后一丝希望，纷纷在含元殿上跪下，这群读罢圣贤书的国之栋梁哭着嚷着先帝爷显灵，比当初先帝爷驾崩时哭得还要卖力。

小天子啼笑皆非，半晌也只能挥挥手，"准奏了。"

第二天午时，小天子只带了一个掌灯的太监和宁三通进了昭陵，回来之后一句话也没说，在寝宫前的台阶上枯坐了一夜。

第二天，昭告天下，先帝之死与宁亲王并无干系，举国上下，恭迎宁亲王回宫。

归
途

陇西境内有座天水城，位于陇右道与关内道边界上，是从边境入关内的必经之地。

天光微曦，城门外已经排起了长队，贩夫走卒们提着筐、挑着担，赶着清早进城兜售些新鲜瓜菜，换几个养家糊口的小钱。

伸手尚不可见五指，却也没人舍得花那二钱香油钱，一群人在黑暗中默默等着，任由晨露渐渐打湿了发丝、衣角。

黑暗中依稀可看清城墙上贴的告示，此处是天高皇帝远的小城，外城墙也懒得有人打理，告示贴得东一张西一张的，风吹日晒雨淋，皱皱巴巴，随风瑟瑟发抖，像城墙上脱落下来的旧墙皮。最显眼的位置还张贴着半个月前从京城签发到全国各州县的告示，一件皇陵被盗案还原了当年先帝驾崩的真相，小天子亲自下诏证宁亲王清白，举朝迎宁亲王回宫。一晃半个月过去了，当初举世震惊的消息在街头巷尾已无人议论，新告示盖住了旧的，但却连宁亲王半个影子都没找到。

有传言说宁亲王是对这个朝廷死了心，这会儿已经隐居关外过逍遥日子去了；也有人说其实当初宁亲王根本就没走，而是被人藏起来了，这张告示不过是个掩人耳目的幌子；更有甚者说，宁亲王离京不久就染了恶疾，这会儿早已经客死异乡，所以才过了这么久都没有消息。

黑暗之中，两个人窃窃私语。

"过了天水城就是关内了，当初费了好大劲才出来的，没想到这么快又要回去了。"苏岑望着天边一颗残星有一搭没一搭地说着，"当初我可是把你装在棺材里才运出去的，你还记得吗？"

李释轻轻垂了下眸，"你说呢？"

刚从长安城逃出来的那段时间他几乎就没清醒过，苏岑在马车上足足备了两麻袋的迷药，一见他有清醒的意思立马就又给灌下去一碗，再加上苏岑在他耳边不停叨念"留得青山在，不愁没柴烧"的迷魂汤，李释那段时间像是把这几年没睡的觉一口气给补齐了。

他就想不明白了，这小兔崽子有胆子炸兴庆宫，怎么就没胆子好好跟他谈一谈。

苏岑当然不敢谈，李释都抱着以死赴社稷的心思准备自戕了，那么大的一盘棋，封一鸣死了，陈英死了，临了被他一把火药窜上了天。他怕李释醒过来将他一通好骂，更怕李释一意孤行，还要回去送死。

他要准备一整套无懈可击的说辞，确保能感天动地，让李释死了再回长安的念头。只可惜还没等他准备好，李释就醒了。

他也不知道李释到底是从哪一刻醒过来的，又暗自筹谋了多久，那一夜他像寻常一样把李释安置睡下，端起靠近窗边的茶杯喝了一口水，咽下去没多久就发现自己开始神思恍惚，紧接着就看见本该睡死过去的李释从床上坐了起来，一双眼睛无比清醒地看着他。

他心里最后一个念头是：完了。

两天以后苏大人才在马车里醒来，他顾不上脑袋里撕裂一般的痛楚，爬起来就要追。

直到他看到外面赶车的人，以及隐没在那人身后连绵不断的雪山，一行眼泪倏忽就落了下来。

李释没有弃他而去，而是按照他之前的计划，一路往西去了。苏岑把这一切归功于自己的思想工作做得好，终于让他回心转意了，殊不知宁亲王之所以还在这里，主要是因为回头路都被苏岑堵死了。

269

他在真相大白的前一天晚上跑了，那就是坐实了他谋害李巽的罪名，这会儿回去只能等着让人处死，他又不是单纯为了死而死，怎么会自投罗网？只是苏岑一心想着他要去赴死，却忘了他布下那一张大网的前提是：这是一件没有证据、查不清楚、由心而断的案子。

于是宁亲王只能半是无奈又半是新奇地开始了自己的逃亡生涯，直到楚太后宾天、皇陵被盗、真相大白于天下，这才起驾回宫。

只是他不能按着小天子给他安排的方式大张旗鼓地回去，想要他回去的人不少，不想他回去的也大有人在，比如李晟，当初李晟恨不能把他拖回去在东市口公开处刑了，这会儿他肯定在祈祷自己躲在什么犄角旮旯儿，这辈子都不回去了才好。

寅时刚到，城门将开，像是沉睡了一般的队伍慢慢苏醒过来，缓慢地向前挪动。

苏岑跟着李释默默向前，昏暗之中眼前的身影尤显高大威猛，只让人觉得说不出的安心。

不一会儿城门打开，里面出来两队官差，叫嚷着让把队排好了，又从怀里掏出两张画像挨个比对。

苏岑面色微微一沉，想不到李晟的手已经伸到这边来了。

李释回头看了苏岑一眼，还好他们早有准备，如今这副样子也是乔装打扮过的，苏岑的改动不大，主要是把眼睛盖住些，那双眼睛太亮了，一颦一笑之间神采飞扬，如今在眼窝处拿炭灰画了一圈，一副纵欲过度的少爷相。李释却是大手笔，脸上加了好些皱纹，一头乌黑的头发染成了花白，又在下颌上粘了一撮山羊胡。今日他们扮的是父子。

李释浅浅一笑，"唤声爹爹来听听。"

苏岑翻了个白眼，本来他要扮一起经商的搭档，李释非要扮父子，扮就扮吧，还给惯出毛病来了。

"这是提前练习，免得你到时候叫不出口。"李释突然压低了声音俯下身来。

苏岑压着声音小声叫了一句："爹……"

话还没出口，苏岑就被人一脚踢在屁股上出了队，还没等回过神来，就听见李释中气十足地来了一句："别叫我爹，我没你这个混账儿子！"

队伍的沉寂被打破了，正在查验身份的官差齐齐看了过来。

苏岑看向李释，只见李释踹了他一脚还不算，作势又要上前补一脚，前后的人看不过去了，急忙把他拉住，前面挑着菜的老大爷扁担一横把两人隔开，拉着李释劝解道："小老弟，小老弟……父子没有隔夜仇，有什么话好好说，先别动手。"

李释袖子一甩，"我没这么个不孝子！"

"怎么了这是？"身后挑着柴的老大哥也上赶着凑热闹，"先别上火，说出来大家伙给你评评理。"

什么评评理，分明就是想看笑话。

谁知道深居简出的宁亲王仗着这里没人认得他，狠狠放肆了一把，指着苏岑点了点，吹得脸上两撮山羊胡都抖了起来，"这混账东西放着我给他说的好好的大家闺秀不娶，非要去娶一个四十多岁的老女人！"

周围一片吸气的声音，显然是对这八卦相当满意。

李释冲着苏岑眨了眨眼，用痛心疾首的口吻道："那老女人还是个寡妇，你到底看上她什么了啊？"

周遭的目光全都被吸引过来了，整个队伍都慢了下来。

苏岑索性陪着李释把戏演到底，脖子一梗道："不许你这么说春芳，她家那短命鬼都死了二十多年了，我这辈子非她不娶！"

"你……你这混账东西……"李释作势又要踹，被周围的人一起拉住。

"小老弟啊，这就是你不对了。"卖菜的老大爷语重心长地劝导，"都说是父母之命，媒妁之言，婚姻大事岂能儿戏啊，还是听你父亲的吧，回去赶紧跟人家小姐成亲。"

"可是……"苏岑突然狡黠一笑，"春芳已经有了我的骨肉了啊。"

眼看着时机成熟了，李释抄起一旁柴担上的一根柴就要打，苏岑眼疾手快，拔腿就跑，前头守门的官差把笑话看了个囫囵，知道这两个不是他们要抓的人，哈哈一笑也就放他们过去了。

271

临了还不忘调笑一句："寡妇滋味如何啊？"

苏岑边跑边回道："妙着呢！"

直到跑进了一条没人的巷子里苏岑才慢慢停下来，喘息不止，笑声不歇。

李释笑着道："走了。"

入了关，后面的路就更不好走了，层层盘查愈加严格，饶是苏岑他们打扮得再好，也有几次险些糊弄不过去。越靠近京畿，周围的环境也越发诡异起来，当初在边关虽说有夷族猖獗，但还有大集可以赶，大家以物易物也热闹非常。到了这里却是家家户户大门紧闭，平日里大街上看不见一个人影，人人躲在自家的房子里，身侧守着的就是打包好了的行李，像是在等待一个未知的天命降临。

越靠近长安，李释的心情越沉重，好不容易沾染的那点平民气息随着离长安越来越近，又没了。

苏岑的心悬在半空中，两个多月过去了，长安城不知道变成什么样子了，谁也不知道等待他们的到底是什么。

他们赶在天黑之前来到了京郊的一处小村落，苏岑连着敲了几户人家都是一无所获，正打算再试最后一户时，李释却突然叫住了他。

循着李释深沉的目光看过去，只见慢慢笼罩的夜幕里突然出现了一队黑影，这队人个个身形高大，行进速度极快，却又悄无声息，如同夜行的罗刹。

苏岑不自觉地屏住了呼吸，慢慢退到李释身旁，伸手拉住了李释的半截袖子，打算一会儿情势不对，拉起李释便跑。但见李释那双眸子深之又深，却没有半分退缩的意思。

那队人转眼便逼至眼前，足有二三十人，黑衣蔽身，黑纱蒙面，一看就不是善茬。苏岑掌心冷汗淋漓，身子不由自主地弓起，那是一个鱼死网破的姿势。

那队人离他们仅几步之遥时突然停下了。

片刻之后，这些人笔直地跪在了他们面前。

为首的那个摘下黑纱，一双浅淡的眸子眨也不眨地盯着李释，眸光跳动得厉害。

祁林狠狠咬了下唇，以近乎虔诚的姿态跪伏在地，"图朵三卫，复命！"

苏岑脑海中一时空白了，大惊大喜之后心跳紊乱得厉害，所有话挤在嗓子眼里，一时间却不知道该说什么好了。

李释却像是早已经运筹帷幄，点了下头，"起来吧。"

祁林这才领着一大帮人站起来，这群在战场上眼都不眨的狼卫们眼里罕见地泛起了泪花，却又当着李释的面不好直接发作，生生憋得眼眶都红了。

苏岑在惊喜过后总算找回了自己的嗓音，激动地问："你们……你们是怎么……"

他当时炸了兴庆宫，走的时候太慌乱，脑子里想不得别的，也顾不上别的，几乎是孤注一掷地离去。以至于遗留下的那些问题，他实在是无暇也无力顾及了。

比如图朵三卫，比如曲伶儿，他不敢想李晟知道自己耍了他之后会怎么迁怒于这些人。

祁林冲苏岑点头示意，"是伶儿救了我们。"

"伶儿他……"苏岑上前一步，"伶儿怎么样了？"

"他很好。"祁林想到那个一直把他送到门口的人，"他一直跟我们在一起，知道你们回来了又要哭了。"

苏岑敏锐地捕捉到一个词，道："又？"

曲伶儿的师父，暗门的伤门、惊门的前任门主韩琪，原是追随崇德太子的云麾将军，后来护送李晟离京，看护其长大，并助李晟成立了暗门。只是他也没想到李晟的野心能膨胀至此，最后念及天下苍生，从暗门叛出，经劫天牢一役元气大伤，又加上心灰意冷，缠绵病榻了许久，终究是没能撑到春回大地。临终前他将破暗门的秘法交给了曲伶儿和韩书，说是将功折罪，却也是给他俩留下了能安身立命的本事。

这些事都是在李释离京之后才发生的，说起来得好一番工夫，祁林只好摇了摇头，道："说来话长。"

兀赤哈总算憋不住了，身长九尺的大块头上前一步，嘴巴一扁，险些哭

273

出声来，"爷，你受苦了，都瘦了……"

刚刚还沉浸在重逢的喜悦之中的苏岑脸色猛地一沉，眼睛不由得一眯，"哪里瘦了？"

他这一路可是把李释当成爷伺候，哪怕自己上街卖艺也没亏待过他一顿，眼瞅着都快把李释多年来睡不着的毛病治好了。苏岑怕这位摄政王衣来伸手饭来张口的日子习惯了，这一路上鞍前马后把伺候人的本事练就得那叫一个炉火纯青，谁都可能受苦，这位爷可是一点都没苦着。

兀赤哈还不知道自己说错话了，还兀自乐呵呵地一拍胸脯，"没事，以后，我伺候！"

苏岑眼看着就要上去跟他理论。

李释轻轻一笑，把他拦下来，冲兀赤哈道："该干吗干吗去，不用你伺候。"

大块头委屈地看着李释，半晌也没搞明白自己是哪里错了，憋了半天最后憋出了一句："还好，爷你没事，还好，你回来了。"

一句话下来，所有人都沉默了。

原本以为年前那一役就是生离死别，李释做的决定，他们只能服从，哪怕是叫他们去送死。

感谢还有这么个人敢逆风而上，力挽狂澜，硬是炸出了那么一线生机。

祁林带领着一大帮人又跪了下去，不过这次是冲着苏岑，一群人抱剑颔首，"谢苏公子！"

原本还气势汹汹的苏岑被这阵仗唬了一下，一时间也不知道该如何回应了。

李释心里稍稍触动了一下，当年他从蛮夷之地把这帮突厥人带回来，这群人突然从热血的战场上一下子来到温香软玉的长安城里，嘴上虽然不说，但长安城里这些连风沙都没见过的天潢贵胄入不了他们的眼。

苏岑是除李释之外唯一一个让这群人心甘情愿跪下来的人。

只可惜当事人无福消受，一脸惶恐地看着李释，眉宇间罕见地透露出那么几分慌乱。

最后还是李释出面解围，"好了，这里不是说话的地方，找个地方安顿下来再说。"

祁林带他们进了一户看似平常的小院，没想到里面却是别有洞天，布置看似寻常，细节处却都是精雕细镂，透着一股含蓄古朴的气息。

第一个迎出来的是曲伶儿，一声"祁哥哥"还没出口，就原地惊住了。

好在苏岑早有准备，冲人笑了笑，"怎么，只认得你祁哥哥，不认识你苏哥哥了？"

听见动静，房里人跟出来，不出意外地跟曲伶儿一样，张着嘴半晌没说出话来。

曲伶儿回过神来，眼眶瞬间就红了，上前几步将苏岑牢牢抱住，死活不肯撒手了。

他们这一别有点久，他都一年多没见过苏岑了。

"好了。"苏岑在曲伶儿背上拍了拍，无奈地笑笑，"老腰都被你扑折了。"

曲伶儿吸吸鼻子把他松开。

安抚好曲伶儿，苏岑冲前面的人一点头，"宁兄。"

站在房门外的宁三通这会儿也回过神来了，回以苏岑一笑，又整顿衣衫冲李释恭敬地行了一礼，"见过王爷。"

李释用一副巡检的姿态四周打量了一番，问道："这处地方是你的？"

"这是寄存在宁府管家名下的一处房产，用来接驾是寒酸了些，可眼下不被查到的也只有这么处地方，望王爷见谅。"

"你有心了。"李释缓步上前，走了两步却又停下步子，回头看了苏岑一眼。

先前逃亡在外，两个人并肩同行，如今临近长安城，当着众人的面，苏岑不得不按照以前的规矩，自觉地落后了李释两步，以示尊敬。

李释等了两步不见他跟上来，伸出手去拉了苏岑一把，直到把他拉到与自己并肩才继续向前。

二人进入里屋，甫一坐下就进入正题，李释直接问道："城里如今是什么情形？"

宁三通轻轻抿了抿唇，"长安城闭城已经三日了。"

李释眉头轻轻一蹙，苏岑已经抢先问道："闭城？闭什么城？"

"早在半个月前，楚太后大丧期满，朝中就已经划分了阵营，李晟和小天子分别在太极宫和大明宫各自为政，当时长安城中就已经乱作一团了。"祁林道，"就在三日前，长安城十二个城门突然全都落下，任何人不得出入，长安城外还聚集了各路从京畿折冲府赶来的兵马，现在整座长安城就是一座死城。多亏宁三通公子把我们送出来了，否则我们只怕现在还见不到爷。"

宁三通习以为常地摆摆手，"不必客气了，我们宁家就是干这个的。"

李释冷冷一笑，"分朝理政，真是出息了。"

苏岑急忙规劝道："也不能都怪小天子，你和楚太后都不在身边的情况下，他能坚持至今不容易了。"

祁林接着道："陈凌于前天晚上翻墙进城打探消息去了，至今还没回来。"

正说着，院门外突然传来动静，"咚"的一声，像是什么东西砸在了门板上，所有人精神为之一振，一愣过后，宁三通率先站起来，"我出去看看。"

房间里慢慢沉寂了下来，苏岑悄悄观察李释的神色，虽然宁亲王一副泰山崩于前而色不变的模样，可苏岑心里清楚，他在担心小天子的安危。

长安城已经闭城三日了，谁也不知道里面到底是什么情形，但可以想到，小天子要迎宁亲王还朝，自然不是闭门相迎。关城门的是李晟，目的也很明确，无非是逼宫犯上，挟天子以令诸侯。李释表面上说着这个侄子"没出息"，可眼里那份焦灼不是假的。

房门被人从外面一把推开，宁三通一步跨进来，怀里还抱了个半大的孩子。

祁林就站在门口，看了一眼那个孩子苍白的脸色，当即一惊，"陈凌！"

韩书和卿尘紧随其后，"我们是在城郊的永定河里找到他的，发现的时候他已经在河里泡了一夜。"

祁林把陈凌从宁三通手里接过去，只见那少年模样的人脸色苍白，全身抖得厉害，两片薄唇更是没有一点血色。

"我不该让他去的。"祁林把他轻轻放到床上，手无端有些发抖，"我该拦着他的……"

当初陈凌要进城，就是仗着自己的样子不容易引人怀疑，祁林还记得陈凌临走时还倚着门跟他开玩笑，不说自己是去查探，只道回来给他们带顺福楼的肘子。

宁三通道："好的大夫都在长安城里，这村子里只有一个装神弄鬼的半仙，懂点皮毛医术。"

李释毫不犹豫道："去找。"

宁三通立即吩咐小红去村头找张半仙，又让兀赤哈去烧水，自己凑近床边先看了看陈凌的伤势，两片深衣一解开，当即倒吸了一口凉气。

只见他胸前有两处见骨的外伤，已经被冰冷的河水泡得外翻，最靠近心脏的地方貌似被什么东西挡了一下才没被伤到，否则他根本不可能活到现在。

"是陈凌的峨眉刺。"祁林道。

众人这才发现陈凌常年带在身上的那根峨眉刺不见了，他手上还攥着一个指环。那峨眉刺为精钢所制，吹毛断发，锋利无比，这得是什么功夫才能将其一击斩断。

良久之后祁林才抿着唇说了个名字："宋凡。"

苏岑不自觉地皱了皱眉，确实在他知道的高手里，宋凡那把剑是最快的。

"我是仵作，没对活人动过手，可他这伤势当真拖不得了。"宁三通张着手犹豫片刻，咬着牙向那还有微弱呼吸的人下了手。

没承想手刚贴上去，陈凌竟然自己醒了。

那双眼睛先是没有焦距地扫视了一圈，最后慢慢定在一个人身上，半响后那张苍白的脸上竟然红了眼眶。

"爷……"

李释上前在那双颤抖着要抬起来的手上拍了拍，"好了，没事了。"

陈凌重重地点了下头，眼泪不争气地翻滚而下。他们的主心骨回来了，从此再也不用担惊受怕，那些让人喘不上气来的黑夜终于要到头了。

"爷……你听我说……"陈凌气息奄奄，每说一个字胸前都疼得好像要裂开，他咽了口唾沫才继续说道，"李晟……李晟他要造反，他带人围了大明宫……小天子和半朝臣子都在里面……温相和世子爷带兵抵抗，但他们撑不了多久了……属下无能，没能把小天子救出来……"

"你做得很好了。"李释眼里难得流露出几分温情来，"我回来了，剩下的交给我。"

陈凌眨了眨眼，一行清泪流下，他总算能好好睡一觉了。

宁三通和刚刚赶来的张半仙看护陈凌，李释带着众人从房间里退出去，刚出房门，那点温情瞬间荡然无存，李释眼神凌厉，竟像是带了几分杀气。

"李晟围了大明宫？"祁林道，"绸缪了那么久，总算是憋不住了。"

"我却不这样以为。"苏岑道，"恰恰相反，我觉得，李晟是被逼急了，他是算到王爷快回来了，所以才先一步下手。"末了对着李释道，"他在怕你。"

"那他算怕对了。"李释眼里翻滚着浓浓的黑雾，那是苏岑从来没见过的样子，那副样子属于漠北，属于战场，是杀伐决断，是寸草不生。

曲伶儿皱眉道："可是就凭我们这些人，别说大明宫，只怕连长安城城门都摸不进去吧？"

"不用摸进去。"李释斜睨了一眼，"有现成的兵马，为什么不用？"

借兵

苏岑瞬间就明白了李释的意思。

他是要借包围在长安城外的那些折冲府的兵力。

而折冲府的这些兵表面上是兵，其实很大程度上还是民。

当年太祖皇帝平天下，首先手里得有兵，可兵都握在那些前朝贵胄手里，哪来的兵给他用？无奈之下他只能从民间吸收兵源，化农为兵。兵源紧张时，甚至发生过"武帝灭佛"，把寺里的僧众和土地尽数收为己用，以扩充兵源和财政。

天下安定之后，太祖皇帝居安思危，也没有就此废除了这项政策，依旧从各地征调民力，以备战时之需，设骠骑府，也就是折冲府的雏形。太宗皇帝又在原有基础上对骠骑府进行废改，将主要兵力集中在关内道，逐渐形成了如今"居中驭外"的军事形势。

折冲府鼎盛时期，在全国范围内设有六百余处府库，其中只关内道就占了一多半，明面上是"举关中之众以临四方"，说白了，还是想在关外那帮野蛮子打进来时能守住自己的老窝。

早年间各地的折冲府还要轮番上京担任京城的防务，后来先帝可能还是觉得没有自己的人用着放心，遂用京中禁军取代了他们。

自打李释大挫突厥阿史那部，边境也安稳了近十年，现如今折冲府实行兵农合一，战时打仗，安时耕田，锄头握久了，自然就拿不起刀了。

李晟召集了这一帮人来，却没有开城门让他们进城去，是因为他也知道这些折冲府里的兵懒散惯了，成不了气候，没想着真靠他们来逼宫，其目的无非就是虚张声势，吓吓城里那帮没见过世面的大臣。

可在李释看来却不尽然。

折冲府分上中下三等，上府有一千二百人，中府有一千人，下府有八百人。照祁林之前的说法，至少也得来了十几路兵马，这些人加在一起也有上万人。而长安城中禁军也就有三万人，这些人还不见得就都听从李晟的命令，再加上他还要分一些兵力去围困大明宫，长安城有十二道城门，每扇门也就有千八百个人。几万人去对几百个人，哪怕是一人上去踹一脚，那门也得倒下。

更何况他们这边还有一张王牌。

李释之所以在战场上威名赫赫，靠的自然不全是人数上的压制，更是因为李释驭兵有术，用兵如神。图朵三卫令突厥人闻风丧胆，李释在的时候，边境线以外三十里都不见突厥人的影子。

细细想来，李晟怕他是有道理的，因为李释就是一张现成的兵符，他所在的地方，天下兵马尽归其统辖。他更是一块点金石，伤兵残将到了他手里都能打造成一支精锐。

李释问道："来的都是哪些人？"

祁林思索了一番之后也慢慢想明白了其中的关窍，回道："这些兵力都是从京畿附近的折冲府临时征调来的，他们人多，目标大，不好隐藏，之前我就都打探过了。"

院子里有张石桌，祁林刚坐下，曲伶儿就送来了纸笔，祁林将当日打探到的情况一一写下来，从哪来的、带了多少兵马、带兵的是谁，边写边道："这些人如今跟我们一样被拦在城门外，不过看样子好像并不着急，天天喝酒吃肉过得挺自在的。"

李释冷笑一声，"他们自然不着急，有吃有喝还不用他们上去卖命，静等着城里的人先斗个你死我活，他们管剩下来的人叫主子就是了。"

祁林点点头，心里却又越发不屑，当初他们在战场上抛头颅洒热血，为的就是换身后的百姓吃一顿安稳的饭、睡一场安稳的觉。这才过去几年，竟演变到当兵的在外面袖手旁观，隔着一道微不足道的城门，看着城里的百姓处于水深火热之中却无动于衷。

等把折冲府的详情写好了，祁林站起来交到李释手上。

李释拿到名单粗略地瞥了一眼之后反手一递，苏岑顺势接了过来。

李释道："有熟人。"

祁林点头，"爷说的是康增寿？"

曲伶儿一时好奇，凑上前问道："这个人怎么了？"

祁林道："当年在肃州时，这个人在爷手下担任副将。"

曲伶儿眉眼一弯，"那敢情好，他说不定能念旧主情谊，转过头来帮我们。"

祁林道："当年他因为擅离职守去喝酒，被爷打了五十军杖，从肃州赶回来了。"

"这么说起来，这里面也有我一个熟人。"苏岑笑了笑把名单放下。

"谁啊？"曲伶儿又探头过去。

苏岑指节在白纸黑字上点了点，看见那三个字，曲伶儿脸色瞬间就黑了。

苏岑无奈一笑，"宋建成，当年我的顶头上司，后来被我挤对走了。"

一行人稍稍休整，第二天一早确认了陈凌暂时没有性命之虞，李释和苏岑便各自带了自己的人，分作两路，去会各自的"熟人"。

曲伶儿和苏岑一路上惴惴不安，"你那个姓宋的上司，我记得可不是个好相处的，当初为了尽快破案，还差点拿一个胖子去顶包。他怎么会在这里？"

苏岑摇了摇头，"当年那件事之后我记得他好像调任夔州了，经过这些年的经营，干到长史也不奇怪。"

曲伶儿担忧道："你跟他梁子结得那么深，他能帮你吗？"

苏岑沉思片刻，最后也只能轻声道："我希望这些年了，他能有点长进。"

曲伶儿撇撇嘴，"就怕是长进没有，光长了记性，就记得当年你把他从长安城赶走了。"

"其实当年我也有不对的地方。"苏岑叹了口气，"心太高，气太躁，本来有更委婉的法子，不至于闹成那样的。"

"苏哥哥你没错。"曲伶儿斩钉截铁道，"有罪就是有罪，没罪就是没罪，姓宋的想拿无辜的人抵罪就是错了，你制止他有什么错！"

在曲伶儿的认知里，是非黑白泾渭分明，这像极了初涉官场的他，虽然有时候难免钻了牛角尖，落得一个不懂世故的名声，但心无旁骛地为了心里那点正义奔走呼号的日子，倒真是让人从身心到骨子里都痛快。

他转念一想，当初若不是他拿出那么决绝的姿态去求李释，只怕也不会有后面这些事了。

苏岑轻轻笑了笑，"好，我没错。"

转眼到了军营前，苏岑先是打量了一眼，宋建成所在的这支队伍大概有一千来人，在延兴门外安营扎寨。这些人像是刚刚用过早饭，还三五成群地聚在一起，守着尚未熄灭的篝火，几分不知所措掺杂着无所适从，想必好些人都没搞明白他们到底是来干什么的。

苏岑领着曲伶儿从人群中穿过去，这些人中有人抬起头来看他们一眼，却没有一个人上前阻拦。一直等苏岑他们走到了中军，才有一个人站出来问了一声"干吗的"。

苏岑停了步子，心里不失望是假的，他这要是敌军派来的刺客，只怕冲到主帐里拿了他们都尉的首级，这些人都反应不过来。

苏岑冲上前的那人道："我来求见你们的长史宋建成。"

那人又狐疑地打量了苏岑几眼，"你是什么人？"

"故人。"苏岑故意卖了个关子，"你就说，是张君张大人叫我来的。"

张君是宋建成的老师，张君的面子宋建成不会不给。过了没一会儿，果真见前去报信的人身后跟了个人出来，来到近处，果然是宋建成。

宋建成看见苏岑也是一愣，"怎么是你？"

苏岑冲他拱一拱手，"宋大人，久违了。"

宋建成冷哼了一声，"苏大人这么大的礼，我可受不起。"

宋建成果然还是个记仇的，苏岑无奈笑笑，"这个礼是我欠宋大人的，理应补上。"

宋建成当初被降职离京的时候，他被李释幽禁在兴庆宫里，等他出来人就已经走了。虽说宋建成落得如此下场多半是咎由自取，可祸事因他而起，事后他捡了便宜，取代了宋建成的位子，心里终究有些过意不去。

宋建成脸色依旧不善，冷冷睨着苏岑，等他道明来意。

苏岑把目前的情况说了一下，最后直言道："我这次来是想借贵处的兵力一用。"

宋建成看着苏岑思考了一番，随后突然挑唇一笑，"好啊，你跪下来，再给我磕三个响头，我考虑一下。"

与此同时，在康增寿营帐里。

一个膀大腰圆的中年壮汉跪在地上一度哽咽，"王爷……王爷您还活着！我就知道，我就知道您洪福齐天，一定不会有事的。"

李释越过跪伏在地的康增寿径直上前，在主位坐下，指尖在面前的桌案上随意点着，"老康，几年不见，你胆子见长啊，都学会造反了。"

康增寿眼里的热泪还没干，一脸震惊地抬起头来，"王爷何出此言？"

"据我大周兵制，将符和王符合二为一才能调兵遣将，你不经天子征召就出现在这里，不是造反又是什么？"

"王、王、王爷……"康增寿双目一瞪，险些站起来冲到李释跟前，又在祁林冷冰冰的目光下跪好，上前膝行了几步，从怀里掏出两块铜牌递上前去，"我是奉天子诏令来的啊。"

祁林把康增寿手里的东西呈给李释，李释看着面前一左一右两块鱼形令牌陷入沉思。如假包换的将符和王符，当初他亲自交到温修手上的，没想到竟会出现在康增寿手上。

半晌后李释不由得笑了，骂了一句："小兔崽子。"

这一句骂得有几分突兀，祁林不明白，但面上依然不动声色，康增寿跪得心急如焚，脖子伸得老长，小心翼翼问道："王爷，我这符不会是假的吧？"

李释片刻之后抬了抬手，"起来吧。"

康增寿不明所以地松了口气，站起来跟着祁林站在一旁，一时之间也不敢言语了。

李释靠着坐榻坐着，手里握着那枚王符轻轻描摹上面的纹路。他原本以为城外这些折冲府的兵力都是李晟借调过来逼宫造势用的，如今看来却也不尽然。

这里面还有一部分人是小天子调来的。

表面上看是为了跟李晟分庭抗礼，病急乱投医似的从各地征调了一些兵力上来，甚至连象征皇权统一的王符都没来得及收上去就被李晟先一步围困在大明宫里了。来到这里的兵力又都是一副疲软之态，搞得李晟都懒得拿出精力来应付，干脆就将两边人马一起留在城外，互相牵制，互相制衡。

而李释在看到这枚王符时陡然明白了，这些人是小天子留给他的。

而且挑出来的这些人也很有意思，就像康增寿，表面上跟李释有些过节，可背地里却念着李释的好。

这小东西竟然在李晟眼皮子底下摆了他一道。

"王爷……"康增寿等了许久不见动静，试探着问，"小天子召我们过来到底是要干什么啊？这城到底是攻，还是不攻？"

李释抬了抬眸，对康增寿道："安稳日子过久了，还记得怎么拿刀吗？"

一句话让康增寿眼圈猛地就红了，"能再跟着王爷打一场仗，死都值了！"

气氛一时之间凝固住了。

曲伶儿跟在苏岑后头紧紧握着袖子里的袖箭，他希望苏岑能一拳挥下去打宋建成，就是有点担心到时候能不能拖着苏岑从这层层包围中冲出去——虽然这些人现在看着没什么威胁，但毕竟人多势众，万一翻起脸来他还真没多少胜算。

连一旁坐着的士兵都觉出来这里气氛不对，接二连三地往这边看过来。

半晌后，苏岑却突然笑了，"我跪下了，你就借给我兵？"

宋建成一愣，沉思片刻，梗着脖子道："我说了，我考虑一下。"

"你不必考虑了，我都替宋大人考虑好了。"苏岑笑盈盈地上前一步，"我若是真跪下了，你肯定先是鄙夷我一通，进而再鄙夷自己当初怎么就会败在我手上，最后下结论，我这种人有什么资格问你借兵，找几个残兵败卒打发我走了就是了，反正到时候我颜面丢尽，也不好意思再赖下去。是不是，宋大人？"

宋建成被苏岑几句话道破了心思，面色不愉，冷冷哼了一声。

苏岑也不再步步紧逼，摆出一副真诚的姿态，"国力维艰之际，大厦将倾，还望宋大人能以大局为重。咱们之间的那点恩怨，说到底不过是小打小闹，不该上升到大是大非的层面。"

见宋建成有了一丝动摇，苏岑又乘胜追击道："宋大人若还是觉得咽不下这口气，等来日安定下来了，我到府上负荆请罪去。"

宋建成轻轻眯了眯眼，这话说得有几分意思，先把他捧到一个君国大义的高位上，再把后路给封上，若他还斤斤计较着不肯松口，倒显得他宋建成器小了。

话已至此，他是强硬不起来了，就此妥协又不情愿，只能想了个折中的法子，"调不调兵也不是我说了算的，还得问过我家都尉，我顶多替你引见，能不能调来兵就看你自己的能耐了。"

苏岑也没指望宋建成真有那么好心，能如此已经算是超出预期了，冲他拱了拱手，"有劳了。"

宋建成在前面引路，边走边道："我家都尉姓孙名勇，跟先太后有一点亲戚关系，能坐到这个位子上很大程度也是承了先太后的情，你要指望他帮王爷，难。"

苏岑点点头，那人就是一个靠祖上荫庇的棒槌。

宋建成又道："我们夔州府山好水好，也没出过什么胆大妄为的刁民，

285

平日里我家都尉也就是听听曲儿、看看戏，你指着他跟在后头给你摇旗呐喊还行，指望他冲锋陷阵，难上加难。"

一个靠祖上荫庇的无勇无谋的棒槌。

苏岑心里暗笑，这宋建成明里暗里骂着他家都尉的同时还不忘拐着弯把他一起捎带上，可谓是用心良苦了。

未看到这位孙都尉之前，苏岑心里就已经大致了解了。

二人进到都尉帐内，宋建成回头一指，"给你带了个人来。"

不等孙都尉开口，苏岑已经上前一步，冷冷问道："孙勇，你可知罪？"

孙勇一愣，慢慢从席位上站了起来，用目光示意宋建成，奈何宋建成也没搞明白苏岑这是唱的哪一出，索性冷着一张脸什么也不说了。

孙勇无法，只得把目光重新对准苏岑，只见这人淡然地站在他的营帐之中，周身气度确实不俗，身边还带着个眉清目秀的小侍卫，一时之间也不敢冷落了，试探着问："上差从哪里来？"

苏岑冷冷一笑，"谁叫你来的都不清楚，你来干吗？"

"上差是宫里的人。"孙勇立即从座位上下来，刚走两步又"咦"了一声，"可大明宫不是早就被围了吗？上差又是怎么出来的？"

宋建成旁观者清，总算是看出来了，这两人是在互相试探呢。

苏岑心里稍稍一动，他原本是想试试这孙勇对李晟到底有几分忠诚，不承想这一试还试出了点别的东西来。孙勇能脱口而出大明宫，那就表明是小天子让他来的。

不知道是不是孙勇要诈他，苏岑心里立即换了对策，面上依旧不动声色，"我要出来，岂是几道城墙能拦住的。"

孙勇一脸狐疑地又把苏岑从上到下看了一圈，这人一副文质彬彬的书生样，不像会飞墙走壁的，在心里几番斟酌，最后冷笑了一声，"你休要诓我，大明宫现如今被豫王的兵马团团围住，别说是个人，连只苍蝇都飞不出来。哪里来的无知小儿，竟敢假冒上差，来人！"

与那声音同时响起的，是苏岑清淡如水的声音："你可听说过——图朵三卫？"

门外两个士兵应声进来，还没反应过来就被曲伶儿放倒了。

孙勇立刻放低声音："你是图朵三卫的人？"

苏岑随手抽出孙勇挂在墙上的一柄长刀，"治下不严，让孙大人见笑了。"

孙勇瞬间大骇，"你是祁林！"

他早就听说过冷面修罗祁林的名号，但眼前这人面容姣好，与汉人无异，更使得一把好刀。若此人真是祁林，那从大明宫层层包围中杀出来倒也不是没可能。

孙勇底气明显不足了，"可是……图朵三卫不是早在半年以前就销声匿迹了？"

苏岑提了提嘴角，绕了这么大一个圈子，这人总算问到点上了，他学着祁林的样子面无表情道："图朵三卫所在的地方，自然与王爷有关。我们奉陛下旨意，在此恭候王爷回宫。"

李释到帐外时，正听见那句"恭候王爷回宫"，知道人没事，索性也不急了，闲来无事站在营帐外听会儿墙角。

孙勇语气已经变了："王……王爷回来了？"

一道清凌凌的声音应时响起："实话告诉你，来找你就是王爷的旨意，念你跟先太后那点关系，算是本家，本想把这个立大功的机会给你，不过如今看来……"

宋建成心想，你现学现卖得倒快……

孙勇眼珠子一转，楚太后一死他就没了依靠，这都尉的位子也岌岌可危了，这次之所以愿意上京，就是想着能不能趁乱重新"抱大腿"，日后也好继续回到虁州作威作福。只可惜刚一到就被关在了城门外，"大腿"都在里面斗得你死我活，他一时还真插不上手。

而且之前他毕竟还是有几分顾忌的，万一站错了队，那后果可是不堪设想。

如今有根天降的"大腿"送上门——宁亲王回来了，小天子那边就已经占了一半的赢面，只是苦于手头没兵这才没杀进去。他如果能破开城门把宁亲王送进去，那可是大功一件，往下八代都不用担心位子的事了。

念及此，孙勇立即殷勤了起来，"祁大人，祁大人有话好说，咱们坐下来喝个茶慢慢谈。"

苏岑瞥了一眼帐外，"你这些兵，只怕我们爷看不上。"

"大人说的这是哪里话，别看我们现在懒散，那是因为大家现在不知道该干什么，但平日里我们可不是这个样子的，行军布阵、日常操练可是一点都没落下。"孙勇热情地招呼苏岑坐下，"虽然不是我亲自练的，但我们有专业的教头，不信……不信你问老宋，宋长史，是不是啊？"

宋建成对孙勇这副狗腿子样嗤之以鼻，冷冷哼了一声。

苏岑装作半信半疑地坐下跟孙勇喝了两盏茶，谈妥了士兵借调的事宜，三言两语交代完毕，不顾孙勇的盛情挽留起身便要走。

再待下去他只怕自己要露馅了。

对付孙勇这样的人，跟他讲大道理没用，以利驱之又太贪得无厌，只有让他心甘情愿地把兵交出来才是上策。只是他的名号太浅，无奈之下借用了祁林的名号，一是让孙勇心生忌惮，二也是防止他再要什么手段。

没承想他刚出帐门，便与真正的祁林撞上了。

苏岑转而像只邀功的小狐狸冲着李释一笑，"爷。"

孙勇送苏岑到门外，同样看见了门外站着的人。若说之前还有一点疑虑，现在疑虑瞬间就烟消云散了，这身雍容华贵的气度，这睥睨万军的姿态，除了宁亲王还能有谁？

孙勇立时跪下行礼，"见过王爷。"

李释正眼都没给一个，带着苏岑转身欲走，"就按跟你说好的做就是了。"

"恭送王爷。"孙勇趴在地上对着两人的背影恭敬道，"恭送祁大人。"

苏岑从孙勇那里出来，瞧着没有外人，快走几步与李释并肩而行，"你那边谈妥了？"

李释点了点头，又被苏岑穷追不舍地追问：那怎么又过来了？不放心我？"

李释笑了笑，"祁大人这么大的威风，我有什么不放心的？"

苏岑吐了吐舌头，又冲祁林拱了拱手，"方才是形势所迫，如有冒犯，还望祁侍卫见谅。"

祁林抱剑还礼，"无妨。"

曲伶儿接着道："祁哥哥你都不知道你的名号有多响亮，苏哥哥只是在他帐里拔了拔剑，就把那个都尉吓得大气都不敢出了。"

祁林冲他挑了挑唇。

苏岑笑了笑又对李释道："我正要去找你，我发现这些折冲府的人也不尽是李晟找来的，还有些是小天子找来的，这些人知道你跟小天子是一伙的，一听见你的名号就会自愿跟随……你都知道了？"

李释道："康增寿就是奉天子诏令来的。"

"这些人利用好的话能起大作用。"苏岑道，"他们能听天子召唤，就是已经站好了队的，到时候真打起来定然也会拼尽全力，毕竟这条路上没有回头路，不是你死就是我亡。这些你已经知道了吧？"

李释不点破，只道："你接着说。"

"还有。"苏岑看了看左右这些也正拿着窥探的目光看着他们的士兵，道，"这些兵尚可一用，至于这个孙勇，不堪用。"

　　

一行人回去又把折冲府的名单好好研究了一遍，果然从中找出了好多关窍，有些是忠义之后，有些则是跟暗门有仇，还有一些能跟温修、张君等人牵扯上关系。

这些人也不多费口舌，都知道其中的利害关系，由祁林拿着李释的信物走一圈就收揽了。

人到手了也不需要再多加操练，一是时间不够，二是没有必要。他们要的就是一个人多势众，别说区区一道城门，就是城墙，也能给它凿穿了。

第二日一早，屹立了百年的明德门的三根千斤门闩断了，在轰然一声中倒下。

与此同时，皇城传来消息，大明宫破了。

　　

长安城里，一条朱雀大街将长安城一分为二，一条中轴线连着明德门与太极宫。

如今李释就在明德门下安营扎寨，李晟坐镇太极宫。李释手里握着能直逼皇城的重兵，李晟手里却捏着半朝臣子以及小天子的性命。两方对峙，却又互相掣肘，一时之间达成了一种微妙的平衡。

苏岑陪李释站在明德门的城楼之上，俯瞰着长安城内的万千黎民，忽然想起了两年前的上元节。

当时的场景恍如昨日，卖花灯的，表演杂耍的，火树银花，热闹非常。他还在一个字谜摊子上赢了一盏狐狸花灯。

不过区区两年时间，八街九陌的长安城就判若云泥了。

"在想什么？"

苏岑回神，偏头看了看正在看着他的李释，笑了，"在想兴庆宫里我炸的那个窟窿李晟给我补了没，别进去了什么小毛贼把你酒窖里的酒给偷了。还有宋建成那些兰花也不知道还活没活着，我长乐坊那间宅子里也不知道草有多高了。"

李释笑了笑，"想家了。"

"嗯。"苏岑想罢之后点点头，可不就是想家了，看着这城下的万家灯火，每一盏之下都是一份希冀，那里面本该也有他的一盏。

苏岑抬头看着李释，看着那双深沉的眸子里暗暗流动的光晕，问道："王爷在想什么？"

李释道："我在想，你当日做得对。李晟此人丧心病狂，这一天早晚得来，当初若不是你拉住了我，今日面对这些的就只有他们自己了。"

"王爷是怕我触景伤情？"苏岑仰起脸看着李释，含着一点笑意，"王爷放心，我一点也不后悔，再来十遍、百遍，我还是要带你走。"

夜幕降临，一片岑寂笼罩在长安城之上，看似微妙的平衡被一个人打破了。

祁林登上城楼，看着两人说话一时没敢打扰，直到李释偏了偏头，问他："怎么了？"

祁林回道："太极宫里来人了，指名要见爷。"

苏岑慢慢直起身子，"什么人？"

"一个太监。"祁林道，"当初先太后宫里的大太监——陈有。"

李释带着苏岑回到主帐，各路折冲府的都尉和图朵三卫均已到齐，甫一掀开帐帘就看见了站在营帐中间的陈有，微扬着下巴，一副小人得志的嘴脸。

看见李释之后，陈有的这副嘴脸才稍微收敛了几分，讪笑了两声，上前道："陛下有旨。"

李释无视陈有，自顾自地回主位坐下，陈有面色有几分尴尬，只能又躬身上前了两步，"王爷，陛下有旨。"

"哦？"李释总算挑了挑眉，"那你口中的陛下，是哪个陛下？"

陈有微微挺直了身子，一脸得意，"那自然是如今坐在含元殿里的——天成皇帝陛下。"

苏岑站在一旁不禁笑了，"我大周何时有过这么一位皇帝了？"

"放肆。"陈有嗓音尖利地叫了一声，又小心地看了看李释，只见他端坐上座倒也没说什么，一颗心算是放进了肚子里，他们手里握着小天子和半朝臣子的性命，饶是李释也不敢把他怎么样，这才挺直了腰杆大声道："明日便是天成皇帝陛下登基的大日子，我今日来便是转达新皇旨意，在座的诸位明日可千万别忘了去参加登基大典。"

帐内的人面面相觑了一会儿，一时也不知是该嘲讽李晟不自量力还是自作多情了，最后齐齐把目光对准了李释，等着宁亲王给个态度。

李释抬了抬头，"说完了？"

"哦，还有。"陈有道，"陛下召苏岑即刻入宫觐见。"

苏岑稍稍一愣，"我？"

李释又问了一遍："说完了吗？"

陈有已经觉出来李释的几分不耐烦，急忙点头哈腰道："说完了，说完了。"

李释挥一挥手，"拉出去砍了。"

陈有和帐内的人都一愣，虽说这陈有确实可恨，可毕竟是李晟派来的人，不说两军对战不斩来使这条规矩，李晟手里如今还握着小天子的性命，万一激怒了他，后果谁都不敢想。

图朵三卫最先回过神来，兀赤哈在祁林的示意下上前拎着陈有的领子就要拖出去。

陈有总算回过神来，先是叫了一嗓子："你们大胆！我是陛下的人，谁敢动我！"直到快被拖出帐外，陈有才终于意识到如今是什么情形，顿时声泪俱下，"王爷……王爷饶命，我不敢了，我再也不敢了……李晟王八蛋，他算什么东西，也敢自称皇帝……王爷饶了我吧，饶了我吧！"

李释抬了抬手，兀赤哈这才停下，陈有腿上一软瘫倒在地，劫后余生的念头刚刚冒出来，只听李释低沉的声音就落了下来："就地处决吧。"

兀赤哈手起刀落，陈有那双三角眼刚刚睁到一半，便再也睁不开了。

一个人头骨碌碌滚落在地，最后停在苏岑脚边上。

大战之前最忌军心不稳，苏岑知道李释这是立威、立势，就是要做给在场的人看的。而且这个陈有曾是楚太后身边的大太监，楚太后之死很可能就跟他有关系。

道理他都明白，可看着那颗人头、那双死不瞑目的眼睛，还是觉得心悸。

李释轻轻皱了皱眉，"拉出去喂狗。"

兀赤哈领命，上前提着那颗圆滚滚的人头出去了。

又过了好一会儿，苏岑僵硬的身子才慢慢恢复过来。

想必在座的人也都是一样，主帐内一时间陷入死一般的沉寂，不敢说也不知道该说什么，这仗到底打不打？怎么打？李晟要是把小天子推出来挡在前面，他们该如何是好？

李释看着虽然态度坚决，可他真能放着小天子不管吗？如果真是那样，那李释跟李晟又有什么区别？

半晌后，苏岑突然出声道："我想进宫。"

曲伶儿一脸难以置信地看过来，"苏哥哥……你想干什么？"

"我要进宫。"苏岑换了个更坚决的说法，"刚刚那个太监不是说了吗，李晟召我进宫，刚好我也想进去看看。"

李释轻轻皱了皱眉，却也没说什么。

"宫里的人现在都出不来，谁也不知道里面到底是什么情形，我如果能进去的话，最起码可以见到小天子，关键时候我可以护着他。"

这个关键时候是什么时候，众人心里都明白了。

"可是万一你见不到小天子呢？"曲伶儿都快急哭了，"而且咱们刚杀了那个太监，万一李晟迁怒于你怎么办？"

"我既然能进去，自然就有办法见到小天子，而且，李晟不会杀我的。"苏岑笃定道，"李晟这个人极其自负，相比杀人，他更喜欢玩弄人于股掌之中，就跟当初在陆家庄他不杀陈老是一个道理，他需要有个人成为他的见证者，这个人最好是他的对手、他的敌人。他现在最想见的应该是王爷。他多年来一直模仿王爷，试图打败王爷，如今他自以为已经胜券在握，他需要有个人替他见证这些。只是他知道王爷不会去，他也不敢叫王爷去，所以，这个人才会是对王爷最熟悉的我。"

苏岑说完对着李释一笑，那里面的意思显而易见，让我帮你。

曲伶儿还欲说什么，却被李释打断了：「你自己当心。」

苏岑含笑冲他点了点头，"还有需要我帮你转达小天子的吗？"

李释眉眼微垂，流露出几分温情来，"告诉他，不要怕。"

293

第
二
十
五
章

长
安

一个人，一盏灯，从明德门到太极宫。

一路上空无一人，他自己慢慢走着，一路上想了很多，却又好像什么都没想。

看见太极宫两扇灯火通明的宫门时，他心里忽然想感慨一句，他总算是回来了。相比于几个月之前匆匆而来又仓皇出逃，这次有了一种落叶归根之感。

这一次，无论是生是死，他都不会再离开这个地方了。

守门的侍卫好奇地打量他，这几天长安城里家家户户大门紧闭，谁也不敢出来触霉头，别说晚上，就是白天也不见得有人走，面前这个人到底是从哪里冒出来的？

苏岑挑着盏灯笼，长身玉立在门前，不卑不亢道："是李晟让我来的。"

"大胆！"守门的侍卫刀光一闪，长刀出鞘，"什么人竟敢直呼圣上名讳！"

苏岑没有半分退意，一双眼睛平静且沉寂地目视着前方。

侍卫心里不由得发怵，虽然眼前这人身子单薄，手里也只有一盏微弱的灯笼，可就是觉得这人身上好像还带着什么强大的力量，让人不容忽视。

侍卫愣过之后示意身边的人，"你，进去问问，陛下有没有召见过这么一个人。"

那人刚跑出去两步，却迎面撞上了一个人，抬头看清来人的样子，当即单膝跪下，"见过太子殿下。"

苏岑越过跪在地上的两个人看过去，只见一人从漆黑的门洞里慢慢显现在烛光的范围之内。

来的是宋凡。

宋凡看着苏岑挑唇一笑，"苏岑，你果然还是来了。"

苏岑跟着宋凡进了太极宫，一路上果然再无阻拦。苏岑没问宋凡怎么知道他会来，也没问宋凡为什么来接他，连宋凡也难得安静下来，路上只有两个人窸窸的脚步声，再无其他。

两人进了常乐门，眼看着就要到李晟的寝宫了，宋凡却突然停下了步子。

苏岑离宋凡始终两步远，见宋凡停下，自己也跟着停下来，只见宋凡拧着眉头回过头来，问道："你为什么要来？"

苏岑不禁笑了，笑容迎着的烛光一动，"不是你们叫我来的？"

"你知道你来了他会怎么对你吗？"宋凡直视着他，那双桃花眼里罕见地流露出几分认真来，"他比我可疯多了。"

见苏岑不语，宋凡又道："你如果现在后悔，我可以送你回去。"

"我既然来了，就不会走。"苏岑越过宋凡上前，又停下步子，"更何况，你不是已经放我两次了吗？"

一次是送他回扬州，一次是送他出城。

宋凡回过头来笑了，"你看出来了？"

苏岑摇了摇头，"事后才想明白的，那天你那么早出现在城门口应该不是碰巧，而你如果真想掀开那道车帘，宁三通也拦不住你。"

苏岑顿了顿又道："所以你应该是早就过去等着我了，至于原因，可能是为了吓吓我？"

宋凡一双桃花眼弯弯地垂下来，"那你被吓到了吗？"

苏岑也笑了，他们两个竟然能心平气和地站在这里说话，倒真是挺稀奇的。

"行，那你自己进去吧。"宋凡无所谓地摆摆手，"别死得太难看了，我还能帮你收尸。"

"宋凡。"苏岑突然从背后叫住了他，"我不知道你到底叫什么，姑且还是这么称呼你吧，我问过你好多次，这次想再问你一次，你找到你想要的了吗？或者说，你知道你想要的是什么了吗？"

宋凡歪着脑袋，那双桃花眼微微眯起，眼里闪过几分疑惑。

"可我知道。"苏岑道，"我想要大周国运昌盛，百姓安居乐业，生有养而老有赡，理有所正而冤有可申。李晟要做的说到底其实就是复仇，而一个满怀仇恨的人不可能给大周的子民带来这些，所以我来阻止他。"

苏岑说完，不等宋凡反应，便已经昂首挺胸地向前去了。

等他走远了宋凡才收回目光，有什么东西在他的心口动了动，却又好像什么都没有。宋凡拧了拧眉，慢慢又散开了，轻轻一笑，"其实你们才是疯子。"

李晟寝宫里只留了一盏灯，下人也早已经退出去了，苏岑进去时就见李晟仰坐在一张扶手椅上，他没穿龙袍，身上也没有多少穷奢极欲的装扮，而是一身玄袍，盯着苍茫的夜色，不知道在想什么。

李晟察觉苏岑进来，才慢慢收回视线，转而看着苏岑，"我的人呢？"

苏岑不咸不淡道："喂狗了。"

李晟愣了愣，不怒反笑了，"像是李释的作风。"

像陈有那样的人，一朝得势就像秋后的蚂蚱使劲蹦跶，拎不清自己的分量，死了就是死了，没人在乎。

李晟扶着扶手支起身子，"知道我叫你来干什么吗？"

"无非是想听我对你歌功颂德。"苏岑顿了顿，"还有陪着你骂李释。"

李晟哈哈一笑，"跟聪明人说话就是省事。"再支着额角看来，"那还愣着干吗，开始吧。"

苏岑笔挺地站着无动于衷，开口道："我要见小天子。"

李晟目光冷了，笑意淡了，"你当这是哪里，轮得着你来讨价还价？"

"没见到小天子之前，我什么也不会说。"

李晟稍稍眯了眯眼，片刻后突然笑了，对外面的人吩咐："把他们都带过来。"

候在门外的人手脚麻利，不消一会儿，外面就响起窸窸窣窣的声音，有人在门外回了句"人都带到了"，李晟"嗯"了一声之后，门才从外面打开。

来的不止有小天子，还有温修、张君、郑旸……以及那一半的朝臣。

四五十号人满满站了半个房间，小天子被温修和张君好生护在身后。

"苏岑。"小天子看见苏岑十分惊喜，眼里的孩子气一闪而过，又注意到里面坐着的李晟，只好端出帝王姿态道，"你来了。"

苏岑双膝跪下，"臣护驾来迟了。"

"平身，平身。"小天子急忙道，"你回来了，那皇叔也该回来了，皇叔呢？"

"王爷如今就在明德门外，陛下很快就能见到他了。"

温修又问："他找到我们给他留的那些人了吗？"

苏岑点头，还没来得及出声又被郑旸打断了："你怎么在这里？"

众人这才回过味来，李释尚在城外，苏岑却出现在这里，那是不是说明李释已经处于劣势，连自己的人都保不住了？

苏岑摇了摇头，"是我自己要来的，王爷正在城外布兵，诸位再忍一忍，王爷会带大家出去的。"

"行了。"李晟不耐烦地出声打断，"人你都见了，是不是也该干点正事了。"

苏岑回过身去看着李晟，"你想干什么？"

李晟挑唇一笑，"我在想，怎么治李释的罪。"

苏岑坦坦荡荡回道："王爷何罪之有？"

"这就要问你苏大人了。"李晟俨然一副胜利者的姿态，随手一指半屋子的朝臣，"你不是出身大理寺吗，掌管天下刑律，今日这里站着的有多少人，你就得给我罗列出李释多少条罪状来，少了一条，我便拿这些人的人头替李释补上。"

"你太卑鄙了。"郑旸第一个出声反对，"你自己打不过我小舅舅就在这里构陷他，小人作为！"

李晟抬了抬手，立即从门外进来两个侍卫，李晟一指郑旸，"第一个就拿他开刀。"

两个人上前将郑旸一左一右架走，郑旸一脸嫌弃地推开两人，"我自己走。"

"旸哥哥，你们放开旸哥哥！"小天子拽着郑旸半截袖子不肯撒手，一直憋着不落下的眼泪也终于憋不住了。

群臣拉拉扯扯，满庭喧哗。

"慢着。"苏岑出声道，房间里静了下来，落针可闻。

只听苏岑一字一顿道："我给你列。"

李晟意味深长地一笑，稍一抬手，两个侍卫躬身退下。

苏岑不顾身后众人不解的目光，上前一步，"王爷这第一条罪状，就是不争！"

所有人都一愣。

"'受降城之战'后，王爷自愿放弃皇位，誓与边关共存亡。不得不说，你当年的计谋很成功，你就是料定了王爷不会放弃边关，你欺他心善，因为你知道在他眼里，国邦安定比皇位重要，苍生黎民比万人之上重要！要说今日局面是王爷造成的倒也无可厚非，倘若王爷当年肯争上一争，今日就不该是如此场景！"

苏岑站定，继续道："王爷的第二条罪状，是仁厚。因为仁厚，他还念着那一点手足情谊，念着你身上崇德太子的那一点血脉，从来没有对你赶尽杀绝。因为仁厚，不管先帝当年如何待他，他从来没将这笔账算到小天子头上，一心匡扶正统，从未有过半分觊觎之心。

"王爷的第三条罪状，是无私。兴庆宫里烛灯日日燃到天明，他殚精竭虑，事事亲为，朝中许多人对这对孤儿寡母虎视眈眈，可在他治下，皇位安定，楚太后稳坐中宫，从来没有出过什么岔子。他在边关时落下了一身伤病，漠北夜寒，他只能以烈酒暖身，夜夜枕戈待旦，他那头疾的毛病连堪比迷药的安神香都压不住。可他摄政以来，平突厥，征吐蕃，废榷盐令，安邦抚民，哪一日早朝倦怠过？哪一件朝事荒废过？他熬垮了身子才由得你们这些小人横生事端，他为了国家安定主动放权，才放任了你们在大周疆土上胡作非为！"

"够了！"李晟一拍扶手，一双眼睛危险地眯了起来，"你这是给他罗列罪状呢，还是夸他呢？"

苏岑轻轻一笑，"这样的罪状，别说这些人，就是把你所有的人都叫进来，我都能给你列个清楚！"

李晟不由得笑了两声，扶着椅子站了起来，"你道他仁厚，难道当年我的父皇就不仁厚？他是出了名的仁君，举朝上下皆念其好。就是他李彧寡廉鲜耻，夺我父皇之位，我为什么不能夺他们的？"

苏岑轻轻垂了垂眼眸，"其实，我觉得当年太宗皇帝做得对。"

李晟一愣，"什么？"

"当时建国之初，太祖皇帝丰功伟业不容置疑，但毕竟国基尚浅，边境尚且动荡，百姓尚不能果腹。崇德太子是仁厚，可仁厚换不来边境安稳、四海宾服。当时大周需要的也不是一位仁君，只有太宗皇帝那样的铁血手段，才好将大周尚不结实的疆土巩固夯实。"

李晟猛地上前一步，一把握住苏岑的脖子将他提了起来。

他不介意有人骂他狼子野心、骂他弑主篡位，只要等他登上皇位，这些都能洗去。就像当年李彧干的那样。

可他不允许有人说崇德太子的坏话，半句也不行！

那是他的根，他的源，他的一切由来，是支撑他走到今天的根基，崇德太子一点点瑕疵都不能有！

可这个人竟然说李彧当年做得对，他的父皇就该死，就该让李彧那个谋权篡位的小人来当皇帝！

苏岑脸色慢慢涨红，那双眼睛却眨也不眨地看着他，眼里不是畏惧，不是求饶，而是一种近乎怜悯的平静。

李晟在他断气之前才松了手，苏岑无力地滑倒在地，被身后的郑旸接住。

"我不杀你。"李晟突然笑了，眼神却冰冷得吓人，"可我有一百种办法让你生不如死，来人！"

那扇门又被推开，进来的却是两个太监。

李晟笑容里带着几分狰狞，像盯着猎物的野兽，"这是净身房里最好的太监，手起刀落，不会让你吃太多苦头的。"

"你想干什么，你疯了吗！"郑旸把苏岑揽在怀里，盯着那两个太监从箱子里掏出了刀具，一步一步逼近。

宫刑还不如一死来得痛快。这是当年金榜题名的状元，大殿之上侃侃而谈，天下风华无出其右。而李晟如今竟想当着所有朝臣的面对他施以宫刑，那跟当场凌迟了他又有什么区别！

苏岑埋头咳了好一阵子才直起身来，抬手在郑旸手上拍了拍，倒像是在安抚他。

郑旸忽然就明白了，他是故意激怒李晟，这样李晟的愤怒就会发泄在他一个人身上，不至于牵连了其他人。

这个疯子，这个傻子！

郑旸咬了咬牙，张开双臂把苏岑护在身后，拿出一副拼命的架势，目眦欲裂，"谁敢过来！谁敢过来我就跟他拼了！"

二人眼前的光线突然一暗，只见那个平时最懂得明哲保身的张君上前一步，挺着肚子挡在了他们前面。

"要想动他们，你就先废了我这把老骨头！"

"还有我！"温修把小天子送到郑旸身边，撸起袖子往前一站，"一帮老东西，命不值几个钱，有种你就拿去！"

朝臣们互相看了一眼，也都三三两两站了出来，像一堵人墙似的把小天子和苏岑围在中间。

看见此情此景，李晟摸着下巴笑了，"有意思。"

当初这群大臣就像一群鹌鹑，缩着脖子任由他拿捏，一点小恩小惠，或者一点小把柄，他们就对他唯命是从。没想到生死关头倒是给逼出了一身骨气来。

只可惜，太晚了。

"陛下，不哭。"苏岑轻轻给小天子把眼泪拭去，"王爷让我告诉陛下，让你别怕，他会来救陛下的。"

"朕……朕不怕……朕相信皇叔……"小天子一边说着一边落眼泪，好像这一年来憋下的眼泪一股脑儿全涌出来了，"你……你也不要怕，朕是皇上……朕来保护你！"

苏岑微弱地笑了笑，却扶着郑旸的肩膀慢慢站起身来，一步步走到李晟面前。

"你看见了吗？哪怕你手里有刀，可你威胁不了人心。就算你做了皇帝，也注定是个孤家寡人，天下的人杀不尽，总会有人想着把你从那个位置上拉下去，你日不能安，夜不能寐，因为一闭上眼睛就都是来找你索命的冤魂厉鬼。这样的皇上，你还想当吗？"

李晟微微眯着眼打量着眼前的人，竟然生平第一次有了想后退的冲动。

索性是站住了，眼神里冷冰冰地淬着毒，"那是因为他们还不知道什么叫怕，怕到骨子里了，变成了鬼也不敢过来。我劝你还是不要太把自己当回事了，看看李释，不是照样窝在城门外不敢进来，他要是真拿你当回事，这会儿早该打进来了。"

苏岑闻言却是一笑，忽然偏头看了看窗外，漆黑一片的夜幕里连颗星星都没有，苏岑却心有感应似的盯着一片黑暗挪不开视线。

似乎有喊声划破了长安城寂静的长夜，有什么在黑暗中拨弄着、搅动着、酝酿着。

片刻之后，火炮顿响，在西南的夜幕里炸出了一道火光。

与此同时，破门而入了一个侍卫，一进门就滑跪在地，"皇……皇上，打起来了！"

李晟脸色猛地变了。

周遭一切像是静止了，所有人或惊喜，或惊吓，一时之间竟不知该作何反应。苏岑收回视线，冲着李晟轻轻一笑，"你跟他比，永远也赢不了。"

半晌后，李晟忽然振袖一呼，大笑起来，"看看你的好皇叔，你们的好王爷，他管你们的死活了吗？"

小天子擦干眼泪，在群臣之中站了起来，"众卿听旨。"

满屋的人瞬间跪了一地。

"朕很高兴现如今还有这么多人跟朕站在一起，你们都是我大周的贤士、能臣，朕幸而有你们，大周幸而有你们！朕接下来想让你们当着太祖皇帝、太宗皇帝以及先帝的面起下血誓，如若违逆，愧为我大周子民。今夜朕如遇不测，传位于四皇叔李释。今夜殉难者，待皇叔拿下奸佞，皆按照国士抚恤。只要有一人尚存，皆以四皇叔马首是瞻，传达朕的旨意，听其号令。听清了吗？"

底下已经稀里哗啦哭倒了一片，片刻后，温修带领着大家抬手起誓：

"臣……当着太祖皇帝、太宗皇帝和先帝的面起誓，陛下……陛下如遇不测，定当谨遵圣意，拥宁亲王李释继承大统，听其号令，整顿朝纲。如有违逆，愧为大周子民！"

"好，很好，都平身吧。"小天子仰起下巴冲着李晟笑了笑，只要这里还有一息尚存，这皇位就落不到他李晟头上。

李晟冷眼旁观完这一切，却是冷冷笑了，"你们又怎么知道你们要等的人到底能不能活着来到这里，区区折冲府的兵力妄想跟我皇城禁军对抗！来人！"

白筹手捧着一套战甲进来，亲自为李晟着衣。

苏岑忽然就明白李晟为什么是这么一副装扮了。

他在等着，一直在等着。

他们之间早晚会有这么一场仗要打，不是你死就是我亡，这场仗他等了太久，比他想当皇帝还要久，久到一听到李释打进来的消息，他竟激动得难以自持。

麒麟银甲，威风赫赫，正克李释漠北常穿的那套蛟鳞黑甲，他做梦都想跟李释明刀明枪地干上一场，当着所有人的面，将其斩于马下，再践踏上千遍万遍！

手握上那把玄铁枪时，他竟激动得落了泪。

李晟一甩银甲，迈开大步，向着他的宿命之战而去。

等李晟的背影消失在黑暗里，那帮刚刚视死如归的大臣还没回过神来。李晟竟然真的走了，就这么扔下他们走了。

苏岑在郑旸肩上轻轻拍了拍，腿上一软，险些没站住。

小天子一脸怔怔地看着李晟离开的方向，问苏岑："你说，皇叔会赢吗？"

苏岑陪小天子站着，笃定地点点头，"会的，王爷是我大周最好的将军，战无不胜，攻无不克。"

远处的喊杀声渐渐近了，炮火也越来越密集，有人在撞击城门，有箭矢破空而过，有人在求饶，有人在呐喊。

整座长安城淹没在一片火海里，无人安眠。

所有人在这里，也在大周任何一个角落里，惴惴地等待着天命的降临。

那一夜好像格外漫长，却又好像一眨眼就到了天明。

破晓的时候，两个太监进来了，神色拘谨，郑旸问外面打得怎么样了，太监也不搭理，只让他们快换朝服，早朝照旧。

外面的炮声好像小一些了，但空气中满是硝石硫磺的味道。一群人被十几个侍卫赶到了含元殿里，天还未亮，黑黢黢的大殿里空无一人。

不多时两个太监进来将大殿里的灯一一点上，慌乱且匆忙，哆哆嗦嗦的，唯恐慢了一点就会丢了性命。

整个大殿里亮起灯光，晃得人的影子越发魑魅魍魉。

终于点完了最后一盏灯，两个太监拔腿便往外跑。

还没走下龙尾道他们便被人一刀抹了脖子。

不知是谁在外面大喊了一声："新皇驾到！"

所有人往殿外看去，只见李晟在几个颤颤巍巍的太监的簇拥下缓缓而来，一身龙袍，冠十二旒冕。

所有人的心都凉了。

苏岑上前一步，"王爷呢？"

李晟视若无睹地越过他，一步步登上那个至尊之位，拂袖一挥，一旁的太监立即道："新皇即位，众卿拜迎。"

所有人面面相觑，没有一个人跪下。

李晟竟不恼，一脸祥和地看着庭下的众人。

苏岑再也顾不上眼前这些荒诞的场景，挣脱众人，拔腿就往外跑。

他不相信……李释不会输，更不会死，他一定在什么地方等着他，他得去找他！

刚跑出殿门，眼前的丹凤门突然被撞开！

大队人马涌了进来，旌旗招展，杀声震天。其中一人一马当先，一身黑甲，迎着龙首原上升起的日光熠熠生辉，煌煌不可直视。

来到龙尾道前，那人翻身下马，像以往每一个早朝一样，一步一步登顶，脚下是光明大道，身后是万丈光芒。

苏岑只觉得全身力气都散尽了，顺着殿门慢慢滑落下去，直到一只戴着墨玉扳指的手递到他面前。

等进了大殿，一帮子老臣都快哭抽抽了，一声声唤着"王爷"，再也说不出其他的话来。

小天子一头扑了过来，也不顾玄甲冰冷，死活不肯撒手了。

最后李释费了一点力气才叫他松开，又将他一臂捞起，像小时候那样抱了起来。

郑旸也想往上扑，被李释一个冷冰冰的眼神定在原地。

果然侄子和外甥是有区别的！

李释这才抬头看上去。

只见李晟依旧含笑看着下面的人，倒真有几分天子的威仪。

"你当真来参加朕的登基大典来了。"

"是啊，真正的孤家寡人。"李释一步步登上御台，俯瞰着龙椅上的李晟，"宋凡死了，白筹也死了，你的暗门尽数被剿灭，所有反叛的禁军皆已投降，你做了你一个人的皇帝。"

"我没输！我才是正统，我是崇德太子之子！"李晟振袖一呼，"以后大周的万千子民都是要来参拜我的！"

大殿外的兵马已经紧随其后，祁林带着人马将大殿团团围住，自己紧盯着李晟，防止这人被逼急了乱咬人。

这已经是一步死棋，他确实是输了。

李晟坐在龙椅上哈哈大笑，"就凭你们……就凭你们也想抓我？那个卑鄙小人的野种，你们算什么东西！"

猛然之间寒光一闪，那身龙袍之下竟然还藏着匕首！

"护驾！"

大殿里一时间乱作一团！

李释往苏岑身前一挡，又把小天子轻轻往怀里按了按。

片刻之后，鲜血泼溅，李晟自刎于龙椅之上。

这把椅子，从来都是伴着鲜血而生的。

李晟这一辈子，醉于此，痴于此，最终也是死在这上面。

那副目光最终也是痴痴地看着含元殿外，原来这个位置是这样的风光。

一直等图朵三卫的人进来将大殿上打扫干净了，李释才把小天子放下来，一如往常地吩咐道："今日早朝就算了，给你一天时间休整，从明日起，一切照常。"

小天子嘟着嘴看着李释，眼里的泪打着转。

李释还是于心不忍，在他头上摸了摸，"干得不错。"

说完了再不耽搁，扭头走了。

苏岑留意到来自身后各处的目光。这些人本来等着宁亲王对他们逐一安抚，再一把鼻涕一把泪地与他们推心置腹，没承想宁亲王干完了分内的事，只想回家睡觉。

安抚群臣，那是天子干的事。

大殿外阳光尚好，苏岑轻轻眯了眯眼，黑夜太长了，他一时间竟有些不适应。

李释同他并肩慢慢走下龙尾道，像走了半辈子那么长。

走到最后一层石阶，苏岑那颗忽上忽下的心总算落了地，言笑晏晏地问李释："咱们这是要去哪里？"

"回家。"李释道，"回去拔草，补窟窿。"

又过了大半个月，长安城总算从豫王谋逆的阴霾下走了出来，李晟余党被清剿完毕，暗门也荡然无存了。

后来苏岑才从曲伶儿那里知道，宋凡是死于乱矢，而那一箭也根本不是冲着他去的。那天晚上苏岑进宫之后，李晟就要将朱雀大街沿街的百姓全都迁走，刚好黄家就在其中。暗门的人恼羞成怒，竟然动用了弓箭射杀百姓，黄婉儿抱着孩子落了单，正好落入了射程之内。

怀里孩子的啼哭没有停歇，黄婉儿颤抖着睁开眼，却看见了一双含笑看着她的桃花眼。

事后黄婉儿给儿子改了姓。那个人说过，他的儿子不能姓黄，可他不能连自己叫什么都不知道，索性就姓白吧，清清白白而来，清清白白做人，不要再跟他们这些人扯上关系。

苏岑明白，他总算知道自己想要的是什么了。

后来，人们借用了李晟那个只出现了一刻的年号，将那场政变称为"天成之变"。

东西市重新开张，朱雀大街张灯结彩，宁亲王依旧在朝堂上说一不二，小天子依旧被训两句就掉泪。不过好在现在有人能求助了，小天子一被训就问"苏爱卿你觉着呢"，苏岑一脸尴尬地出来打圆场，皇叔训人就不那么严厉了。

耽搁了近一个月的科考总算提上了日程，由于"天成之变"中有半朝臣子投奔了李晟，后来这些人被革职的革职，查办的查办，大周急需一批新官员来填补之前的空缺，所以这一届科举在所有人看来尤其重要，而这主持科举的主考官就更是重中之重了。

只是没想到，大家一致推举苏岑担任主考官。

苏大人当真是哭笑不得，他既不是礼部官员，又不是出身翰林院，一个大理寺里修刑律的出来主持科举，这算哪门子差事？

可是面对群臣的热情，苏岑实在推脱不过去了，只能退一步，担任副主考，而主考官则是四朝老臣宁羿，这才堵住了悠悠之口。

苏大人如今暂时住在兴庆宫，理由是他家那小宅子彻底被曲伶儿霸占了。祁林因为宁王妃的事被王爷从兴庆宫赶了出去，无处落脚，只能投奔了曲伶儿。说到底祁林是因为他被赶出来的，更何况他这处宅子早就送给了曲伶儿，如今若还是赖着不走就有些不识好歹了。

曲伶儿一把鼻涕一把泪，又手脚麻利地给他打包好了东西，叫了辆驴车，一举送进了兴庆宫里。苏岑义正词严地表示，他就是借住几宿，等来日他在长安城里找好了房子还是要搬出去的。

只是他忘了长安城寸土寸金，他如今不是苏家的二公子了，靠着那点俸禄，估计得到七老八十才能买上房子。

与宁亲王同在一个屋檐下的日子还要很久。

除了兴庆宫这一处灯光，整个长安城都静静睡了下去，更夫一声声敲着梆子，"天干物燥，小心火烛，一夜安好，太平长安。"

番外

漠北的星星

元顺八年，暮春。

苏岑等到日头西斜才从宫里出来，打发了早就候在建福门外的马车，背着手慢悠悠地往家走。

正是唱晚时分，长安城里家家户户炊烟袅袅，苏大人深吸了一口这俗世的烟火气，草木余烬混着饭菜香，吸入肺腑，再慢慢吐出来一句："俗世，即盛世。"

苏岑途经东市，打上二两佳酿，又买了新鲜出炉的枣子糕，捏着一块边吃边走，等吃完一抬头，"兴庆宫"三个大字在夕阳余晖下熠熠生光。

门口的侍卫早就与他相熟，笑盈盈地迎他入内，问候道："相爷今日回来得倒早。"

苏岑笑着应了一声，一进门，祁林和曲伶儿迎面而来。

苏岑稍稍停了步子，正巧曲伶儿也看见了他，当即上前拉着苏岑不撒手了，"苏哥哥，我想死你了！"

苏岑跟祁林点一点头便算打过招呼了，转而对着曲伶儿笑笑，"长乐坊与兴庆宫不过一坊之隔，你跟着祁教头日日过来，何谈想死我了？"

祁林两年前被李释赶出了兴庆宫，从此图朵三卫群龙无首。那帮突厥人眼高于顶，汉人他们瞧不起，但一个个的又不通汉话，一时之间除了李释，整个兴庆宫就没有再能调动得了他们的。奈何宁亲王也不能事事亲为，陈凌数次交涉无果之后，只能找到李释哭诉："快把祁林请回来吧，这兴庆宫我没法管了！"

而宁亲王冷冷一笑，表示自己不要面子的吗？说出去的话泼出去的水，没有收回来的道理。

最后陈凌实在没办法了，只能找上苏岑，请这位帮忙说说好话，兴许还能有点希望。

苏大人才思敏捷，几句话就化解了矛盾。当初李释下的命令是，谁把宁亲王妃的死因透露出去就自觉滚出图朵三卫，那只要祁林不是以图朵三卫的身份回来就是了。兴庆宫以重金聘请祁林回来担任图朵三卫的教头，约束图朵三卫的同时，再教习他们汉话和礼仪，如此一来，既保全了李释的面子，又解决了兴庆宫目前的困境，岂不是皆大欢喜。

最终祁林回来了，曲伶儿也被聘请过来。

结果祁林回来的第一天，就把那帮突厥人拎到校场上一人赏了三十板子。

曲伶儿瞪着一双幽怨的大眼睛看着苏岑，"可是苏哥哥，你哪次回来都是掐着宵禁的点儿，我白天过来哪能见得着你？"

苏岑掐指一算，还真是，他足有半个月没在兴庆宫用过晚膳了。

"天成之变"之后，那些跟着小天子共患难的大臣全都论功行赏，张君直接升至刑部尚书，大理寺卿的位子便落到了刚刚官复原职的苏岑头上。这还不算，这两年间李释逐渐放权，并于一个月前彻底交出了摄政权，直接让小天子亲政了。

刚满十四岁的小天子诚惶诚恐，觉得自己力有不逮，于是又提拔了一帮手下来辅政，其中就包括苏岑。

这一提，直接把苏岑提上来填补了柳珵当年留下来的空缺，官居左相，成了大周朝最年轻的相爷。

只是小天子亲政之初政务冗杂，苏岑如今忙到都要睡在皇宫里了。

今日他是悄悄溜回来的，这才遇上曲伶儿他们。

苏岑抬头问祁林："你们这是要走了？"

祁林微微颔首，"伶儿想吃顺福楼的肘子，得在打烊之前赶过去。"

苏岑点点头，"那快去吧，别误了时辰。"

曲伶儿在肘子和苏哥哥之间犹豫了一下，这才依依不舍地松了手，道："那苏哥哥，我改天再来看你。"

等两人走出两步，苏岑突然想起一件往事，冲着祁林背影道："祁教头请留步。"

祁林回头，"怎么了？"

苏岑咬了咬唇，"有件事困扰我很久了，还请祁教头赐教。"

祁林看着苏岑一脸严肃的神情，心里不由得一紧，"请讲。"

苏岑道："你为什么姓祁？"

这还是当初游园会时兴庆宫的三大谜团之一，饶是苏大人聪明绝顶也想不明白，按理说他一个突厥人，即便要起个汉人名字，也该随着李释姓李，为什么选了这么一个生僻的姓氏呢？

祁林身子先是一僵，转而拉着曲伶儿头也不回地走了。

曲伶儿也被勾起了兴趣，一路上还在追问，苏岑看见祁林看似镇定的步子里明显趔趄了一下。

完了，更好奇了。

苏岑沿着龙池往后殿走，越走心里越疑惑。去年夏天。李释心血来潮，抽干了龙池要换水，他总算知道了龙池底下有没有尸体，兴庆宫后院住的是谁他早就清楚，如今兴庆宫三大未解之谜就剩了最后一条——祁林为什么姓祁？

左思右想不明白，苏岑索性加快了步子，从祁林那里问不出来，那他去问李释还不成吗？

赶得早不如赶得巧，寝宫里刚刚布上晚膳，都是他喜欢的菜色，而那位王爷稳坐主位，眉若刀裁，不怒自威，轻轻捻着指间的墨玉扳指，抬眉扫了他一眼。

苏岑坐下来，又吩咐下人再给他上一副碗筷。

宁亲王拿起筷子开了口："谁敢！"

两个下人对视一眼，识趣地躬身退了出去。

一顿饭下来李释默默吃着，再没有看他一眼。

苏岑心想，还好自己提前吃了块枣子糕，不然守着这么满桌子菜肴无从下口，那得多难受。

眼看着一顿饭都要吃完了，李释还没有要搭理他的意思，苏岑只能觍着脸上前，"我打了黄公酒坊的猴儿酿，你要不要尝尝？"

李释给自己斟了一杯二十年的太禧白，一饮而尽。

"好吧。"苏大人默默把手里的酒壶藏到身后。

过了会儿苏岑又冲李释抱怨："最近上上下下出了好多事啊，陇西那边又有动荡，各地的藩王一听说陛下亲政了便都想从朝廷捞好处，突厥虽然现在看着比较老实，但我总觉得莫禾不是个善茬，你看我操劳了一天了连口水都没喝上……所以说还是王爷厉害，当初把他们收拾得服服帖帖的。"

苏岑这一通马屁夹杂着诉苦总算得到了点回应，宁亲王嗤笑一声，继续吃饭。

一场美梦，酣畅淋漓。

苏岑只觉得自己才刚刚睡下就被人叫了起来，门外天还黑着，却已经有下人小声唤道："相爷，该上朝了。"

苏岑洗了把脸，束发高冠，又把自己收拾成了那个玉树临风的苏相。

一转身，只见李释竟已经收拾妥当了，"走，我跟你一道去。"

苏岑一路上都在琢磨李释的脸色。

自打宁亲王交卸职务之后他已经有一个多月没上过早朝了。这一个月里满朝文武总算是摆脱了宁亲王的"暴政"，整个朝堂在苏相和小天子如沐春风的调和下渐成欣欣向荣之态，人人各抒己见，百家争鸣，虽然还是时常争得面红耳赤，但都不再是为了一己私欲了。这些人都深刻地体会过党争之苦，十分憎恨结党营私。

苏岑心里却有些惴惴不安，这种感觉说起来还有点熟悉，就像当初在学堂等着被夫子检查课业，使劲想着自己还有什么没做好的地方，还要观察今日夫子心情好不好，搞这次突袭检查到底是出于什么目的。

苏岑偷瞄着李释，这位王爷突然心血来潮要去上朝，又是出于什么目的呢？

李释自然不懂他那些弯弯绕绕的小心思，一双眼睛静静垂下来打量着身前的人，"想什么呢？"

"在想……"苏岑突然狡黠地眯了眯眼，"在想一朝权臣有朝一日卸了权，当初你得罪的那帮大臣会不会借机欺负你？"

李释笑了，"他们要欺负我，苏相待如何？"

苏岑饶有兴趣地端详一番，"王爷为官多年，不是深谙官场之道吗？"

这分明是在暗示当初他们那场交易，当初他们一个位卑职低，一个权势滔天，走投无路之下苏岑才找上李释。如今地位对调，苏岑明里暗里透露出想压宁亲王一头，一雪前耻。

"苏相爷好大的官威。"李释一双眼睛危险地眯了眯，"小兔崽子。"

苏岑龇着牙控诉道："都是跟王爷学的！"

"不学点好。"

苏岑没了脾气，反倒是笑了。

宁亲王的车驾自然无人敢拦，一路顺遂地进了大明宫，直到不能再往里了两个人才从车上下来，朝着宣政殿的方向并肩走着。

苏岑偏头看了看身侧的人，眉锋目利，哪怕没了权势也是气势逼人。一直以来他都是默默跟随在这人身后，看到的是他那结实宽厚的背影，不敢觊觎，也不敢逾越，能将将触到随风而起的衣摆便心满意足了。不知从何时起李释就放缓了步子等着他，像如今在这种光明正大的场合里两个人并肩而立，赶着上朝的大臣们唤一声"苏相"，再神色拘谨地敬一声"王爷"，竟也没人觉得有什么不对劲的。

两人进了昭训门，正遇上内侍监的大太监满脸堆笑地迎上来，"见过王爷、苏相，赶巧了，内库刚到了今年贡上来的御酒，陛下正让奴才挑几坛好的送到府上呢。"

李释挑眉，"谁的府上？"

太监一时语塞："这……"

苏岑面上不动声色，耳朵尖却悄悄红了。李释这不是打趣这太监，而是打趣他呢。如今谁不知道苏相就住在兴庆宫里，送到谁的府上还不是一样。

李释偏偏不依不饶，继续道："给谁的还是要事先说好，万一到时候有人打着找自家酒的幌子溜进我那酒窖里，搬走我几坛陈年佳酿，我找谁说理去？"

苏相爷嗜茶，更嗜酒，而且被养刁了嘴，只喝十年以上的陈酿，自打搬进兴庆宫后更是耗子进了米缸里，一发不可收拾了。有一天李释兴致上来去逛了逛自己的小酒库，险些以为兴庆宫里遭了贼，陈凌他们都挨了一顿罚。

千防万防家贼难防，谁能想到堂堂一朝丞相，竟每天晚上偷偷溜到床底下喝两口！

那大太监心领神会，意味深长地一笑，"都有，都有，一式两份，这就给两位分别送过去。"

李释转头一想，自己那小私库是该再备点存货了，遂问道："都有什么酒？"

大太监报了几个名字，都是各地顶好的名酒，奈何家里这位小祖宗口味刁钻得很，喜欢清酒胜过浊酒，米酒胜过麦酒，黄曲酒胜过红曲酒。

临近宣政殿时，李释又改了主意，对那太监道："走，我随你去看看。"

苏岑皱眉，"早朝的时辰到了。"

李释轻轻一笑，"你是一朝之相，我又不是，我是没了权的闲王，怕那帮大臣们欺负我。"

苏岑无语，怎么还记得这茬呢？

早朝议的是如今的突厥可汗阿史那莫禾送来的和亲书，请求大周送公主过去和亲，愿与大周行秦晋之好。

说到阿史那莫禾，就不得不提当年的"天成之变"。当年李晟调动了大批吐蕃势力于大周边境，作为与李释抗衡的筹码。李晟自戕于含元殿之后，这帮吐蕃人竟然贼心不死，还想着趁乱再在大周边境上捞一把油水。

当时举朝忙着处理"天成之变"的后续事宜，李释还真分不出精力来操心边关的事。就在这时，一直养精蓄锐的突厥竟主动出击，硬是将吐蕃军队拦截在了大周边界之外。

照莫禾的说法，这是为了报答祁林当年的不杀之恩，苏岑心里却明白，经此一役，吐蕃元气大伤，突厥借机吞并了大片吐蕃势力，自此在漠北各部里一骑绝尘，再也没有能与之匹敌的了。

苏岑不得不重新审视这位年纪轻轻的突厥可汗，刚成年不久就借萧炎谋逆之事从只手遮天的叶护手里拿回了王位，又借这次"天成之变"大挫吐蕃，扩充了领土，他总能在最合适的时机做出最正确的决定，完全不像一个少年人的见识。苏岑不敢忘了，当年屠阿史那部的命令是李释下的。

这人如果真是为了与大周结秦晋之好，那自然是好，可若是借着与大周的关系进一步拓展版图，早晚有一天会成为大周的劲敌。

如今朝中势力也分作了两拨，一拨人是"乐天派"，认为大周如今国力强盛，一个小小突厥根本不足为惧。更何况人家刚刚帮了你，提的要求又合情合理，你拿什么理由拒绝？

另一拨人则是"前瞻派"，秉承着非我族者皆非善类的想法，坚决反对这种有可能搬起石头砸自己的脚的做法。况且就算莫禾不反，能保证他的子孙后代都不反吗？一旦这头狼壮大起来，谁还能圈得住它？

两边争得面红耳赤，年仅十四岁的天子坐在龙椅上也有些左右为难，这是他亲政后裁决的第一桩大事，还一上来就是干系到大周国运的事，拒绝了吧，显得大周器小，答应了呢，又怕养虎为患，怎么选？

小天子为难了一会儿，决定还是把这个包袱抛给别人，冲着庭下眯眼一笑，"苏相，你怎么看？"

苏岑斟酌了一下，冲圣上拱了拱手，"臣赞同和亲。"

庭下一片哗然。

温修皱了皱眉，语重心长道："苏岑啊，你还年轻，不知道人心险恶，你现在觉得莫禾好，是因为他还没对大周亮出獠牙。一旦大周亮出脖子给了他可乘之机，他一定会扑上来撕咬的。"

苏岑刚待开口，庭上的天子却接过了话："朕其实也同意苏卿的看法，因为实在是没理由拒绝啊。他想永结同好我们却不同意，这不是把突厥逼到大周的对立面上了吗？退一万步讲，就算莫禾真的是狼子野心，那还有皇叔呢，咱们不怕。"

苏岑认可地点点头，刚要张嘴又被温修打断了："陛下啊，大周禁不住折腾了，正好不修就不修了吧，趁着突厥如今还没有长齐獠牙，当断则断！

况且王爷也年事已高，您不能……"

话没说完，只听大殿外头一声清咳，说曹操曹操到，"年事已高"的宁亲王突然就出现在了众人面前。

温修腿上一颤，身形晃了一下。

李释步步上前，在朝堂正中一站，大殿里瞬间鸦雀无声。

如今李释虽然卸了权，但在朝堂上依然余威不减，一帮刚刚争得面红耳赤的大臣一见这位主子，瞬间安静了。

"皇……皇叔。"小天子率先回过神来，吩咐道，"快给皇叔看座。"

一旁伺候的太监立马搬上一张紫檀雕镂靠背交椅，摆在群臣最前头。

宁亲王为了彰显自己还没到"年事已高"的地步，也不落座，单单是扶着靠背一站，面对群臣，"你们接着说。"

谁还敢开口？

足足静了几个弹指，李释垂眸扫了扫袖子，"不说了？不说了那就退朝吧。"

大臣面面相觑。

于是能议一整天的议题在刚刚开始时就收了尾，这帮大臣在小天子亲政之后第一次能回家吃个晌饭。

望着群臣退下的背影，宁亲王又开了口："温相啊……"

温修正出殿门呢，闻声被门槛绊了一跤，险些一头栽下去。

李释挑唇笑了笑，"温相当心，毕竟年事高了，老胳膊老腿摔折了不好康复，实在力不从心了，不妨就退位让贤吧。"

温修拱着手连道了好几声"王爷说得是"，李释这才放人，回头瞥一眼正捂着嘴偷笑的苏岑，眸色一狠，"还笑！"

苏岑立马收了笑。

回去的路上李释还是一脸冷淡，苏岑想笑又不敢笑，只能小心劝着，怕李释脾气上来了真把温修给革了职。

"温相他就是无心之言，不是真说你老，他说的也不是现在啊，十年二十年以后，我都是老头子了，谁还没有个年事已高的时候。而且温相这话虽然不好，听但心里还是向着你的，还不是不忍心再让你去漠北吃沙子了。"

李释冷冷一笑，"哼。"

苏岑心想，这哪是年事已高啊，明明就还是个孩子！

李释倒也没有多加为难，象征性地吓唬一下也就算了，敲着窗弦随意问道："这就是你们今天早朝的议题？"

苏岑心想，这"老狐狸"果然还是道行深，只去探了个头就已经弄明白了事情的始末，借机试探道："那王爷怎么看？"

李释嗤笑一声，"就这么点东西也值得议一整天？"

好吧，王爷威武，当初宁亲王专政一言堂的时候，"这么点东西"确实也就是一句话的事——宁亲王一拍板，谁还敢有二话。

只是如今小天子亲政，一个孩子自然没有李释那份胸襟与气魄。亲政之初广言纳谏，学会从中取舍也是一门必修的学问。

"亲肯定是要和的，泱泱大国为了那么点子虚乌有的事情望而却步，说出去也不怕被人笑话。"

李释总算给了个态度，苏岑跟着点头，"我跟王爷看法一样，莫禾敢提这样的要求，就是知道我们没有理由拒绝。所以问题的关键根本不是和不和亲，而是和亲之后怎么牵制突厥，防止他借大周之便进一步扩大版图，生出虎狼之心来。"

李释眯眼打量着面前的人，经过几年官场的打磨，苏岑非但没有磨去棱角，反倒是更加光彩夺目了。遇事冷静，一针见血，越来越有一朝之相的气度了。

李释接着问："那你想必已经有主意了？"

"是有一个想法，正想着求王爷指点一二呢。"

苏岑嘴里说着谦逊之词，面上却是一副得意神色，李释了然地一笑，这不是等着指点，而是等着夸奖呢。

"说。"

"莫禾想要公主过去和亲，那我们便送公主过去，只是我大周朝的公主身份娇贵，肯定适应不了漠北苦寒的气候，衣食住行也是样样不便，到时候势必还得带一批自己的侍从过去。"

李释明白了，"你想在这些侍从里安排我们的奸细。"

苏岑笑着点点头，"我想在突厥成立公主府，表面上是照顾公主的饮食起居，背地里也是监视突厥，万一他们真的起了什么心思，我们那里有人，消息也能灵通一些。"

话说完了，苏岑看着李释，耐心等着，只见那人轻轻拨弄着扳指，不说好也不说不好。

难道还有什么考虑不周的地方？苏岑脸上的得意渐渐收敛，转而凝眉，还是说这个办法根本就不可行？

片刻后李释才问道："刚刚朝堂上为什么不说？"

苏岑松了一口气，笑道："我其实是想看看小天子是怎么打算的。你发现没，其实陛下做的很多决定都是对的，可能是受你潜移默化的影响，很多事情他的意识里已经有了答案，只是对自己不太自信，所以才会在两边摇摆，下不了决定。"

李释点点头，说到底这与他也有关系。想当年摄政的时候，宁亲王向来都是说一不二，为这个天下做了无数个决定，而且这些决定事后证明都是正确的。这也就造成了小天子心理上的倦怠，凡事跟着走就是了，反正最后总是对的。如今一旦要自己拿主意了，没了那么一个强势的人替他抉择，却还想要选得正确，难免就得多想想多看看，显得优柔寡断起来。

所以苏岑是在等，等小天子自己拿主意，等把一切定下来后再把这些呈报上去，这样做既是支持小天子，也起到安稳民心的作用。

这"小狐狸"也快成精了。

见李释点点头，苏岑便知道李释这是赞同他的做法了，当即又眉目生动了起来，"有了公主府这个先例，日后我大周还可以继续往突厥安排其他机构，什么互市监、市舶司，在促进往来商贸的同时，说不定还能通过突厥把生意一直做到波斯、大食国去。"

诚然，苏大人身上不只有安邦定国的方针，还有那么点商人的狡黠，一看到商机登时想到了自家的生意，"到时候就让大哥去那里开两间茶社，生意肯定好得不得了。”

他说到最后，声音却慢慢低了下去，当年他为了李释的事与苏家断绝关系，虽然当时是怕牵连了家人，但他话说得决绝，是真的把二老伤到了，直至如今关系也没能缓和。

“再给你支一招。”李释知道他又想到伤心事了，岔开话题道，“如今吐蕃大败，有意向我大周求和，可以命吐蕃送质子入京，同我大周的皇室子弟一同接受沐化。”

苏岑一点就通，“你是想借机扶持吐蕃与突厥抗衡。”

“至少算个威慑，让他知道这塞外也不是他一家独大的。”

苏岑眯眼笑了，“果然姜还是老的辣。”

李释目光冷冷地瞥过来，“谁老？”

“温相老。”苏岑心想，这个“老”字以后当真提不得了，如今也只能就坡下驴，先委屈一下温相了。

李释轻轻往座椅上一靠，闭目养神道：“这温修也是，年纪越大胆子反倒越小了。”

这话带着几分感慨的意思，苏岑听在心里，一个念头忽然涌了上来，开口问道：“我还有一件事想不明白。”

李释还是闭着眼，示意他继续说下去。

“当年‘天成之变’的时候，你为什么要把兵权留给温相？”

李释总算睁了睁眼，“因为谁都有可能投靠李晟，只有他，不可能。”

“为什么？”

李释忽然笑了，“你想问的到底是温修，还是温舒？”

苏岑一愣，瞬间赧然。他以为他问得够拐弯抹角了，没想到还是被这“老狐狸”听出了端倪。他确实想问的是温舒，当年温舒的死因直接决定着温修这个大舅子对李释的态度，弄明白这两人的关系，说不定他就能旁敲侧击出温舒当年的死因。

他也不知道自己为什么这么执着于当年的真相，可这件事就像一根卡在他喉咙里的刺。

更何况李释还刻意瞒着他，甚至不惜把祁林都赶出了兴庆宫。

避无可避，这件事只有从李释这里才能找到答案，苏岑直视着李释，目光灼灼，"我想知道。"

半晌后，李释冲他伸了伸手，"来。"

苏岑上前，落座在李释身侧。

"也没什么不能说的，婚事是父皇选定的，李巽娶了开国郡公萧永谦的外甥女，父皇便把当朝左相之女指给了我，也算是旗鼓相当，互相掣肘。只是我当时一心扑在边关战事上，冷落了她。

"当时战事吃紧，我一年到头在京中也待不了几日，当时住的还是分封时的府邸，我懒得经营，里里外外被各怀心思的人渗透了。我把得力的人都带在了身边，觉得她只不过是一个不问世事的闺阁女子，不会有人为难于她，也没想着给她留下几个护身的人。

"后来就出事了。"李释抬手按了按眉心，"等我赶回去时人已经没气了，验尸的仵作告诉我，她腹中还有一个三个月大的婴儿。"

"怎……怎么会这样？"短短几句话，苏岑却听得胆战心惊，"谁干的？"

李释摇了摇头，"不过大抵能猜到。"

李巽为了与他抗衡，暗地里成立了暗门，而暗门的首领李晟就是个疯子。他一直视李释为对手，试图抢走他的一切，如果不是要靠李巽帮助，他甚至想取代李释。

他这用心也是险恶，将李释的女人据为己有，事后李释回来还得替他收拾烂摊子，要么忍辱负重替他养孩子，要么鱼死网破，同温家断了关系。

只是他也没想到，温舒这么一个大门不出二门不迈的闺阁小姐会有那么大的勇气，竟然为了自己都没见过几次面的夫君悬梁自尽了。

"温小姐怀有身孕的事……温家知道吗？"

"这件事只有我和几个图朵三卫知道，仵作和几个知情的下人也都被封了口，对外宣称的都是病重而亡。但父女连心，老相爷应该感觉出什么了。"

苏岑忽然就明白了，难怪李释会放心把兵权交到温修手上，也难怪他要对温小姐的死因缄口如瓶，事关她的贞洁，他宁肯被诬陷也不肯透露半分。

如果不是他从祁林那里听出了几分真相，李释是不是也打算永远瞒着他？

李释道："有何感想？"

苏岑轻叹道："温小姐玉洁松贞，是个贞烈的女子。"

只听李释默默叹了一口气，"是我对不住她。"

二人一路上再也无话，直到进了兴庆宫两个人才下来，看着如今固若金汤的兴庆宫，苏岑忽然就懂李释的用心了。

当年李释霸占兴庆宫，又执意把图朵三卫带回京，把兴庆宫打造成一座谁都渗透不进来的铜墙铁壁，不过是为了护住自己想护的，不让当年的事重蹈覆辙。

今日难得回来得早，苏岑来了兴致，拉着李释去湖心亭，搬出黑白子欲斗上两盘，一则是缓解一下刚刚有些沉闷的气氛，二则是好好陪陪李释，这一个月来他早出晚归，对他确实是有些怠慢了。

当初李释操劳政务的时候他还埋怨过，如今轮到自己了，总算是说不出什么了。

结果棋盘刚铺开祁林便来了，身边还带着曲伶儿。

祁林是来辞行的，道自己想回漠北一趟。

李释目不斜视地落子右上星，"你早就不是我兴庆宫的人了，要去哪里不必与我通报。"

祁林眉头微蹙，"爷……"

苏岑笑道："王爷的意思是你现在是自由之身，想去哪里都可以，不必事事都过来请旨了。"

祁林这才心头稍安，抱剑郑重一揖，这才直起身来。

苏岑来了兴趣，用指尖衔着枚白子看着他问："你们去漠北是要干吗？"

曲伶儿一脸兴奋道："祁哥哥说要带我去漠北看星星。"

苏岑意味深长地一笑，"看星星啊。"

苏岑突然又想起昨天那个问题，一脸不怀好意地看着祁林问道："祁教头，你为什么姓祁啊？"

祁林僵了一下，苏岑转头看着李释问道："祁林为什么姓祁？"

李释挑了挑眉，只见苏岑把自己的一条退路堵上，将一片大好的局势拱手让人，内心愉悦，这才道："祁林原本不叫'祁林'，而是——'麒麟'。"

李释沾水在桌上写下"麒麟"两个字。

"爷……"祁林为难地看着李释，欲言又止。

"哦？麒麟为上古神兽，传说有通天遁地之能，龙首、麋身、牛尾、马蹄，威风得很。"苏岑挑了挑眉，又主动让了两个子，"那为什么又改叫'祁林'了？"

李释一笑，"后来南洋一个小国进贡了一头麒麟上来，不会通天也不会遁地，脖子伸得老长，专啃御花园的树叶子……"

祁林总算待不下去了，冲李释拱了拱手，道一声"爷我先走了"，拉着曲伶儿便走。

一路上曲伶儿还在追问，"那麒麟到底长什么样子""是龙首吗""会不会喷火"？

苏岑眼看着祁林的背影一点点变得僵硬，当即心情大好。

只是一盘棋终究没下成，两人走了，苏岑心思也不在棋上了，频频失误几次之后满盘死水，神仙也救不活了。

李释见他兴致寥寥便也收了手，一边往回收拾棋子，一边问道："想什么呢？"

苏岑趴在栏杆上看着满湖春景，指尖挨着水面一划，便有几尾鲤鱼随之而动，心生感慨，"我也没看过漠北的星星。"

李释棋子也不收了，站起身，"走。"

苏岑一愣，"去哪里？"

李释拉着他大步流星地向前，头也不回，"去漠北，看星星。"

苏岑被拉得险些一个踉跄，"那突厥怎么办？和亲怎么办？小天子怎么办？"

"谁的差事谁管。"李释总算停下了步子，回头看着苏岑道，"欠你那四个月现在我要还给你，逾期不候。"

番外

还乡

苏岑和李释原定去漠北看星星的计划刚出长安城就破灭了，原因无他，人家祁林回漠北还能是怀念故土，他俩就纯属消遣了。

苏岑问："漠北有什么好玩的？"

李释认真想了想，最后摇了摇头，"没什么好玩的。"

苏岑险些咬了舌头，只好道："你不是在漠北待了十多年吗，就没什么印象深刻的地方？"

李释凝眉思索片刻，这次倒是认真想了："阴山州地势险峻，易守难攻。图伦碛都是沙子，地势开阔，不适合搞突袭，而且很容易迷路。巴尔喀什我们打过一场持久战，死了不少人。乌伦河白天热得出奇，夜里又冷得厉害……"

苏岑无语。

一样在漠北待过，人家祁林就能找到"有多少沙子，就有多少星星"的地方，这位王爷怎么就只记得"易守难攻"了呢？

"那咱们到底去哪儿？"

李释靠着靠背闭目养神，道："反正都差不多，走到哪算哪吧。"

苏岑一看这样，得，这四个月的行程还是他来安排吧。

细细想来，苏岑倒是有些心疼李释，白比他长了这十几岁，半辈子都用在了平定漠北和平衡朝局上，要说起游山玩水来，只怕还远不及他。

与其去"都差不多"的漠北，倒不如去他熟悉的江南，如今正是烟花三月下扬州的好时候，不管走陆路还是水路，都是一路好风景。

另外他还存了一点私心，真要是一路南下的话，一定会经过一个地方。这些年来他魂牵梦绕想回去，却又始终不敢迈出那一步。现如今有李释壮胆，说不定他就去了呢。

李释对改换行程的事并无异议，对他那点小心思一笑了之。

两个人在长安城外的驿站用一匹汗血宝马换了一匹又老又瘦的马，原因无他，苏岑看上那匹老马脖子上的铜铃了。换马的人受宠若惊，再三确认他们别无所求，最后还是怕他们反悔，连夜骑马跑了。

接着他们把赶车的马夫也打发了，苏岑亲自上阵，每天头上扣个草帽，嘴里叼着草根靠车厢坐着，也不拿鞭子，信马由缰，走到哪儿算哪儿。老马年岁大了，走两步就要歇一歇，从长安到洛阳百十里路，他们硬是走了三天才擦到洛阳边上。

两人当晚借宿在一家上了年纪的老夫妇家里，两位老人年逾古稀，耳朵聋了眼也花了，偏偏最喜欢斗嘴。

晚上吃饭的时候老妪指指李释道："吃啊，多吃点。"又指指苏岑，"姑娘，你也吃，甭客气。"

苏岑端着碗呛了一口，低头咳了起来。

老头在一旁纠正她："这也是位公子，你看不见别瞎说。"

"谁说我看不见？"老妪这会儿耳朵又出奇得好使，伸手一拍桌子，"我眼睛看不见，心里跟明镜似的，你就说我这辈子什么时候看走眼过？"

"没走眼，没走眼，你怎么会看走眼，"老头一边敷衍着一边给老妪夹菜，小声嘀咕，"看得最准的一次不就是瞧上了我吗。"

老妪满意了，边吃边咧嘴笑，露出嘴里仅剩的几颗牙来，"姑娘我跟你说，以后挑夫君的时候可得擦亮了眼，想当初我也是村里头一枝花，几十里外的媒人都到我家里提过亲，怎么就看上他了呢……"

苏岑和李释相视一笑，低下头去默默吃饭，都不作声了。

两个老人都是干净利索的人，但房子搁置久了，难免有股子霉味。棉被已经浆洗得发了白，又在柜底压了多年，这会儿硬得跟块棺材板似的。

"将就睡一晚，明天就进城了。"苏岑借着昏黄的灯光把床铺好了，往床沿上一坐，"到时候再找家客栈洗个热水澡，去去这一身霉味。"

"无妨。"李释脱了外衣随手搭在床头，往苏岑身前一站，便把那点灯光都盖住了。

苏岑仰头看着背光站着的高大男人，在这人生地不熟的穷乡僻壤，突然萌生出一股浓烈的情绪，话没经过琢磨便已经出口了，"你说咱们老了也是这个样子吗？"

其实话说到一半时苏岑就知道自己说错了，眼看着李释的脸色慢慢沉了下去，却还是执着地把话说完了，"到那时候，我耳聋，你眼花，也像他们这样斗嘴。等哪天日子差不多了，咱们就立两座坟头……"

327

"子煦。"一只手缓缓下来搭在他肩上，动作算得上轻柔，苏岑却突然一句话也说不出来了。

"咱们不可能一起走到最后的。"李释轻声道。

苏岑出声打断："怎么不可能！"

"这些事情咱们都心知肚明，既然你提起来了，就敞开了说明白。你还不足而立之年，可我却已经过了不惑之年，我早年间在战场上留下的伤病不少，注定不是个长寿之人。"李释挨着苏岑坐下来，戴着扳指的那只手轻轻搭在膝头上，一点一点的，边想着边道："我尽力走得远一点，但你自己的路还得你一个人走完。"

"我这辈子做过的事没几件后悔的，恨只恨不能再晚生几年，陪着你多走一程。"

苏岑忽然就明白了，之前那几次有人说李释老，他为何要大发雷霆，那不是生气，而是害怕。

苏岑静默了良久，还是一句话也没说，只是暗暗握紧了双手。

第二日辞别了两夫妇，两个人赶着老马继续上路，谁都没再提起之前那个话题。

赏过了洛阳的花，尝过了汴州的酒，沿着颖水一路南下，在颖州郡下的一棵大柳树下还跟着听了一段县史。

为首的那个想必是乡里长者，捋着白胡子慢慢道来："咱们这里之所以叫饮马县，那还得从当年汉高祖刘邦起兵攻打咸阳开始说起。话说当年的汉高祖两攻昌邑不下，又遇上炎炎烈日，行军途中将士们疲于奔波，正是军心涣散之时。就在这时候，他来到了咱们饮马县。"

有人问："到咱们这干吗来了？"

"饮马呀。"老者一拍大腿继续道，"你别觉得饮马事小，浩浩荡荡好几万人，硬是把咱们村口那条河喝得见了底。也正是因为有了这一次休整，刘邦的队伍才得以重整士气，一举进入关中。"

周围一群人跟着附和："原来咱们饮马县这么重要啊。"

"那可不，刘邦就是喝了咱们这的水才打的胜仗！"

"我觉得咱们这是个县太憋屈了，咱们正该是个郡，是个州！"

苏岑站在人群外圈小声嘟囔："刘邦什么时候到过颍州？"

声音不大，周围却霎时间安静了下来。

端坐在人群正中的老者抬起头来："你说什么？"

苏岑看了李释一眼，只见李释神色自若，一副"天塌下来我给你顶着"的神情着看他，这才回头缓缓道来："刘邦西取咸阳，从彭城出发，途径昌邑、高阳、开封等十二个郡，不曾听说他到过颍州啊。"

老者脸色一沉，"是你学术不精，孤陋寡闻了吧。"

这话苏岑就不爱听了，早年间他最喜欢研读的就是地方志，对什么地方有什么景，出过什么人物，有关什么奇闻异事全都了然于心。

他上前一步与那老者对峙道："咸阳和颍州一个在西，一个在南，刘邦是有多想不开取道颍州来攻咸阳。再者说，昌邑据此地足有上千里，刘邦等着这一口水只怕是要渴死了吧。"

这一番据理力争没获得信任，反倒引起了民愤，那一帮村民一个个撸起袖子横眉怒目，眼看着就要动手了。

苏岑后退了两步，刚想求助李释，却见李释抬腿往后一退，把自己隐在人群里，冲他做了个自求多福的眼神。

苏岑顿感上当了，还来不及细想，村民们已经慢慢逼近，苏岑没办法，只能拔腿就跑。

等到日薄西山之时李释才从鸡棚里找到苏岑，昔日威风凛凛的苏大人、苏相爷，如今顶着一头鸡毛，满脸愤懑地坐在马车上，脸色比身上的鸡粪味还臭。换了李释来赶车，还是那副云淡风起的表情，苏岑越想越气，忍不住埋怨："你怎么都不帮我？"

这小兔崽子受了委屈要算在他头上了，李释笑了："我不帮你，是觉得那些村民们没错。"

329

"那你的意思是我错了？"苏岑顿觉委屈极了，"那你说刘邦到底什么时候来过颍州？他来颍州干什么？我又细想了下，刘邦到过的不是颍州，而是颍川，他们应该是把两个地方搞混了。"

"你自然也没错。"李释道，"村民们虽然杜撰了这一段史料，但他们不伤天，也不害理，无非是有一部分人被蒙在鼓里，可他们却因为这个误会加深了对故土的感情，又何罪之有。"

苏岑想了想，好像确实也是这么一回事，但当时自己的小性子上来了，非要与那些人决出个高低下来，这会儿想明白了又后悔起来，"那你怎么也不拉住我？"

李释笑了："苏大人要还原真相，我拉得住吗？"

这话说的意有所指，苏岑想起自己当初做的那一桩桩、一件件事，也笑了："可当初你都是站在我这边的。"

"如今我也站在你这边。"李释往苏岑那边凑了凑，又捏着鼻子躲远了，"还是等你洗干净了我再站在你这边吧。"

出京的时候还是暮春，转眼便进了溽夏。

那匹老马冷了不走，热了也不走，比轿厢里坐着的那位还要娇气。一天只选在清晨和傍晚赶那一丁点儿的路，兜兜转转，还是擦到了苏州边界上。

跟着老马一起消极怠工的还有苏岑，连着几天苏岑一直神思恍惚，赶着赶着路就发起呆来。好几次差点走偏了方向，连车带人滚到山沟沟里。

李释知道，这人是近乡情怯了。

当晚，二人投宿在苏州城外的一家客栈里，入夜之后，月凉如水，白天的暑气消散，变成一层薄纱笼罩在天井里。苏岑搬张小凳子靠着天井正中的莲花瓮坐着，手里拿着把蒲扇驱赶蚊虫，已经好久没挥动一下了。

李释从房里出来就看见这人正大公无私地喂蚊子，单是细嫩的后脖颈上就落了两只，忙弯腰抽出苏岑手里的蒲扇，给他扇了几把。

满瓮莲花香随风徐来，瓮里漾开一圈圈细纹。苏岑睁开眼，笑了，转而又靠着大瓮眯上了眼，心安理得享受着宁亲王独一无二的恩宠。

"明天我随你一道去。"身后的李释开口道。

苏岑睁开眼，慢慢笑道："不用了，我知道你怕我受委屈，但这件事是我的家事，我想要他们真心实意原谅我，而不是迫于你王爷的威势不得不与我妥协。"

李释轻轻为他打着蒲扇："你能行？"

苏岑仰头一笑："能行。"

隔天一早有小雨，苏岑找店家借了把竹伞，一早便出了门。

苏家是苏州城里的大户人家，祖宅就坐落在太湖边上。一路淅淅沥沥的小雨相送，苏岑沿着青石板路一路走过去，到了地方一挑伞面，正看见家门口那两棵拂堤垂柳。

几步之遥，苏岑忽然就走不动了。

距离他当年从这里离开、意气风发赴京赶考，已经有五个年头了。

苏岑慢慢吸了口气，缓步上前，大门好像刚漆过，黑得油光锃亮，门环上却生了铜绿，与墙根处的青苔遥遥呼应。苏岑抬了抬手，似是犹豫了，转而又决绝地叩下去，厚重的木门当即发出低沉的回响。

"谁呀？"来开门是阿福，他看见门外之人愣了愣，随即眼泪就出来了。

"二少爷……二少爷你可算是回来了……"

苏岑在阿福肩上拍了拍，看着他喜极而泣，心里一时间伤怀有之，感动也有之。过了一会儿，阿福的情绪才稳定下来，苏岑这才好开口："这些年你过得怎么样？我爹我娘在家吗？大哥在家吗？"

"大少爷去了余杭查账，得过几天才能回来。"阿福拿袖子擦了擦眼泪，"老爷夫人都在家，你快来，他们看见你回来了准该高兴。"

苏岑却站在门外止步不前："你先去通传一声吧，看看他们还愿不愿意见我。"

阿福愣了一下，见苏岑执意不肯进门，这才只好去通传了。

过了大概有一炷香的时辰，沉重的大门从里头打开，阿福垂着头怏怏地出来，好像又哭过了。

"老爷说了，苏相爷我们高攀不起，让你回去。"

果不其然。苏岑苦笑了下，后退两步下了台阶，在正门口的青石板上跪了下来。

"二少爷……"阿福眼巴巴看着干着急，却又不敢迈出大门，最后一咬牙一跺脚，"二少爷你等着，我再去求老爷夫人。"

之后，就连阿福也没有再出来过。

苏岑一直等到雨停了，颓败了的夕阳从皑皑云层里显现出来，在湖面上散落了一片细碎的磷光，那扇门也没再打开过。

回去估计会被李释嘲笑吧，有他在的话怎么也不至于对着两扇黑漆漆的大门跪一天，还谁都没见着。

他正犹豫着是起来还是再跪一会儿时，那扇大门却突然吱呀呀地开了。苏岑挺直了脊背看过去，只见出来的不是爹娘，也不是阿福，而是一个垂髫小娃娃。

小娃娃费了一点力气才从门槛上爬过来，顶着两只羊角辫一撅一撅地跑到苏岑跟前，奶声奶气地问道："你是谁啊？跪在我家门口做什么？"

苏岑看着这娃娃的年纪，大致已经猜到她的出身，笑道："这也是我家。"

"你不说我也知道，你是我小叔！"小丫头一板一眼地围着苏岑转了一圈，"你是因为做错了事才跪在这里的吗？"

苏岑笑了笑："对。"

小丫头凑近过来道："你是做错了什么事？偷吃果子了？还是不做功课被夫子骂了？"

苏岑摇摇头："都不是。"

"那是很严重的错吗？"

"算是吧。"苏岑想了想，"比你砸了祖父那套雨过天青釉的茶具还要严重。"

小丫头巴掌小脸一皱："那你完了。"

不一会儿奶娘找了出来，看了苏岑一眼，赶忙把小丫头抱走了。

小娃娃边被抱着还边冲苏岑挥手："等着我，我一会儿还出来找你。"

"小祖宗，让人省省心吧。"奶娘跑得脚下生风，"哐"的一声，大门又关上了。

直到大门隐没在越来越浓的夜色里，也没再有人出来。

苏岑无奈一笑，手撑着地站了起来。跪得久了，腿使不上力气，他身子一晃，就向后跌去。

但突然被身后之人稳稳扶住了。

苏岑不用回头就知道是谁了，那人身上的檀香味缓缓散开，将他包裹其中。

"来了多久？"苏岑问。

"刚到。"

"我不信。"苏岑道，"王爷肯定早来了，躲在这儿等着看我的笑话。"

"不是。"

苏岑不知道这个"不是"指的是没有早来，还是没有看笑话，只听人轻轻道："走吧。"

苏岑一天的沉闷顿消，"嗯。"

二人走到一半时，突然听到身后传来急促的马蹄声，两个人往路边让了让，一队人马从他们身侧打马而过，又拉紧了缰绳掉头回来。为首的那人翻身下马，对着李释跪了下来，"王爷，相爷，陛下说四个月期限已至，恭请王爷相爷回京。"

来时的老马换成了千里驹，走了几个月的路程只用了半个月就回来了。

甫一进京，苏岑就被召进宫去了，少年天子坐在华清池旁眯眼笑道："快给苏大人赐座，苏大人连日奔波劳累，再上一杯参茶。"

出走了几个月，本来苏岑心里就有些打鼓，再看小天子这一脸殷切模样，青天白日里不禁打了个寒战。

果不其然，少年天子随即换了副表情，眉眼一垂，又跟小时候一样要落下金豆子来。

"你跟皇叔好狠的心，一声不吭就走了，留下那么一摊子事和一封不许追的信，你知道这几个月朕都是怎么过来的吗？"

苏岑诚惶诚恐，手里的参茶都跟着打了个哆嗦，心道，难怪一路上这么安静，敢情李释这是早就打点好了。

小天子不敢跟李释对着干，这是找他算账来了。

"不过朕这几个月也不算是毫无建树，朕仔细研读了这几年来刑部档案，发现了一件有意思的案子。"

苏岑想起当年小天子被一件人命案子吓得不敢上朝，还得李释骂了一顿，如今怎么就对刑案感兴趣了？好奇问道："哪件案子？"

少年天子轻轻笑了笑："这件案子说来也巧，还是当年苏大人你主审的。三幅《桃夭图》引出了十几年前沈家的灭门惨案，还是多亏了你，沈家才能沉冤得雪。"

苏岑轻轻皱眉，"这件案子怎么了？"

"你审的案子自然没有问题。朕只是好奇当年的案犯之一刘康是怎么从守备森严的天牢里逃出来的，又是怎么入的昭陵，最后还死在皇陵外头了。"

苏岑手上一顿，参茶落地，溅得满地都是碎瓷盏。

愣了片刻后，苏岑急忙跪地："臣御前失仪，损毁御物，请陛下恕罪。"

"不过是个茶杯，苏大人快起来吧。"

苏岑再站起来时还觉得指尖发凉，只见少年天子眯眼一笑："所以苏大人以后还是不要随便离京了，你看，你们一走朕就喜欢瞎琢磨，万一琢磨出什么不该琢磨的来，不就糟了。"

苏岑在心里默默骂了一句"小兔崽子"，敢情这是威胁上他了。

又过了几个月，京里已经是暮秋时节。瓜果梨桃都上了市，苏岑买了几簇桂花应景，又挑了顶盖肥的蟹下酒，提着刚转到兴庆宫所在的街上，脚步忽然就顿住了。

不远处停着一辆马车，有个人正拿着马鞭来回踱步，一抬头正与苏岑对上，撒开脚丫子便跑了过来。

"二少爷……二少爷我来了！"

来人是阿福。

苏岑愣了愣，迎上前来："你怎么来了？"

"大少爷要在京城开一家最大的茶行，特地让我来帮忙的，等大少爷交接完扬州那边的事就过来。"

"是吗？"苏岑鼻头一酸，果然从小到大无论他捅了多大的娄子，都有大哥替他兜着。

"大少爷还说，等茶行建好了，还要把老爷夫人都接过来。"

苏岑吸了吸鼻子，冲着阿福笑了笑，看着前头的马车问道："那里面又是谁？"

"小叔，是我！"马车里钻出一个小脑袋，眼睛笑起来眯成一条缝，"阿福说跟着他就能见到你，阿福果然没骗我！"

苏岑把手里的桂花和蟹交到阿福手上，上前把小丫头抱了起来："你来找我做什么？"

小丫头揽住苏岑的脖子："跟着你听故事呀，你还没告诉我你是做错了什么惹祖父生气的呢。"

一队人马从对面而来，打头的来到苏岑身前逐渐慢了下来，问候了一句"苏相爷"，那马背上还坐了一个小娃娃，看着不过五六岁，也不害怕，神色自若地坐着。

苏岑点头致意。等人都走远了，怀里的小丫头凑过来问："那是谁呀？"

苏岑了然一笑，知道她问的是马背上那个小娃娃，解释道："景校尉家的小公子。"

小丫头若有所思地点点头："真威风。"

苏岑笑了笑，一抬头，只见兴庆宫门口站了个人，身形被夕阳拖得老长，腰身如松似柏，已不知道看了他们多久。

苏岑把怀里的娃娃往上抱了抱，招呼阿福："走了，咱们回家。"

编后记

本书版权由北京长佩网络科技有限公司授权，由北京宏泰恒信文化传播有限公司出品，由中国言实出版社出版。

在此真挚地感谢在《太平长安 3. 完结篇》出版过程中参与策划、创作的贡献者。北京宏泰恒信文化传播有限公司参加本书选题策划、封面设计、插图等工作人员有：连慧、李艳、有点态度设计工作室·蜀黍、鱼籽、RedMatcha、子非焉语。

2022 年 7 月